# NICOLE NEUBAUER

# MOORFEUER

Kriminalroman

blanvalet

Verlagsgruppe Random House FSC® N001967
Das FSC®-zertifizierte Papier *Holmen Book Cream*
für dieses Buch liefert Holmen Paper, Hallstavik, Schweden.

1. Auflage
Originalausgabe Februar 2016
bei Blanvalet Verlag, einem Unternehmen der
Verlagsgruppe Random House GmbH, München
Copyright © by Verlagsgruppe Random House GmbH, München
Dieses Werk wurde vermittelt durch die Literarische
Agentur Thomas Schlück GmbH, 30827 Garbsen.
Redaktion: Angela Troni
LH · Herstellung: sam
Satz: DTP Service Apel, Hannover
Druck und Bindung: GGP Mrdia GmbH, Pößneck
Printed in Germany
ISBN: 978-3-7341-0212-7

www.blanvalet.de

*»It's a God eat God world.«*

David Bowie, »I Pray, Olé«

»Mama, in meinem Zimmer ist ein totes Mädchen!«

Der Ruf kam aus dem Kinderzimmer. Schlaftrunken schwang Maret die Beine über die Bettkante. Ein kalter Luftzug strich über den Boden. Blinzelnd versuchte sie, die Schatten des Schlafes zu vertreiben. Es war so dunkel, dass sie erst nicht wusste, ob sie die Augen offen oder geschlossen hatte. Nachbilder ihres Traums flimmerten hinter ihren Lidern. Sie hatte ein Heulen gehört. Ein Wimmern. Sie war nicht sicher, ob sie es nur geträumt hatte.

»Mama!«

Die Tür flog auf, Kinderfüße tappten über die Dielen, und Sophie warf sich Maret in den Schoß. Schluchzend drückte sie ihr Gesicht in den Stoff von Marets Nachthemd. Etwas Warmes drang durch die Decke und die Kleider. Sophies Schlafanzughose war patschnass, der scharfe Geruch von Urin breitete sich im Raum aus.

»Ganz ruhig.« Maret strich Sophie übers Haar. »Du hast schlecht geträumt. Du kannst bei uns bleiben. Ich hol dir einen neuen Pyjama.«

Sie legte der Kleinen den Finger auf den Mund, setzte sie herunter. Ihre nackten Füße berührten den Boden, er vibrierte. Ein tiefes Wummern schwang in der Luft, tiefer als das, was ein menschliches Ohr noch hören kann. Als würde unter dem Haus ein Maschinenraum pumpen. Sie hatte die

Ursache für die Vibrationen noch nicht gefunden, vielleicht kam es vom nahen Flughafen. Wenn sie nachts im Dunkeln darauf lauschte, fühlte sich das Brummen näher an. Als atme es ihr in den Nacken. Sebastian schlief weiter, wie immer, sie konnte nur seinen blonden Haarschopf unter der Decke sehen, die sich rhythmisch hob und senkte. Das Haus könnte abbrennen, und er würde weiterschlafen.

»Zieh die nassen Sachen aus«, sagte sie. »Der Papa passt auf.«

Barfuß ging Maret in den Flur und blieb vor Sophies Zimmer stehen. Kälte zog aus der offenen Tür um ihre Füße wie etwas Lebendiges. Sie konnte den Arm nicht in die dunkle Türöffnung stecken und nach dem Lichtschalter tasten. Was würde sie darin finden?

An der Wand hing das Telefon, eine winzige Diode leuchtete, sie folgte dem Licht wie magisch angezogen. Es war technisch und real, ein Teil von dieser Welt. Die Nummer kannte sie auswendig.

Nur der Anrufbeantworter.

Endlich kam der Signalton, und sie hörte ihre eigene Stimme, viel zu laut im Flur, so laut, dass alle Schatten sich zu ihr drehten.

»Sie ist wieder da.«

## Freitag

Unser lieber Herr Jesus Christ ging über Land, da sah er
brennen einen Brand, da lag St. Lorenz auf einem Rost,
unser lieber Herr Jesus Christ kam ihm zu Hülf und Trost,
er hub auf seine göttliche Hand und segnete ihm den
Brand, er hub, daß er nimmer tiefer grub und weiter um
sich fraß, so sei der Brand gesegnet im Namen Gottes
des Vaters, des Sohnes und des Heiligen Geistes.

*Romanus-Büchlein*


Schon wieder *Straße ohne Namen.*

Das Display des Navis zeigte eine leere Fläche, keine Straße, keine Adresse. Hannes versuchte, mit hundertfünfzig Sachen den BMW auf der Mittelspur zu halten, während er mit
der anderen Hand die Route löschte und die GPS-Koordinaten neu eingab. Ein Kleinlaster schnitt seinen Dienstwagen
und hupte durchdringend.

*Route wird berechnet*, zeigte das Display an. Wieder nichts.

»Das kann nicht stimmen«, sagte er zu Waechter übers
Headset. »Mit deinen GPS-Daten lande ich auf der Wiese.«

»Könnte daran liegen, dass da Wiese ist«, sagte Waechters
Stimme in sein Ohr, zerhackt von Funklöchern. »Fahr ein-
fach dem Navi nach. Ich bin schon draußen, die Erdinger
Kollegen auch, unser Ansprechpartner ist Lanz.«

Oh nein. Nicht Lanz. »Was haben wir überhaupt da draußen zu su…«

Die Verbindung war weg.

Der Hüter des Schweigens, der Hannes' Kampf mit der Technik stumm beobachtet hatte, pflückte das Navi von der Scheibe und fummelte daran herum. Hannes konzentrierte sich wieder auf den Verkehr.

Waechter hatte ihm nur das Nötigste hingeworfen. Eine Brandstelle. Eine Leiche. Hinweise auf Fremdverschulden. Und einen Satz GPS-Koordinaten, die sie aufs freie Feld führten. Normalerweise fanden seine Einsätze in engen Wohnungen statt, in Hinterzimmern von Gaststätten, Straßenschluchten und Lagerräumen. An Orten.

Der Hüter des Schweigens nickte Hannes zu und klickte das Navi zurück an den Saugnapf. Für eine Sekunde wand sich die neue Route wie eine Schlange übers Display, mit dem Kopf im Nichts, dann wechselte das Bild, und die Autobahn streckte sich vor ihnen aus, ihr Dienstwagen ein blauer Pfeil. Hannes wusste vage, wo das Freisinger Moos sein musste, die Autobahn führte auf dem Weg zum Flughafen daran vorbei. Nie wäre er auf die Idee gekommen, hier runterzufahren. Hier draußen hatte die Mordkommission München nichts zu suchen, das Gebiet gehörte zum Landkreis, war nicht mehr ihr Revier.

Die Autokolonnen wurden dichter, aber kein bisschen langsamer. Der Reiseverkehr für die Osterferien hatte schon an diesem Freitagvormittag begonnen. Ab morgen würden alle Dienststellen wie leergefegt sein. Ihm konnte das egal sein, er würde Ostern auf jeden Fall weg sein.

Er gab dem offenen CD-Laufwerk einen Schubs, die CD glitt hinein, und der Innenraum füllte sich mit Gitarrengewitter. *Ravenryde.* Der Hüter des Schweigens runzelte die

Stirn, seine Vorliebe waren eher Zither und Hackbrett, aber Hannes interessierte das nicht. Wer fuhr, suchte die Musik aus.

*»See the writings on the wall*
*can you hear that distant call …«*

Es war lange her, seit er den Song gehört hatte. Sein Unterbewusstsein übernahm die Führung, ließ Erinnerungsfetzen vorbeiziehen, er bewegte sich wie unter Wasser. Fremdheit stieg in ihm hoch wie eine Welle, das Gefühl, sich an einen vergessenen Traum zu erinnern.

*»Watch the footsteps on the floor*
*walking through the open door …«*

So schnell, wie er woanders gewesen war, war er wieder wach. Er raste immer noch mit hundertsechzig auf der linken Spur an einer Betonmauer entlang, mit der Schnauze an den Rücklichtern eines Vans. Reflexartig trat er auf die Bremse und löste ein Hupgewitter aus.

*»Message from the other side …«*

In seinem kaputten Ohr rauschte es, und das Gefühl der Fremdheit blieb in seinen Gliedmaßen hängen wie ein Muskelkater. Er brauchte den Urlaub dringend, sonst würden sie ihn irgendwann von der Leitplanke kratzen.

Fast hätte er die Ausfahrt verpasst. Sie verließen die Autobahn und fuhren an der steilen Hangkante entlang, die die Eiszeitgletscher aufgetürmt hatten. Unter ihnen breitete sich freies Feld aus, nichts mehr, woran sein Auge sich festhalten konnte. Hier irgendwo musste die Brandstelle sein. Er ließ das Fenster herunter. Kein Haus war mehr zu sehen. Auf einer schnurgeraden Straße rollten sie zwischen Äckern und Wiesen entlang, Feldwege und Kanäle zerschnitten die schwarze Erde in ein Schachbrett.

»Hier?«, fragte Hannes, aber er bekam keine Antwort,

nicht vom Hüter des Schweigens und auch nicht vom Navi, das sich auf *Route neu berechnen* gestellt hatte.

Er warf einen Blick auf sein Handy, ob Waechter sich noch einmal gemeldet hatte. Netzsuche. Am Ende eines Feldwegs schimmerten Fahrzeuge durch die Bäume, und durch die Lüftung drang Brandgeruch, noch durch keinen Wind verjagt.

Der Tatort war nah, und seine Sinne stellten sich scharf.

Eine Tote in freier Natur, der Witterung ausgesetzt, unbekannter Täter. Wenn es ein Szenario gab, das ihnen die Aufklärungsquote versaute, dann dieses. Waechter hatte solche Fälle in der Vergangenheit erlebt. Zufallstaten, keine DNA-Spuren oder welche, die ins Nichts führten. Das Opfer zur falschen Zeit am falschen Ort. Nein, korrigierte er sich. Der Täter zur falschen Zeit am falschen Ort.

Noch schwärmten Mitarbeiter der Bereitschaftspolizei querfeldein über die Wiesen und durch die Schilffelder, die meisten von ihnen in dunkelgrauer Regenkleidung, die vor Nässe glänzte. Um eine Zeltplane wimmelte es vor Spurensicherern in Weiß, ein Grüppchen von Polizisten stand frierend zusammen, Waechter erkannte Lanz von der Kripo Erding an seiner Krücke.

Die Birkenpollen griffen Waechter an, ätzten sich in seine Schleimhäute und seine Mundhöhle, ließen seine Augen binnen Sekunden zuschwellen. Die Luft war voller Säure. Er zog ein Stofftaschentuch heraus und rieb sich die Augen, obwohl er wusste, dass es davon schlimmer wurde. Die Erde schmatzte unter seinen Gummistiefeln, sie wechselte ihre Farbe von Grau zu Schwarz, Moorerde. Je weiter sie gingen, desto mehr verwandelte sich der Acker in ein gigantisches Grab. Wind war aufgekommen und ließ das rot-weiße Absperrband flattern.

Lanz trat auf sie zu und gab ihnen die Hand.

»Habe die Ehre, Lanz.« Waechter erwiderte den Händedruck. »Was können wir für euch tun?«

»Wir gehen davon aus, dass die Tote Münchnerin ist.«

»Schaut es euch selber an.« Feine Fältchen zogen sich durch sein wettergegerbtes Gesicht.

Er ging voraus, beim Gehen zog er ein Bein nach wie der Leibhaftige. Wie auf Kommando fingen alle Vögel in den Baumkronen zu singen an. Es war kein Gesang, es war Zetern. Der Rauch der Brandstelle hatte sich längst verzogen und war für die Natur keine Bedrohung mehr, nur noch organisches Material, die Bedrohung waren sie, die Neuankömmlinge.

Über die Schulter sagte Lanz: »Wir stellen gerade eine Soko zusammen. Ich würde gern ein paar von euch Münchnern dazunehmen. Wir haben gerade genug zu tun.«

»Ist ja nicht so, dass wir in München nur mit der Kaffeetasse in der Tür rumstehen«, sagte Waechter.

Ein schmaler Entwässerungsgraben führte am Feldweg entlang, zwei Holzbretter bildeten eine provisorische Brücke. Mückenlarven trieben auf der Oberfläche. Morgen würde es hier wimmeln. Die Larven bewegten sich langsam, unmerklich, aber sie bewegten sich. Er musste tief ins Wasser schauen, um die Kiesel auf dem Grund zu sehen. Das Wasser war nicht trüb. Man erkannte das erst auf den zweiten Blick, weil es im Schatten lag. Jenseits des Grabens stand ein Zelt, die Plane war von innen erleuchtet, sie schimmerte im diesigen Vormittagslicht. Der Brandgeruch wurde stärker. Waechter kämpfte den instinktiven Fluchtgedanken nieder, der jeden Menschen befällt, wenn er Feuer riecht. Diesen abgelegenen Feldweg ging man nicht zufällig entlang. Nicht als Opfer und nicht als Täter. Das Gefühl der Inszenierung verstärkte sich, als Lanz den Vorhang beiseiteschob und ihn durchtreten ließ wie auf eine hell erleuchtete Theaterbühne.

Waechters Blick tastete sich von außen nach innen. Ein Fleck verbrannter Erde erstreckte sich direkt am Ufer des Kanals, er endete in einer scharfen Kante an gesundem Gras. Brandbeschleuniger, schoss es ihm durch den Kopf. Die Äste und Zweige des Reisighaufens waren zu einer schwarzen Masse verkohlt. Im Zentrum lagen die Überreste eines Menschen, die Arme nach oben gestreckt wie ein schlafendes Baby.

»Guten Morgen«, sagte eine vertraute Stimme neben ihm.

Hannes. Er trug eine dunkle Sonnenbrille, die seine Augen ausknipste. Ohne merkliche Regung betrachtete Hannes die Tote. Leichen machten ihm nichts aus, die Lebenden waren sein Problem.

»Wenn ihr mich fragt«, sagte Hannes, »das Ding da ist ein Scheiterhaufen.«

Die gemischte Truppe versammelte sich zur Lagebesprechung um einen Einsatzwagen. Telefone klingelten im Sekundentakt. Hannes schaute auf sein Display. Sein Handy hatte wieder drei Balken aufgetrieben. Hier herrschte nur Scheinnatur, eingekeilt zwischen Autobahnen, Flughafen und Ikea. Er schloss die Augen, der Horizont flimmerte als Nachbild auf seiner Netzhaut. Versuchte, sich die Szenerie zum Zeitpunkt des Brandes vor sein inneres Auge zu rufen.

*Morgendämmerung, die den Himmel erhellt, aber noch nicht die Landschaft. Ein Feldweg, der sich im Dunkeln verliert. Zwischen den Baumreihen die Ahnung kleiner Lichter von der nächsten Ortschaft, nur eine Ahnung, gleich wieder verloren. Irrlichter im Moor. Vor dem Dunkelblau des frühen Morgens das leuchten-*

*de Orange des Feuers. Flammen, die in den Himmel schlagen, ein verfrühtes Osterfeuer.*

Der Brandort war nicht zufällig gewählt. Jemand hatte gewusst, dass er auf diesem Flecken Erde maximal geschützt war, dass ihn niemand sehen und hören konnte. Ein Ortskundiger.

Lanz stand in der Mitte, alle Aufmerksamkeit war auf ihn gerichtet.

»Eva Nell, neunundvierzig, aus München. Wir haben teilweise lesbare Reste ihrer Papiere aus dem Wasser fischen können, Scheckkartenformat sei Dank. Die endgültige Identifizierung übernimmt natürlich die Rechtsmedizin, wie immer. Was die Frau hier draußen gesucht hat, wissen wir nicht. Das findet ihr Münchner bitte heraus.«

»Todeszeitpunkt?«, fragte Hannes.

»Wissen wir nicht. Der Brand ist zwischen halb sechs und sechs Uhr morgens ausgebrochen, dafür haben wir einen Augenzeugen.«

»Habt ihr den schon befragt?«

»Befragt und heimgeschickt, wir werden später auf ihn zurückkommen. Ob die Frau beim Ausbruch des Feuers noch gelebt hat, steht bisher nicht fest.«

Der Rechtsmediziner Beck nickte. »Das will ich mir in aller Ruhe im Institut anschauen, bevor ich mich festlege.«

»Wann schaffen Sie's?« Lanz fixierte ihn.

Becks Augen hinter der Nickelbrille gaben ihm Kontra. »Morgen.«

Eine Maschine im Landeanflug donnerte über ihre Köpfe hinweg und machte für ein paar Sekunden jedes Gespräch unmöglich. Die Sonne kam heraus, eine kitschige, alles vergoldende Frühlingssonne, die keine Ahnung hatte, dass sie sich gerade aufführte wie eine brasilianische Sambatänzerin auf einer Beerdigung. Niemand außer Hannes schien sie zu bemerken, niemand nahm die Kapuze ab. Waechter stand im Schatten, die Hände in den Manteltaschen vergraben, sein Gesicht war wintergrau.

»Es sieht nach einem rituellen Hintergrund aus«, sagte Hannes.

Lanz ignorierte ihn. »Was meinst du, Schusterin?« Er legte den Arm um Elli, der in gefährliche Nähe zu ihrem Hinterteil rutschte. Gefährlich für Lanz.

»Vielleicht der Versuch einer Leichenbeseitigung.« Elli schüttelte Lanz mit einem Ruck ab und ging einen Schritt auf Abstand.

»Ich hätte gern ein paar Münchner Kollegen in der Ermittlungsgruppe. Unbekannter Täter, Tatort im Freien und praktisch keine Anwohner, dafür drei Autobahnen drumherum. Das wird kein Durchmarsch. Mit wem kann ich rechnen?«

Waechter hatte von Der Chefin grünes Licht für alle seine Entscheidungen bekommen. Und die Verantwortung für alle Konsequenzen.

»Wie viele brauchst du?«, fragte Waechter.

»So viele du entbehren kannst.«

»Entbehren kann ich keinen. Wir können euch zuarbeiten, mehr nicht.« Waechter schaute Elli und den Hüter des Schweigens an. »Was ist mit euch?« Die beiden zuckten die Schultern, er schien das als Zustimmung zu werten. »Hannes, was ist mit dir?«

Hannes schaute auf seine Schuhe, um Zeit zu gewinnen. Er hatte bis heute seinen Urlaubsantrag stellen wollen, damit er und seine kleine Familie wegfahren konnten. Hatte es bis jetzt nicht gemacht. Daheim standen die gepackten Koffer. Er hatte den richtigen Zeitpunkt verpasst.

»Hannes?«, fragte Waechter.

16

Die Blicke der Kollegen zogen sich um ihn zusammen. Hannes wollte keinen Koffer packen, er wollte ein Teil dieser Ermittlung sein.

»Es ist mir wichtig, dass du dabei bist«, sagte Waechter. Hannes senkte den Blick. »Klar. Kein Problem.«

Waechter nickte.

Hannes blieb mit dem Gefühl stehen, dass gerade ein ICE über ihn hinweggerast war. Und er mit ausgebreiteten Armen auf den Gleisen gestanden hatte.

Das Brummen eines Motors kam näher und verstummte. Zwei uniformierte Polizisten stiegen aus dem Streifenwagen und stapften durch den schwarzen Schlamm auf sie zu.

»Wir sind fertig mit der Nachbarschaft, die ist hier recht übersichtlich«, sagte der eine. »Eines dürfte euch interessieren: Zwei Straßen weiter wohnt die Familie von Eva Nell. Und die vermissen sie seit gestern Abend.«

Lanz klatschte in die Hände und machte eine einladende Geste in Richtung der Autos.

»Dann könnt ihr euch gleich mal nützlich machen.«

Der Nieselregen hatte wieder eingesetzt, binnen Minuten war es so dunkel wie in der Abenddämmerung. Aprilwetter, das sämtliche Spuren in den Matsch spülte. Der feine Schleier aus Wasser durchnässte Waechters Kleidung, kroch ihm in den Kragen und drang bis auf die Haut durch. Jemand hatte ihm einen Schirm gereicht, er spannte ihn aus Höflichkeit auf. Seinetwegen war jetzt jemand ohne Schirm. Die Tote war abtransportiert, Lanz war mit Hannes zu der Nachbarin gefahren, die Eva Nell vermisste, und es war Waechters Aufgabe, auf die beiden Bauern zu warten, denen das Grundstück hier gehörte. Auch zwanzig Meter Brackwasser, Schilf und Kompost gehörten jemandem. Er hatte auf das

Geräusch eines Kombis oder Traktors gelauscht und wurde daher von den zwei Männern auf ihren Trekkingrädern überrascht. Junge Kerle mit Pferdeschwänzen und T-Shirts von längst vergangenen Rockfestivals. Was war aus den Bauern seiner Kindheit mit Schlapphut, Zigarre und Mercedes geworden?

Waechter nahm ihre Personalien auf.

»Ich versteh das nicht«, sagte der Ältere immer wieder und schaute in Richtung des Zeltdachs, von dem nur eine Ecke durch die Bäume schimmerte.

»Wir haben die Weiden erst vor ein paar Tagen zuschneiden lassen«, sagte der Bruder. »Wir wollten das Holz zum Osterfeuer schaffen.«

Er versuchte, in den Feldweg zu schielen, aber Waechter schob sich in die Sichtachse. Der Reisighaufen war also nicht vom Täter errichtet worden. Er oder sie hatte bloß die Gelegenheit genutzt, die sich geboten hatte. Das machte die Ermittlung schwieriger, denn ein Mensch war leichter zu transportieren als ein paar Kubikmeter Holz.

Oder war das Opfer auf eigenen Füßen zu seinem Scheiterhaufen gegangen?

»Wann genau haben Sie das Holz aufgeschichtet?«, fragte Waechter. »Tag und Uhrzeit bitte.«

Sie zuckten die Schultern, schauten einander an. »Vorgestern? Vorvorgestern?«

»Kriegen Sie es raus, wir kommen in den nächsten Tagen noch mal bei Ihnen vorbei. Waren Sie seitdem hier draußen?

Der ältere Bruder schüttelte den Kopf. »Unser Hof ist drüben in Massenhausen. Bei dem Sauwetter hat's nichts zu tun gegeben.«

»Was bauen Sie hier an?«

»Das hier sind Ausgleichsflächen für den Flughafen und Landschaftsschutzgebiet«, sagte der Bauer. »Wir haben die Auswahl zwischen Streuwiese, Nasswiese und Feuchtwiese. Eine Goldgrube, können Sie sich vorstellen.«

»Wer benutzt diesen Weg außer Ihnen und Ihrer Familie?«

Der Bauer strich über das Zöpfchen an seinem Kinn. »Ein paar Nachbarn, Gassigeher, der Typ von der Fischermühle mit seinem Kleinlaster ...«

»Vogelbeobachter, die den Aussichtsturm suchen«, sagte sein Bruder. »Bei schönem Wetter Radler.«

»Die Reiter vom Pferdehof nicht zu vergessen.«

So einsam war es hier also doch nicht. Trotzdem glaubte Waechter daran, dass die Stelle gezielt ausgesucht worden war. Das Publikum bestand aus Ortskundigen. Hierher verirrte man sich nicht, auf diesen Feldweg stieß man nicht zufällig, und wenn man es tat, fiel man dabei auf.

»Wir bräuchten die Namen und Adressen von allen, die Sie hier in den letzten Tagen gesehen haben. Von jedem, der diesen Weg benutzt.«

Die Burschen beugten sich über ihre Smartphones und bekamen eine Reihe von Namen und Hausnummern zusammen. Es wurden überraschend viele.

»Die Frau mit dem Hirtenhund«, sagte der Ziegenbart. »Die ist vorgestern hier rumgelaufen und hat Bärlauch geschnitten.« Er stieß seinen Bruder an. »Wie heißt die noch mal?«

»Lindner«, sagte sein Bruder. »Maret Lindner. Die Kräuterhexe.«


»Wir haben uns verfahren.« Hannes bremste vor einem Weidezaun. Zwei wollige Wisente kauten und betrachteten die

Eindringlinge mit müden Augen. »Das Navi führt uns hier lang. Es sagt, das ist der Moosmühlenweg.«

»Vergiss das Navi. Alle Straßen hier heißen Moosmühlenweg«, sagte Elli und knisterte mit einer Straßenkarte voll Kugelschreibermarkierungen. Sie war so was von analog.

Hannes stieß mit dem Auto zurück. In der Mitte des Feldwegs verlief ein Streifen Gras, die Fahrrillen schnitten zu beiden Seiten tief ein. Hoffentlich setzte der BMW nicht auf. Nicht zum ersten Mal wünschte Hannes, er säße in seinem Landrover Defender mit dem Bullenfänger an der Front, der diese blöden Wisente von der Straße fegen konnte.

»Hier geht es zur Nummer siebenunddreißig, wir brauchen Nummer vieranddreißig, sagte Elli.

»Das nächste Mal fahr halt du, Gscheithaferl.« Hannes hielt und stieg aus.

»Was machst du?«, fragte Elli.

»Ich will sehen, ob man von hier aus zurück auf die geteerte Straße kommt.« Er beugte sich über den Zaun.

»Pass auf, das ist ein Elektrozaun.«

»Ich schau mal, ob er an … Aua!«

Die Wisente steckten die Köpfe zusammen. Sie schauten drein, als ob sie kicherten. Hannes setzte sich wieder auf den Fahrersitz, zwinkerte ein paar Mal und knetete seine Hand.

»War an, oder?«, sagte Elli.

Hannes kurvte den BMW weiter um Schlaglöcher und verfehlte nicht alle davon. Als sie wieder die schmale Asphaltstraße erreichten, fühlte sich sein Nacken an, als hätte ihm jemand wiederholt auf den Kopf geschlagen. Die Bauernhäuser lagen einsam und verstreut, jedes Haus hatte seine eigene Zufahrt und versteckte sich hinter Weiden und Birken. Das GPS hatte aufgegeben und versuchte, sie zurück nach München zur Dienststelle zu lotsen.

Sie fuhren einen schmalen Moorkanal entlang und hielten bei einer Brücke. Vor ihnen versickerte der Pfad in der Wiese, Straßenpfosten ragten aus dem Gras und markierten einen unsichtbaren Weg, der um ein Waldstück ins Nichts führte. Auf dem Vorplatz stand ein kleiner weißer Fiat mit einem Aufdruck vom medizinischen Dienst.

Hannes zog sein privates Handy heraus. Jonna hatte dreimal versucht, ihn zu erreichen. Er hatte es auf stumm gestellt. Wenn dieser Einsatz vorbei war, würde er sie zurückrufen. Falls er je rumgehen würde. Hannes hätte nein sagen können. Aber den Gedanken konnte er nicht mal zu Ende denken. Noch nie hatte er nein zu Waechter gesagt.

Er stieg aus und streckte den Rücken. Ein Flugzeug donnerte über ihn hinweg, so tief, dass er den geschwollenen Bauch sehen konnte und die Fugen und Rillen des Fahrwerks. Der Wind trug eine zweite Welle von Grollen heran, Hannes hob schützend die Hand zu seinem Ohr. Am Horizont war schon der nächste Flieger zu sehen, steil im Landeanflug.

Das Bauernhaus lag am Kanal, vom Gerippe eines wilden Weins überwuchert, der einen der vergangenen Winter nicht überlebt hatte. Das moosbewachsene Dach hing in der Mitte durch. Wasserflecken zogen sich vom Kanal aus die Wände hoch. An einigen Stellen war der Putz abgeblättert, die Wunden aus nackten Ziegelsteinen leuchteten rot. Ein Blumenkübel mit Primeln stand vor der Haustür, eine Ampel mit Geranien schwang im Wind. An der Treppe lehnte ein rosa Tretroller. Unter dem Dachfirst starrte ein kleines Fenster ohne Glas wie ein schwarzes Auge.

Um zum Haus zu gelangen, mussten sie einen betonierten Steg mit verrosteten Zahnrädern überqueren, ein ehemaliges Wehr. Hannes' Handy summte. Sein privates Handy. Er blieb stehen und fingerte es aus der Tasche. Für eine Sekunde konnte er den Namen des Anrufers sehen, bevor Elli ihm in den Rücken krachte. Das Telefon schoss aus seiner Hand, schlug mit einem grässlichen Geräusch auf dem Beton auf und rutschte über den Rand der Brücke. *Plopp*

Oh nein, bitte nicht *plopp*. Er schob sich an Elli vorbei von der Brücke und griff nach dem Gerät, das friedlich zwischen Steinen und Algen lag. Ein schimmerndes Artefakt der Technik. Mit schwarzem Bildschirm. Er fischte es heraus, Wasser rann aus allen Öffnungen.

Es war nagelneu. Er konnte sich an die wilde Freude erinnern, es zu besitzen und über den mattgoldenen Rücken zu streichen, an das erste Aufleuchten des Displays. Es hatte so viel gekostet wie eine Monatsrate des Hauskredits. Aber das Schlimmste war, dass Jonna jetzt dachte, er hätte sie weggedrückt.

»Können wir endlich?«

Autotüren schlugen, Lanz humpelte auf die Brücke zu, ein paar Kollegen im Gefolge. »Na, Brandl, fischst du noch im Trüben?« Hannes wischte kommentarlos das Handy an seiner Jeans ab und schloss sich der Truppe an.

Lanz klingelte. Eine junge Frau öffnete ihnen. Ihre Augen wanderten über die Polizisten, registrierten, wie viele sie waren. An ihren Knien hing ein Mädchen und schaute zu ihnen hoch, sie war winzig, vielleicht sechs Jahre alt.

»Wissen Sie schon was Neues?«, fragte die Frau, ein leichtes Zittern in ihrer Stimme.

»Dürften wir bitte reinkommen, Frau Lindner?«, sagte Lanz mit sanfter Stimme. »Wir müssen Sie noch ein paar Sachen fragen.«

Die Frau trat zur Seite, zog dabei ihre Tochter mit sich. Das Mädchen folgte der Prozession mit ihren riesigen hellen Augen, sie erinnerte Hannes so sehr an seine Tochter, dass es wehtat. Im Flur hing die Decke so stark durch, dass die Männer sich unwillkürlich bückten. Die Frau stand mit dem Rücken zur Wand, das Kind klammerte sich immer noch an ihre Knie wie jemand, der auf die offene See hinaustrieb.

»Das hier sind Herr Brandl und Frau Schuster von der Mordkommission München.« Lanz blieb im Hintergrund und ließ mit einer Handbewegung Hannes den Vortritt. Klar: Drecksarbeit.

»Sie sind Frau Maret Lindner?« Hannes reichte ihr die Hand.

Sie nickte.

»Die Tochter von Eva Nell?«

Maret Lindner legte dem Mädchen die Hand auf den Kopf. »Sophie, geh mal raus«.

Das Mädchen schaute mit großen Augen zu Hannes auf. »Bist du ein richtiger Polizist?«

»Aber sicher.«

»Hast du eine Schießpistole?«

Er beugte sich zu ihr und sagte mit sonorer Stimme: »Geheim.«

»Kommst du wegen dem Geist?«

»Welcher Geist?«

»Sophie! Geh raus zu Dennis!«, sagte die Mutter, ihre Stimme war scharf.

Sophie verschwand vom Fleck wie ein flüchtendes Wildtier. Elli nickte den anderen zu und folgte dem Mädchen nach draußen.

»Haben Sie meine Mutter gefunden?«, fragte Maret Lindner.

Hannes suchte nach den richtigen Worten. »Die endgül-

tige Identifizierung …« Es war so einfach, sich hinter büro-
kratischen Formulierungen zu verstecken, so schwierig, die
Wahrheit auszusprechen. »Wir müssen davon ausgehen, dass
Ihre Mutter tot ist.«

»Aber wie …?«

»Wir können es Ihnen leider nicht sagen.«

Sie akzeptierte es mit einer unwirschen Kopfbewegung.

»Frau Lindner, kann Ihr Mann nach Hause kommen?«

»Ich erreiche ihn nicht.«

»Wollen Sie vielleicht jemanden anrufen, der jetzt bei Ihnen sein kann?«

»Nein … wenn, dann würde ich meine Mama anrufen. Ich
versteh das nicht … Sie war doch gestern noch bei uns …«

Hannes legte ihr eine Hand auf den Arm. »Es wäre besser,
wenn wir uns für einen Moment setzen könnten.«

Maret Lindner führte Hannes und Lanz in das winzige
Wohnzimmer, Hannes musste sich bücken, um unter dem
Türrahmen durchzugehen. Ein Ölofen verbreitete seinen
ranzigen Duft. Lanz ließ sich aufs Sofa fallen und zog ein
Stück des Überwurfs mit sich, die Latten des Holzgerippes
schauten durch den zerschlissenen Stoff. Jemand hatte die
Tapete entfernt, um das Stempelmuster auf dem Putz wieder zum Vorschein zu bringen. Gerahmte Fotos hingen an
der Wand, Schwarzweißaufnahmen eines Brautpaars, eines
Kleinkinds und eines riesigen Traktors vor dem winzigen
Haus. Die neueren Fotos waren mit Tesafilm befestigt. Über
die Zimmerdecke zog sich ein Riss im Zickzack, er sah aus,
als würde er sich weiterschlängeln, wenn sie sich zu viel bewegten.

»Was ist mit ihr passiert? Ihr Kollege hat gesagt, Sie kä-
men von der Mordkommission?«

»Wie gesagt, wir können zurzeit noch nichts …«

Mit einer ungeduldigen Geste warf sie eine Haarsträhne zurück. »Kommen Sie mir nicht mit Ihren Polizistenfloskeln. Ich will wissen, was passiert ist. Ich will wissen, was mit meiner Mutter ist.«

»Sie sagten, Ihre Mutter war gestern noch bei Ihnen?« Lanz verzerrte das Gesicht, als er seine Beinschiene lockerte. »Ist es in Ordnung, wenn wir Ihnen ein paar Fragen zum vergangenen Abend stellen?«

»Ich bin sicher, es ist schwer für Sie …«, sagte Hannes, aber Maret Lindner unterbrach ihn.

»Wie gesagt, verschonen Sie mich.« Die Frau stand immer noch unbeweglich auf dem Fleck.

Hannes wusste es zu deuten: Schockstarre. Zum ersten Mal fiel ihm auf, wie dünn sie war. Ihre Füße steckten in grasgrünen Garten-Crocs, ihre Knöchel standen darüber hervor, als könnten sie ihr zierliches Gewicht kaum tragen. Die Armbanduhr hing lose um ihr Handgelenk. Er musste sie zum Reden bringen. Wenn nicht um des Falls willen, dann um ihrer selbst willen.

»Erzählen Sie mir von dem Abend.«

»Meine Mutter war gestern zum Babysitten da«, sagte Maret Lindner. »Ich hatte einen Abendkurs, und mein Mann hat mich mal wieder im Stich gelassen. Mein Untermieter hatte Nachtschicht. Also habe ich meine Mutter angerufen.«

»Wann ist sie hier angekommen?«

»Ich habe Mama vom Bahnhof abgeholt, so gegen fünf. Ich weiß nicht mehr genau.«

»War Ihre Mutter oft bei Ihnen?«

»Sophie hat sich gut mit ihr verstanden.«

Hannes hörte den Subtext heraus. Die Großmutter und die Enkelin. Nicht die Tochter.

»Die beiden haben in der Küche zu Abend gegessen«,

sagte Maret Lindner. »Ich bin gegen sechs gefahren. Meine Mutter sagte«, es war ein winziger Bruch in ihrer Stimme, »dass alles gut gehen würde.«

»Könnten Sie mir bitte zeigen, wo sie gegessen haben?«, fragte Hannes, nur um die Frau aus ihrer Starre zu bringen.

Maret Lindner schreckte auf wie aus einem Traum. Dann nickte sie.

»Hätten Sie was dagegen, wenn ich …« Lanz massierte sein Knie.

»Natürlich nicht, bleiben Sie sitzen.«

Sie ließen Lanz zurück, und Maret Lindner öffnete eine zweite Tür, die massiver aussah als die anderen Zimmertüren.

»Die Küche.«

Helles Licht erfüllte den Raum. Ein Holztisch dominierte die Küche wie in einem Refektorium. Eine Schale Zitronen stand in der Mitte, die Früchte verströmten ihren Duft. Die Spüle und die Dunstabzugshaube schimmerten wie neu. Marmeladengläser standen aufgereiht in den Regalen, an den Schränken hingen Peperoni und Kräuter zum Trocknen. Eine Reihe von vergitterten Fenstern zog sich unter der Decke entlang, sie ließen nur wenig Tageslicht durch.

»Das ist der frühere Kuhstall«, sagte sie. »Ich habe ihn umgebaut, als ich noch die hirnrissige Idee hatte, mich selbständig zu machen. Na ja.« Sie zuckte mit den Schultern. »Pläne ändern sich.«

»Was sind Sie von Beruf, Frau Lindner?«

»Sagen Sie bitte Maret. Zurzeit bin ich mit dem Kind daheim.« Als ob sie sich rechtfertigen müsse, schob sie nach: »Ich mache gerade den Heilpraktikerschein, Abendschule.«

»Erzählen Sie mir weiter von gestern, Maret.«

»Ich sehe sie noch vor mir, sie haben hier am Tisch gesessen.« Ihr Blick fiel auf zwei leere Stühle. »Sophie mit ihren Zahnlücken. Meine Mutter, wie sie zum Abschied gewunken hat. Ich hätte nie gedacht …«

… *dass es das letzte Mal sein könnte,* ergänzte Hannes stumm. Die meisten Menschen dachten nicht daran. Er selbst hatte es durch seinen Beruf verinnerlicht, an jedem Morgen, bei jedem Abschied.

»Als ich heimgekommen bin, war alles aufgeräumt. Das Haus war dunkel, Sophie hat geschlafen, meine Mutter war weg, mein Mann lag schon im Bett. Ich dachte, er hätte sie zum Bahnhof gefahren.« Ihre Augen weiteten sich. »Ich habe ihn erst beim Frühstück danach gefragt. Er hat sie nicht gefahren. Sie ist einfach verschwunden. Und jetzt soll sie tot sein. Wie kann ein Mensch einfach aus der Welt fallen?«

Hannes nahm ihre Hand, blasse, schmale Knochenfinger. Zu seiner Überraschung waren sie warm. Maret war Leben in diesem sterbenden Haus. Sie schaute ihn an, ihre Augen suchten das Versprechen, das Hannes ihr nicht geben durfte. Dass er den Mörder finden würde. Er gab es ihr stumm.

Als sie zurückkamen, stand Lanz im Wohnzimmer und inspizierte die Fotos an der Wand. Er drehte sich zu ihnen um.

»Wir schicken Ihnen jemanden vom Erkennungsdienst vorbei, der Fingerabdrücke und DNA-Proben von allen Hausbewohnern nimmt. Nur um Sie auszuschließen, natürlich. Ich hoffe, Sie haben nichts dagegen, wenn die Spurensicherung hier mal durchgeht.«

Maret stieß einen erstickten Laut aus. Hannes griff sie am Arm, ihr Blick war starr, sie schaukelte wie von einem Windstoß getroffen.

»Dürften wir das haben?«, fragte Lanz und deutete auf ein

Foto an der Wand. Eine Frau lächelte darauf, dunkle Pony-frisur, Kleopatra-Nase. Ihre Augen waren dick mit Kajalstift umrahmt. Eine ehemalige Schönheit. Lanz zog das Foto ab, bevor Maret nein sagen konnte, das Reißen des Tesas klang, als öffnete sich der Sprung in der Decke noch weiter.

»Herr Falk?«

Der junge Mann drehte sich zu Elli um und stellte die Gießkanne ab. Aus der Nähe wirkte er wie Anfang zwanzig, die winzigen Unebenheiten einer überstandenen Akne über-zogen seine Wangen. Wenn sie verheilt waren und er aus sei-ner Schlaksigkeit herausgewachsen war, könnte mal ein hüb-scher Kerl aus ihm werden. Das kleine Mädchen versteckte sich hinter seinen Knien. Das machten Kinder immer, wenn sie Elli kommen sahen. Oder sie liefen davon oder fingen an zu weinen. Langsam nahm sie das persönlich.

»Elli Schuster von der Kripo München. Kann ich kurz mit Ihnen reden?«

»Klar, kein Problem.« Der Junge lächelte, doch es erreichte seine Augen nicht, sie blieben wachsam.

»Sie gehören zur Familie?«

Er schüttelte den Kopf. »Ich wohne hier nur zur Unter-miete in der Einliegerwohnung.«

»Sieht nicht gerade aus wie ein Luxusapartment«, sagte Elli mit einem Blick auf den abblätternden Putz.

»Wenn es eins wäre, könnte ich es mir nicht leisten«, sagte er. »Ich bin froh, dass ich die Wohnung gefunden habe.«

»Was machen Sie beruflich, Dennis? Ich darf doch Dennis sagen?« Er sah so unglaublich jung aus, es kam ihr absurd vor, ihn mit seinem Nachnamen anzusprechen.

»Ich arbeite bei einem Pflegedienst. Und bei den Lind-ners helfe ich im Garten mit und verdiene mir so etwas dazu.

Maret schafft den großen Kräutergarten nicht alleine, und ihr Mann ist nicht ...« Er brach ab, als er merkte, dass er im Begriff war, etwas Ungnädiges über seinen Vermieter herauszulassen.

»Kommen Sie schon. Helfen Sie mir weiter. Was ist ihr Mann nicht?«

»Er ist Professor an der Uni. Er ist nett, aber keine große Hilfe, wenn es darum geht, ein Beet umzugraben.«

Um seinen Hals hing ein Anhänger in Form eines kleinen Fisches, der bei jeder Bewegung glitzerte. Oje. Einer von den Hundertprozentigen.

»Sie sind Christ, oder?«

Sein Gesicht leuchtete von innen auf. Sie sollte sich nicht über ihn lustig machen. Es war ein Gefühl, wie einen Welpen zu treten.

»Haben Sie gestern mitbekommen, dass Frau Nell da war?«

Er drehte an dem kleinen Fisch. »Ich hatte Abenddienst bei einer alten Dame.«

»Nachtschicht?«

»Nein, es war so, dass ihre Familie an dem Abend ausgegangen ist und jemanden brauchte ...« Er wurde rot.

»Sie haben an Ihrem Boss vorbei schwarz Senioren-Sitting betrieben und sich ein paar Euro dazuverdient, oder? Keine Angst, ich verrate Sie nicht.« Sie zwinkerte. »Wann sind Sie nach Hause gekommen?«

Er atmete sichtlich erleichtert aus. »Gegen halb eins.«

»Ist Ihnen da etwas aufgefallen?«

»Nichts. Das Haus war schwarz.«

»Und heute Morgen?«

Er schüttelte den Kopf, es sah aus wie das Nachjustieren eines Roboters. Mikrobewegungen. »Um sechs bin ich vom

Lärm aufgewacht, ich dachte, die Flugzeuge hätten mich geweckt. Dann habe ich den Hubschrauber gesehen.«

»Außer dem Hubschrauber? Bitte denken Sie genau nach.«

Wieder das kaum merkliche Rucken des Kopfes, als die richtige Antwort durch seine Synapsen lief. »Ich dachte, ich hätte Sirenen gehört«, sagte er. »Aber das kommt hier öfter vor. Die Autobahn ist nicht weit weg.« Er zuckte wie unter einem Schlag. »War das wegen Eva? Der Hubschrauber? Die Sirenen?« Er schaute sich gehetzt um. »Ich muss mich um Maret kümmern«, sagte er und lief ins Haus.

Elli ließ ihn laufen. Heute war erst Tag eins, und sie würden noch viele Fragen haben, auch an Dennis. Sie würden noch oft Welpen treten müssen.

Sie hatte nicht mehr auf das Mädchen geachtet, das immer noch vor der Hausmauer stand und Elli mit seinen wasserhellen Augen anschaute.

»In meinem Zimmer wohnt ein totes Mädchen«, sagte die Kleine. »Es ist böse.«


Waechter parkte in der Tegernseer Landstraße vor dem Billardsalon. Beim Aussteigen begrüßte ihn das Tosen des Verkehrs wie ein alter Freund. Er atmete tief ein. Keine Pollen, nur Abgase. Gut. Als die Frage aufkam, wer in die Stadt fahren und sich in der Wohnung der Toten umschauen sollte, hatte er sich fast auf den Schlüssel gestürzt. Es war nicht so, dass er das Umland nicht mochte. Das Umland mochte ihn nicht. Es verätzte seine Augen, verdreckte seine Schuhe und machte ihm unmissverständlich klar, dass er sich wieder dahin schleichen sollte, wo er Asphalt unter den Sohlen hatte. Zwei uniformierte Polizisten warteten auf der anderen Straßenseite auf ihn, gemeinsam stiegen sie hoch.

Vor Eva Nells Wohnung im dritten Stock hing ein Traumfänger, der bisher nur reichlich Staub gefangen hatte. Waechter klingelte. Erst nach einer Minute sperrte er auf und ging hinein. Die Luft stand, der erkaltete Duft von Räucherstäbchen hing in der Diele.

»Hallo?«

Waechter zog Handschuhe an. Im Halbdunkel des Flurs wischte ihm etwas durchs Gesicht, er schlug danach. Ein Baumwollschal hatte sich im Zug bewegt, das Parfüm seiner Besitzerin hing schwer im Stoff.

Die erste Tür führte zu einer kleinen Küche. Auf der Anrichte standen die Reste eines Salattellers, die Blätter waren gelb verfärbt und rochen säuerlich. In der Kaffeemaschine hing eine volle Filtertüte. Zwei leere Suppenteller standen in der Spüle. Eva Nell hatte nicht aufgeräumt. Aber er musste mehr über ihre Gewohnheiten wissen, bevor er Schlüsse daraus ziehen konnte. Wenn jemand seine eigene Küche sehen würde, würde er denken, Waechter sei schon lange tot. Er hatte in seiner Wohnung die Unordnung zu einer neuen Dimension erhoben. Es war keine Unordnung, es waren Sedimentschichten.

Durch die zweite Tür ging es ins Schlafzimmer. Ein kleiner Röhrenfernseher stand im überquellenden Bücherregal. Die Fensterbank diente als Laptoptisch, zwei Billy-Regale links und rechts als Büro. Auf dem Bett lagen achtlos verstreut ein paar astrologische Zeichnungen. Er warf einen Blick darauf, es waren Computerausdrucke. Eine Kletterpflanze hatte von einer Ampel aus die halbe Zimmerdecke erobert. Sie würde im Müll landen. Alles hier erzählte von Eva Nells Arbeit. Ein Satz Tarotkarten, Halbedelsteine, ein Pendel auf einem Messinggestell. Das Gemälde eines Engels in fröhlichen Acrylfarben hing an der Wand.

»Meine Güte, die Frau hat wirklich nichts ausgelassen«, sagte einer der Uniformierten mit einem verächtlichen Zug um den Mund.

»Sie hat von Hartz IV gelebt«, sagte Waechter. »Ist es da nicht menschlich, jede Möglichkeit zu nutzen, sich etwas dazuzuverdienen?«

Die Leere des zweiten Zimmers war ein scharfer Kontrast. Auf dem Boden lag ein runder Teppich, in dessen Mitte ein Meditationshocker und eine tibetische Klangschale standen. Vier Chiffonbahnen hingen von der Decke und bildeten eine Art Zelt, sie blähten sich in der Zugluft wie Segel. An der Wand stand eine Vitrine mit Fläschchen voller buntem Öl, zwei Farben in jeder Flasche, keine wie die andere. Waechter hob eine davon auf, sah das Preisschild und stellte sie schnell wieder hin. Das Übersinnliche war ein lukratives Geschäft. Eva Nell hatte hier offenbar Kunden empfangen. Hatte sie diesen Raum auch für sich selbst genutzt? Ein Stück Platz in ihrem Leben ganz für sich allein, ohne den Ballast, den jeder mit sich herumschleppte? Waechter fragte sich, ob dieser Raum auf die Rückkehr seiner Besitzerin wartete. Die Wohnung war nur ein Ding, sie sprach nicht zu ihm.

Ein erbärmliches Wimmern kam aus der Mitte des Zimmers. Der Klagelaut ließ sie alle drei zu Statuen gefrieren. Waechter schob eine der Stoffbahnen zur Seite. Eine kleine Katze saß halb versteckt hinter dem Chiffon. Ihr Mund öffnete sich, aber nur ein hochfrequentes Fiepen kam heraus. Als sie auf ihn zuwackelte, sah er, dass ihr Fell struppig war, die Schulterblätter standen hervor.

»Sie braucht was zu trinken«, sagte er und bückte sich nach dem Tier.

Es drückte den Kopf in seine Handfläche und schnurrte

laut und auffordernd. Waechter holte einen Suppenteller voller Wasser, und es fiel darüber her. Im Stakkato schaufelte die winzige Zunge Wasser in den Mund. Ein Kollege hatte Katzenfutter gefunden und brachte eine Schüssel mit Körnchen, die Katze verschlang sie wie ein Staubsauger. Als sie fertig war, hob Waechter sie hoch, sie wog nichts. Er würde jemanden finden müssen, der sie ins Tierheim brachte. Eva Nell hätte ihre Katze sicher nicht ohne Wasser zurückgelassen. Sie hatte erwartet, am Abend zurück zu sein. Jemand hatte sie mit Gewalt daran gehindert.

»Ich will einen Durchsuchungsbeschluss für die Wohnung, und ich will, dass die Spurensicherung hier durchgeht. Ich will, dass sämtliche Korrespondenz beschlagnahmt wird. Ich will, dass die Nachbarn befragt werden.«

Einer der Kollegen holte sein Handy heraus. »Wo sollen die Ergebnisse hin? Hierher? Oder nach Erding?«

»Das läuft alles erst über meinen Schreibtisch«, sagte Waechter. Das hier war sein Revier.


Auf der Fahrt nach Erding überließ Elli Hannes das Steuer. Trotz ihrer Müdigkeit hatte sie immer noch das Achterbahnkribbeln im Bauch, das sie seit dem Anblick der Brandstelle nicht mehr losgelassen hatte. Das Kribbeln vor einem großen Fall mit vielen Unbekannten, in den sie sich reinwühlen konnte wie ein Maulwurf. Elli redete mit niemandem über das Gefühl, aus Angst, es könnte ihr als fehlender Respekt oder mangelndes Mitgefühl ausgelegt werden. Respekt hatte sie. Und Mitgefühl – ja, aber das lief auf einer anderen Partition ihrer Festplatte. Sie konnte es komplett beiseiteschieben. Ein wirksamer Schutz davor, die Bilder mit in den Feierabend zu nehmen. Sie schaute auf die Uhr. Halb fünf, sie würden pünktlich in Erding sein.

Hannes hielt den Blick stur auf die Straße gerichtet, den Stöpsel der Freisprechanlage im Ohr wie ein Bollwerk gegen unerwünschten Smalltalk. Sie wunderte sich, warum er nicht wie sonst alle drei Sekunden den Radiosender wechselte und Bandnamen-Dropping spielte. Wenn er mal die Klappe hielt, war er ein ganz netter Kerl. Sie wischte mit dem Ärmel den Dampf aus der Lüftungsanlage von der Windschutzscheibe. Ein paar Fetzen dunkler Regenwolken hingen tief über ihnen. Die Pendlerschlange vor ihnen war um diese Zeit ein Band aus roten Lichtern.

»Hast du Licht an, Hannes?«

»Nö.«

»Okay, wir versuchen's noch mal. Männer und Frauen können nicht kommunizieren. Machst du bitte Licht an?«

»Nö.«

»Willst du einen Unfall bauen?«

»Schon mal was von ökologischem Fußabdruck gehört?«

»Die anderen haben alle Licht an.«

Keine Antwort, außer einem verächtlichen Prusten. War ja klar. Alles Deppen außer Vati.

Hannes riss den BMW über zwei Spuren hinweg, zog an einem Mittelspurschleicher vorbei und setzte quer über die Autobahn zurück auf die rechte Spur. Der Wagen schlingerte, Elli packte den Omagriff über der Beifahrertür.

»Du machst es schon wieder«, sagte Hannes.

»Was denn?«

»Dieses kritisierende Festhalten am Griff.«

»Welches kritisierende …?«

»Immer wenn du meinen Fahrstil nicht gut findest, machst du dieses zischende Geräusch und klammerst dich an dem Griff fest.«

»Dein ökologischer Fußabdruck wäre bestimmt kleiner,

wenn du langsamer fahren würdest. He!« Die Autobahn verschwand hinter ihr »Warum fährst du auf den Parkplatz?«

Hannes bremste schräg vor drei LKWs und sprang aus dem Auto. »Wenn du alles besser weißt, dann fahr halt du.«

Endlich.

Elli setzte sich auf den Fahrersitz. Ihre Chancen, den Tag lebendig und ohne Schleudertrauma zu überstehen, waren gewachsen. Hannes verschmolz auf dem Beifahrersitz mit seinem Handy zu einem Hybridwesen aus Mensch und Apple. Außen eine hübsche Benutzeroberfläche, innen jede Menge Bugs, mit keinen anderen Systemen kompatibel und von der eigenen Gottgleichheit überzeugt. iHannes. Er schüttelte das Handy vergeblich und wischte es immer wieder an seiner Jacke ab. Der Bildschirm blieb schwarz.

»Ist was?«, fragte Elli.

»Was soll denn sein?«

»Du bist gerade auf Krawall gebürstet. Meinst du, Lanz ist noch sauer, weil du ihm das Kreuzband kaputtgetreten hast?«

»Ich wollte den Ball treten.«

»Hannes, weißt du, dass sie hinter deinem Rücken ›Blutgrätsche‹ zu dir sagen? Du solltest mal über den Sinn des Wortes Freundschaftsspiel nachdenken.«

Er lachte und wurde sofort wieder ernst. »Das hier ist kein Freundschaftsspiel, oder?«

Sie schüttelte den Kopf. Der Scheiterhaufen-Fall war zu groß für Lanz, das wusste er. Seine Leute hatten zu viele Fälle auf dem Tisch. Er brauchte sie. Aber das hieß noch lange nicht, dass er es ihnen leicht machen würde. Sie wirklich einbinden und nicht nur Amtshilfe leisten lassen. Scheiterhaufen-Fall. Elli hatte ihn so genannt, seit Hannes an der Brandstelle das Wort ausgesprochen hatte. In dem sicheren Wissen, dass es morgen alle Titelblätter zieren würde.

35

Sie wischte noch einmal mit dem Ärmel über die beschlagene Scheibe. Ein kleines Fenster tat sich auf.

»Es geht gar nicht um den Fall, oder? Alles klar bei dir, Hannes?«

Sein Kinn wurde hart. »Alles klar, wieso?«

Binnen Sekunden beschlug die Scheibe wieder und nahm ihr die Sicht.


Waechter parkte sein Auto vor der KPI Erding, schaltete den Motor ab und streckte sich. Müdigkeit floss durch seine Gliedmaßen wie Sirup, es war später Nachmittag. Der langgezogene Zweckbau dehnte sich vor den Toren Erdings zwischen Gewerbegebiet, Neubausiedlung und Landstraße aus. Ihre Dienststellen waren immer an den Rändern. Sie arbeiteten am Rand des Lebens, tauchten auf wie die Totenvögel, wenn es zu Ende war, und verschwanden wieder. Die Menschen wollten sie nicht in ihrer Mitte haben.

Er legte Zeitungspapier auf den Beifahrersitz, holte das Kätzchen aus der Manteltasche, in der es die letzte Stunde wie ein Stein geschlafen hatte, und hockte es aufs Papier. Niemand hatte sich bereit erklärt, sich um das Tier zu kümmern, es würde eine Nacht in seiner Wohnung verbringen müssen.

»Du wartest hier«, sagte er. Das Kätzchen stieß wieder sein Mäusefiepen aus und zeigte nadelspitze Zähne. »Der Onkel Michi hat jetzt eine ganz wichtige Besprechung, und dann fahren wir zwei heim.«

Er füllte eine kleine Plastikschale mit Dosenmilch und packte die hundert Gramm Gelbwurst aus, die er unterwegs gekauft hatte. Was für Kinder gut war, konnte Katzen nicht schaden. Das Fiepen der Katze verfolgte ihn, als er die Tür zuschlug. Sie war derzeit nicht sein größtes Problem. Er kam mit leeren Händen. Jede Minute, während sie mit Gummihandschuhen die Habseligkeiten von Eva Nell durchstöberten, hatte er darauf gewartet, dass sie in der Tür stand und mit großen Augen ihre Einkaufstüten fallen ließ. Sie war noch lebendig gewesen in ihrer Wohnung, ihr Geruch hatte noch darin gehangen und ihre Körperwärme. Die Polizisten hatten beides daraus vertrieben. Nichts hatten sie gefunden. Keine Kampfspuren, keine Drohungen. Nur ein durstiges Kätzchen.

Lanz hatte schon mit der Besprechung begonnen, als er hereinkam. Waechter quetschte sich zwischen Hannes und Elli.

»Negative Energien«, flüsterte Hannes ihm ins Ohr und nickte in Richtung Lanz.

»Das heißt, wir brauchen die große Öffentlichkeit«, sagte Lanz in die Runde. »Eine erste Pressemitteilung ist schon raus, morgen früh gibt es mehr. Wir brauchen einen Zeugenaufruf, Flugblätter, wir müssen den Kreis erweitern.«

Ein leises Stöhnen ging durch den Saal. Durchs offene Fenster kam der scharfe Geruch der Sporen herein, die der Regen aufgewirbelt hatte. Er würde alle Spuren wegspülen, die sie übersehen hatten.

»Morgen ist Samstag, das heißt, wir werden die Nachbarn noch mal abklappern, in der Hoffnung, dass sie diesmal daheim sind.« Lanz schleppte sich hin und her, auf zwei Krücken gestützt. Mit seinem verletzten Bein trat er überhaupt nicht mehr auf, sein Gesicht war grau vor Schmerzen, aber er setzte sich nicht. »Um zehn hat uns Beck gnädigerweise eine Audienz in der Rechtsmedizin gegeben. Frau Staatsanwältin, Sie übernehmen das?«

Staatsanwältin Baumann nickte.

»Einer von euch Münchnern wird noch dabei sein.«

»Woher ist er sich da so sicher?«, fragte Hannes in einem Bühnenflüstern, zu Waechter gelehnt.

»Brandl, weil du dich grad so drum reißt, du begleitest die Frau Baumann«, sagte Lanz.

Hannes lümmelte sich in seinen Stuhl und fing herausfordernd den Blick des Erdinger Kollegen auf.

»Michael.« Lanz deutete mit einer Krücke auf Waechter. »Was bringst du uns aus München mit?«

Waechter trat nach vorne. Lanz nahm das als willkommene Gelegenheit, sich auf einen Stuhl fallen zu lassen, und stieß hörbar die Luft aus. Auf dem Beamer klebte ein Zettel mit der Aufschrift: *DARF NICHT VERRÜCKT WERDEN!!!!* Waechter warf einen Blick über die fremden und vage bekannten Gesichter und blieb bei seinen Leuten hängen.

»Wir sind ziemlich sicher, dass die Wohnung nicht der Tatort ist. Weder Spuren, die auf ein gewaltsames Eindringen hindeuten, noch auf einen Kampf. Eva Nell hatte eine Katze in der Wohnung, wir gehen davon aus, dass sie am Abend heimkommen wollte, um das Tier zu füttern. Unsere bisherige Version ist, dass sie die Wohnung freiwillig verlassen hat und nicht zurückgekehrt ist. Alle möglichen Fremdspuren in der Wohnung, sie hat dort wohl Kunden empfangen. Hat als Astrologin gearbeitet oder als Hellseherin oder so was …«

»Energieheilerin«, sagte Lanz von seinem Stuhl aus. »Heutzutage muss überall Energie drin sein. Wann kriegen wir vom LKA was zurück?«

»Frühestens morgen.«

Lanz warf ihm einen Blick zu, als sei er persönlich dafür verantwortlich. »Morgen also.« Er zog sich hoch und nahm sein Humpeln wieder auf, das Signal, dass Waechter in Ungnaden aus dem Rampenlicht entlassen war. Der lange Tag hatte sämtliche Jovialität aus Lanz herausgekocht. »Hat noch irgendeiner was zu sagen? Sonst …« Es klang wie eine Drohung.

Hannes hob die Hand, bevor Waechter ihn daran hindern konnte. »Ich hatte den Eindruck, dass die Fundstelle wie ein Scheiterhaufen aussieht.«

»Was willst du uns damit sagen, Brandl?«

»Könnte die Tat einen okkulten Hintergrund haben?«

Lanz zog sich auf seinen Krücken zu ihm. »Jetzt merk mal auf, Brandl. Wir haben hier seit fünfzehn Jahren keinen okkulten Fall gehabt. Und ich werde auch keinen haben. Wir sind nicht mehr im Mittelalter.«

»Aber …«

»Wir lösen den Fall mit Beweisen, Spuren und Zeugenaussagen. Die liefert ihr mir, und zwar ohne Voodoo. Verstanden?« Lanz klang schon fast wie Die Chefin.

Waechter trat Hannes ans Schienbein, damit er den Kollegen nicht noch mehr reizte. »Wir sind für heute fertig«, sagte er.

Hannes senkte den Kopf, in seinem Gesicht blühten rote Flecken.

»Dann schleicht's euch alle miteinander. Morgen um Viertel nach sieben, wenn's geht«, sagte Lanz über alle Köpfe hinweg.

Unruhe brandete auf, um sie herum scharrten die Stühle.

»Ich geh eine rauchen«, sagte Waechter zu Hannes, Elli und dem Hüter des Schweigens.

Sie kannten ihn lange genug, um ihm hinterherzutrotten, und versammelten sich an seinem Auto. Hannes wühlte in den Jackentaschen nach Zigaretten. Waechter hielt ihm Zigarillos hin, aber Hannes schüttelte den Kopf und förderte eine zerknüllte Packung NIL zutage.

39

»Wir behalten den okkulten Hintergrund im Auge, aber wenn wir in die Richtung ermitteln, dann als U-Boot«, sagte Waechter. »Verstanden?«

Die anderen nickten.

»U-Boot gilt vor allem für dich, Hannes. Wenn du was rauskriegst, geht das auf jeden Fall über meinen Schreibtisch. Verstanden?«

Hannes stieß Rauch durch die Nase aus. »Verstanden.«

»Noch irgendwas von euch?«

»Die Tochter der Lindner. Das kleine Mädchen. Sie hat etwas von einem Geist erzählt«, sagte Hannes.

»Na und? Sollen wir uns jetzt Staubsauger auf den Rücken schnallen?« Elli summte die Titelmelodie von *Ghostbusters*.

Waechter schaute Hannes prüfend an. »Ein kleines Kind sieht Geister. Was heißt das für unsere Ermittlungen?«

»Kinder haben viel Fantasie. Aber sie beobachten auch gut. Es kann sein, dass wir hier eine Zeugenaussage haben und es nur nicht wissen.«

»Gut. Hak noch mal bei der Kleinen nach. Unterste Priorität und in weitem Bogen um Lanz herum.«

Sein Zigarillo war am Ende angekommen. Er zerdrückte ihn mit dem Schuh zwischen den Kieseln und klatschte in die Hände. »Und jetzt schleicht's euch für heute.« Erst jetzt fiel ihm auf, dass er die gleichen Worte benutzt hatte wie Lanz. Dessen Art war ansteckend.

Keiner sagte etwas, als sie zu ihren Dienstwagen ausschwärmten. Der Kies knirschte unter ihren Füßen, sie waren vom Regen durchweicht, die Gedanken dunkel, Raben mit zerrupften Federn und hundert Prozent Aufklärungsquote.

»Papa! Papa!«

Lotta und Rasmus sprangen um Hannes herum, kreischten

ihm gehirnzerfetzend laut ins Ohr, zupften mit klebrigen Fingern an seinen Jeans. Er unterdrückte den Reflex, sie wegzustoßen, wollte nicht angefasst werden, sein ganzer Körper fühlte sich wund an vor Erschöpfung.

Rasmus hatte endlich »Papa« zu ihm gesagt. So lange hatte er darauf gewartet, dass seinem Stiefsohn das Wort über die Lippen kam, aber heute war er nicht mehr in der Lage, etwas dabei zu fühlen.

»Hey, ihr kleinen Räuber, wartet mal, lasst mich erst heimkommen.«

Er kickte seine Docs auf den Boden, wo alle anderen Stiefel auf einem Haufen lagen. Lotta hängte sich an sein Hemd und seinen Gürtel, bevor er Zeit hatte, seine Waffe wegzuschließen.

»Finger weg«, sagte er schärfer, als er wollte.

Die Gesichter der Kinder verdunkelten sich. Sie ließen ihn stehen und trampelten die Treppe hinauf in ihr Spielzimmer. Hannes zog das Holster aus und sperrte die Heckler & Koch in den Stahlschrank. Ohne das Gewicht des Metalls fühlte er sich nackt.

Jonna war nicht in der Küche. Eine Schüssel mit Pasta stand auf dem Tisch. Linguine mit Olivenöl, frischem Basilikum und Pinienkernen, eines seiner Lieblingsessen. Eiskalt. Er steckte die Gabel hinein, und die Nudeln kamen als schüsselförmiger Kohlehydratklumpen heraus. Sein Hunger sank unter null. Er entkorkte eine Flasche Rotwein und schenkte ein großes Glas ein.

Jonna kam aus dem Bad, ihre Lippen waren blass. Ihr war schon wieder schlecht. Er ließ sie mit allem allein. Aber würde es ihr ohne ihn besser ergehen?

Ja, sagte der Teufel auf seiner Schulter, der linken, wo der heiße Atem brannte, wenn die Kreatur ihm ins Ohr flüsterte.

»Wie geht es dir?« Er korrigierte sich. »Euch?«

Sie legte die Hand auf den Bauch, der sich schon wölbte, obwohl sie erst in der sechsten Schwangerschaftswoche war. Doch sie lächelte nicht. An der Geste war nichts Fürsorgliches.

»Soll ich dir die Pasta aufwärmen?«

»Nein, danke«, sagte er. Heinzelmännchen mussten heimlich sein Weinglas leergetrunken haben, er konnte sich nicht daran erinnern. Er schenkte nach. »Du hast heute versucht, mich zu erreichen.«

»Als du mich weggedrückt hast?«

»Ich habe dich nicht …«

»Ja klar, der Akku war leer, oder du hast dich aufs Handy gesetzt.«

»Es ist mir ins Wasser gefallen.«

»Oder der Hund hat's gefressen. Es ist mir egal. Ich wollte wissen, ob du morgen mit uns an die Ostsee fährst. Ich habe sogar jemanden organisiert, der sich um die Hühner kümmert, das hättest du sicher auch vergessen.«

Hannes schaute in den kalten Nudelunfall, unfähig, etwas zu sagen.

»Du hast Waechter gar nicht gefragt, oder?«

Er schüttelte den Kopf. Er hatte es wochenlang vor sich hergeschoben, nach freien Tagen zu fragen. Bis ihm klar geworden war, dass er sie gar nicht wollte. »Wir haben einen Fall reingekriegt, eine Sonderkommission.«

»Du bist nicht der Einzige im Team …«

Hannes' Diensthandy unterbrach Jonna. Das Gitarrenriff von »The Unforgiven« durchschnitt die Luft. Waechter. Er drückte den Anruf weg.

»Und? Ist es dir jetzt auch ins Wasser gefallen?«

»Waechter hat mich gefragt«, sagte er. »Ich habe ihm gesagt, ich will in der Soko sein.« Er schaute ihr nicht ins Gesicht, als er den Satz aussprach.

Das Gitarrenriff schrillte aus dem Telefon, ein zweites Mal drückte er es weg. Das Handy ging wieder los. Er hielt es hoch, so dass Jonna die Buchstaben auf dem Display lesen konnte. *Waechter.*

»Du siehst, wie es ist.«

»Fahr doch mit ihm in Urlaub. Meinetwegen könnt ihr auch heiraten, das ist doch jetzt legal.« Noch nie hatte er das Eis in ihrer Stimme gehört, hatte gar nicht gewusst, dass sie zu Sarkasmus fähig war. Er hatte etwas Giftiges in ihr zum Vorschein gebracht, hatte etwas in ihr verdorben, wie seine Exfrau Anja und er sich vor langer Zeit gegenseitig verdorben hatten. »Wenn Waechter eine Ermittlung leitet, dann springst du, oder?«

»Er leitet die Ermittlung gar nicht.«

»Fang den Satz noch mal an.«

»Die Tote ist im Freisinger Moos gefunden worden, in der Nähe vom Flughafen. Die KPI Erding leitet die Ermittlung, wir leisten Amtshilfe.«

»Du meinst«, sagte sie langsam, »das ist nicht mal euer Fall? Du trägst den Erdingern die Aktenkoffer hinterher? Und für diesen Mist sagst du unseren Urlaub ab?«

Hannes trank einen großen Schluck Wein.

Jonna zog die Flasche weg.

»Könntest du bitte aufhören, dich vor meinen Augen abzuschießen?«

Die Flasche war fast leer. Scheiß Heinzelmännchen.

»Wir hätten die Zeit für uns gebraucht«, sagte sie. »Um darüber zu reden, wie es weitergehen soll.«

»Zeit für uns? Bei deiner Mutter in der Wagenburg?«

»Was hast du gegen meine Mutter?«

»Nichts! Sie ist eine wunderbare Frau, aber …« Die Wagenburg war zu eng, zu voll, zu viele Menschen, die alles miteinander teilen wollten. Nach zwei Tagen in einem Wohnwagen fühlte er sich zu groß für seine Haut. »Wir haben da nicht mal eine eigene Dusche.«

»Du weißt genau, dass es hier nicht um die Dusche geht«, sagte sie.

Hannes schaute die Nudeln an, aber auch die konnten ihm nicht soufflieren. Ein Königreich für die restlichen zwei Zentimeter Wein. Er wusste genau, worum es ging. Um ihn.

»Ich habe nicht mehr viel Zeit«, sagte sie. »Die Frauenärztin sagt, die medizinische Absolution habe ich. Meine Kaiserschnittnarbe ist in einem miesen Zustand, ich bin voller Narben.«

»Hör mal …«

Metallica legten los, er drückte den Anruf weg. »Es ist dein Körper. Wie auch immer du dich entscheidest, ich unterstütze dich.«

»Das ist genau dein Problem, Hannes. Du schiebst die Entscheidung ab. Es ist nicht nur mein Körper, es ist auch dein Kind.«

»Was habe ich denn jetzt schon wieder Falsches gesagt?«

»Ich will kein *Wie-auch-immer* von dir hören. Ich will ein klares Statement von dir.«

»Jonna …« Hannes vergrub das Gesicht in den Händen. »Wir haben jetzt schon keine Reserven mehr. Ich arbeite Schicht, falle jeden Tag kaputt ins Bett. Du stillst seit fünf Jahren. Ich hab Angst, dass noch ein Baby uns das Genick bricht.«

»Angst ist das Gegenteil von Liebe, Hannes.«

Als er nicht antwortete, sagte sie: »Vielleicht geht es ja von selbst weg. Dann bist du zufrieden.«

Hannes packte sein Weinglas und schleuderte es gegen die Wand. Es zerplatzte wie eine Wasserblase, Glasscherben spritzten über den Jahreszeitentisch, fegten Filzblumen und Wurzelkinder zu Boden. Jonna drehte sich weg, ihre Bewegungen wirkten müde wie die einer alten Frau. In ihrem Gesicht stand keine Trauer oder Wut oder Enttäuschung. Nur Erstaunen.

»Es tut mir leid.«

»Mir auch. Ich bin mir nicht sicher, ob ich das Kind bekommen soll. Ob ich es mit dir bekommen soll.«

Hannes hob ein Wurzelkind vom Boden auf. Wie ein verpuppter Schmetterling schmiegte es sich in seinen Filzkokon, nur die kleinen Punktaugen schauten daraus hervor. Er schloss die Finger darum. Er würde auch kein Kind von sich wollen. Das Vertrauen war aus ihrer Beziehung getropft wie aus einem lecken Tank. Er war aus dem Traum aufgewacht, so leben zu können, als sei er ein Anderer. Jemand, der immer noch Unterhalt an eine Frau zahlte, deren Wohnung er nicht näher als hundert Meter kommen durfte. Immer wenn er an das Ende seiner ersten Ehe dachte, wurde sein Gesicht heiß. Sicher, damals war er durchgedreht, hatte geschubst, geschlagen, randaliert. Aber damals war er ein Anderer gewesen. Oder?

Das Telefon summte. SMS von Waechter.

*Wenn du mich noch mal wegdrückst, häng ich dich morgen aus dem Fenster. Dritter Stock. An deinen Unterhosen. M. W.*

Waechter konnte ihn mal. Er hatte Feierabend. Im Gegensatz zu Waechter hatte er ein Leben. Noch.

»Jonna!« Er sprang auf und hielt sie am Arm fest. »Bleib stehen. Ich versprech dir …«

»Nichts versprechen. Bitte.«

»Ich will aber. Jonna, ich versprech dir, dass ich zu Ostern da sein werde. Zu Ostern werde ich Zeit haben. Und wir werden reden. Wir kriegen das hin.«

»Versprich nichts, was du nicht halten kannst.«

»Diesmal halt ich's.« Er packte ihre Schulter, zu hart, sie wand sich aus seinem Griff. »Wir werden den Fall in ein paar Tagen gelöst haben. Ich komme nach. Zum Ostermond bin ich bei euch.«

Ihre Brillengläser spiegelten, er konnte ihren Blick nicht lesen.

»Und wenn nicht?«

Er wusste keine Antwort. Aber er war sicher, sie kannte die Antwort schon.


Waechter ließ das Handy in die Manteltasche gleiten. Das Zeltdach der Fundstelle wurde mit einem Lichtballon beleuchtet, es sah aus wie eine irre Gartenparty. Das Licht reichte nicht weit, es wurde von der Finsternis eingerahmt, als wäre die Dunkelheit eine zähe Masse, die die Helligkeit in Schach hielt.

Er hatte mit Hannes spinnen wollen. Den Tatort bei Dunkelheit betrachten, sehen, was der Täter gesehen hatte, durch seine Augen. Hannes war der Einzige, mit dem das ging, mit seinem wilden Gehirn, seiner Fantasie, seiner Bereitschaft, Versionen aufzustellen. Aber der war ja heimgefahren. Gut, Waechter hatte ihn persönlich heimgeschickt. Er hatte nur nicht damit gerechnet, dass Hannes wirklich gehen würde. Ohne Hannes und seine Gedankenfunken weigerte sich dieser Ort, mit Waechter zu reden. Seine SMS tat ihm jetzt schon leid. Hannes hatte alles Recht der Welt, seinen Anruf wegzudrücken. Jetzt saß Hannes bestimmt am Küchentisch inmitten seiner Familie, in Licht und Wärme. Waechter war ein Idiot.

46

Er überlegte, noch eine SMS hinterherzuschicken, ließ es dann bleiben.

Etwas raschelte in den Büschen, etwas Lebendigeres als der Wind. Waechter trat einen Schritt nach vorn. Das Rascheln stoppte. Wartete.

»Hallo?«

Jetzt unterhielt er sich schon mit dem Gebüsch. Kein Mensch kam unbemerkt an dem Streifenwagen vorbei. Mit etwas Glück redete er mit einem Reh.

Das Rascheln lief am Kanal entlang, verdeckt von Büschen und Schilf, die Rohre bewegten sich, aber er konnte nichts dahinter erkennen.

»Ist da jemand?«

Die Dunkelheit schluckte seine Stimme ohne Echo. Wieder hielt das Geräusch inne, nur kurz, dann brach es aufs Neue durchs Schilf. Was auch immer, wer auch immer, huschte auf der anderen Seite des Kanals durch das Buschwerk. Außer Reichweite, wenn Waechter nicht über das trübe Wasser springen wollte. Auf der Seite der Brandstelle. Waechter rannte mit dem Rascheln mit, immer auf gleicher Höhe, das Ding lief körperlos neben ihm her, nur vom Kanal getrennt. Für einige Sekunden regte es sich nicht. Waechter blieb stehen und stützte sich auf seine Oberschenkel, seine wunden Bronchien brannten von dem kurzen Sprint, sein Atem pfiff. Sein Herz war ein viel zu großer Klumpen, der zähes Blut pumpte. Er richtete sich auf. In einer Explosion der Bewegung brach etwas aus dem Unterholz, etwas Dunkles huschte davon, nichts als ein Schatten noch größerer Dunkelheit. Es beraubte den Ort seiner Gegenwart, als hätte jemand ein Gewicht weggenommen.

Sicher nur ein Tier. Er sollte Lanz davon berichten. Lanz würde ihm ins Gesicht lachen, weil er nachts im Landschaftsschutzgebiet Wildsäue jagte. Hannes, ja, Hannes wäre der Richtige gewesen. Waechter warf einen letzten Blick auf den Tatort, dann ging er zurück zu den Autos.

Der Streifenwagen stand immer noch an der Weggabelung vor dem Absperrband, die Standheizung blies. Waechter klopfte an die Scheibe, der Polizist ließ das Fenster herunter. Er und seine Kollegin teilten sich einen Kopfhörer und zockten ein Ballerspiel auf ihren Handys. Wärme drang aus dem Innenraum und der Geruch von Kakao.

»Ich bin wieder weg«, sagte Waechter. »Danke.«

»Schönen Feierabend. Gefunden, was Sie gesucht haben?«

Waechter lächelte schief. »Nein.«

Wenigstens habe ich eine Katze, dachte er, als er zu seinem Auto ging.

Maret rührte in einem absurd großen Topf Gemüsesuppe. Sie würde nichts essen. Sebastian aß meistens auswärts. Sophie würde zwei Löffel probieren, dann den Teller wegschieben und Brotstreifen mit Butter verlangen. Sie spielte im Kinderzimmer in ihrer kleinen Blase der Unbeschwertheit, die bald zerplatzen würde. Bald würde sie ihrer Tochter sagen müssen, dass die Oma tot war. Und es selbst als Wirklichkeit akzeptieren. Wann würde sie damit anfangen, etwas zu fühlen? Oder konnte sie sich nur zurücklehnen und warten, bis der Tsunami über sie hinwegrollte?

Sie griff in ihre Hosentasche und zog die Visitenkarte des Polizisten heraus. *Kriminalhauptkommissar Johannes Brandl.* Das Viereck aus Pappe hatte seinen Geruch eingefangen, Zigarettenrauch, ein Aftershave, das ihr fremd war, eine Ahnung seines Körpers, die sich mit ihrem mischte. Das Ding war der einzige Beweis, dass etwas schiefgegangen war. Würde die Karte nicht existieren, könnte sie sich einbilden, dass alles noch wie gestern war, ihre Mutter sicher am Küchentisch, dass alles nur ein böser Traum war. Aber die Karte lag in ihrer Hand.

Die Küchentür ging auf.

»Dauert noch eine Minute, Schatz«, sagte sie mit der Stimme, die sie für Sophie reserviert hatte, mit ein bisschen Sirup darin.

»Ich bin's.«

Sie hatte Sebastian ganz vergessen. Er war so leicht zu vergessen. Er zog sich mehr und mehr aus der Familie zurück, eines Tages würde er weg sein, als sei er selbst nur ein Traum gewesen. In seiner übergroßen Tweedjacke mit den Lederflecken auf den Ellbogen sah er aus wie ein Landjunker. Er inszenierte sich als der niedliche, leicht trottelige Englischprofessor. Warum war ihr vorher nie aufgefallen, dass es eine Inszenierung war?

»Oje, ich hätte anrufen sollen.« Er lächelte. »Ich habe schon im Institut gegessen.«

Er hatte keine Ahnung.

»Hat dich die Polizei nicht erreicht?«

»Die Polizei?« Er nahm seine Hornbrille ab und rieb die Gläser mit seinem Ärmel. »Tut mir leid, ich war den ganzen Tag in der Bibliothek.«

*Ganz bestimmt.*

»Was wollten sie?«, fragte er.

»Die Mama ist tot.«

Er hörte auf zu reiben, hielt die Brille in der Hand und schaute sie mit nackten Augen an. »Was ist denn passiert?«

»Keiner sagt mir was.« Maret dachte an den Polizisten, an seine ruhige Stimme, die statische Elektrizität der Abneigung zwischen ihm und seinem älteren Kollegen. Er hatte versucht, die Grausamkeit seines Schweigens so weit wie möglich abzumildern.

»Sag es mir. Hast du gestern meine Mutter wirklich nicht mehr gesehen, als du heimgekommen bist? Es ist wichtig.«

Er schaute sie mit schief gelegtem Kopf an. Seine Verwirrung war aufrichtig.

»Sag es mir.«

»Nein … Als ich heimgekommen bin, war alles ruhig und dunkel. Ich dachte, du hättest …«

»Sicher nicht?«

»Nein.«

Also war er nicht der letzte Mensch gewesen, der sie lebend gesehen hatte. Wenn er die Wahrheit sagte. Er log so oft in kleinen Dingen, dass sie sich bei den großen nicht mehr sicher sein konnte. Das Lügen war für ihn eine Art Überlebensstrategie. Sie hatte gelernt, damit zu leben, aber es war anstrengend.

»Oh Maret.« Er kam auf sie zu. »Das tut mir ja so …«

Er öffnete die Arme. Bevor er sie berühren konnte, hielt sie ihm die Visitenkarte hin.

»Du sollst dich bei ihnen melden. Heute noch oder morgen früh.«

Er wich vor der Karte zurück wie ein Vampir vor einem Kreuz. »Warum das denn?«

*Weil meine Mutter tot ist. Weil etwas Furchtbares passiert ist. Weil wir herausfinden müssen, was.*

»Nimm sie.« Sie wedelte damit vor seinem Gesicht.

»Ich weiß nicht, was das bringen soll.«

Er drehte sich weg. Die Tür knallte hinter ihm zu.

Es stank verbrannt. Das Abendessen. Sie packte den Topf und schüttete die Suppe in die Spüle. Die Visitenkarte löste sich aus ihren Fingern, segelte in der Hitze des Herdes aufwärts und trudelte in die blauen Flammen. Das Letzte, was sie davon sah, war …*hannes Brandl*, bevor die blauen Flammen die Buchstaben fraßen.


## 1957


*Der schwarze Opel steht wieder vor der Tür.*

*Christa stellt den Motor des Bulldogs ab. Die wummernden Schläge des Dieselmotors verstummen und lassen sie allein mit dem stillen Himmel aus Blei. Aus dem Haus kommt kein Mucks. Sie bringt es nicht fertig hineinzugehen. Nicht solange der schwarze Wagen davor steht.*

*Hanisch ist schon wieder im Haus.*

*Sie haben so viel sparen müssen, um sich den Bulldog zu leisten, und Hanisch fährt mit dem Opel durchs Freisinger Moos, von Hof zu Hof, und macht »sein Sach«. Von ihrem Geld. Sie können nicht mal das Nötigste am Haus reparieren. Das Dach hängt durch, im Wohnzimmer zackt sich ein Riss über die Zimmerdecke, die Feuchtigkeit zieht die Erde weg, auf der das Haus steht. Irgendwann wird es im Moor versinken, und sie können nichts dagegen ausrichten, kein Geld, kein Geld. Sie schämt sich für den Gedanken. Hanisch tut so viel für sie.*

*Mit kältesteifen Fingern löst sie die Deichsel des Hängers und schiebt ihn unters Vordach. Ein Haufen Stroh liegt noch auf der Ladefläche, so winzig, mit einer Delle, wo sich das Kälbchen zusammengerollt hat. Ein Freckerl, ein missgebildetes kleines Ding, neugeboren und noch feucht. Sie hat es schnell zum Schlachter gebracht. Noch bevor sich herumspricht, dass in ihrem Stall etwas nicht in Ordnung ist.*

*Sie löst den eisernen Riegel vom Kuhstall. Die schwere Kette, die Hanisch ans Holz genagelt hat, schwingt, als sie die Tür* aufmacht. Ein Drudenfuß ist ins Holz geritzt, der Stern mit den zwei Spitzen nach unten. Der ist schon lange da, schon als sie den Hof geerbt hat. Die Kette ist neu.

Im Stall empfängt sie der rasselnde Atem der dämpfigen Rinder. Morgenlicht kriecht durch die fleckigen Scheiben. Die Mutterkuh hat aufgehört, nach ihrem Kalb zu rufen. Sie steht mit stumpfem Blick am Ende der Reihe, ihr Euter ist hellrosa geschwollen. Unter ihrem Fell zeichnen sich mit jedem Atemzug die Rippen ab. Christa streicht ein paar Haarsträhnen unters Kopftuch, nimmt die Gabel und wirft Heu in die Rinne, feuchtes, fettes Heu, der Geruch beißt in der Nase. Sie hat Eberhard gesagt, er müsse das Dach noch besser abdichten, die Tenne trocken kriegen, alles müsste sauberer sein. »Davon verstehst du nichts«, hat er gesagt. Er will nicht zugeben, dass sie kein Geld dafür haben, sie weiß es trotzdem. Und jetzt bezahlen sie Hanisch, damit er alles richtet.

Ein Laut dringt aus der Tür zum Wohnhaus. Christa raschelt heftiger mit dem Heu, aber sie kann es nicht übertönen. Ein Jammern.

»Mama!«

Die Heugabel knallt auf den Betonboden. Sie hält sich die Hände über die Ohren. Das Scharren des Metalls über den Betonboden klingt, als reiße etwas, als ziehe sich der Riss in der Decke noch weiter im Zickzack durch den Putz.

»Mama! Mama!«

Wenn die Kleine nur endlich weinen würde.

## Samstag

Trunksucht
Man schabe etwas von den Fingernägeln in das geistige Getränke, lasse es trinken und das Uebel wird gehoben sein. Oder mische 4 Gramm Schwefelsäure unter 1 Liter Branntwein und lasse dieses in 24 Stunden trinken.

*Sechstes und Siebentes Buch Mosis*

»Du bist spät dran«, sagte Waechter und hielt ihm die Fahrertür auf. Nur eine Feststellung, kein Vorwurf. »Du fährst.«

Sobald Hannes aus der Stadt raus war, gab er Gas. Er scheuchte mit der Lichthupe einen Renault von der linken Spur. Die Morgensonne kämpfte sich durch einen gelben Himmel, die Windschutzscheibe war fleckig von Staub. Saharasand. Hannes zog am Hebel des Scheibenwischers, Seifenwasser spritzte über die Scheibe und nahm ihnen für einen Moment die Sicht. Er wollte dasselbe wie Waechter. Pünktlich in Erding sein, bevor nur noch die Brösel der Ermittlung für sie abfielen.

»Was war gestern so wichtig?«, fragte er.

»Nichts.« Waechter beugte sich über das Display seines Diensthandys. Neuigkeiten tickerten im Minutentakt herein.

In Erding begrüßte Lanz sie überschwänglich.

53

Hinter seiner Leutseligkeit schimmerte die Anspannung durch. Als käme ihm seine Idee, die Münchner so eng einzubinden, nicht mehr so genial vor. Sei's drum. Er hatte die Geister gerufen.

Elli kam herein, und Lanz scharwenzelte um sie herum wie ein achtarmiger Krake. Waechter hatte sich abgewandt und ratschte mit den Erdinger Kollegen. Alle schienen sich untereinander zu kennen. Waechter war ein geborener Netzwerker, auch wenn er es nie zugeben würde, er merkte es selbst nicht.

Lanz eröffnete die Besprechung gegen einen Tisch gelehnt. »In einer Stunde ist die Pressekonferenz«, sagte er. »Hat einer von euch noch etwas, das rein soll? Dann soll er es jetzt sagen oder für immer schweigen. Moravek, du koordinierst, dass die Presse weit weg vom Fundort bleibt, ich will morgen kein Foto davon in der Zeitung sehen. Mir ist wurscht, wie du das anstellst.«

Einer der Erdinger Kollegen nickte. An den Stellwänden hinter Lanz pinnten schon Fotos, die den Raum nie verlassen würden. Fotos von der Leiche mit ihren erhobenen Armen, ihrem Gesicht. Bilder von kleinen Fundstücken, eine Gürtelschnalle, Spangen und Nägel von Schuhen, ein rußiger Schlüsselbund. Ein Luftbild vom Fundort, aus dem Hubschrauber aufgenommen. Daneben hing eine Landkarte, auf der Lanz mit dickem Edding seine Markierungen gesetzt hatte. Zum ersten Mal sah Hannes eine Karte, auf der sämtliche Feldwege, Gebäude und Zufahrten eingezeichnet waren. Er musste auch so eine haben, koste es, was es wolle. Nie mehr wollte er sich da draußen verirren.

»Wir schließen im Moment nicht aus, dass die Frau ein Zufallsopfer ist«, sagte Lanz. »Zur falschen Zeit am falschen Ort. Einem Täter in die Hände gefallen, der Ortskenntnis hat.«

»Mir kommt die Tat sehr geplant vor«, sagte Hannes. Er würde nie lernen, den Mund zu halten und andere machen zu lassen. »Der Ort ist so gewählt, dass er von keiner Seite aus einsehbar ist, davon gibt es nicht viele. Die Feuerstelle muss dem Täter bekannt gewesen sein. Für mich sieht das wie eine Inszenierung aus. Das Feuer gehört dorthin, und die Tote gehört dorthin. Warum sonst hätte der Täter so wenig Spuren hinterlassen?«

»Die wenigsten Spuren finden wir bei Zufallstaten«, sagte Lanz. »Eine gute Vorbereitung hinterlässt die meisten Spuren. Motive und Täter-Opfer-Beziehungen hinterlassen Spuren.«

Eins zu null für Lanz, das musste Hannes eingestehen. »Warum aber die Nähe zum Haus ihrer Tochter?«

»Wir gehen momentan davon aus, dass sie zu Fuß zur S-Bahn gehen wollte und auf dem Weg dem Täter begegnet ist.«

»Und ihre Enkelin allein gelassen hat? Das überzeugt mich nicht.«

»Gut, dass es hier nicht darum geht, ob du überzeugt bist, Brandl«, sagte Lanz.

Hinter Hannes kicherte jemand, und ein anderer sagte halblaut: »Jetzt ist er schon so g'scheit, und es hilft ihm auch nix.«

Hannes drehte sich um und plusterte sich mit einer drohenden Bewegung auf.

»Schmidl, Moravek, Brandl, reißt's euch zusammen. Alle miteinander«, sagte Lanz.

»Das war nie und nimmer ein Zufallstäter«, flüsterte Hannes Elli ins Ohr, während Lanz die Spurenblätter und die Aufgaben verteilte. »Ein Täter, der zufällig literweise Brandbeschleuniger in der Hosentasche mit sich rumschleppt? Und wenn ich jemanden überfallen will, warte ich doch nicht mitten in der Pampa.«

Er musste herausbekommen, was Waechter dazu meinte. Aber der studierte ein Spurenblatt und tat so, als ob er nichts mitbekommen hätte. Waechter konnte sich fein heraushalten, wenn er wollte.

»Brandl, du bist ja heute in der Rechtsmedizin.« Die Stimme von Lanz riss Hannes aus seinen Gedanken. »Schuster Elli, du übernimmst den Exmann der Dame in München, Arne Nell. Eva Nell war geschieden, ihr Ehemaliger hat eine Latte an Vorstrafen, den sollten wir genauer unter die Lupe nehmen. Ich hab hier außerdem eine ganze Liste mit Anrainern, Berechtigten und Passanten, die in den letzten Tagen am Tatort gesehen worden sind. Waechter, hilfst du mir dabei?«

Waechter nickte und warf einen Blick zu ihnen herüber. Ihr Team war schon am ersten Tag in alle Winde zersprengt. Lanz hatte gut dafür gesorgt.


»Fangen Sie bitte noch mal von vorne an, Herr Dietz.«

Lanz breitete eine Landkarte auf dem Tisch aus, von der gleichen Sorte wie jene, die im Besprechungsraum gehangen hatte. Sie war jungfräulich, ohne jede Einzeichnung.

Waechter nickte ihm aufmunternd zu. Sie durften den einzigen Augenzeugen nicht verschrecken. Genauso wenig durfte dem einzigen Menschen, der frühmorgens das Feuer gesehen hatte, klar werden, wie wichtig er für sie war. Das hatte bei manchen Zeugen nämlich die Wirkung, dass bei ihnen nur noch ein blauer Bildschirm erschien. Oder dass sie auf einmal sehr kreativ wurden, um die Erwartungen der Polizei zu erfüllen.

»Es macht nichts, wenn Sie die Dinge zweimal erzählen, Herr Dietz«, sagte er. »Lieber einmal zu viel als zu wenig.«

Der Zeuge hob den Kopf zur Zimmerdecke. Keine himmlische Hilfe kam von oben, nur das Scharren eines Stuhls. »Ich bin in der Früh mit dem Hund geradelt.«

»Machen Sie das jeden Morgen?«, fragte Lanz.

Dietz sah Lanz an, als wäre der ein bisschen unterbelichtet. »Freilich. Er scheißt ja auch jeden Morgen.«

»Wann genau war das?«

»Mein Wecker ist um fünf gegangen, wie immer.«

Waechter stieß die Luft aus. Wenn sie Glück hatten, konnten sie den Zeitpunkt des Brandes auf ein winziges Zeitfenster eingrenzen.

»So früh? Was machen Sie beruflich?«

»Ich arbeite am Flughafen, in der Gepäckverarbeitung.« Dietz schaute aus dem Fenster. Am Horizont flog ein Airbus so tief, dass sein Bauch die Wipfel der Bäume zu berühren schien, *KUWAIT AIRWAYS* stand in riesigen Lettern auf dem Rumpf. »Pilot wäre ich auch gern geworden.«

Lanz reichte ihm einen Bleistift. »Zeichnen Sie uns bitte auf, wo Sie entlanggefahren sind. Wir sind beide nicht von hier.«

Der Mann ließ den Bleistift ein paar Sekunden über dem Papier schweben. Dann zeichnete er eine wackelige Linie wie auf einem Kinderlabyrinth. »Ich fahre immer dieselben Wege.«

»Zeigen Sie mir die bitte mal«, sagte Waechter.

Dietz schob ihm die Karte hin. »Das Gelbe hier ist die Zufahrt hier und das Grüne …«

»Nein. In Wirklichkeit. Lassen Sie uns rausgehen. Wir nehmen die Karte mit, Sie zeigen uns alles vor Ort.«

Waechter wollte sehen, was der Zeuge gesehen hatte, durch seine Augen. Was vielleicht der Mörder gesehen hatte. Er wollte den Zeugen an der gleichen Stelle stehen ha-

57

ben, ihn den Morgen noch einmal erleben lassen. Oft kamen dann verschüttete Erinnerungen ans Tageslicht.

Lanz stöhnte auf und griff nach seiner Krücke.

Waechter warf ihm einen mitleidigen Blick zu und fügte hinzu: »Wir nehmen den Wagen.«

Draußen leinte Dietz seinen Hund an und zögerte.

»Ab ins Auto mit ihm«, sagte Waechter. »Stubenrein ist er ja, oder?«

Dietz dirigierte sie die Asphaltstraße entlang und dann auf einen Feldweg. Der Hund hockte hinter Waechter und ließ seine putzlappengroße Zunge heraushängen, sein Atem blies feucht in Waechters Genick. Wenn er in Rente war, würde er sich auch einen Hund anschaffen. Die Katze fiel ihm wieder ein, die er mit genügend Wasser und Futter in seiner Wohnung zurückgelassen hatte. Er hatte vergessen, ihr ein Klo herzurichten. Hoffentlich fand sie das Altpapier.

»Hier fahre ich jeden Morgen lang«, sagte Dietz. »Und an der Stelle habe ich mit dem Hund angehalten.«

Waechter bremste und fuhr an den Rand. »Gehen Sie mit dem Hund bitte zu der Stelle, wo er sein Geschäft gemacht hat.«

Mit unsicheren Blicken nach hinten führte Dietz das Tier davon, Waechter folgte ihm. Trockenes Gras machte den Untergrund knotig und uneben, Waechter musste aufpassen, wo er hintrat, seine Sohlen waren ebene Bürgersteige gewöhnt.

»Hier war's.«

Dietz stoppte zwischen zwei Reihen von Bäumen. Dazwischen duckte sich eine leichte Senke, wo früher Wasser geflossen war. Die Bäume standen sich gegenüber wie die Tänzer eines Menuetts. Neben der Senke türmte sich ein Reisighaufen auf, bedeckt vom verwitterten Rumpf eines

Ruderbootes. Überall in der Gegend lagen diese Haufen mit altem Holz. Waechter drehte sich um. Zwischen den Bäumen auf der anderen Seite des Weges schimmerte die Hangkante durch, in manchen Häusern brannte noch Licht.

»Ist Ihnen an dieser Stelle etwas aufgefallen?«, fragte Waechter.

Dietz schüttelte den Kopf. »Nichts.«

»Stellen Sie sich bitte noch mal hin. Bleiben Sie eine Weile stehen. Und überlegen Sie.«

Dietz trat von einem Fuß auf den anderen, es war klar, dass er nicht wusste, was Waechter von ihm wollte. Das Donnern eines Flugzeugs kam näher. Dietz wartete, bis der Lärm abgeebbt war, dann sagte er: »Wirklich nichts.«

»Danke schön, Herr Dietz«, sagte Waechter.

Der Hund hob das Bein an einem der tanzenden Bäume. Sie stapften zu Lanz zurück, der am Straßenrand stand, auf seinen Stock gestützt, und ein Kreuz auf der Karte einzeichnete. Im Schritttempo fuhren sie weiter.

»Wenn Ihnen irgendetwas einfällt, was Sie gesehen oder gehört haben, auch wenn es eine Kleinigkeit ist, sagen Sie uns das bitte«, wiederholte Waechter wie bei einer Gehirnwäsche.

Dietz nickte beflissen, blieb aber stumm bis zur nächsten Gabelung.

»Links«, sagte er. Und nach hundert Metern: »Hier.«

Waechter bremste. Dietz stieg aus und ging mit schnellen Schritten den Weg entlang, als wäre in ihm ein Navigationsgerät angesprungen. Waechter versuchte, mit ihm Schritt zu halten. Lanz winkte ihnen, sie sollten warten, aber Waechter ließ ihn stehen.

Dietz ging ans Absperrband und zeigte den Feldweg hinunter. »Genau da drüben.«

Die Ecke einer grauen Plane schimmerte durch die Bäume, nur sichtbar, wenn man wusste, dass sie da war.

»Beschreiben Sie bitte ganz genau, was Sie gesehen haben.«

»Es hat gebrannt. Ein Haufen Rauch ist aufgestiegen, ich habe erst nur den Qualm gesehen, dann bin ich hinübergegangen.«

»Mitten in den Rauch?«

»Ich wollte mir das Feuer aus der Nähe anschauen, nicht dass es auf die Bäume übergreift. Es gibt Leute, die brennen alles ab, Rasenschnitt, Reifen, Bauholz, die kennen da nichts. Eine Sauerei ist das.«

Mord ist eine noch größere Sauerei, dachte Waechter, aber er verkniff sich die Bemerkung.

Lanz hatte sie eingeholt, er keuchte. »Ich will hier nichts von den Lebensgewohnheiten der Nachbarn wissen«, stieß er hervor. »Was haben Sie gesehen?«

»Das Feuer«, sagte Dietz.

»Richtiges Feuer?«, fragte Waechter. »Oder nur Glut und Rauch?«

Dietz hielt seinem Blick stand. »Feuer.«

Wie lange konnte ein Feuer loh brennen, bevor es in Glut überging? Der Brandgutachter würde es ihm sagen können. Aber eins war sicher: nicht lange. Wenn die Flammen noch gelodert hatten, konnte der Mörder ganz in der Nähe gewesen sein.

»Können Sie sich erinnern, um welche Uhrzeit das war?«, fragte Waechter.

»Es war vor sechs. Am Himmel sind noch keine Flieger aufgestiegen.«

»Sind Sie irgendeinem Menschen begegnet?«

»Nein«, sagte Dietz mit fester Stimme.

»Überlegen Sie bitte.« Waechter schnäuzte sich. Diese Birken brachten ihn noch um.

»Wirklich nicht. Mir ist aufgefallen, dass da niemand war«, sagte Dietz. »Ich hab mich umgeschaut, ob da jemand ist, ein Mensch, ein Auto, ein Traktor. Ob sich was rührt. Gar nichts. Erst dann hab ich … hab ich … hab ich erkannt, was im Feuer lag.«

Waechter ließ es für ein paar Sekunden nachklingen, dann sagte er mit ruhiger Stimme: »Was haben Sie danach gemacht?«

»Ich hab die Feuerwehr gerufen.« Dietz schüttelte den Kopf, als wolle er ein Insekt vertreiben. »Ich dachte erst, das wäre so eine Art Puppe. Die jungen Leute machen ja Osterfeuer, da verbrennen sie manchmal Strohpuppen. Aber es ist noch zu früh für Osterfeuer, oder?«

Lanz schob ihm die Karte hin. Neue Kreuze waren darauf aufgetaucht. »Wenn hier«, er deutete auf eines der Kreuze, »das Feuer gelegt wird, wo kann sich dann ein Fahrzeug entfernen, ohne an Ihnen vorbeizukommen?«

Dietz nahm die Karte, studierte sie eingehend und gab sie zurück. »Gar nicht«, sagte er. »Da hinten sind lauter Sackgassen, die in der Wiese enden. Da kommen Sie nur noch mit dem Traktor durch.«

Auf den Wiesen hatten sie keine Reifenspuren gefunden. Es gab noch die Möglichkeit, dass der Mörder überhaupt kein Fahrzeug dabeihatte. Dass er ganz in der Nähe gewartet hatte, bis Dietz wieder weg war. Nur wie hatte er die Leiche zum Fundort gebracht? War sie freiwillig dorthin mitgegangen? Bei jeder Version verästelten sich neue Handlungsalternativen, und sie mussten sie alle, alle durchspielen.

»Ihnen ist wirklich nichts aufgefallen? Niemand, der sich entfernt hat?«

»Das war ja das Komische«, sagte Dietz. »So was von nichts.«

Hannes zwang sich hinzuschauen, als Beck die grüne Decke zurückschlug. Auch Staatsanwältin Baumann blickte mit einem Ausdruck tiefer Verachtung, der sich in tiefen Linien in ihr Gesicht eingezeichnet hatte, auf den Sektionstisch. Das helle OP-Licht, die Ärzte und Helfer in ihren Kitteln, die Geschäftigkeit verwandelten die Leiche in nicht mehr als ein wissenschaftliches Forschungsobjekt. Hannes kämpfte den atavistischen Fluchtreflex nieder, der bei dem metallischen verbrannten Geruch in ihm hochkam. Mittlerweile war er den Geruch des Todes gewohnt. Seine erste Obduktion hatte er noch in der Vorlesung *Rechtsmedizin für Juristen* miterlebt. Als die Leiche geöffnet worden war, hatte er schneller mit den Füßen nach oben in den Klappsitzen gelegen, als er erwartet hatte. Niemand hatte ihn darauf vorbereitet, wie das Innere eines Menschen roch.

Mit ruhigen Bewegungen untersuchte Beck die Oberfläche der Leiche. Der Kopf war fast bis zum Totenschädel verbrannt und nach hinten gebogen. Die Hände bestanden nur noch aus Stümpfen. Hannes stellte sich vor, dass die Tote ein archäologisches Artefakt war, eine Moorleiche, es machte den Anblick erträglicher. Beck sprach in sein Diktiergerät und arbeitete mit seinen Kollegen in einer wohlgeordneten Choreographie, als könnte Ordnung den Tod fernhalten.

»Leichte Krähenfüße«, sagte Beck, diesmal nicht in sein Diktiergerät, sondern an die Umstehenden gerichtet. »Ein Zeichen dafür, dass die Brandverletzungen ante mortem eingetreten sind.«

»Demnach hat sie noch gelebt?«, fragte Hannes. Seine

Worte ließen ein Seufzen durch den Raum laufen, es war ihre schlimmste Befürchtung.

»Nur ein Anzeichen dafür. Sehen Sie den Saum hier?« Beck zeigte auf eine rote Linie zwischen verbrannter und intakter Haut, wo die Frau aufgelegen war. »Die Haut war noch durchblutet, als sie gestorben ist. Aber die Anzeichen sind sehr schwach.« Mit nur der Ahnung eines Stirnrunzelns rückte er seine Nickelbrille zurecht und setzte seine Arbeit fort.

»Ich kann keine Spuren von Fixierung oder Fesseln finden. Es ist schwierig, das abschließend zu sagen, denn weite Teile der Kleidung sind mit der Haut verschmolzen. Die verkrampfte Haltung, die sogenannte Fechterstellung, ist post mortem durch die Hitze entstanden, durch Dehydratation.«

»Könnte sie bewusstlos gewesen sein?«

Beck schenkte ihm einen müden Blick.

Hannes hob die Hände. »Schon verstanden. Das Nachdenken ist unsere Aufgabe.«

Der Blick des Rechtsmediziners wurde milder. »Eine mögliche Version«, sagte er.

Sie drehten die Leiche. Auf dem Rücken waren noch Fragmente der Kleidung erhalten, das großflächige Muster eines Mantels.

»Äußere Verletzung am Hinterkopf«, sagte Beck. »Platzwunde, ich muss mir noch genauer anschauen, ob es zum Schädel-Hirn-Trauma geführt hat.« Er stocherte in der dunklen Haut, nahm Maß, diktierte.

Als die Untersuchung der Rückseite vorbei war, wurde die Tote zurückgedreht. Mit dem Skalpell löste der Mediziner etwas von der Oberfläche der Haut. Hannes hatte es für einen durchscheinenden Rippenknochen gehalten, aber es war ein Gegenstand. Beck ließ ihn in eine Edelstahlschüssel klappern. Dann zupfte er an etwas, das am Körper klebte.

Eine Kette löste sich von der Brust der toten Frau, Glied für Glied, sie glitzerte.

Hannes streckte die Hand nach der Schüssel aus. »Darf ich mal sehen?«

»Was davon übrig ist.« Beck ließ das Ding mit einer Pinzette in eine Asservatentüte gleiten und reichte sie ihm.

Hannes hielt das Ding ans Licht. Der Anhänger einer Kette. Eine kleine Keramikscheibe wie ein Runenstein. An den Rändern gezackt, wo brennbares Material weggeschmolzen war. Mit viel Fantasie konnte er eingeritzte Linien auf der Scheibe erkennen. Er ließ die Scheibe im Licht spiegeln, bis sie sich zu einer Form fügten.

Ein dunkler Punkt im Zentrum. Eine Pupille. Ein Auge, das ihn beobachtete. Die Pupille wurde größer, als ob jemand durch sie hindurchschaute, erfüllte den Raum mit Schwarz. Der Sektionssaal verschwand in der Dunkelheit, bis auf eine Tür, die lose in den Angeln hing und hin und her schlug. Er streckte die Hand danach aus. Die Tür flog auf, Kälte strömte ihm entgegen, sie machte seine Fingerspitzen taub.

Die Tüte mit dem Anhänger fiel zu Boden. Das Klatschen des Plastiks auf den Fliesen holte ihn ins Diesseits des Neonlichts zurück. Er bückte sich nach dem Asservat. Als er sich wieder aufrichtete, starrten ihn alle im Raum an, auch Beck, der das Skalpell über der Toten schweben ließ.

»Wollen Sie sich hinsetzen, Herr Brandl?«, fragte Beck.

»Alles in Ordnung.« Hannes legte die Tüte zurück und gab sich Mühe, seine Finger nicht zittern zu lassen. »Mir geht's gut.«

*BIERGARTEN*, kündigte der Wegweiser an.

»Hier lang.« Elli winkte den Hüter des Schweigens mit sich.

Sie hatten es erst in der Wohnung von Arne Nell versucht, aber er war auch heute ausgeflogen. Dafür dass seine Exfrau getötet worden war, flog er viel aus. Zufall oder Absicht? Eine Nachbarin hatte gewusst, wo er sich normalerweise herumtrieb. »Der ist bestimmt mit dem Hund Gassi«, hatte sie gesagt und ihnen mit Kugelschreiber eine Wegbeschreibung auf dem Notizblock improvisiert. In einem Land voller Smartphones, Navis und Google Maps fuhren sie ganz schön viel mit Kugelschreiberskizzen durch die Gegend.

Was sich stolz Biergarten nannte, war nur ein Kiosk mit ein paar Reihen von Holzbänken. Obwohl es noch Vormittag war, hatten sich die Bänke bereits gut gefüllt. Erst auf den zweiten Blick sah sie das fellige Gewusel um die Knöchel der Gäste. Hunde. Ein Schwall von Hundegestank schlug ihr entgegen. Was fanden die Leute nur an den Viechern? Die Spucke, die Zungen, die Haare, sie verstand es nicht. Ein ganzer Biergarten voller Hunde war wie eine Szene aus einem Horrorfilm. Zwischen den wogenden Fellrücken saßen die Herrchen, vorwiegend Herrchen und nur wenige Frauchen, die sich äußerlich schwer von den Männern unterscheiden ließen, ähnlich wie bei Tolkiens Zwergen. Eine Glocke ertönte. Ein bärtiger Mann steckte den Kopf aus dem Kiosk und rief: »Zweimal Fleischpflanzl, einmal Nürnberger.« Murrend setzten sich ein paar Zweibeiner in Bewegung.

Die beiden Ermittler zogen die Blicke auf sich. Der Grund war klar: Der Hüter des Schweigens und sie hatten keinen Hund dabei. Ihnen war *Ärger* auf die Stirn tätowiert. Die Blicke kippten ins Feindselige. Lebensmittelkontrolleure, Kreisverwaltungsreferat, Tierschutzverein?

Elli scannte systematisch die Reihe der Bierbänke. Aus dem Augenwinkel nahm sie eine Bewegung wahr. Ein Mann war aufgestanden und schlüpfte im Krebsgang aus seiner Bank. Sie sah ihn nur von hinten, lange Haare, die sich über den Kragen einer Lederjacke kräuselten. Haare … Statur … könnte von den Fotos aus der Datenbank her hinhauen.

»Herr Nell?«

Der Mann drehte sich um, den Ausdruck eines Hundes in den Augen, der einen Schlag mit der Zeitung erwartete. Elli lief auf ihn zu. Und machte einen kapitalen Fehler.

Sie wurde schneller.

Nell ging zum Ausgang, auch immer schneller, noch einmal drehte er sich um.

»Herr Nell!«, rief Elli.

Seine Schultern ruckten, er beschleunigte seinen Schritt. Dabei hatte sie noch nicht einmal gesagt, dass sie von der Polizei waren. Geschweige denn, was sie von ihm wollten. Wenn einer bei ihrem Anblick beschleunigte, hatte er einiges zu verbergen.

»Herr Nell, bleiben Sie stehen, wir wollen nur …«

Nell fing an zu rennen.

Elli nahm Kampftempo auf. Hunde sprangen jaulend zur Seite, eine Bierbank fiel in den Kies. Nell schlug einen Haken und lief quer über die angrenzende Wiese. Mit einem Sprung setzte Elli über den niedrigen Zaun, eine Abkürzung zur Wiese, damit hatte sie ein paar Meter gewonnen. Der Hüter des Schweigens fiel hinter ihr zurück. Sie ignorierte das Brennen in ihrer Lunge, ihre Beine bewegten sich wie von selbst.

»Polizei! Bleiben Sie stehen!«

Nur einer überholte sie. Ein Irish Setter, der erst japsend um sie herumsprang, dann zu Nell aufschloss und ihm um die Beine hüpfte. Ein Rudel Hunde zog an ihr vorbei, Nell auf den Fersen, der das Spiel angefangen hatte. Sie wollten mitspielen. Der Irish Setter überholte Nell ein zweites Mal, stieß ein Fiepen aus.

»Aus, Dino! Aus!«

Nell schlug einen Haken, aber der Setter setzte ihm nach und lief ihm mitten zwischen die Beine. Der Flüchtende strauchelte. Die anderen Hunde kreisten ihn ein und sprangen an ihm hoch. Er ruderte mit den Armen und flog wenig elegant mit dem Gesicht voran in den Löwenzahn.

In wenigen Schritten war Elli bei ihm. Sie brauchte ein paar Atemzüge, bevor sie ein Wort herausbrachte.

»Kri… mi… nal… polizei … Schuster. Sie sollten mir … einiges … erklären.«

Der Hüter des Schweigens kam in gemächlichem Tempo angeschlendert.

»Brauchen wir Handschellen?«, fragte sie ihren Kollegen und warf einen Blick auf das Häufchen Elend im Gras. Sie gab die Antwort selbst. »Wenn ich mir das so anschaue, nein. Und …« Elli warf dem Hüter des Schweigens einen Blick zu, der Alte, Kinder und Schwangere töten konnte. »Wenn du das Wort *Rennsemmel* auch nur denkst, erschieße ich dich.«

Sie beugte sich zu Nell hinunter. »Sie kommen jetzt bitte mal mit auf die Dienststelle.«

Der Geruch von schalem Bier stach ihr in die Nase. Bevor sie etwas Sinnvolles aus Nell herausbekamen, würden sie ihn erst mal ausnüchtern müssen.

Waechter hatte sie in sein Büro bestellt, und sie waren alle gekommen. Der Hüter des Schweigens und Elli saßen auf Aktenstapeln, Hannes lehnte sich an einen überbordenden Tisch. Andere Sitzgelegenheiten gab es nicht. Sie campierten in Waechters Chaos wie die Überlebenden einer

Apokalypse. Im Gegensatz zur Apokalypse gab es wenigstens Pizza.

»Hannes, ist bei der Obduktion schon was rausgekommen?«, fragte Waechter.

»Beck hat schwache Spuren von Vitalzeichen gefunden. Sie war bei Ausbruch des Feuers lebendig, möglicherweise bewusstlos.«

»Möglicherweise?«

»Wir reden von einer extrem hohen Temperatur. Die Haut ist am Hinterkopf beschädigt, vielleicht von einer Platzwunde. Vielleicht wurde sie niedergeschlagen oder ist gestürzt.«

»Viel möglicherweise und vielleicht.«

»Erschieß nicht den Boten.«

»Ist sie schon identifiziert?«

»Noch nicht. Beck hat ihren Zahnarzt kontaktiert, um die Röntgenbilder abzugleichen. Damit müssen wir nicht auf die DNA-Ergebnisse warten.«

»Zum Glück«, sagte Waechter. »Nicht mal ein Lanz schafft es, dass das LKA wegen seiner Leiche alles stehen und liegen lässt. Sonst noch was?«

Hannes wartete einen Augenblick zu lange, bevor er sagte: »Nein.«

Waechter schaute ihn über seine Lesebrille hinweg an. »Sicher?«

Hannes nickte.

»Es ist noch Pizza da.« Elli ging mit dem Karton herum und hielt ihn Hannes hin. »Iss was.«

Er schüttelte den Kopf. »Du weißt doch. Kein Fleisch, keine Milchprodukte.«

Sie wedelte mit einer schlappen Pizzaecke. »Der Käse ist schon tot.«

»Lass gut sein.«

»Sei nicht so monkig.« Sie legte ihm den Arm um die Schultern und biss von der Pizza ab.

Waechter riss Elli die Schachtel aus der Hand. »Wir hatten den Exmann bis jetzt nicht auf dem Radar, aber er hat sich höchst verdächtig aufgeführt, als ihr ihn befragen wolltet. Habt ihr ihn schon vernommen?«

»Der Termin ist um zwei«, sagte Elli. »Sie päppeln ihn erst mal mit einem warmen Mittagessen auf, das war dringend nötig. Der HDS hat sich in der Zwischenzeit über ihn schlaugemacht.«

Der Hüter des Schweigens reichte ihr einen Stapel Computerausdrucke, und sie ging die dürren Daten durch.

»Er hatte schon einige Male mit der Polizei zu tun. Kleine Delikte. Vandalismus, Wildbieseln, Schwarzfahren, versuchter Raub.«

Elendskriminalität, dachte Waechter, doch er sprach es nicht aus, bestimmt war das auch wieder politisch unkorrekt.

»Nell ist Alkoholiker«, sagte Elli. »Er ist mehrfach vom Gericht zu einem Alkoholentzug verdonnert worden, allerdings ohne Erfolg.«

»Gut, Elli. Ihr kümmert euch um den Nell. Was ist mit dem Ehemann von Maret Lindner, diesem Sebastian Lindner, der uns ständig durch die Lappen geht? Hannes?«

»Ich kümmer mich schon drum«, sagte Hannes.

»Du nagelst ihn fest. Sei aber sensibel, die Familie hat gerade jemanden verloren.«

»Soll das heißen, ich bin sonst nicht sensibel?«

»Sei einfach mal weniger Hannes«, sagte Elli, und Hannes gab ihr eine Kopfnuss.

Waechter nahm sich ein Stück Pizza aus der Schachtel und biss hinein, sie schmeckte nach Gummi. »Ich war heute Morgen mit dem Mann unterwegs, der das Feuer gese-

69

hen hat. Bis jetzt unser einziger Augenzeuge. Er hat uns eine Uhrzeit geben können: kurz vor sechs.«

»Das ist spät«, sagte Hannes. »Später als wir alle dachten.«

»Versuchen wir mal einen Zeitstrahl hinzubekommen. Um sechs Uhr abends wurde die vermisste Frau das letzte Mal gesehen. Um halb zwölf war sie bereits weg. In der Zwischenzeit muss sie das Haus verlassen haben. Freiwillig oder gewaltsam. Das ist das erste Zeitfenster, das wir überprüfen müssen. Von sechs bis halb zwölf.«

»Wenn jemand sie gewaltsam herausgeholt hat, müsste es Kampfspuren geben«, sagte Hannes.

»Außer sie wurde bedroht.«

»Oder sie war …«

»Zweites Zeitfenster«, sagte Waechter.

Die anderen verstummten, bis auf den Hüter des Schweigens, der sowieso die ganze Zeit kein Wort gesagt hatte. Sie mussten eine zittrige Spur durch die Nacht ziehen, mit Lücken und Abzweigungen, über viel zu wenig Fixpunkte. Wie das Rätselbild eines Kindes, das die nummerierten Punkte miteinander verbinden muss, um das ganze Bild zu sehen. Er dachte an die astrologischen Skizzen auf dem Bett von Eva Nell. Unbeholfene Computergrafiken von Sternbildern. Schütze, Löwe, Jungfrau.

»Das Feuer ist kurz vor sechs Uhr morgens ausgebrochen. Die Frage ist: Wo war sie in der Zwischenzeit? Eine erwachsene Frau kann man schwer stundenlang verstecken. Hat sie jemand gesehen? Hat sie Spuren hinterlassen? Wir müssen die Befragung der Zeugen auf die ganze Nacht ausdehnen.«

»Wir?«, sagte Hannes. »Sag das Lanz. Wir sind nicht dafür da, uns seine Gedanken zu machen.«

»Ihr berichtet alles an Lanz, aber zuerst an mich. Ich will, dass alle eure Aktivitäten über meinen Schreibtisch laufen.«

»Oh bitte«, sagte Hannes. »Müssen wir jetzt die ganze Arbeit zweimal machen? Lanz leitet nun mal die Ermittlung.«

»Wenn es dir nicht passt, kannst du dich ja nach Erding versetzen lassen. Ich glaube, die Fußballmannschaft sucht gerade einen Mittelstürmer.«

Elli lachte und hörte sofort wieder auf, als niemand mitlachte. Der Hüter des Schweigens stieß einen Seufzer aus der Tiefe seiner Mitte aus, eher ein Stöhnen.

Hannes' Diensthandy vibrierte mit einem Summton, dringlich wie eine gefangene Wespe im Glas. Er warf einen Blick auf das Display und ging wortlos hinaus.

»Wir sehen uns heute Abend alle in Erding«, sagte Waechter und stand auf, es war der Rausschmiss für die beiden anderen. »Hoffentlich schlauer.«

Ein frommer Wunsch. Lanz hatte unrecht. Niemals hatten sie es mit einem Zufallstäter zu tun.

*Unbekannte Nummer.*

Das Vibrieren hatte aufgehört, als Hannes sein Büro erreicht hatte. Nur eine leere Voicemail-Nachricht blinkte auf dem Display auf, eine Sekunde Atmen. Er tippte sinnlos herum, obwohl er wusste, dass er keine Chance hatte, den Anrufer herauszufinden. Eine unterdrückte Nummer war die ultimative Geiselnahme der Zeit, zwang ihn dazu, das Telefon anzustarren, bis es wieder klingelte. Sein privates Handy stand in einer Tüte Reis zum Trocknen auf dem Schreibtisch. Ein Aufladekabel führte in den Reis. Bisher hatte es noch keinen Mucks gemacht, nur manchmal schimmerte zart ein Apfel durch das schwarze Display.

Hannes stieß das Fenster auf und ließ das Pumpen und

Mahlen des Gewerbegebiets herein, des Maschinenraumes der Stadt, dessen Teil er war. Er durfte nie vergessen, dass er nichts als ein Heizer war, der die Turbinen der Ermittlung antrieb. Zur Abwechslung hätte er sich mal zurückhalten sollen. Schon wieder spürte er den diebischen Drang danach, das Falsche zu machen. Er musste in den Elektrozaun fassen, um zu spüren, ob es britzelte. Natürlich britzelte es. Es war ja ein Elektrozaun.

Eine SMS bremste das Schwungrad seiner Gedanken. Eine Nummer, die er nicht kannte.

*»Kann ich mit Ihnen sprechen? M. L.«*

Er brauchte eine Minute, um draufzukommen, wer M. L. war: Maret Lindner. Er hatte ihr seine Nummer gegeben. Die SMS brachte den Geruch nach Ölofen mit, das Gerippe des Sofas vor dem schwarzen Hohlraum, das durchhängende Dach. Schon der Gedanke an das Haus schnürte ihm die Luft ab. Kein Wunder, dass das kleine Mädchen darin Geister sah.

*»Um was geht's?«*, schrieb er.

Sie antwortete binnen Sekunden.

*»Können Sie zu mir kommen?«*

*»Sie sollten sich besser bei KHK Lanz melden.«*

Hannes sendete ihr den Kontakt von Lanz. Minutenlang kam nichts zurück. Ob es eine soziale Regel gab, wie lange man sich mit der Antwort Zeit lassen durfte? Falls ja, kannte er die Regel nicht, er kannte so viele davon nicht. An manchen Tagen bewegte er sich durch die Menschen wie ein Tourist in einem fremden Land, dessen Sprache er nicht verstand.

*»Sie haben gesagt, ich könnte mich jederzeit bei Ihnen melden.«*

*»Das können Sie auch«*, antwortete er.

*»Hier im Haus passieren Dinge, die mir Angst machen.«*

Kein Wunder, dass sie sich mit einer solchen Aussage nicht bei Lanz meldete. Lanz konnte einem selbst Angst machen.

Hannes holte seine Pistole aus dem Schrank, warf seine Jacke über, nahm seinen Schlüsselbund vom Schreibtisch. Von Amts wegen sollte jemand mit ihm fahren. Vier-Augen-Prinzip. Sollte er sich mit Lanz absprechen. Und vorher mit Waechter. *Dass alles über meinen Schreibtisch läuft,* äffte er ihn stumm nach. Er hatte nicht die geringste Lust, sich jetzt mit Waechters Schreibtisch abzugeben.

Im Gehen schrieb er:

*»Bin in einer halben Stunde bei Ihnen.«*

Er wurde das Gefühl nicht los, dass er schon wieder in einen Elektrozaun griff.


Elli setzte sich Nell gegenüber. Er hatte sich festnehmen lassen wie ein Lamm, das zur Schlachtbank geführt wurde. Obwohl der Vergleich nicht stimmte, denn das Lamm wusste nicht, dass es zur Schlachtbank musste, während Nell mit zusammengekniffenen Augen den Bolzenschuss erwartete.

Vor ihr lag der Schnellhefter mit seinem Strafregister. Es hatte angefangen mit Diebstählen, Körperverletzungen, allesamt mit Alkohol im Blut, dann schwere Körperverletzung mit einer zerbrochenen Flasche und ein bewaffneter Raub als Höhepunkt seines Crescendos. Nell hatte versucht, mit einem Obstmesser in der Hand eine Schlecker-Filiale zu überfallen. Die Dame an der Kasse hatte ihn mit einem gezielten Stoß aus einer Flasche Desinfektionsspray außer Gefecht gesetzt. Es war Jahre her, er hatte eingesessen, seitdem war seine Akte jungfräulich.

Die Chefin saß neben Elli, sie hielt sich im Hintergrund, wie immer. Es beruhigte Elli, sie an ihrer Seite zu haben, an ihrer Seite war gleichzeitig auf ihrer Seite.

Elli musterte Nell. Graue Augen, dunkle Haare. Er musste früher mal gut ausgesehen haben. Oder täte es auf piratenhaft verwegene Weise noch immer, wenn man ihn unter die Dusche stecken und dafür sorgen würde, dass er ein paar Tage keinen Alkohol und genug Schlaf bekäme. Aber das würde nicht passieren. Seiner Strafakte nach war dieser Mann jenseits davon, sich helfen zu lassen. Wunder gab es nicht. Er passte nicht in die Familie aus dem verfallenen Haus, er war ein Fremdkörper. Nicht weil er Trinker war, nicht weil er von der Stütze lebte. Denn Geld hatte seine Exfrau auch nie gehabt, ebenso wenig wie seine Tochter. Es ging nicht um Geld, es ging nicht um Bildung. Sie konnte den Finger nicht drauflegen, warum es so klar war, dass er aus der Frauendynastie wieder rausfliegen musste. Die Frauen aus diesem Haus kreisten um einen anderen Stern als er.

Nell parierte ihren Blick mit dem Polizei-Grinsen, das sie sich alle früher oder später zulegten. *Ihr könnt mir nix*, sollte es signalisieren. Seine Augen sprachen eine andere Sprache.

»War das Ihr Hund, der uns so nett bei den Ermittlungen behilflich war?«

Er rutschte unruhig auf seinem Platz herum. »Was passiert jetzt mit ihm?«

»Im Augenblick ist er im Büro von zwei Kolleginnen, die ganz verknallt in ihn sind und ihn mit Diätschinken füttern. Schauen wir mal, wie weit wir heute kommen, ob Sie ihn gleich wieder mitnehmen dürfen oder ob er ein paar Tage im Tierheim bleiben muss.« Sie beobachtete die Wirkung ihrer Worte und sah zu, wie sie Krater in seine Chuzpe schlugen, einen nach dem anderen.

»Ich kriege ihn doch wieder?«

»Wissen Sie«, Elli blätterte mit gelangweiltem Gesicht

in der neu angelegten Akte, »ich kenne mich mit Hunden nicht so gut aus.« Natürlich bekam er den Köter wieder. Aber manchmal musste sie grausam sein. Das Leben war keine Hundewiese. In einem Ton, als ginge es immer noch um Tierpensionen, fragte sie: »Wissen Sie, warum Sie bei uns sind?«

»Keinen Schimmer.«

»Können Sie es sich denken?«

Nell schaute ihr in die Augen und schwieg. Ein Profi.

»Herr Nell, warum sind Sie vor uns weggelaufen?«

»Ich will einfach keinen Ärger.«

»Ärger wegen was?«

»Sie finden doch immer was, das Sie mir anhängen können.«

»Helfen Sie mir, Herr Nell.« Sie beugte sich zu ihm hinüber. »Wo sollen wir suchen?«

»Den Teufel werde ich tun.« Er lächelte. Sein Atem roch nach säuerlichem Kaffee.

Die Chefin schaltete sich ein. »Sie waren mit Frau Eva Nell, geborene Kreithmayr, verheiratet. Wann hatten Sie das letzte Mal Kontakt mit ihr?«

Nell schnaubte. »Mit Eva? Die habe ich seit der Scheidungsverhandlung nicht gesehen. Was hätte das auch gebracht?«

»Auch vorgestern Abend nicht?«

Er schüttelte den Kopf.

»Was haben Sie vorgestern Abend gemacht? Ab zweiundzwanzig Uhr?«

»Was wohl? Ein paar Bier getrunken, den Hund Gassi geführt, gepennt. Allein. Auf was wollt ihr raus?«

Seine Kraftlosigkeit hing im Zimmer wie ein Geruch. Was hatte Eva Nell in ihm gesehen? Die Sechziger-Jahre-Schön-

75

heit mit den funkelnden Augen, die immer nach etwas Besonderem gesucht hatte, nach der Tür zu einer neuen, magischen Geisterwelt? War sie auf seine grauen Augen hereingefallen? Oder hatte es eine Zeit gegeben, in der Arne Nell etwas vom Leben erwartet hatte, mehr als Bier trinken und Gassi gehen?

»Herr Nell, Ihre Exfrau ist vorgestern Abend aus dem Haus ihrer Tochter verschwunden. Wir ermitteln im …«

Nell sprang auf, der Stuhl krachte zu Boden. »Das war ich nicht! Ihr könnt mir keinen Mord anhängen!« Er schaute gehetzt von links nach rechts, suchte den Ausgang, den ein uniformierter Polizist versperrte. Sein Ruf war ein Verzweiflungsschrei. »Das war ich nicht!«

Elli wechselte einen Blick mit Der Chefin. Die nickte, sie dachte das Gleiche.

Sie hatten Nell nichts von dem Mord gesagt.

Hannes parkte auf dem Vorplatz und stieg aus. Das Geräusch der Autotür ließ ein paar Spatzen aufflattern, sie setzten sich auf die Dachrinne und stießen feindselige Zischlaute aus. Unter ihrem *Tzi, Tzi, Tzi* ging er über die Brücke, diesmal hielt er sich an den verrosteten Zahnrädern fest. Unter ihm rauschte Wasser aus einer verborgenen Öffnung, er konnte keine Bewegung auf der Wasseroberfläche erkennen.

»Gehen Sie durch.« Maret stand in der geöffneten Tür, im Flur brannte schon Licht. »Sonst kommen die Mücken mit rein.«

»Gibt es hier um die Zeit Mücken?«, fragte er und trat sich die Schuhe ab.

»Praktisch das ganze Jahr.« Sie schloss die Haustür und sperrte das Rauschen aus. »Wissen Sie schon etwas … ob …?«

Er schüttelte den Kopf. »Sobald wir mehr erfahren, melde ich mich. Sofort. Darauf können Sie sich verlassen.«

»Es tut mir leid, dass ich Sie herausgejagt habe.« Sie blickte auf den Boden. »Ich bin ein bisschen hysterisch. Den ganzen Tag mit meiner Tochter allein. Mein Mitbewohner hat sich gestern freigenommen, aber heute muss er wieder arbeiten, mein Mann ist an der Uni. Ich habe das Gefühl, was auch immer da draußen ist, ich bin damit allein.«

»Hat Ihr Mann nicht Semesterferien?«

»Er korrigiert Klausuren, bis in die Nacht. Er macht das in der Bibliothek.«

»Als ich studiert habe, waren in den Semesterferien die Unis immer total …«

»Das ist das, was ich von ihm weiß«, unterbrach sie ihn.

Hannes erkannte einen wunden Punkt, wenn er einen sah.

»Sie sagten, Sie hätten Angst im Haus. Wovor?«

»Es kommt mir so lächerlich vor.«

»So lächerlich kann es nicht sein, wenn Sie mich extra aus München kommen lassen. Also, schießen Sie los.«

»Meine Tochter sagt, nachts käme ein Geist zu ihr. Sie spürt einen Luftzug, wenn es so weit ist. Es ist ein kleines Mädchen.«

»Haben Sie den Luftzug auch schon bemerkt?«

»Nein. Aber die Geräusche im Haus. Es ging los mit einem tiefen Brummton. So tief, dass man ihn kaum hören kann. Nur spüren, im Bauch.«

»Wann haben Sie das zum ersten Mal mitbekommen?«

»Das geht schon länger. Ich weiß es nicht. Ich habe mich daran gewöhnt.«

»Zeigen Sie mir bitte genau, wo Sie den Ton am lautesten hören.«

Sie ging voraus zum Wohnzimmer. Der Ölofen bullerte, Hitzewellen gingen von ihm aus.

Maret öffnete die Küchentür. »Hier.«

Hannes tippte Stichpunkte in die Notizfunktion seines Handys.

»Was machen Sie da?«, fragte Maret.

»Ich protokolliere.«

»Heißt das, Sie nehmen mich ernst?«

Er senkte das Handy. »Können Sie mir einen Grund nennen, warum ich Sie nicht ernst nehmen sollte?«

Sie schüttelte den Kopf und strich ihr Haar hinters Ohr, es war eine mädchenhafte Geste, die nicht zu ihr passte. Normalerweise bewegte sie sich wie ein Cowgirl auf einer Ranch.

»Hören Sie den Brummton ständig, oder kommt und geht er?«

»Nein, er ist nicht immer da. Aber es gibt keine festen Zeiten. Manchmal nachts, manchmal tagsüber. Kurz, lang. Es gibt keine Regeln dafür.«

»Sie sagen, das Brummen begleitet Sie schon eine Weile. Warum haben Sie erst jetzt Angst davor?«

»Da ist die Sache mit meiner Mutter. Und es kommen andere Geräusche dazu. Schritte, das Rücken von Möbeln, Kratzen. Als ob jemand hier parallel wohnt, der unsichtbar ist.«

»Von Ihrem Mitbewohner können die Geräusche nicht stammen?«

»Nein, ich habe sie auch schon mal gehört, als ich in seiner leeren Wohnung stand.« Ihre Stimme wurde leiser. »Ich habe einfach meinen Schlüssel benutzt.«

»Keine Sorge, ich werde Sie nicht verraten. Gibt es in Ihrem Haus einen Keller?«

»Der ist nichts Besonderes. Kommen Sie.«

Hannes ging mit ihr in den Garten, an die Hausseite jenseits des Kanals. An der Hauswand führten gemauerte Stufen in ein Loch, das von welkem Gras überwuchert war. Hannes blieb stehen und kämpfte die Welle von Widerwillen hinunter.

Maret ging voraus, sperrte eine schwere Eisentür auf und zog sie lautlos auf. »Was ist?«

»Moment …«

Kellertreppen waren für Hannes auf ewig mit Holzstufen verbunden, die bei jedem Schritt knarrten. Dem Rascheln von Stoff auf den Stufen. Unverputzten Wänden, dem Geruch von Hausschwamm. Mit der Kerze auf einem Teller, krumm und dünn. Der Tür, die in der Zugluft schwang, auf und zu, auf und zu. Mit der Hand in seinem Genick.

Er schüttelte die Erinnerung ab. »Ja, komme schon.«

Das schwindende Tageslicht beleuchtete einen kahlen Kellerraum. Die Balken lagen über dem Putz, an einigen Stellen waren sie mit unbeholfenen Konstruktionen abgestützt, die selbst schon verrotteten. Ein Stapel Autoreifen lag in einer Ecke, bis auf ein paar Regale voller Werkzeug und Weckgläser war der Raum leer.

»Wir benutzen den Keller kaum, weil er immer wieder unter Wasser steht«, sagte Maret.

Hannes verharrte in der Tür. Die Regale standen auf Rollen, die unteren Fächer waren leer. Schwarze Flecken zogen sich an den Wänden hoch und sprengten die Farbe ab, der Geruch von Schimmel war überwältigend.

»Auf was steht dieses Haus eigentlich?«

»Das habe ich mich schon oft gefragt«, sagte Maret. »Auf was steht dieses Haus eigentlich?«

»Ich habe genug gesehen.« Hannes trat ein paar Schritte zurück und füllte seine Lungen mit der Abendluft.

Maret kam heraus und versperrte die Kellertür wieder. »Ich habe mich an vieles gewöhnt. An das Knacken des Gebälks, die Risse, die Geräusche des Kanals. Auch an das Brummen und an die Schritte. Es ist ein altes Haus, es hat ein Eigenleben. Seit Neuestem macht es mir Angst, jetzt wo meine Mutter tot ist. Als ob da draußen ein Raubtier ist und Menschen holt. Aber das ist noch nicht alles.« Sie berührte ihn am Stoff seines Ärmels. »Folgen Sie mir.«

Licht fiel durch die langgezogenen Stallfenster unter dem Dach. Während die Küche herausgeputzt worden war, verfiel das Haupthaus immer mehr. Das Haus war in gegensätzliche Hälften geteilt, doch sie mittelten einander nicht aus, sie saugten Energie voneinander. Maret nahm seine Hand und führte seine Finger über das Holz der Hintertür, seine Fingerspitzen ertasteten Unebenheiten, Rillen. Ein Stern war in das weiche Holz geritzt, die Spuren leuchteten hell, sie waren nagelneu. Ein fünfzackiger Stern. Zwei Spitzen deuteten nach unten.

»Es war vor ein paar Tagen einfach da.«

Hannes trat zurück, hob sein Handy, ließ den Blitz aufleuchten. Der Stern zeichnete sich auf dem Foto deutlich ab. »Was um Himmels willen bedeutet das?«

»Der Himmel bleibt hier aus dem Spiel«, sagte sie. »Das ist ein Drudenfuß.«


»Unser Herr Lindner arbeitet also wirklich in der Bibliothek. Zumindest heute«, sagte Elli zum Hüter des Schweigens. »Ich finde es verdächtig, wenn Ehemänner zu viele Überstunden machen.«

Der zweite flüchtige Mann, den sie heute auftreiben mussten. Alle Männer, die sie wegen der verschwundenen Eva Nell aufsuchten, sprengten davon wie aufgeschreckte Hirsche. Sie hatten den ganzen Tag Sebastian Lindner hinterhertelefoniert, bis sie eine Doktorandin an die Strippe bekamen, die ihn verpfiff. Es wäre die Aufgabe von Hannes gewesen, doch der war wie von dieser Erde verschwunden. Tag der flüchtenden Männer.

Sie gingen durch die psychedelische Siebziger-Jahre-Architektur des Anglistischen Institutes. Obwohl die Ferien schon angefangen hatten, liefen Studenten herum, die meisten weiblich, unmöglich jung, unmöglich dünn. Sie trugen flache Schuhe und balancierten Dutts auf ihren Köpfen wie Balletttänzerinnen. Der Hüter des Schweigens drehte den Kopf um hundertachtzig Grad wie eine Eule, als eine studentische Ballerina an ihm vorbeischwebte.

»Genau das meine ich«, sagte Elli. »Wenn ein Professor Überstunden macht, sollten wir nachprüfen, was spätabends so alles auf seinem Schreibtisch liegt.«

In der Bibliothek bestand ein Student darauf, ihre Namen in mikroskopisch kleinen Buchstaben auf eine Karteikarte zu notieren, obwohl sie ihm ihre Ausweise zeigten. Außer ihnen saß nur ein Leser am Fenster, er hatte ihnen den schmalen Rücken zugekehrt, ein Lockenkopf über einem Stapel Papier. Er drehte sich erst um, als sie auf ihn zugingen, der Ausdruck des Schmerzes verschwand nicht schnell genug von seinem Gesicht.

»Sebastian Lindner«, sagte er und reichte ihnen die Hand.

»Man kommt nicht leicht an Sie ran«, sagte Elli. »Sie hätten uns zurückrufen sollen.«

Er senkte den Blick. Unter seiner Nerd-Brille sah er jung aus, wie ein verkleideter Student. Obwohl er ein paar Jahre älter war als seine Frau. Er war konserviert.

»Gehen wir in mein Büro«, sagte er. »Hier können jeden Moment Studenten reinkommen.«

Der Zerberusjunge am Eingang strich ihre Namen sorgfältig mit einem Lineal aus, als sie vorbeigingen. Elli drehte sich nach ihm um.

Im sicheren Hafen seines Büros schenkte Lindner ihnen Tee in Tassen mit dem Universitätswappen. Elli hasste Tee, aber sie war zu höflich, um abzulehnen.

»Wir brauchen noch Ihre Zeugenaussage von dem Abend, als Ihre Schwiegermutter zuletzt lebendig gesehen wurde«, sagte sie.

Bei dem Wort *lebendig* zuckte Lindner zusammen.

»Ihre Frau hat uns schon weitergeholfen, aber wir möchten von Ihnen selber hören, wie der Abend abgelaufen ist.«

Lindner schaute den Hüter des Schweigens an, der mit einem Druckbleistift protokollierte, mit dem gleichen konzentrierten Gesichtsausdruck wie der Junge in der Bibliothek.

»Fangen Sie bitte um sechs Uhr abends an.« Elli trank einen Schluck Tee. Er versengte ihr die Zunge und roch nach Insektenspray. Vergeblich suchte sie nach einer Topfpflanze.

»Wie ich schon … Wie meine Frau Ihnen gesagt hat, war ich in der Bibliothek und habe korrigiert.«

»An was arbeiten Sie gerade?«, fragte Elli.

»Historische Fakten und dichterische Freiheit des antiken Roms im Elisabethanischen Drama.« Er schaute sie herausfordernd an.

»Ach. Wie in *Titus Andronicus*.« Sie hatte zwar nur einen Realschulabschluss, aber das hieß nicht, dass sie auf der Brennsuppe dahergeschwommen war. »Wie lange sind Sie im Institut geblieben?«

»Bis um acht, dann wollte die Aufsicht nach Hause.«

»Ganz schön lange Heimfahrt, wenn Sie erst um acht aufgehört haben.«

82

»Ich habe mir ein Sandwich geholt, dann … dann … war ich noch im Büro.«

Der Stift kratzte auf dem Papier. Elli konnte sicher sein, dass der Hüter des Schweigens das Stottern protokolliert hatte.

»Hat Sie jemand gesehen?«

»Nicht, nachdem ich draußen war.«

»Machen Sie viele Überstunden?«

»Fast jeden Tag.«

»Ihre Frau stört das nicht?«

»Das war ihr von Anfang an klar. Ich … ich … Es ist kein Geheimnis, ich kann ehrlich zu Ihnen sein. Es war nicht meine Idee, in das Haus zu ziehen. Ich kriege keine Luft da drin, es ist mir nicht geheuer. Maret hängt daran, weil sie so viele Erinnerungen damit verbindet. Manchmal denke ich, sie kann keinen Menschen so lieben, wie sie dieses Haus liebt.«

»Was genau ist Ihnen daran nicht geheuer?«, hakte Elli nach.

»Kennen Sie das Gefühl, dass etwas Schweres auf Ihrer Brust sitzt?«

»Sie sind trotzdem heimgekommen. Wann war das?«

»Gegen elf.«

»Erzählen Sie mir davon.«

»Da gibt es nichts zu erzählen. Ich war so müde, dass ich kaum die Lider offen halten konnte. Das Haus war dunkel. Ich habe nicht nach Sophie geschaut. Ich habe nicht mal drauf geachtet, ob meine Frau neben mir liegt. Es … es … Es tut mir wahnsinnig leid. Ich mache mich fertig mit dem Gedanken, dass ich vielleicht ganz nah dran war, Eva vielleicht nur knapp verpasst habe. Dass meine Kleine allein im Haus war, während vielleicht ein Mörder draußen herumlief. Das Haus stand offen, es hätte sonst was passieren können.«

83

»Schon gut, Herr Lindner. Keiner macht Ihnen Vorwürfe. Das Haus stand offen?«

»Ja. Die Tür war nur zugezogen.«

»Haben Sie gewusst, dass Ihre Schwiegermutter babysitten sollte?«

»Maret hat mal was erwähnt. Ich habe aber nicht mehr daran gedacht.«

Typisch. Die Frauen kümmerten sich und organisierten, damit die Männer an nichts mehr denken mussten. Das war die Falle, in die sie alle tappten, sobald sie sich fortpflanzten.

»Haben Sie beim Heimkommen etwas gehört oder gesehen?«

»Nein.«

»Stand ein Auto auf dem Vorplatz?«

»Ehrlich gesagt …« Er schaute sie hilfesuchend an.

»Sie haben nicht drauf geachtet, oder?«

Er nickte. Entweder war er der schlechteste Zeuge der Welt, oder er tat nur so, unter seinem trotteligen Gestotter. Seinem Gesicht war nichts abzulesen, aber sein Körper stank nach roher Panik.

»Belassen wir es dabei«, sagte Elli. »Kommen Sie bitte morgen zur Dienststelle, um das Protokoll zu unterschreiben.«

Der Angstgeruch wurde stärker, eine frische Wolke. »Ist das wirklich nötig?«

Elli schob ihm ihre Karte hinüber.

»Ist ja schon gut.« Er nahm ein Taschentuch, wischte sich die Stirn ab und die Augen unter der Brille. »Ich werde da sein.«

Bevor sie gingen, bedeutete Elli dem Hüter des Schweigens, auf sie zu warten. Sie lief die Treppe zur Bibliothek hinauf. Gott sei Dank war sie noch offen. Der Student ließ seinen Stift über der Karteikarte schweben und schaute sie an wie ein Hund, der auf das Stöckchen wartet. In seinem puritanischen Eifer erinnerte er sie an Dennis Falk, den Untermieter von Maret Lindner.

»Danke, ich will gar nicht rein«, sagte sie. »Mein Englisch reicht, um mir im Urlaub ein *Pint* zu bestellen. Haben Sie zufällig die Anwesenheitskarten von vorgestern noch?«

Der Student wühlte in der Schreibtischschublade und beförderte einen Stapel Karteikarten zutage, mit Gummiband zusammengehalten.

Elli hätte ihn am liebsten geküsst. Der Zeuge ihrer Träume.


Die Chefin holte Waechter auf dem Weg zu seinem Büro ein.

»Du kommst aus Erding?«

»Sieht man doch.« Er wuchtete die Tasche mit den Unterlagen von der einen Schulter auf die andere. Bei jedem Schritt spürte er ein Ziehen, es war nicht die Hüfte, nicht der Ischias, es war eine Stelle, die er bisher nicht mal gekannt hatte. Sah so seine Zukunft aus, dass es an allen unmöglichen Stellen knackte und knirschte?

»Gibt's was Neues?«

»Lanz hat beschlossen, Einzelheiten vom Tathergang an die Presse zu geben. Er hängt immer noch der Zufallstätertheorie an und will mehr Öffentlichkeit. Viel Spaß damit, das Gelände abzusperren.«

Er drückte die Klinke seines Büros herunter.

»Michael …«

»Ja?«

»Passt gut auf euch auf.«

Die Chefin ging den Gang hinunter, ihr Zopf wippte beim Gehen hin und her. Mit einem Grunzen setzte er die Tasche ab. Er war noch nicht mal fünfzig und machte schon bei jeder Bewegung Geräusche wie ein Walross, das sich zum Sterben auf die Sandbank schleppt. Der verdammte Heuschnupfen war schuld, er hing ihm in den Knochen wie eine Grippe. Waechter tränkte einen Waschlappen am Waschbecken mit kaltem Wasser, lehnte sich in seinem Bürostuhl zurück und legte sich den Lappen über die Augen. Zum ersten Mal an diesem Tag hatte er nicht das Gefühl, durch eine Wolke von Tränengas zu laufen.

Gerade als der Schmerz nachgelassen hatte, klingelte das Telefon. Blind tastete er über den Schreibtisch. Das Telefon verstummte, und sein Handy ging los, er erwischte es, bevor es von der Schreibtischkante sauste.

»Waechter?«

»Polizeiinspektion elf, Hebert am Apparat. Ist der Brandl da?«

»Ich glaub, der ist schon heim. Durchwahl einunddreißig«, sagte Waechter.

»Da geht er nicht ran. Ich dachte, ihr sitzt im gleichen Zimmer.« Die Kollegen hatten sich immer noch nicht daran gewöhnt, dass Hannes seit dem Umzug ins neue Domizil der Mordkommission ein eigenes Büro hatte.

»Nein, ich bin ihn glücklich los.«

»Wo können wir ihn erwischen?«

Waechter setzte sich auf. Der nasse Waschlappen klatschte auf ein Vernehmungsprotokoll. »Probiert es auf seiner Privatnummer.«

»Da geht keiner ran. Andere Idee?«

»Worum geht's? Hat er was angestellt? Soll ich ihn festnehmen?«

»Noch nicht.« Hebert lachte. »Aber das ist nah dran an der Wahrheit. Wir haben seinen Nachwuchs hier. Die kleine Lily Brandl möchte aus dem Bällebad abgeholt werden.«

Waechter rief sich die komplizierten Patchwork-Verhältnisse von Hannes' Familie in Erinnerung. Hannes hatte seine älteste Tochter zu sich genommen, einen Teenager mit grünen Augen und dem Körperbau einer zerbrochenen Puppe. Lily, die Jugendsünde aus seiner ersten Ehe. Was musste es für ein Gefühl sein, als Jugendsünde aufzuwachsen?

Waechter zog seinen Mantel an und knipste die Schreibtischlampe aus. »Liefert sie halt bei der Mutter ab.«

»Die geht auch nicht ran.«

»Was hat Lily denn angestellt?«

»Sie hat es geschafft, sich unter sechzehn zu betrinken und einen Bewunderer mit ihrer Tasche zu verprügeln.«

Hochfrequenter Protest ertönte von hinten. Waechter erkannte die Stimme wieder, er war dem Mädchen einmal begegnet. Er hatte sie sofort gemocht. Sie schien vor nichts Angst zu haben. Lautlos öffneten sich die Aufzugtüren, und Waechter trat hinein.

»Die Eltern scheinen keine Ahnung zu haben, was die junge Dame nachts so treibt«, sagte Hebert.

Wieder Protest. Es raschelte und knackte in der Leitung, dann war Lily am Telefon.

»Wo ist mein beschissener, bescheuerter Papa?«

»Servus Lily, ich bin's, Waechter. Ich habe deinen beschissenen, bescheuerten Papa seit Stunden nicht gesehen.«

»Oh *fuck*.«

»Vielleicht ist er noch beim Training oder verabredet.«

»Können Sie mich abholen?«

»Wie stellst du dir das vor?« Der Aufzug spuckte Waechter in der Tiefgarage aus. »Ich bin keine Kindertagesstätte.«

»Das ist mir scheißegal. Ich will bloß weg hier. Ich habe zwei Wodka-Red-Bull intus und bin stocknüchtern. Der Kaffee ist grauenhaft, und ich muss pissen und werde das nicht auf einem von diesen Drecksklos tun. Lieber platze ich.«

»Und was soll ich mit dir anfangen, wenn wir deine Eltern nicht auftreiben?«

»Ist nicht mein Problem, oder?«

Waechter grinste. Das war Hannes' Mädchen. Kreiste nur um ihre eigene Sonne. Wenn es nach ihm gegangen wäre, würde er sie eine Nacht in der Zelle schmoren lassen, das schadete ihr bestimmt nicht. Aber das könnte er seinem Kollegen nicht erklären. Was würde Hannes sagen, wenn er ihm morgen erzählte, dass seine Tochter von einer Polizeiinspektion angerufen hatte und er sie dort hatte verrotten lassen?

Wo steckte der Kerl bloß?

Waechter sperrte seinen Citroën auf. Der vertraute Geruch von verschmorter Motorhaubenabdeckung kam ihm entgegen. »Warte auf mich, ich hol dich ab«, sagte er. »Und trink nichts mehr von diesem Kaffee. Ist nichts für Kinder.«

Mit einem Druck auf den roten Hörer schnitt er das Sperrfeuer von Schimpfwörtern ab.


»Damit du auch mal was Gescheites kriegst«, sagte seine Mutter und stellte Hannes den Teller vor die Nase. Darauf lagen im Ofen gebratene Rippchen, verkohltes Fleisch spannte sich über die Knochen. Seine Mutter wusste schon seit Jahren, dass er kein Fleisch mehr aß. Er schaute unauffällig auf die Uhr. Erst zehn Minuten vergangen. Noch keine Chance abzuhauen.

Seine Mutter faltete die Hände, sie warf Hannes einen scharfen Blick zu, doch er rührte sich nicht. Zum Glück fing sie an, ohne es zu kommentieren.

»Danket dem Herrn, denn er ist freundlich …«

Mit gesenktem Kopf ließ Hannes die Prozedur über sich ergehen. Er betrachtete seine Hände. Unter seinen Fingernägeln hatten sich schwarze Ränder gebildet, obwohl er Handschuhe getragen hatte.

»Amen«, sagten seine Eltern.

»Amen«, murmelte er, ohne dass er es wollte, seine Reflexe waren konditioniert wie ein Hund.

Sein Vater schenkte Rosé in die Kristallgläser mit den winzigen glitzernden Sprüngen. »Kabinett«, sagte er und nickte Hannes aufmunternd zu.

Der Wein war lauwarm und schmeckte nach Urin mit Gummibärchenaroma. Hannes trank einen viel zu großen Schluck davon, der Alkohol flutete sofort seinen Kopf und kribbelte bis in die Fingerspitzen.

»Wie war's denn heute?«

»Aber Gunter.« Seine Mutter schüttelte den Kopf. »Das darf er doch nicht erzählen.«

Seine Eltern aßen stumm weiter, das Besteck klirrte auf den Tellern. In seinem linken Ohr klang es wie Pistolenschüsse.

*Falls es euch interessiert, ich hatte einen beschissenen Horrortag. Ich habe eine Frau gesehen, die bei lebendigem Leib verbrannt wurde, der die Kleider auf der Haut geschmolzen sind. Aber das interessiert euch ja nicht.*

»Wie geht es unserer Lotta?«, fragte seine Mutter.

Sie erkundigten sich weder nach Jonna noch nach Rasmus, der nicht sein leiblicher Sohn war. Seine Familie war für sie wie eine lästige Spinnerei, die er hoffentlich bald wieder aufgeben würde. Nur der kleinen Lotta luden sie großzügig Geld aufs Sparkonto.

»Keine Ahnung. Die drei sind weggefahren.«

»Ohne dich?«

»Falls es dir nicht aufgefallen ist, ich musste arbeiten.« Hannes stellte sein Weinglas härter ab als geplant. Es würde noch einen Sprung bekommen.

»Und da fahren die einfach ohne dich weg?«

»Jonna hat auch mal eine Auszeit verdient.«

»Ich verstehe nicht, warum sie Urlaub braucht«, mischte sich sein Vater ein. »Sie hat ja sonst nicht viel zu tun.«

»Es ist ihr erster Urlaub seit Lottas Geburt. Falls du es vergessen hast, Papa …« Hannes war schon wieder an dem Punkt, wo er am Ende seines Atems redete. Der restliche Sauerstoff war ihm verloren gegangen. »Sie hat mit Lotta sechzehn Stunden in den Wehen gelegen, bevor sie ihr das Kind in einem Gemetzel rausgeschnitten haben, an dem sie fast verblutet wäre.«

»Ich weiß ja nicht, ob das die richtigen Themen für den Abendessenstisch sind«, sagte Mama. Ihre Gabel schabte über das Dekor des Tellers, so laut, als ob jemand seine Gehirnrinde wegraspelte.

»Das ist über zwei Jahre her«, sagte sein Vater. »Irgendwann muss es doch auch mal gut sein.«

Hannes gab auf. Seine Eltern lebten in einem geschlossenen Universum, er konnte nur von außen dagegensummen wie eine Fliege. Es war schon immer so gewesen, er hatte sich von klein auf gewundert, warum sie so anders waren als er. Jonna war der erste Mensch in seinem Leben, der ihm nicht das Gefühl gab, als Kleinkind von einem Ufo entführt worden zu sein. Jonna und die Kinder hatten sich nicht mal richtig von ihm verabschiedet. Wenn Jonna nicht mehr in der Mitte der Familie war, wer war dann überhaupt noch in der Mitte?

Seine Mutter beobachtete ihn mit Argusaugen. »Hast du denn keinen Hunger?«

Jetzt wäre die Gelegenheit, einen richtig großen, fetten

Streit vom Zaun zu brechen. Er ließ sie verstreichen, kippte den süßen Wein in einem Zug hinunter und stand auf.

»Nein, Mama, ehrlich gesagt, ich bin total durch. Ich werd's packen.«

»Du wolltest doch dem Papa mit dem Digitalisieren von seinen Schallplatten helfen.«

»Heute bestimmt nicht mehr.«

»Wir helfen dir sonst auch immer aus der Bredouille«, sagte sein Vater.

»Welche Bredouille? Was meinst du?«

Seine Mutter schoss einen Blick in Richtung des Vaters, in dem genügend Pfeilgift für eine Herde Wisente steckte. Er währte nur den Bruchteil einer Sekunde, aber Hannes hatte ihn bemerkt.

»Willst du nach drei Wein etwa noch fahren?«

Fassungslos schaute er auf sein Weinglas. Drei? Hatte es sich von selbst nachgefüllt? Das Esszimmer vollführte eine ungemütliche Drehbewegung.

»Du kannst in deinem Zimmer schlafen«, sagte sein Vater. »Das Gästebett ist frisch bezogen.«

Er kapitulierte, so wie er am Ende immer kapitulierte.

Kurz darauf saß er auf seinem Jugendbett und aß zwei Müsliriegel. Uschi kam mit scharrenden Krallen hereingewetzt und sprang aufs Bett. Er hob die kleine Yorkshireterrierdame hoch und ließ es zu, dass sie ihm das Gesicht ableckte. Keine Ahnung, die wievielte Uschi es war, aber sie waren alle uralt und rochen penetrant nach Hund. Sein Handy zeigte ein paar entgangene Anrufe an. Konnten bis morgen warten. Er wählte Jonnas Mobilnummer und drückte das kalte Glas des Telefons ans Ohr. Nur Freizeichen. Bevor ihre Mailbox rangehen konnte, würgte er den Anruf ab. Er sah sie vor sich mit ihrer Mutter und ihren alten Freundinnen auf der selbstgezimmerten Terrasse vor dem Bauwagen, in dicke Jacken gewickelt, sah die Rotweingläser auf dem Tisch, hörte das Frauenlachen.

Vielleicht lästerten sie über ihre Männer.

Vielleicht redeten sie in diesem Moment auf Jonna ein, dass sie nicht mehr zu ihm zurückkommen sollte.

Waechter fand einen Parkplatz und stellte den Motor ab.

»Und jetzt?«

Lily zuckte mit den Schultern. »Keine Ahnung.« Ihr Haar glänzte wie ein Helm, es war nicht mehr rot sondern schwarz. Nicht ganz schwarz. Über der Stirn schimmerten Strähnchen in Grün, Pink und Lila. Die Farben eines Pfaus. Ihre schwarz getuschten Wimpern waren nicht verschmiert. Ein trockener Knochen wie ihr Vater. Waechter mochte das.

»Ich habe Hunger.«

Bevor er etwas erwidern konnte, merkte er, dass er selbst am Verhungern war. »Soll ich dich auf ein Curry einladen, bis wir deine Eltern auftreiben?«

»Gern.«

»Du weißt schon, dass ich dich nicht heimfahre? Du musst schauen, wie du weiterkommst, wenn dich keiner abholt.«

Lily zuckte nur mit den Schultern.

Es war nach zehn, sie waren die letzten Kunden im Curry-laden und setzten sich mit den großen Schüsseln und Stäbchen auf die Palettenbank vor der Tür. Es war einer der ersten Abende, an denen man draußen sitzen konnte, wenn man den Schal fest in den Kragen stopfte und sich selbst betrog. Die Stadtbusse und die Tram ratterten um die Wendeschleife. Sie aßen schweigend mit Blick auf die Tramstation, die mit ihren großen weißen Bögen aussah wie ein Landeplatz für Außerirdische.

Waechter legte die Stäbchen weg. »Ich probiere es noch mal bei deinem Vater.«

»Nein.«

»Was hast du gesagt?«

»Rufen Sie ihn nicht an. Bitte.«

»Und ob ich das mache. Du hast gesagt, es ist nicht dein Problem, was ich mit dir anfange. Da hast du recht. Meins ist es aber auch nicht. Es ist das Problem deiner Eltern.«

»Ich komm schon klar. Ich hab Freunde in München.«

»Glaubst du ehrlich, ich lass dich jetzt in die Nacht verschwinden?«

Lily schwieg und schob die rohen Sprossen und Schoten auf die Seite. Waechter pickte sie mit der Gabel aus ihrer Schüssel.

»Vergiss es einfach. Ich ruf ihn jetzt an.« Er wählte die Durchwahl von Hannes. Freizeichen, dann Mailbox. Er hasste die verdammten Maschinen.

*Wo steckst du, Vollidiot?*

Ein Familienvater, der seine Familie in Urlaub schickte und über Nacht verschwand, obwohl er in Bereitschaft war. Nicht gut. Nichts, in das ein vernünftiger Mensch hineingezogen werden wollte.

»Essen Sie das nicht mehr?« Lily deutete auf seinen Rest Reis.

Er schob ihr die Schüssel hin, und sie schaufelte den Reis so gierig in sich hinein, dass er schon fürchtete, sie würde das Porzellan auslecken wie ein Kätzchen. Oh, um das musste er sich auch langsam mal kümmern.

»Ich habe ein Problem«, sagte sie.

»Ist mir klar.«

»Mein Vater denkt, ich wäre bei meiner Mutter. Meine Mutter denkt, ich wäre bei meinem Vater.«

»Und wo wolltest du sein?«

Sie zuckte mit den Schultern.

»Freund?«

Keine Antwort war auch eine Antwort.

»Ist wohl schiefgegangen mit deinem Freund, was?«

Die Kellnerin sammelte die Kissen von den Palettensitzen ein und warf ihnen giftige Blicke zu.

»Wo ist deine Mutter?«

»Auf Teneriffa.«

»Du hast wirklich ein Problem. Und was soll ich jetzt machen?«

»Nichts. Danke fürs Curry und danke, dass ich nicht in der Zelle schlafen musste. Ich bin dann weg.« Sie stand auf.

»He, warte. Wo willst du hin?«

»Geht Sie nichts an.«

Sie war Hannes so ähnlich. Gab es ein Gen dafür? »Du gehst nirgendwohin, außer zum Taxistand für ein Taxi nach Hause.«

»Wenn Sie mich aufhalten wollen, schlage ich mit meiner Handtasche auf Sie ein und rufe: ›Hilfe! Das ist nicht mein Vater!‹«

Die Kellnerin schaute zu ihnen hinüber. Sie hatte ihren Mantel angezogen und nestelte an einer Packung Zigaretten.

»Ich treffe deinen Vater morgen um Viertel nach sieben bei der Morgenlage. Er ist sicher sehr interessiert, was ich ihm alles vom heutigen Abend berichten kann.«

Lily stieß die Luft aus und setzte ihre Tasche wieder ab.

»Bei mir um die Ecke ist ein Taxistand.« Er streckte die Hand aus. »Komm. Ich geh ein Stück mit dir.«

In der Straßenschlucht war es dunkler, das Rattern der Trambahnen leiser. Ein kühler Luftzug brachte den ersten

94

Bärlauchduft aus dem Englischen Garten mit. Das Echo ihrer Schritte hallte von den Hauswänden wider. Waechter hätte den Kollegen die Durchwahl von Hannes geben und Lily sitzen lassen sollen. Er sollte sie wieder zur Polizeiinspektion bringen. Aber er fürchtete, die nahmen sie nicht mehr zurück.

»Wenn du mir versprichst heimzugehen, verspreche ich dir, dass ich dichthalte«, sagte er vor seiner Haustür und holte den Schlüssel aus der Jackentasche. »Links und die Straße runter. Da stehen immer Taxis.«

Ohne einen Gruß verschwand sie um die Ecke, das Klackern ihrer Absätze entfernte sich.

In seiner Wohnung begrüßten ihn der Geruch von Katzenurin und ein ärgerliches »Miiiii!«.

»Ich weiß«, sagte er zu der Fellkugel, die vorwurfsvoll vor ihren leeren Schüsseln saß. »Ich bin ein lausiger Katzenvater.«

Er füllte die Näpfe, knüllte die nassen und verschmutzten Zeitungen zusammen und stopfte sie in einen der überquellenden Müllsäcke. Das verlagerte den Gestank nur vom Flur in die Küche. Die Katze schmatzte mit hoch erhobenem Schwanz und stieg am Ende sogar in die Schüssel. Er hob sie heraus und füllte eine zweite Portion nach.

Die Türklingel schrillte. Fluchend schob er die Post mit dem Fuß zur Seite und hob den Hörer der Gegensprechanlage ab.

»Was?«

»Es sind keine Taxis da.«

»Habt ihr jungen Leute heute keine Handys mehr?«

»Kann ich raufkommen?«

»Ich bin nicht auf Besuch eingerichtet.«

Gehetzt drehte er sich um. Die Stapel seit Jahren ungelesener Zeitungen verengten den Flur zu einem schmalen Gang, der Rest des Bodens war mit Umzugskartons zugestellt. An der Garderobe hingen Jacken in ungezählten Schichten, die untersten davon hatte er seit Jahren nicht mehr angerührt. Es stank durchdringend nach Katzenpisse und ungespültem Geschirr.

Statt einer Antwort schrillte die Türklingel wieder. Zweimal, dreimal. Sturm. Er kapitulierte und drückte auf den Summer.

Er hatte erwartet, dass sie in der Tür zurückprallte. Aber Lily marschierte in die Küche durch, als sei seine Wohnung das Normalste der Welt. Das Altglas unter dem Tisch klirrte, als sie ihre Tasche in einen Karton voller vergilbter *Spiegel*-Ausgaben plumpsen ließ. Sie setzte sich auf den einzigen freien Stuhl. Waechters Stuhl.

»Kann man hier einen Kaffee … Oh, süüüüüüüüüß! Eine Katze!«

Waechter schloss die Augen. In diesem Moment war ihm klar, dass er Hannes nie von dieser Begegnung erzählen würde.

## Palmsonntag

Dass böse Leute und Zauberei deinem Haus nicht Schaden zufügen.
Schreib diese Worte auf 7 Täflein von rein Wachs, beräuchere und vergrabe es an sieben Orten um deine Grenze herum. Es wird das Haus sicher sein und das Böse nicht können hinzunahen. Die Gottlosen haben Freude, Schaden zu thun, aber des Gerechten Samen wird alle Früchte bringen.

*Geheime Kunst-Schule magischer Wunderkräfte*

Am nächsten Morgen war Lily weg. Das Fenster im Wohnzimmer stand weit offen, keine Ahnung, wie sie es aufgekriegt hatte. Sie musste die halbe Wohnungseinrichtung und diverse Umzugskisten umgeschichtet haben, um es aufreißen zu können. Bärlauchduft erfüllte den Raum. Draußen ratterte ein Reinigungswagen der Stadt vorbei und hinterließ die Stille des frühen Morgens. Sie hatte das Bettlaken und die Wolldecke ordentlich zusammengefaltet und aufs Sofa gelegt. So leer würde das Sofa nie wieder sein. Ihr Glas war weg.

Waechter machte das Fenster zu, damit die Katze nicht aus dem dritten Stock türmte, und suchte nach Lilys Spuren in der Küche. Eine Tasse und ein Teller mit Krümeln standen in der Spüle, in der Kanne dampfte noch ein Rest heißen Kaffees, das rote Licht brannte. Ein staubiger und lange nicht mehr renovierter Winkel seines Gehirns glaubte, dass der Besuch von Lily irgendeinen Sinn hatte, dass eine diffuse Schicksalsmacht sie geschickt hatte. Aber dieser Gehirnwinkel war keiner von den seriösesten in seinem Kopf. Wirklich seriös waren sie allesamt nicht.

Sein Gast hatte eine winzige Ecke des Küchentisches freigeräumt und abgewischt, um dort zu frühstücken, ein Eselsohr der Ordnung. Lily Brandl war durch seine Wohnung gegangen wie ein Geist, und jetzt war sie weg. Jeden Moment erwartete er, dass es an der Tür klingelte und ihre gebieterische Stimme durch die Gegensprechanlage schallte: »Kann man hier einen Kaffee kriegen?«

Niemand klingelte. Waechter schenkte sich den letzten rußigen Rest Kaffee ein. Auf dem Boden glitzerte etwas, und er bückte sich danach. Ein Döschen Wimperntusche, *Million Dollar Extreme Sensation Lashes*, ein außerirdischer Gegenstand in seiner Junggesellenwohnung. Er steckte es in seine Brusttasche, vielleicht würde er irgendwann Gelegenheit haben, es ihr zurückzugeben.

Lily hatte versprochen, nach Hause zu fahren. Waechter schloss einen Pakt mit sich selbst. Wenn Lily ihr Versprechen einhielt, würde er seines auch einhalten, sie nicht zu verraten.

Das Klingeln des Handys ließ Hannes aus dem Schlaf in die Senkrechte schrecken. Er donnerte mit der Stirn gegen das Regal mit seinen Kinderbüchern und fiel zurück auf den Rücken wie ein Käfer. Es tat so weh, dass er nicht einmal fluchen konnte. Erst als ein Stapel historischer *Kicker*-Hefte ins Rutschen geriet und sich über die Bettdecke ergoss, entrang sich ihm ein gewimmertes »Scheiße«. Das Telefon klingelte geduldig weiter, bis die Lichter vor seinen Augen zu blinken aufhörten. Er patschte danach und nahm den Anruf an, ohne auf die Nummer zu achten.

»Brandl?«

»Beck hier, Institut für Rechtsmedizin.«

»Ja?« Er setzte sich auf.

»Ich hoffe, ich habe Sie nicht geweckt.«

»Äh … nein. Ja. Nicht so schlimm.«

»Alles in Ordnung bei Ihnen?«

»Sie würden es so ausdrücken: *contusio frontalis.*«

»Wenn Sie vorbeikommen, kann ich's mir mal anschauen.«

Hannes befühlte seinen Kopf und ertastete eine langgezogene Schwellung unter dem Haaransatz, dort wo Beck normalerweise die Knochensäge ansetzte. »Herr Doktor, so viel ich auch von Ihnen halte, bitte untersuchen Sie mich nicht. Noch nicht.«

»Dann gebe ich Ihnen den Tipp als Vater, nicht als Arzt: Tun Sie Eis drauf. Ich habe übrigens Neuigkeiten für Sie.«

»Schießen Sie los.«

Hannes stellte den Lautsprecher an und suchte seine Klamotten zusammen, plötzlich hellwach.

»Sie klingen komisch, Herr Brandl. Wirklich alles in Ordnung mit Ihrem Kopf?«

»Das frage ich mich schon lange.« Er klaubte seine Socken auf, die in kleinen Bällen auf dem Fußboden lagen.

»Ist es sicher keine *commotio cerebri*? Oder gar *C2 intox*?«

»Dünnes Eis, Beck. Ich habe auch das große Latinum.«

Der Mediziner lachte. »Das habe ich fast befürchtet. Apropos Kopf, Herr Brandl. Die Verletzung der Leiche stammt von einem länglichen Gegenstand, wir haben Spuren von Weidenholz darin gefunden.«

»Durch einen Schlag auf den Kopf betäubt?«

»Möglich.«

Das konnte eine Erklärung sein, warum sie nicht geschrien, getobt oder um Hilfe gerufen hatte.

»Wäre die Verletzung allein tödlich gewesen?«

»Mit ein bisschen mehr Wucht, ja.«

Warum hatte der Täter nicht stärker zugeschlagen? Warum tränkte er einen Holzstapel mit Brandbeschleuniger und entzündete ein Leuchtfeuer? Warum dieser Aufwand, warum dieses Risiko? Wenn er Spuren hätte verwischen wollen, hätte er das einfacher haben können. Das Feuer war ein Zeichen. Der Täter – oder die Täterin – wollte etwas mitteilen. Hannes musste mit Waechter darüber reden. Bei Lanz würde er auf Granit stoßen. Wenn der Täter ein Zeichen hatte setzen wollen, würde er sich damit zufriedengeben? Oder suchte er noch mehr Öffentlichkeit? Dann war er gefährlicher, als sie alle dachten.

»Haben Sie Hinweise darauf gefunden, wo die Frau in den Stunden vor ihrem Tod gewesen sein könnte?«

»In ihren Atemwegen befanden sich Sporen von Hausschwamm und Partikel von Stroh. Außerdem Sporen aller Pflanzen, die da draußen derzeit wachsen. Löwenzahn, Birke, Haselnuss. Nichts, was auf eine Ortsveränderung hindeutet. Sie hat die Dämpfe des Brandbeschleunigers eingeatmet. Ethanol mit Vergällungsmittel.«

»Fremde DNA?«

Beck schnaufte in den Hörer. »Nicht an ihrem Körper. Wenn sich dort je fremde DNA befunden hat, ist sie mit verbrannt. Keine Zelle überlebt diese Temperaturen.«

»Danke, dass Sie sich so schnell gemeldet haben. Faxen Sie bitte gleich alles nach Erding? Ich will nicht der Überbringer schlechter Nachrichten sein, sonst lande ich doch noch auf Ihrem Tisch. Sie haben was gut bei mir.«

»Passen Sie auf sich auf.«

Hannes legte auf und rieb sich über die Stirn. Das schmerzhafte Pochen setzte sich bis in die Augenhöhlen fort. Auf seinem Display leuchteten die entgangenen Anrufe des vergangenen Abends auf. Lily, Waechter, die Durchwahl einer anderen Dienststelle, die er nicht kannte. Sie würden sich schon wieder melden, wenn es dringend war. Der wichtigste Anruf fehlte. Jonna hatte es nicht probiert.

Er schaute auf die Uhr. Wenn er mit Vollgas durchbretterte, würde er es pünktlich nach Erding schaffen. Das Blut hämmerte seine Pulsschläge weg, jedes Pochen einer weniger, jeder Schlag war gezählt, *ticktock, ticktock*.


Waechter kam zu spät zur Morgenbesprechung und setzte sich hinter seine Kollegen. Hannes drehte sich zu ihm um und gab ihm die Hand, eine ungewohnt förmliche Geste. Vor Hannes lag eine Karte des Gebiets, er hatte sie mit seiner krakeligen Kinderschrift gefüllt und mit Kreuzen und Pfeilen versehen. Unter seinen Ponysträhnen leuchtete ein schmaler Bluterguss.

»Was hast du angestellt? Dich geprügelt?«

Hannes würdigte ihn keiner Antwort. »Du hast versucht mich zu erreichen?«

»Nichts Wichtiges.«

»Komisch«, sagte Hannes und massierte sich die Stirn. »Ständig rufst du mich nach Feierabend an, und dann ist es nichts Wichtiges.«

»Ich werd's nie wieder tun.«

Hannes wandte sich ab und flüsterte Elli etwas ins Ohr. Die Stimme von Lanz brachte die beiden zum Schweigen.

»Wir haben Eva Nells letzte bekannte Schritte rekonstruiert.« Lanz hinkte hin und her, während er sprach.

An der Seite saß der Hüter des Schweigens hinter dem Schutzschild des aufgeklappten Laptops, seine Finger flogen nur so über die Tastatur. Durch die gekippten Fenster grollte ein fernes Frühlingsgewitter, Elektrizität knisterte durch den Raum.

»Eva Nell ist am Tag ihres Todes mit der S-Bahn um siebzehn Uhr zweiundvierzig in Pulling angekommen.«

Der Beamer projizierte den Ausschnitt eines Videos auf die Leinwand. Ein ruckeliger Stop-Motion-Film aus dem Inneren eines Waggons. Zwei Pendler mit Rucksäcken, dazwischen Eva Nell, deutlich erkennbar an ihrer dunklen Ponyfrisur. Ihre geschminkten Augen waren verschwommene dunkle Löcher, ihr Blick war aufs Fenster gerichtet. Sie stand auf, die Türen öffneten sich, sie verschwand in die Dunkelheit.

»Der Bahnhof in Pulling ist nicht videoüberwacht«, sagte Lanz, als das Standbild des Waggons einfror. »Die Tochter hat ausgesagt, dass sie ihre Mutter am Bahnhof mit dem Auto abgeholt hat. Sie sind zum Haus gefahren, und Eva Nell hat ihrer Enkelin das Abendessen zubereitet.«

»Bestätigt das Kind dies?«, fragte die Staatsanwältin.

»Ja. Das Abendessen bestand aus Roggenbrot, Käse, roten Paprikastreifen und Schokolade als Nachspeise. Danach hat Eva Nell nichts mehr zu sich genommen. Sie hat vor ihrem Tod keinen Alkohol getrunken, nur Wasser und Früchtetee.«

Eine spartanische, freudlose Mahlzeit. Waechter stellte sich vor, wie sie mit dem Kind im Neonlicht saß und das Vollkornbrot in Streifen schnitt. Machten das Großmütter heute noch?

»Kurz nach sieben hat Eva Nell ihrer Enkelin vorgelesen und ihr beim Umziehen geholfen. Das Kind ist der letzte Mensch, der sie lebend gesehen hat.«

Man durfte es der Kleinen nie sagen. Dass sie die Letzte gewesen war. Dass sie auf ihre Oma hätte aufpassen können. Dass sie geschlafen hatte, während in ihrer Nähe ein Mensch verschwunden war. Irgendwann würde sie es erfahren.

»Haben wir irgendwelche Anhaltspunkte, was Eva Nell danach noch gemacht hat?«, fragte Waechter.

Hannes und Elli drehten sich nach ihm um und steckten die Köpfe zusammen. Waechter konnte nicht verstehen, was sie sagten.

»Die Tochter gibt an, das Geräusch des Fernsehers gehört zu haben«, sagte Lanz. »Danach verlieren sich alle Spuren. Schusterin, du weißt was über die anderen Hausbewohner.«

Elli griff ihr Stichwort auf.

»Der Schwiegersohn des Opfers, Sebastian Lindner, ist gegen elf nach Hause gekommen. Das Haus war unversperrt. Er traf seine Schwiegermutter nicht an. Nach eigener Aussage hatte er vergessen, dass sie zu Besuch war, und sich keine weiteren Gedanken gemacht. Maret Lindner kam um halb zwölf nach Hause. Sie nahm an, dass ihr Mann ihre Schwiegermutter zur S-Bahn gebracht hatte. Der Untermieter Dennis Falk hatte Spätdienst und war erst um Mitternacht zurück. Keiner hat etwas gesehen oder gehört, keine Vorkommnisse.«

Vor Mitternacht war die Frau aus dem Wohnzimmer verschwunden. Und frühmorgens als verbrannte Leiche wiederaufgetaucht. Was war in diesen Stunden passiert?

»Wir haben die Videoaufnahmen der S-Bahnen überprüft, die aus Freising, Pulling und Neufahrn abgefahren sind, von neunzehn Uhr bis Betriebsschluss. Eva Nell war nicht unter den Fahrgästen. Wahrscheinlich hat sie das Freisinger Moos nicht mehr verlassen. Wir müssen davon ausgehen, dass sie ihre letzten Stunden in der Nähe des Tatorts verbracht hat.«

Die Anspannung im Raum verdichtete sich zu einem Raunen.

Lanz knallte seine Krücke auf den Boden. »Sie muss Spuren hinterlassen haben. Jeder hinterlässt Spuren. Ein Mensch kann sich doch nicht in Luft auflösen und sich Stunden später wieder im Feuer materialisieren.«

Er zeigte auf Waechter. »Ihr Münchner filzt alle Freunde, Verwandten und Kunden von Eva Nell. Ich will, dass kein Stein auf dem anderen bleibt. Das Haus der Tochter wird durchsucht, heute noch. Großaktion. Ich will die Spurensicherung und die Bereitschaftspolizei noch mal hier haben. Meinetwegen graben wir das ganze Freisinger Moos vom Haus bis zur Fundstelle um. Wenn Spuren da sind, dann finden wir sie auch.«

Die Elektrizität entlud sich in einem Donnerschlag. Pünktlich zum Thema Spurensicherung brach draußen der Platzregen los.

Die Besprechung löste sich in Stimmengewirr auf. Waechter drängte sich zu Lanz durch, der noch immer bewegungslos am Tisch mit dem Beamer lehnte.

»Vom Donner gerührt?«

Das Gesicht des Ermittlungsleiters war versteinert, als hätte er jetzt erst kapiert, wie groß diese Sache war. Auf dem Hinweg war Waechter an Zeitungskästen vorbeigefahren. Alle vier Blätter brachten den Scheiterhaufenmord auf der Titelseite. Lanz musste es ebenfalls gesehen haben.

»Du weißt, dass du diesen Fall nicht nur über die Spuren lösen wirst.«

»Hast du eine bessere Idee?«, sagte Lanz durch die zusammengebissenen Zähne.

»Glaubst du immer noch an die Theorie vom Zufallstäter?«

Lanz antwortete nicht. Er schaute zu Hannes und Elli hinüber, die sich über den Laptop ihres Kollegen beugten. Hannes zeigte auf seine Karte und redete auf sie ein.

»Es war eine Hinrichtung«, sagte Waechter. »Eine klassische Übertötung. Bei so etwas sind immer Emotionen im Spiel. Wir werden den Fall über das Opfer lösen. Es muss eine Beziehung zum Täter da gewesen sein, und die werden wir finden.«

Lanz schwieg, etwas arbeitete in seinem Kiefer. Dann richtete er sich auf. »Brandl!«, rief er. »Zu mir. Wir fahren zum Haus der Tochter.«

Er ging mit Hannes im Schlepptau, ohne Waechter eines Blickes zu würdigen. Einer wie Lanz würde nie zugeben, dass jemand anderes recht hatte. Aber hoffentlich war er klug genug, es zu erkennen.

Waechter packte zusammen. Niemand wollte mehr etwas von ihm. Genauso gut konnte er nach München zurückfahren und das Leben von Eva Nell auseinandernehmen.


Maret blickte in die ernsten Gesichter der Polizisten. Lanz, auf seine Krücke gestützt, und der Münchner, Brandl. »Kommen Sie herein. Gehen wir in die Küche durch.«

Sophie saß am Tisch und füllte Muffinteig in Förmchen.

»Raus mit dir«, sagte Maret. »Dreh eine Runde mit Bitzer.«

»Aber ich war schon mit ihm …«

»Mach einfach, was ich dir sage.«

»Die Reihe noch …«

»Geh raus! Raus!« Blut schoss ihr ins Gesicht.

Sophie ließ den Teiglöffel fallen und rannte hinaus, die Tür knallte hinter ihr zu. Teigtropfen zogen sich als Spur über den Tisch. Maret beugte sich über die Schüssel und füllte mit Roboterbewegungen weiter die Förmchen.

»Sie sind bestimmt hergekommen, um mir die Einzelheiten zu berichten, die ich aus der Zeitung erfahren musste.«

Beschwichtigend hob Lanz die Hände. Wenn ihm etwas leidtat, gab er sich nicht die Blöße, das zu zeigen. »Wir haben leider die Presse nicht so im Griff, wie wir uns das wünschen würden.«

»Sie ist verbrannt, oder? Stimmt das?«

Lanz nickte.

»Ist sie …?« Maret brach ab. Sie würde sowieso keine Antwort darauf bekommen, ob ihre Mutter noch gelebt hatte, ob sie gelitten hatte. Warum sich die Abfuhr abholen?

»Wir müssen Sie noch einmal fragen. Gab es jemanden, der Ihre Mutter bedroht hat, hatte sie vor etwas Angst?«

Maret schüttelte energisch den Kopf. »Das würde mich wundern. Es passt nicht zu meiner Mutter. Persönliche Feinde? Nein.«

Ihre Bewegungen wurden immer langsamer und stoppten schließlich.

»Sie wollte immer, dass alle … glücklich … sind.«

»Wollen Sie mit jemandem reden?«, sagte Brandl. Seine Stimme hatte die weiche Färbung des Münchner Dialekts. *Dallmayr-bayerisch* hatte ihre Mutter immer dazu gesagt und gelacht, mit ihrer gutturalen Stimme, die nie hatte verbergen können, dass sie vom Dorf stammte.

»Ich? Nein, mit wem soll ich auch reden?«

Mit festem Griff nahm er ihr den Löffel aus der Hand, zog einen Stuhl heran und drückte sie auf den Sitz. Sie leistete keinen Widerstand. Er setzte sich neben sie, ließ aber seine Hand auf ihrer Lehne ruhen.

»Gibt es jemanden, den Sie anrufen wollen? Damit Sie nicht allein sind?«

Ihr fiel niemand ein. Nicht die Mütter von Sophies Schulfreunden, die sich nur über Schulnoten, Sommerfeste und biologische Steckrüben unterhielten, die einzigen Menschen, die so etwas wie Freunde waren. »Nein. Dennis wird bald heimkommen. Und Sebastian auch«, ergänzte sie der Vollständigkeit halber. Sie hatte ihn schon wieder vergessen. Mit ihrem Untermieter im Haus kam sie sich sicherer vor. Wenn Sebastian da war, hatte sie das Gefühl, auf ihn auch noch aufpassen zu müssen. So weit war es schon gekommen, dass dieses Haus kein sicherer Ort mehr war, dass sie Beschützer brauchte. Diese Männer hier konnten sie nicht beschützen. Sie kamen erst, wenn alles zu spät war.

»War er hier?«, fragte sie Brandl.

»Was meinen Sie?«

»Der Mensch, der meine Mutter geholt hat, war er im Haus?« Allein mit Sophie, die im Kinderzimmer geschlafen hatte. Sie würde alle ihre Abendkurse absagen, sie würde ihre Tochter nie mehr aus den Augen lassen.

»Wir wissen es nicht.«

Die beiden Beamten wechselten einen Blick.

Lanz räusperte sich. »Ich weiß, dass das jetzt eine schwierige Zeit ist. Aber wir müssen Ihr Haus durchsuchen lassen.«

Sie schaute Brandl an. »Haben Sie das nicht gestern schon gemacht?«

»Ach ja?« Lanz hob eine Augenbraue wie Spock. »Hast du das, Brandl?«

»Wir müssen jede noch so kleine Spur finden«, sagte Brandl, ohne seinen Kollegen zu beachten.

Mit einer nervösen Bewegung strich er sich die Haare aus

der Stirn, eine frische Prellung kam zum Vorschein. Was hatte er mit seinem Kopf angestellt? War es gefährlich, Polizist zu sein?

»Sie müssen sich wundern, warum ich nicht weine«, sagte Maret.

»Ich habe schon viele trauernde Menschen gesehen, Maret. Menschen gehen unterschiedlich damit um.«

»Ich kann nicht weinen.«

»Sie müssen sich nicht entschuldigen.«

»Ich kann es nicht.« Sie sah Lanz an. »Ich habe es noch nie gekonnt, nicht einmal als Kind. Ich habe keine Tränen. Tut mir leid, dass ich ein Freak bin.«

»Es muss Ihnen nicht …«

»Lassen Sie mich allein. Bitte.«

Brandl zog die Hand von der Stuhllehne, als hätte sie danach geschlagen.

»Gehen Sie einfach. Lassen Sie mich allein.« Sie spuckte es ihnen ins Gesicht. »Raus!«

Als die beiden draußen waren, packte sie das Muffinblech und warf es in die Spüle. Ihr Gesicht verzog sich mit ungeweinten Tränen über die verdorbenen Muffins.

Sie musste raus hier. Nur wo sollte sie hin? Das Haus hier war das Einzige, was sie besaß, sie war die Erbin. Etwas Altes war zurückgekommen, es griff nach ihnen. Wie aufs Stichwort fing die Luft zu vibrieren an, in einem tiefen Ton, den sie nur mit dem Bauch spüren konnte.

Das Haus holte sich seine Kinder.


Waechter brach mit dem Schlüssel das Polizeisiegel und sperrte Eva Nells Tür auf. Im Flur roch es immer noch so, als ob die Bewohnerin nie weg gewesen wäre, nach Räucherstäbchen, Zigaretten und dem schweren Parfüm, das in ihren

Jacken und Schals hing. Als ob nie Fremde durch die Zimmer getrampelt wären und mit Gummihandschuhen ihre Sachen angefingert hätten.

Für einen Moment konnte er Eva Nell vor sich sehen, wie sie ihren Mantel mit dem Fellkragen an den Haken hängte, sich ungeduldig den Pony aus der Stirn strich, eine Zigarette anzündete. Sie drehte sich um und schaute ihn an, den ungebetenen Eindringling, der im halbdunklen Flur stand, bevor sich ihr Bild verflüchtigte. Wenn er ihr zu Lebzeiten begegnet wäre, hätten sie zusammen ein Bier trinken können. Sie hätte seine Zigarillos ausprobiert und furchtbar gefunden, er hätte sich ihre Thesen von Botschaften aus dem Weltall angehört und sie für verrückt erklärt. Sie hätten sich gut verstanden. Zwei Übrige. Aber manche Menschen lernte man zu Lebzeiten nie kennen, sondern erst wenn sie sich klein und schutzlos auf dem Seziertisch krümmten wie ein verschrecktes Kind.

Waechter schloss die Wohnungstür, damit der Duft von ihrem Parfüm noch eine Weile drinnen blieb. Auch wenn es sie nicht lebendiger machte.

Er ließ den kahlen Meditationsraum links liegen und ging ins Schlafzimmer, in dem sich ihr gesamtes Leben abgespielt hatte. Die Bücherregale hingen durch, sie bogen sich von Büchern über Parapsychologie und Esoterik, keine Romane. Sämtliche aktuellen Ordner, Rechnungen und Steuerunterlagen hatten sie schon bei ihrem ersten Besuch mitgenommen, ebenso den Computer und das Adressbuch. Seine Leute waren in diesem Moment dabei, alles auszuwerten. Waechter war hier, weil er etwas anderes suchte. Etwas, das Eva Nell mit ihrem ehemaligen Elternhaus und der schwarzen Landschaft verband.

Er zog Handschuhe über. In der untersten Regalreihe fand

er einige Fotoalben. Urlaube, Seminare, ein ganzes Album mit Fotos von ihrer Enkelin, vom Babyalter bis zur Einschulung. Waechter blätterte sie durch und warf sie ungeduldig aufs Bett. In der Ecke zwischen Regal und Wand klemmte ein unordentlicher Stapel Papiere. Er bückte sich und wuchtete ihn auf den Schreibtisch. Trübe Sichthüllen mit Grundbuchauszügen und Bauplänen, ein Fotoalbum, ausgeblichene Ordner, eine Bibel mit Goldschnitt. In steilen deutschen Lettern hatte jemand die Kinder eingetragen, die in der Familie geboren worden waren, unterschiedliche Füller, unterschiedliche Handschriften. Eva war der letzte Eintrag.

*Eva Kreithmayr, \* 07.10.1957*

Sie hatte einen gelben Klebezettel auf das Deckblatt geheftet, als Erinnerung an ihre Existenz. Niemand würde mehr einen Füller nehmen und ihr Todesdatum in die Zeile darunter kalligraphieren, auf diesem Blatt lebte sie ewig. Über ihrem Namen stand der Eintrag:

*Hildegard Kreithmayr, \* 18.07.1950*
*† 10.08.1957*

Eine große Schwester, die Eva Nell knapp nicht mehr erlebt hatte. War ihre Geburt ein Trost für die Eltern gewesen? Was fühlte eine Mutter mit einem Baby im Arm, die wenige Wochen zuvor ihr Kind verloren hatte? Eva Nells Geburt hatte unter keinem guten Stern gestanden.

Der Ordner enthielt weitere Grundbuchauszüge, alte Kreditunterlagen, Kontoauszüge. Die Dokumente endeten in den Achtzigern. Die Papiere hinterließen dunkle Flecken auf den Fingerkuppen der Handschuhe. Warum hatte Eva Nell die Erinnerungen an ihr Elternhaus in die Ecke gestopft? Weil sie etwas gefunden hatte, an das sie nicht erinnert werden wollte? Oder weil sie nicht gefunden hatte, wonach sie gesucht hatte?

Der Räucherstäbchenduft brannte Waechter in den Augen, er rieb mit dem Ärmel darüber und nahm sich das Fotoalbum vor. Das Seidenpapier blieb elektrostatisch aufgeladen am Deckel hängen und gab den Blick auf ein Hochzeitsfoto frei. Ein Hüne mit einem blonden Schnurrbart, daneben eine Frau mit Spitzmausgesicht in einem unkleidsam hochgeschlossenen Kleid. Ihr Blick erzählte von Arbeit und Resignation. *Christa und Eberhard, 24. Mai 1947* stand unter dem Bild in altdeutscher Schrift. Der Krieg war da gerade erst vorbei.

Waechter verschwendete gerade gnadenlos seine Zeit, aber er konnte nicht aufhören, in den Erinnerungen zu wühlen, die sich nach und nach zu einer Geschichte zusammensetzten. Seine eigenen Erinnerungen waren unter so vielen Lagen Gerümpel verschüttet, und selbst wenn er sie fände, würde er lieber die von Fremden lesen, das war gefahrloser. Er blätterte weiter.

Ein Farbfoto in verblichenen Kodak-Farben. Eine Frau mit Kopftuch im Vordergrund, das Gesicht nicht zu erkennen. Ein Pferdekarren mit Heu. *Grummet* stand darunter, ohne Datum. Grummet, das zweite Heu des Sommers, das reichhaltiger war, von dem das Vieh krank werden konnte.

Ein paar Seiten weiter hinten folgte ein Babyfoto: *Eva, 24.12.1957.* Jemand, vermutlich Eva Nell, hatte mit Kugelschreiber einen Smiley dazugesetzt. Sie hatte sich entdeckt. Waechter blätterte nach weiteren Kinderfotos, aber fand keines, nur gelbliche Klebestreifen auf leeren Seiten. Jemand hatte die Erinnerung an die kleine Hildegard an sich genommen.

Auf den letzten Seiten kam ein Foto von Bauer Eberhard auf seinem ersten Traktor, ein stolzes Grinsen unter dem mächtigen Schnauzer. Vor der Motorhaube stand seine Frau, noch spitzer und ergebener als auf dem Hochzeitsbild. Mit dem Kopftuch erinnerte sie Waechter an jemanden von den Amish People. Wer hatte die Aufnahme gemacht?

Dann das letzte Bild. Ein schwarzer Opel vor dem Bauernhaus. Er sah nicht aus, als ob er den Bauersleuten gehört hätte, für damalige Verhältnisse war es ein Luxusschlitten. Vor dem Auto standen zwei Männer mit verschränkten Armen, Bauer Eberhard und ein Mann im schwarzen Mantel und mit sorgfältig gescheitelten Haaren.

Mit Füller hatte jemand daruntergeschrieben:

*18.03.1956, Hanisch*

Auch auf diese Seite hatte Eva Nell etwas mit dem Kugelschreiber gekritzelt. Drei fette Ausrufezeichen.


Der nächste Halt von Lanz und Hannes war ein Parkplatz vor einem großen Stall, von der Asphaltstraße aus unsichtbar. Die Landschaft war flach wie eine Bratpfanne und trotzdem so unübersichtlich, dass man Neuschwanstein dort hätte verstecken können. Hannes parkte neben einem roten Porsche und suchte das Gebäude auf der Karte. Er würde dieses Gebiet schon noch in den Griff kriegen, und wenn es das Letzte war, was er in dieser Ermittlung zustande brachte. Keine Ahnung, warum Lanz ihn hier draußen dabeihaben wollte. Erst hatte Hannes gedacht, er wolle ihn als Rache für das Stürmerfoul schikanieren, doch so dachte Lanz nicht. Er tat nie etwas ohne Zweck.

»Hier wohnt eine Nachbarin, die uns zurückgerufen hat«, sagte Lanz. »Ich bezweifle, dass sie uns etwas zu sagen hat, aber wenigstens können wir das Haus durchstreichen.«

Sie hatten schon ein paar Kreuze auf die Karte gezeichnet. Nachbarn, die nicht da gewesen waren oder brav im Bett gelegen hatten. Nachbar war weit hergeholt, hier wohnte fast niemand in Sichtweite vom anderen. Die Häuser lagen über die Ebene versprengt, als hätte ein Gott seinen Pinsel ausgeschüttelt. Als sie ausstiegen, war Hannes kar, warum. Ein Airbus im Tiefflug brachte die Erde zum Zittern, aus dem Stall drang unruhiges Gewieher. Eine Frau mit Bürstenhaarschnitt kam ihnen entgegen, sie trug Reitstiefel und klopfte Staub von ihren Handflächen.

»Guten Morgen, Frau Fischer.« Lanz gab ihr die Hand. »Lanz, wir haben telefoniert. Das ist Hauptkommissar Brandl von der Kripo München.«

»München?« Sie schaute Hannes scheel an. »Ich muss im Stall noch was fertig machen. Sie können im Haus warten oder mitkommen.«

Stampfen und Prusten empfingen sie im Halbdunkel, dazu der wilde, süßliche Geruch der Tiere. Die Frau griff einen Heuballen an den Schnüren und trug ihn ans Ende des Ganges.

»Soll ich Ihnen helfen?«, fragte Hannes.

Sie warf einen Blick auf seine Hände und seine Designerjeans. »Bestimmt nicht. Was wollen Sie von mir wissen?«

»Ist Ihnen in der Nacht von Donnerstag auf Freitag etwas aufgefallen?«, frage Lanz. »Jemand, der hier nicht hergehört? Geräusche, Stimmen, ein Auto, etwas Ungewöhnliches? Oder auch komplett Normales?«

»Das hätten's mich auch am Telefon fragen können.« Sie sprach den warmen Dialekt der Freisinger Gegend, ihr Mund war voller Vokale. »Wir wohnen hier ab vom Schuss. Ich hab erst in der Früh die Sirenen gehört.« Sie holte eine Schere aus der Jackentasche und schnitt die Schnüre durch, das Heu fiel zu einem Haufen auseinander.

»Wirklich nichts?«, fragte Hannes.

Sie hob ein Stück Schnur auf und wand es um ihre Hand,

wickelte und wickelte, obwohl sie es sowieso wegwerfen würde. »Die Pferde waren nachts unruhig. Sie haben gewiehert und geschlagen. Aber das geht schon die ganze Zeit so. Wissen Sie, dass hier im Moos ein Wolf rumläuft?«

»Ich hab davon gehört«, sagte Lanz. »Verdammtes Viech. Ist vom Böhmerwald rübergekommen. Hoffentlich schießen sie den bald, wir können so was hier nicht brauchen.«

»Man kann nicht einfach so einen Wolf abknallen. Die stehen unter Schutz«, sagte Hannes.

»Aus München, sagten Sie?« Die Frau wechselte einen amüsierten Blick mit Lanz. »Wie dem auch sei, die Pferde spinnen seit Wochen, seit der Wolf los ist.«

Wer konnte es ihnen verdenken? Eingesperrt in ihren kleinen Boxen, in der Falle, unfähig zu fliehen, wenn sie das Tier rochen oder hörten, wie es ums Haus strich.

»Sie waren allein?«, fragte Lanz. »Oder war noch jemand im Haus?«

»Ganz allein.«

»Ihr Mann?«

»Ausbildungsmission Irak.« Sie wickelte die blaue Schnur so fest, dass ihre Haut dazwischen hervorquoll. »Gott weiß, wo die ihn danach hinschicken. Sie glauben gar nicht, was man alles mit einer einzigen Arbeitskraft schafft. Man braucht nur eine Armee kleiner Mädchen, die sich nichts Schöneres vorstellen können, als Pferdeäpfel über Beton zu schippen.«

»Wann sind die letzten Reiter gefahren?«

»Um sieben waren alle weg.« Sie nahm eine Heugabel von der Wand und schüttelte das Heu auf. Der süße Duft füllte die Reihen der Boxen. Gut, dass Waechter mit seiner Allergie nicht da war. »Ich hab das Stüberl um halb sieben zugesperrt. Es waren nur noch drei Leute da, und ich wollte am

Abend keine Kasse mehr machen müssen. Hier wird öfter mal eingebrochen, ich lasse kein Geld mehr im Stüberl liegen.«

»Einbrüche? Das ist mir neu.«

»Ist schon zwei Jahre her. Ihre Leute haben nie wen erwischt«, sagte sie zu Lanz.

»Ich kann mich nicht an jeden Fall der Kollegen erinnern. Wir jagen hier nicht nur Maibaumdiebe.«

»Die Einbrecher haben nur die Kasse vom Stüberl und einen alten Laptop mitgenommen. Trotzdem schlafe ich seitdem nicht gut.«

Sie entriegelte eine Box und schob die Tür auf. Die Schnauze eines Pferdes schob sich heraus und schnüffelte. »Wollen Sie ihn streicheln?«, fragte sie Hannes. Sie nahm wohl an, dass er noch nie ein Pferd gesehen hatte.

Hannes berührte die weiche Haut um die Nüstern des Tieres. Das Fell war warm und hinterließ einen staubigen Film auf seinen Fingern. Das Pferd grunzte nervös, aber zog den Kopf nicht weg.

»Ich glaube, dass es einer von den Jugendlichen war, die die Mädchen manchmal mitbringen«, sagte sie.

»Hat es früher schon mal Einbrüche oder Brände in der Gegend gegeben?«

»Am alten Löschteich ist das Trudenhaus abgebrannt. Aber das ist ein halbes Jahrhundert her, vor meiner Zeit. Das Grundstück liegt seitdem brach. Der Frau Lindner ist es schlechter ergangen als mir. Bei der hat vor ein paar Jahren die Küche gebrannt.«

»Gebrannt?« Hannes zog seine Hand zurück.

»Weggekommen ist nichts, aber ihre ganze Einrichtung war beim Teufel.«

»Beim Teufel«, sagte Lanz. »Warum sagt sie uns so was

nicht? Brandl, ich will die Frau Lindner morgen zur Vernehmung in meinem Stall haben. Mir ist egal, ob sie in Trauer ist oder nicht.«

Elli drückte ein drittes Mal auf die Klingel. »Herr Nell, ich weiß, dass Sie daheim sind«, sagte sie zu dem dunklen Spion und zog eine Grimasse.

Drinnen rumpelte es, der Spion wurde für eine Sekunde hell, dann machte Nell die Tür auf.

»Ich war gestern schon bei Ihnen.«

»Wir sind nicht hier, um Sie zu schikanieren.«

Elli schob ihn mühelos mit ihrer Körpermasse zur Seite, der Hüter des Schweigens folgte ihr. Nells Wohnzimmer war winzig, ein Ledersofa mit abgewetzten Lehnen nahm fast den ganzen Raum ein. Ein überraschend großer Flachbildschirm hing am anderen Ende des Zimmers. Es roch nach Mann und Hund, die Fenster waren geschlossen, die Vorhänge zugezogen. Im Halbdunkel lag der Hund auf dem Teppich ausgebreitet, er grunzte, als er ihren Geruch erkannte, und sein Schwanz klopfte müde auf den Teppich.

Nell setzte sich auf die Lehne des Sofas, merkte, dass er zu ihnen hochschauen musste, und sprang wieder auf. »Was wollen Sie noch?«

»Wir waren gestern noch nicht fertig«, sagte Elli. »Ich würde gern noch mehr über Ihr Verhältnis zu Ihrer Exfrau erfahren. Erzählen Sie mir von ihr.«

Ein Zucken lief durch Nells drahtigen Körper. »Sie war nur ein Jahr jünger als ich.«

Er schaute nach links und nach rechts, als warte ein Monster hinter einer der Türen. Für lange Zeit sagte er nichts. Blieb stehen, einen Arm um sich geschlungen. Nach einer Weile berührte Elli ihn an der Schulter und drückte ihn aufs Sofa.

»Scheiße«, spuckte er aus. »Scheiße. Scheiße. Scheiße.« Er schluckte, sein Gesicht wurde rot, er gehörte der Generation an, die nie vor anderen weinte.

Der Hund klopfte immer noch den Teppich, er hatte keine Ahnung vom Elend seines Herrchens.

»Sie können mir das nicht anhängen.« Mit purer Verachtung schaute er sie an. »Wollen Sie wissen, was ich in der Nacht gemacht habe, als sie verschwunden ist? Ich bin mit dem Hund raus, bin heim, hab ein paar Bier getrunken. Ich weiß nicht mal mehr, was im Fernsehen kam. Nehmen Sie mich halt gleich wieder mit.«

»Ich frage Sie noch mal, Herr Nell, warum sind Sie vor uns weggelaufen?«

»Ich hab auf zehn Meter Entfernung erkannt, dass Sie Bullen sind. Darauf hatte ich keinen Bock.« Er redete mit dem Selbstbewusstsein eines Seriengauners. Straßenweisheit. Nicht die von den großen Straßen, eher die mit den Glasscherben und den verstopften Gullys.

»Wann haben Sie Ihre Frau zum letzten Mal gesehen?«

»Seit der Scheidung nicht mehr. Für sie bin … war … ich niemand. Sie hat mich aus ihrem Leben rausgeschmissen.« In seinen Augen flackerte der Anflug eines Affen, die ersten sichtbaren Entzugserscheinungen. Aber er hing noch nicht so weit über dem Abgrund, dass er vor ihnen trinken würde, sondern klammerte sich an einen letzten Rest von Würde. Nells Blick zuckte über die Wände, die ihn gefangen hielten. »Können wir bitte ein Stück gehen? Ich muss hier raus.«

Bei dem Wörtchen *raus* rappelte sich der Hund unter aufgeregtem Krallenkratzen und Hecheln hoch. Herrchen. Fressen. Trinken. Raus. Ball. Pieseln. Scheißen. Herrchen. Raus. Was für ein aufgeräumter Kopf. Was für ein übersichtliches Leben.

»Versprechen Sir mir, dass Sie uns nicht wieder abhauen«, sagte Elli. »Ich bin nicht für regelmäßige Sprints gebaut.«

»Versprochen.«

Sie liefen in Richtung Bavariapark, in den Schatten der Bavaria, die im Bärenfell über die Grünanlage wachte. In der Stirn der Statue klaffte eine Öffnung wie ein Einschussloch, man konnte eine Wendeltreppe hochsteigen und aus ihrem Gehirn nach draußen schauen. Wenn das nur auch bei den Leuten ginge, die sie befragen mussten. Nell steckte die Hände in die Tasche seiner Lederjacke, sein Gesicht war verrammelt. Der Hund sprang um ihn herum, er hatte keine Leine an seinem roten Halstuch.

»Hat sie gelitten?«

»Das wissen wir nicht.«

»Ich hätte nie gedacht, dass ich sie überlebe. Sie war immer die Gesunde in der Familie.« Auf seinem Hals blühten rote Flecken. Einblutungen eines schweren Alkoholikers. Er war dürr wie ein Stock, ein Körper am Ende des Reservetanks. Manche Menschen lebten und lebten und lebten. »Ich hatte mal alles. Eine Familie, ein Kind. Ich hab's versaut. Ich hab meine Enkeltochter noch nie gesehen. Meine Maret hat immer zu mir gehalten. Aber dann ist sie zu so einer Angehörigengruppe gegangen, so ein Therapiezeugs. Die haben ihr gesagt, dass sie jeden Kontakt zu mir abbrechen soll. Arschlöcher, verdammte Arschlöcher. Die haben ihr das Gehirn gewaschen.«

»Waren Sie in letzter Zeit im Haus Ihrer Tochter?«

»Was soll ich denn da? Sie will mich nicht sehen. Ich habe nicht mal ein Auto.«

»Und mit Ihrer Frau hatten Sie auch keinen Kontakt seit der Scheidung?«

»Nein. Seitdem bin ich weder tot noch lebendig.« Der

Hund rannte zu ihm und sprang an ihm hoch, Nell streichelte ihn automatisch, sein Kinn wurde weich. »Sie hat mich bei der Scheidung das Leben gekostet.«

»Reicht das, um sie zu hassen?«

»Sie wollen es mir doch anhängen, oder?« Er stieß einen Pfiff aus. »Komm, Dino. Wir hauen ab.«

Elli schaute den beiden nach. »Ich hätte dir das Reden überlassen sollen«, sagte sie zum Hüter des Schweigens. »Das nächste Mal bin ich schlauer. Ich will wissen, wovor er Angst hat. Er hat die Hosen voll. Er ist panisch. Und ich werde rausfinden, warum.«

Es dämmerte schon, als Hannes und Lanz zum Haus von Maret Lindner kamen, aus dem sie so unzeremoniell rausgeflogen waren. Am Himmel tobte die Rushhour des nahen Flughafens, die Maschinen hingen tief über dem Horizont, Positionslichter blinkten, ein an- und abschwellender Donner lag in der Luft. Mehrere Einsatzfahrzeuge standen vor dem Haus, der Kleinlaster der Spurensicherung, die Autos des gesamten Erdinger Teams. Jedes Fenster im Haus war hell erleuchtet, die Stimmen der Einsatzkräfte mischten sich zu einem Gemurmel, von außen wirkte die Hausdurchsuchung wie eine Party.

Hannes stieg aus und streckte seine langen Beine, er hatte den ganzen Tag hinters Lenkrad gequetscht im Auto gesessen, alles an ihm knackte. Lanz hatte ihn nur herumgescheucht. Der Ermittlungsleiter war ein Profi, ein schneller und gnadenloser Denker. Ein Bier würde er sicher nicht mit Lanz trinken wollen, aber sie kamen miteinander aus. Vielleicht war das der ganze Sinn seines Einsatzes.

Elli kam auf ihn zu. »Sieht man dich auch mal wieder?«

»Nächstes Mal kannst du gern mit Lanz durch den Sumpf

fahren. Was glaubst du eigentlich, was ich den lieben langen Tag gemacht habe?«

»Du hast hoffentlich nicht schon wieder das Mittagessen vergessen?«

»Nein«, log er.

Sie wühlte in ihrer riesigen Tasche. »Kaffee gilt nicht als Mittagessen. Kippen auch nicht.«

*Mist.*

Sie drückte ihm eine winzige Schokoladentafel in die Hand.

»So was esse ich nicht«, sagte er.

»Iss und hör auf rumzuzicken.«

»Du klingst wie meine Mutter.«

»Reiner Selbstschutz. Damit du mich auf der Rückfahrt nicht zu Tode quengelst.«

»Wer sagt denn, dass ich dich mitnehme?«

»Ich«, sagte Waechter und trat zu ihnen. »Elli fährt mit dir. Hannes, ist bei deiner Tour mit Lanz was rausgekommen?«

Hannes gab ihm eine Zusammenfassung ihrer Höllenfahrt durch die Schlaglöcher. Eine Gutsbesitzerin, bei der eingebrochen worden war. »Lanz versucht rauszukriegen, ob in der Gegend noch in anderen Häusern eingebrochen wurde. Er ist ganz heiß auf diese Spur, er sieht darin seine Chance, dass wir es doch nicht mit einem okkulten Hintergrund zu tun haben.«

»Das wäre uns allen lieber«, sagte Waechter. »Morgen treffen wir uns und … Hannes, hallo?«

Hannes hatte sich umgedreht und ihn mitten im Satz stehen lassen. Die schmale Figur von Maret hob sich gegen den Abendhimmel ab, sie stand vor dem Kräuterhügel, von den Spurensicherern aus ihrem eigenen Heim gescheucht. Die Stimmen aus dem Haus wurden leiser, je näher er ihr kam, sie schaute zum Himmel, wo sich die Flugzeuge durch die Kondensstreifen jagten.

»Was haben Sie mit Ihrer Tochter gemacht?«

Sie zuckte zusammen. Ihre Schultern entspannten sich, als sie ihn erkannte. »Ich habe Sophie mit ihrem Vater zum Eisessen geschickt. Sie sollen sich auch gleich ums Abendessen kümmern.«

»Das Ganze muss ein Albtraum für Sie sein.«

»Ich bin jenseits vom Albtraum. Ich bin auf der anderen Seite wieder raus.«

Im schwindenden Tageslicht konnte er ihre Augen erkennen, schimmernd wie Stahl.

»Wir wollen Sie und Ihre Familie nicht schikanieren, Maret. Wir wollen Sie beschützen.«

»Was haben Sie mit Ihrer Stirn gemacht?« Sie berührte die wunde Stelle, es tat nicht weh.

Er ließ sie gewähren.

»Ich hatte einen Zusammenstoß mit meinem jüngeren Ich.«

»Ihr jüngeres Ich muss mächtig sauer auf Sie sein.«

»Darf ich rauchen?«

»Nicht im Haus, nicht im Garten, nicht vor dem Garten, nicht auf der Straße vor dem Haus. Am besten gar nicht.«

»Sie sind ganz schön streng.« Er steckte die Zigarettenschachtel wieder weg.

»Ich bin ein Alkoholikerkind.« Sie sprach es aus wie eine Nationalität. Vielleicht war es eine. »Kein Alkohol, keine Drogen, keine Zigaretten in meinem Haus.«

Sie ging ein Stück weg, zwang ihn, ihr hinterherzulaufen. Taschenlampen tanzten über das Feld wie kleines Volk. Die Kollegen mussten sich beeilen, es wurde rasch dunkel. Am anderen Ende des Gartens stand ein Holzschuppen, durch die Ritzen leuchtete das Licht der Scheinwerfer. Die Tür ging auf, ein Polizist trat heraus, für einen Moment sah es aus, als käme er aus dem Feuer.

»Wissen Sie, was seltsam ist?«, sagte Maret. »Ich hoffe, Sie finden nichts.«

»Warum sagen Sie das?«

»Dann bliebe es eine Geschichte. Das Märchen von der Großmutter und vom Monster, die Art von Geschichte, die man Kindern erzählt, um ihnen Angst einzujagen. Dann wäre es nicht real.«

Großmutter allein zu Haus. Schläge an die Tür. Ein verkleideter Wolf. Doch so funktionierte die Geschichte nicht. Wölfe machten so etwas nicht mit Menschen. Menschen taten das. *Homo homini lupus.*

»Ich hätte sie gern noch mal gesehen«, sagte Maret.

»Ich fürchte, das ist nicht möglich.« Sie würde davon träumen. Aber das tat sie sowieso schon. Albträume waren immer grausamer als die Realität, das wusste er nur zu gut. »Denken Sie darüber nach, ob Sie es wirklich wollen. Ich sehe, was sich machen lässt.«

»Danke.« Sie berührte seinen Arm mit ihren Spinnenfingern, sie fühlten sich kühl an durch den Stoff.

Er nahm ihre Hand und rieb sie sanft. »Ganz kalt. Haben Sie daran gedacht zu essen?«

»Ich weiß nicht …«

Er fischte die Schokolade aus seiner Jackentasche und präsentierte sie ihr wie ein Zauberkünstler.

Zum ersten Mal lächelte sie, ein schiefer Versuch mit einem hochgezogenen Mundwinkel. »Sie sehen aus, als könnten Sie sie selber gebrauchen.«

»Wir teilen.« Er brach das kleine Quadrat in der Mitte durch und hielt ihr eine Hälfte hin.

»Ich muss wieder rein.«

»Warum haben Sie uns nicht erzählt, dass bei Ihnen eingebrochen worden ist?«

»Weil es nicht wichtig war. Es ist viel zu lange her, und ich rede nicht gern darüber.«

»Sie müssen darüber reden. Lanz will, dass Sie morgen früh nach Erding zur Vernehmung kommen.«

»Und ich dachte schon, Sie machen sich wirklich Sorgen darum, wie es mir geht.« Sie drehte sich um und lief davon.

»Ich wollte Sie nur vorwarnen«, rief er ihr nach, aber sie antwortete nicht mehr.


Dennis Falk stand in der Tür seiner Einliegerwohnung, mit verwirrtem Blick, und versperrte ihnen den Weg.

»Dürfen wir uns bitte auch bei Ihnen umschauen?«, fragte Waechter, obwohl sie es schriftlich hatten, dass sie durften.

»Sicher.« Dennis ließ ihn durch.

Das Apartment war winzig, nur ein Zimmer mit Schlafsofa, einem Schreibtisch mit Röhrenmonitor und einem kleinen Fernseher. Die Wohnung war gepflegter als der Rest des Hauses, der Boden war mit Laminat ausgelegt, die Wände waren weiß gestrichen, in der Decke klafften keine Risse. Maret Lindner hatte ihrem Untermieter die besseren Zimmer gegeben.

Ein schmales Bücherregal stand neben dem Schreibtisch.

»Darf ich?«, fragte Waechter.

Dennis zuckte mit den Schultern. »Nur zu.«

Die Bibliothek bestand aus medizinischen Fachtexten und Büchern über Religion. Auf dem untersten Regalbord standen Notenhefte. Keine Romane, keine Zeitschriften, kein Fernseher. Keine Zerstreuung. Hier wohnte jemand, der sich auf das konzentrierte, was er wirklich wollte.

Waechter zog ein Heft heraus.

»Spielen Sie?«

»Nur Gitarre. Und ich singe im Kirchenchor.«

»Sie können singen? Bei mir ist es hoffnungslos. Mein Kollege war mal ein wunderbarer Chorknabe.« Waechter blätterte durch die Noten. Sentimentale Anbetungslieder, drei Akkorde, Texte so simpel wie Schlager.

»Das ist für die Firmgruppe«, sagte Dennis. »Die mögen die modernen Lieder lieber als die Choräle.«

Ein Fachbuch fiel Waechter ins Auge, er blätterte durch. »Sie studieren Medizin?«

»Wollte ich früher mal. Pläne ändern sich.«

»Was hat sich geändert?«

»Wie soll ich mich auf die Eingangstests vorbereiten? Ohne Geld und ohne Eltern? Ich arbeite Schicht im mobilen Pflegedienst, zum Lernen bleibt mir keine Zeit.«

»Sie hatten Spätdienst an dem Abend, als Frau Nell verschwunden ist?«

»Ich habe auf eine alte Dame aufgepasst. Sie ins Bett gebracht und ihr vorgelesen.«

»Muss ein schönes Gefühl sein, etwas Gutes tun zu können.« Als Dennis nicht antwortete, sagte Waechter: »Wie wär's, wenn wir den Kollegen Platz zum Arbeiten lassen und ein paar Schritte gehen? Wenn wir wiederkommen, haben Sie alles hinter sich.«

Dennis folgte ihm. Seine Bewegungen waren eckig, als müsse er erst lernen, mit seinem hochaufgeschossenen Körper umzugehen. Sie traten auf den Kies, und Waechter atmete tief die Abendluft ein. Der Regen hatte die meisten Pollen ausgewaschen, die Luft roch rein und dampfig.

»Wie alt sind Sie noch mal?«

»Einundzwanzig.«

»Ganz schön jung, um sich allein zu versorgen. Wie kommen Sie zurecht?«

»Ich musste schon immer zurechtkommen. Meine Mutter war oft krank, ich bin's gewöhnt.«

»Sie ist verstorben?«

Dennis nickte. Um seinen Mund zuckte ein harter Zug, der ihn älter aussehen ließ. Noch eine Waise. Waechter wusste, wie es sich anfühlte, von einer Welle aufs offene Meer hinausgerissen zu werden. Glaubte der Junge deswegen an Gott?

»Es tut mir leid.«

»Danke.«

Sie gingen über die kleine Betonbrücke, die über den Entwässerungskanal führte. Waechter hielt sich an der Eisenstange fest, die als Geländer diente, unter ihnen zischte das Wasser.

»Maret ist so was wie meine Familie«, sagte Dennis. »Ich hatte Glück, dass ich das Apartment gefunden habe.«

»Wie sind Sie darauf gestoßen?«

»Ich habe Patienten hier in der Gegend, deswegen habe ich in der Nachbarschaft herumgefragt. Damit ich es nicht so weit zur Arbeit habe.«

Ganz schön zielgerichtete Wohnungssuche für einen jungen Burschen ohne Geld oder Ressourcen. Waechter fing an, ihn zu bewundern. Vielleicht würde aus ihm doch noch ein Mediziner. »Kannten Sie Frau Nell?«

»Sie war öfters zu Besuch. Total nett. Ein bisschen … esoterisch, aber das geht mich ja nichts an. Wenn sie da war, hab ich mich zurückgezogen. Sie war ja Marets richtige Familie.«

War da Eifersucht in seiner Stimme? Weil Maret eine richtige Mutter hatte und er nicht? War er verliebt in seine

125

Vermieterin und hatte das Gefühl, ihre Mutter stand ihm im Weg? Ein absurdes Mordmotiv, aber Waechter hatte in seiner Karriere schon absurdere Motive erlebt, er hatte gelernt, in alle wilden Winkel zu denken.

»Sie haben meiner Kollegin gesagt, Sie würden Besorgungen für die Lindners erledigen und sich so etwas dazuverdienen. Haben Sie auch für Frau Nell gearbeitet?«

»Ich habe sie ab und zu zum Bahnhof gefahren, aber nur um Maret einen Gefallen zu tun. Ich habe kein Geld von ihr gekriegt, wenn Sie das meinen.«

»Wie verstehen Sie sich mit Herrn Lindner?«

»Man sieht ihn nie. Ist immer nett, hat's immer eilig, den Kopf immer in den Büchern.«

»Typ zerstreuter Professor?«

»Oh ja.« Dennis lächelte, ein riesiges unschuldiges Lächeln, engelhaft.

»Sie haben am Abend von Frau Nells Tod eine alte Dame gepflegt, würde die sich an Sie erinnern?«

Der plötzliche Themenwechsel wischte das Lächeln vom Gesicht des Jungen. »Klar.«

»Würden Sie mir bitte ihre Adresse geben?«

»Ich hab sie drinnen. Die Frau ist bettlägerig, Sie werden ihren Enkel und seine Frau anrufen müssen.«

Waechter ging zurück über den gurgelnden Kanal. Man ging nie zweimal über denselben Fluss. Was hatte das Wasser gesehen, das am Tatort vorbeigeflossen war? Jetzt war das Haus ein Tatort. Und Dennis Falk hatte es eilig, dorthin zurückzukommen.


Hannes saß am Steuer, Elli stöpselte ihre Kopfhörer ein und suchte einen Radiostream. Die Autobahn war um diese Zeit fast leer, der BMW schnurrte durch die Nacht, sie saßen in einem warmen Kokon, der sie müde machte. Hannes gähnte.

»Schlecht geschlafen gestern?«, fragte Elli.

»Geht so. Ich war bei meinen Eltern, man wird größer, aber die Betten nicht.«

»Seid ihr über Ostern dort?«

Hannes schüttelte den Kopf. »Nur ein Anstandsbesuch, damit für ein halbes Jahr wieder Ruhe ist.«

»Deine Freundin ist doch Heidin. Wie feiert ihr eigentlich Ostern?«

»Damit du dich drüber lustig machen kannst?«

»Ich glaube, du brauchst dringend Schokolade.«

»Wenn du's unbedingt wissen willst: Wir dekorieren den Garten mit bunten Eiern. Dann machen wir in einer Tonschüssel ein Nest aus Stroh und legen Ostereier und Süßigkeiten rein. Das verstecken wir für die Kinder. Wir essen Kuchen, und abends sitzen wir im Garten ums Feuer.«

»Aber … das ist ja wie bei uns.«

»Andersrum.« Hannes lächelte. »Euer Ostern ist wie bei uns. Unser Fest ist älter, ihr Christen habt euch drangehängt. Nachmacher.«

*Unser.* Hannes war eigentlich glühender Atheist, und auf einmal redete er von *unseren* Feiertagen. Er bezeichnete sich auch erst als Heide, seit er seine blonde und wesentlich jüngere Freundin hatte. So hatte jeder seine eigene Religion. Elli hatte sich immer gewundert, warum er bei diesem faden Brillenmäuschen hängengeblieben war. Sie musste anderweitige Qualitäten haben. Jonna hatte sich beeilt, schwanger zu werden. Danach hatte sie sich ein Haus gewünscht, und Hannes war auf einem Hühnerhof am Arsch der Welt gelandet, bevor er Zeit gehabt hatte, darüber nachzudenken.

»Was machst du Ostern?«, fragte Hannes.

»Ich will heim in die Oberpfalz.«

»Löffelt ihr immer noch alle aus einem Topf?«

»Nur wenn die Kuh den Eimer nicht braucht.«

Hannes lachte, und dann war er still, eine plötzliche Stille, die im Auto knisterte wie statische Elektrizität. Etwas bedrückte ihn. Er würde sich niemals die Blöße geben, von sich aus darüber zu reden. Wenn jemand mit Mitte dreißig bei seinen Eltern pennte, war etwas faul. Hannes war der Ranghöhere, aber sie erwischte sich immer wieder dabei, an ihn wie an ein Brüderchen zu denken. Der Schwarzes-Schaf-Bruder, den sie nie gehabt hatte, der Unfälle mit dem Moped baute, ständig Geld brauchte und dem man beim Kotzen die Haare hochhalten durfte. Ihre eigenen kleinen Brüder waren kein typisches Brüderchen-Material sondern vierschrötige Kerle, solide und fad verheiratet und ständig mit der Produktion vierschrötiger Kinder beschäftigt.

Sie musste Waechter fragen, was mit Hannes los war. Wenn jemand etwas rauskriegte, dann er. Sie summte zur leisen Musik aus den Kopfhörern.

»Was hörst du?«, fragte Hannes.

Sie schob ihm sein Headset in den Nacken und steckte ihm einen Stöpsel ins Ohr. »Sportfreunde Stiller.«

*Wir lieben unser Leben, das Göttliche in jedem ...*

»Was meinen die mit dem ›Göttlichen in jedem‹?«, fragte Elli.

»Keine Ahnung. So was geben Leute von sich, wenn sie längst Atheisten sind, aber finden, dass das uncool klingt.«

»Genau«, sagte Elli. »Nach Zimtlatschen.«

»Also faseln sie etwas von irgendeiner spirituellen Macht.« Er warf ihr den Ohrstöpsel zurück in den Schoß. »Tut mir leid, aber wenn jemand mit aller Gewalt versucht, mich zum Wohlfühlen zu zwingen, wünsche ich mir eine Kalaschnikow.«

Elli schob die Unterlippe vor. »Ich mag die Sport-freunde.«

Hannes tippte eine Kurzwahltaste auf seinem Handy, lauschte und sagte nach ungeduldigem Luftholen: »Hi, Jon-na, du scheinst ständig in irgendwelchen Funklöchern zu sein. Wenn du doch mal Netz hast, melde dich. Also«, er warf Elli einen Seitenblick zu, »ciao.«

Sie bemühte sich, einen beiläufigen Ton anzuschlagen. »Ist Jonna in Urlaub?«

»Nur bei ihrer Mutter.« Nach einer Pause fügte er hinzu: »Ostersonntag ist sie wieder da.«

»Vermisst du sie?«

»Jede Minute mehr. Sie hält mich davon ab, ein Arsch-loch zu sein.«

»Ganz schöne Verantwortung, die du ihr da gibst.«

»Wie meinst du das?« Er drehte sich zu ihr.

»Schau auf die Straße, wenn du am Steuer sitzt. Jeder ist für sich allein verantwortlich. Du kannst ihr nicht den schwarzen Peter zuschieben.«

»Das tue ich doch gar nicht.«

»Und ob. Du bildest dir ein, sie macht dich zu einem bes-seren Menschen. Aber so funktioniert das nicht. Keiner macht dich von außen zum besseren Menschen oder zum Volltrottel. Keine Frau, keine Eltern, kein Dalai Lama, auch kein alter Mann mit Bart auf einer Wolke. Es ist alles nur in deinem Kopf. Am Ende bist du damit«, ihr Kiefer wurde hart, »ganz allein.«

Hannes legte eine lange Pause ein. Sie fürchtete schon, er sei eingeschnappt, aber dann fragte er sie: »Glaubst du an Gott?«

»Ich weiß nicht.« Als Kind hatte der Glauben ihr ganzes Leben durchtränkt. Sie hatten am Tisch gebetet, sie hatten im Nebenraum der Gaststube Kommunionen und Hochzeiten ausgerichtet, Elli hatte in der Blaskapelle Tuba gespielt, war auf Prozessionen und Fahnenweihen mitmarschiert. Irgendwann war sie nach München gezogen. Irgendwann waren die Fahnen am Horizont verschwunden, die Trompeten waren leiser geworden und verklungen.

»Ich hab's vergessen.« Idiotische Tränen schossen ihr in die Augen, sie rieb sie mit dem Handrücken weg. »Ich hab's einfach vergessen.«

»Ich glaube nicht an Gott«, sagte Hannes.

»Stimmt nicht, Hannes. Dafür bist du viel zu viel damit beschäftigt, ihn zu hassen. Du glaubst, Gott ist ein Arschloch.«

Waechter warf die Wohnungstür hinter sich zu und sperrte den Tag aus. Stehende Luft empfing ihn, keine Pollen. Endlich allein, endlich in seiner Höhle. Der Geruch der fremden Wohnungen hing noch in seinen Kleidern, er musste den Mantel ausziehen, sich die Hände waschen, um ihn loszuwerden und hier anzukommen. Lily war hoffentlich sicher bei einem ihrer Elternteile verstaut, und es war so unwahrscheinlich wie eh und je, dass jemand klingelte. Trotzdem räumte er den Küchentisch weiter frei, stellte Geschirr in die Spüle, stapelte Zeitungen und Baumarktprospekte auf einen Haufen und stopfte Müll in eine der Mülltüten, die er auch mal wieder runterbringen musste. Es dauerte länger, als er gedacht hatte, doch am Ende war so viel Platz auf dem Tisch, dass zwei Leute daran essen konnten. Er wischte mit dem Ärmel über die Wachstuchtischdecke. *Passt.* Die kleine Katze beobachtete ihn aufmerksam vor ihrem gefüllten Teller. Als er sich mit einem Wurstbrot an den Tisch setzte, kam von unten ein »Miiiiii«.

»Was ist denn?« Er drehte sich um. »Du hast doch alles dastehen. Wasser, Futter …«

»Miiiiii.«

Er kapierte und setzte sie mitsamt dem Napf auf die freie Tischfläche. In trauter Eintracht aßen sie zu Abend. Waechter teilte seinen Rest Wurst mit der Katze, sie verschlang ihn gierig.

»Bist du eigentlich ein Junge oder ein Mädchen?« Er streichelte sie, und sie schnurrte. »Egal, oder?«

Das Telefon klingelte. Er setzte sich die Katze auf die Schulter und suchte den Hörer. Unter einem Stapel ungeöffneter Briefe fand er ihn.

»Waechter?«

»Ich bin's, Bruni. Hast du die Einladung gekriegt?«

»Ich … äh …« Er fingerte durch den Poststapel, bis ihm einfiel, dass Brunis Brief im Büro lag. Ein Umschlag mit einem stilisierten Fisch. »Ja, hab ich.«

»Und?«

»Was und?«

»Kommst du?«

Er dachte fieberhaft nach, ob er den Umschlag aufgemacht hatte.

Seine Schwester seufzte in den Hörer. »Weißer Sonntag. Konfirmation vom Steff.«

»Du, ich weiß nicht, das ist alles ein bisschen kurzfristig.«

»Es ist ein Sonntag, Michi.«

»Ich kann hier gerade ganz schlecht weg.«

»Eineinhalb Stunden mit dem Auto. Du kannst am selben Tag hin und zurück.«

Er kratzte sich am Kopf. »Ich kann die Katze nicht so lange allein lassen.«

»Du hast eine Katze?«

»Sie ist sozusagen ein Asservat.«

»Kleiner Bruder.« Er sah sie förmlich vor sich, die Hände in ihre breiten Hüften gestützt, in vollem Standpaukenmodus. »Keine Ahnung, wie es in deiner Wohnung aussieht, du lässt ja keinen rein. Aber ich kenne dich. Ich ahne Fürchterliches. Du kannst da keine Katze halten.«

»Schön, dass du so genau Bescheid weißt, wie es bei mir zugeht.«

»Ich wüsste genauer Bescheid, wenn du dich öfter melden würdest. Deine Neffen fragen die ganze Zeit nach dir.«

»Ich … ich … ich schau, ob ich den Weißen Sonntag einrichten kann.«

»Michi …«

Er legte auf.

»Na?« Er kraulte die Katze am Kinn, sie krallte sich in seiner Hand fest und kaute mit ihren nadelspitzen Zähnchen an seinen Fingern. »Wir zwei kommen doch miteinander aus, oder?«

Irgendwo unter den Kisten versteckt musste sein eigenes Fotoalbum liegen. Es gab ein Foto von ihm und Bruni, zwei stämmige Kinder Hand in Hand, mit den kräftigen Waechter-Gesichtszügen. Ob nach seinem Tod auch jemand auf Zehenspitzen durch seine Wohnung gehen und sein Fotoalbum durchblättern würde? Sie würden die Räume wohl eher mit schwerem Gerät entrümpeln. Keine Geheimnisse in seinem Leben, keine finsteren Männer in schwarzen Autos, keine Geister und keine Verbrechen, nur kleine private Geschichten, die zusammen mit ihm verlöschen würden. Ein tröstlicher Gedanke, dass er die Gewichte, die er hinter sich herschleppte, nicht mitnehmen musste.

In den frühen Morgenstunden wachte er auf, am Ende seines Sauerstoffs. Er nahm einen tiefen Atemzug, bekam jedoch nur Schleim in die Bronchien, sein Brustkorb war zusammengepresst, als ob ein Mensch darauf kniete. Er tastete nach dem Kortisonspray und inhalierte tief. Mit einem pfeifenden Geräusch schoss Luft in seine Lungen. An seinen Füßen vibrierte etwas. Er setzte sich auf. Die Katze lag zusammengerollt am Fußende und schnurrte, ihre Haare flimmerten im Licht der Nachttischlampe.

»Schlechte Nachrichten.« Er blinzelte die Katze an, seine Augen waren zugeschwollen wie die eines Preisboxers. »Du musst im Wohnzimmer schlafen. Sonst tragen sie den Onkel Michi demnächst in einer schwarzen Plastiktüte hier raus.«

Warum hatte seine Schwester bloß immer recht? Er konnte in der Wohnung keine Katze halten.


*1957*


*Das Holz der Kinderzimmertür ist warm vom Tag. Da drinnen atmet ihre Tochter, Christa hört nichts. Ihr Gesicht und ihre Handfläche am Holz, näher darf sie der Kleinen nicht kommen.*

*Sie sollen das Kind in Ruhe lassen, hat Hanisch gesagt. Die Vorhänge zuziehen. Sich nicht anstecken. Das Essen trägt meistens Eberhard hinauf, Christa bringt es nicht fertig, das blasse Gesicht im Dunkeln zu sehen. Der Schlüssel steckt außen. Sie müsste ihn nur umdrehen, hineingehen, Hilde in die Arme nehmen und raustragen, ins Licht. Weg vom Schlamm, weg von den verreckenden Viechern, weg von ihm. Sie bekreuzigt sich wegen ihrer Gedanken.*

*Herr Jesus, bitte mach, dass ich das Richtige tue.*

*Er hat ein Kruzifix an die Tür genagelt. Als ob das was helfen* würde. *Der blutüberströmte Korpus windet sich auf dem Holz, die Muskeln treten in ohnmächtiger Qual hervor. Was soll der schon helfen? Der hat sich ja noch nicht mal selber helfen kön-nen.*

*Sie hat niemandem gesagt, dass sie auch keine Tränen hat. Hat sich sogar einmal Brunnenwasser ins Gesicht gespritzt, damit Eberhard denkt, dass sie geweint hat. Vielleicht ist sie ja an allem schuld, vielleicht stecken die bösen Geister längst in ihr drin. Das Geheimnis liegt wie ein Bleigewicht in ihrem Bauch.*

*Galle steigt in ihr hoch. Sie rennt vor die Tür und erbricht sich auf den Vorplatz. Die Hühner kommen angerannt, strömen aus dem Erdloch wie Ratten, sie sind Ratten, die um ihre Füße schwärmen und picken. Christa verscheucht sie, tritt nach ihnen, vergeblich. Nie wieder wird sie ein Ei essen können. Sie legt die Hand auf den Bauch, diese Art von Übelkeit kennt sie.*

*Sie ist wieder schwanger.*

# Montag

> Mondsüchtige oder Nachtwandler werden geheilt, wenn
> man ein Gefäß mit kaltem Wasser vor das Bett setzt, in
> das sie mit den Füßen kommen, wenn sie aus dem Bett
> steigen und dann erwachen.
>
> *Sechstes und Siebentes Buch Mosis*

Maret fuhr mit dem Rad Schlangenlinien um die Schlaglöcher, dass die Einkäufe im Korb klapperten. Die Sonne
verblasste hinter dem schmutzig braunen Nebel aus Saharasand, der sich erneut am Horizont zusammenzog. Am liebsten wäre sie jetzt weitergeradelt, weg vom Haus, irgendwo-
hin. Sie war um fünf aufgestanden, um zu putzen und die
Spuren der Durchsuchung zu verjagen. Es hatte nichts geholfen, sie würde noch mehrmals putzen müssen, und räu-
chern und Salz streuen. Das Wohnzimmer war immer noch
versiegelt. Zwei uniformierte Polizisten hatten sie davon ab-
gehalten, ihr eigenes Wohnzimmer zu betreten. Am liebsten
würde sie Sophie nehmen und woanders hingehen. Aber sie
hatten kein Geld für ein Hotel, keine Verwandtschaft mit
Bauernhof. Es gab kein *woanders* für sie. Außerdem konnte sie das Haus nicht allein lassen und all die Erinnerungen,
die darin steckten. Maret war die Hüterin der Vergangenheit,
und sie hatte schon einmal versagt.

Sie war nicht allein. Jemand stand auf der Brücke, eine schlanke Gestalt mit einem Hund. Unmöglich, so zu tun, als sei sie nicht da.

»Was willst du hier, Arne?«

»Ich wollte dich sehen. Dich und Sophie.«

»Sophie ist bei einer Freundin.«

»Ich wollte nach euch schauen … Wie es euch geht …. Ich bin vollkommen fertig. Ich wollte reden.«

»Zwischen uns gibt es nichts mehr zu reden.«

Arne versperrte die Brücke. Um an ihm vorbeizukommen, musste sie ihn rückwärtsdrängen. Sie schob ihr Rad vorwärts, er machte ihr Platz. Im Haus bellte Bitzer wie verrückt. Ihr Vater ging ihr nach zum Schuppen. Wäre sie doch einfach weitergefahren.

»Ich muss in einer Stunde in Erding sein, zur Vernehmung.«

Arne steckte die Hände in die Taschen, vermutlich um das Zittern zu verbergen. Er roch durchdringend nach Pfefferminzbonbons.

»Es tut mir so leid um deine Mutter. Sie war eine tolle Frau.«

»Das hättest du erkennen sollen, bevor du sie in den Dreck gezogen hast. Sie hat sich nie mehr davon erholt, deine Schulden aufzufangen. Sie hat ihr Leben lang von der Stütze gelebt.«

»Bitte, Maret. Nicht schon wieder.«

Sie sperrte die Schuppentür auf, ohne ihn anzuschauen. Er hatte recht. Sie drehten sich im Kreis. Wenn er sie nur nicht immer zu diesen Diskussionen zwingen würde, wenn er sie nur einfach in Ruhe lassen würde. Es ging ihr so viel besser, seit er kein Teil ihres Lebens mehr war. Bei dem Gedanken ballte sich ein enormer Klumpen in ihrem Hals.

Im Schuppen lag alles durcheinander, die Geräte waren auf dem Boden verstreut. Kein Platz für ihr Fahrrad. Sie würde Tage brauchen, um alles wieder in Ordnung zu bringen.

Arne stand immer noch hinter ihr in seiner Pfefferminzwolke. »Ich hab gedacht, nach Evas Tod könnten wir wieder zusammenrücken. Als Familie. Wir haben nur noch uns. Ich habe nur noch euch.«

Maret hackte mit dem Finger nach ihm. »Du hast uns schon lange verloren.«

Als Kind hatte sie auf seiner Seite gestanden. Sie hatte früh kapiert, dass es ihre Aufgabe war, ihn zu beschützen. Hatte seine Flaschen versteckt und ausgekippt, hatte seine Pisse aufgewischt, hatte ihre Mutter für ihn angeschwindelt, damit nur ihre Familie nicht auseinanderbrach. Es hatte nichts geholfen. Irgendwann hatte Eva das Wort *Scheidung* ausgesprochen, ihr Mund war dünn geworden bei dem zischenden Begriff. Es war Marets Schuld gewesen. Weil sie sich nicht genug Mühe gegeben hatte. Das hatte sie gedacht. Bis zu der Sache mit ihrer Playmobil-Ritterburg. Danach konnte es ihr gar nicht schnell genug gehen, dass Eva ihn aus dem Haus warf.

*Denken Sie an Ihre Playmobil-Burg*, hatte der Leiter der Angehörigengruppe immer wieder gesagt.

Arne wartete mit den Händen in den Taschen, der Hund neben seinem Bein fiepte leise. Der Klumpen in ihrem Hals wurde so groß, dass sie nicht mehr schlucken konnte.

»Runter von meinem Grundstück«, sagte sie. »Sonst hole ich die Polizei.«

Waechter schlug die Autotür zu, das Geräusch hallte von den Hauswänden wider. Um neun Uhr morgens lag die Dorfstraße wie ausgestorben da. Hier also hatte Dennis Falk am

Abend der Tat gearbeitet. Das Haus der alten Frau, die er betreute, stand in Massenhausen, am Rande des Mooses an der Hangkante. Von hier aus hätte man über die weite Ebene schauen können, aber das Grundstück war mit einer Waschbetonmauer abgeschirmt, ein Saum aus Thuja machte eine Festung daraus. Waechter klingelte. Eine junge Frau öffnete ihm. Sie grüßte ihn nicht und schaute ihn kaugummikauend an.

»Waechter von der Kripo München.« Er zeigte seinen Ausweis und seine Marke vor. »Wir haben telefoniert. Sind Sie die Tochter von Frau Breuner?«

»Mein Mann ist der Enkel.« Sie ließ ihn stehen.

Weil es ihm niemand verboten hatte, folgte er ihr ins Haus. Beim ersten Atemzug klappten seine Bronchien zu. Sogar die Birkenpollen waren besser als die Luft hier drinnen. In jeder Steckdose versprühte ein Duftzerstäuber Parfüm, das in seinen Atemwegen ätzte, trotzdem konnte es den darunterliegenden Geruch nicht übertünchen. Den Geruch eines Menschen, mit dem es dahinging. Waechter würde diesen Geruch überall wiedererkennen. Ein Gewicht senkte sich auf seine Brust, sein Herzschlag hämmerte dagegen.

»Herr Waechter? Hallo?« Ein Mann im Muskelshirt stand vor ihm. »Heise, Franz Heise.« Der Mann hatte einen festen Händedruck, sein Arm war mit neuseeländischen Stammestattoos verziert. »Sie kommen wegen der Toten im Moos, gell?«

»Wenn's geht, würde ich gern mal Ihre Oma sprechen.«

»Da müssen wir schauen, ob sie klar ist.« Er ging voraus und winkte Waechter mit sich. »Wir kriegen hoffentlich keinen Ärger, weil der Dennis mal schwarz bei uns ausgeholfen hat?«

»Ach wo. Das fällt unter Nachbarschaftshilfe.«

Waechter stieg hinter Heise die Treppe hoch, das Geräusch eines Fernsehers empfing sie. Der Geruch wurde stärker. So hatte es bei ihm daheim auch gerochen, damals. Erst der Vater. Dann die Mutter.

»Wir kennen den Dennis vom Pflegedienst. Und ab und zu wollen wir halt auch mal abends weg.«

»Wann war der Herr Falk denn bei Ihnen?«

»Er ist um sieben gekommen und hat die Oma bettfertig gemacht. Dann hat er ihr vorgelesen. Um zwölf waren wir wieder daheim, da hat sie schon geschlafen. Sie braucht nicht mehr so viel Schlaf, aber wenn es Abend wird, muss jemand bei ihr sitzen, sonst regt sie sich auf. Sie sieht nichts mehr.«

»Leben Ihre Eltern noch?«

»Die Mama ist schon gestorben. Und der Papa sagt, das ist ja nicht seine Mutter. Hat er auch irgendwie recht, oder?« Er drehte sich zu Waechter um. »Ehrlich gesagt, manchmal ist es uns alles zu viel.« Er klopfte und schob die Tür auf. »Oma?«

Auf den Kissen lag der Kopf einer Frau, verschrumpelt wie ein Apfel. Die Augen waren von einem milchigen Grau überzogen, neben den runzligen Händen ruhte eine Fernbedienung. Im Fernsehen lief eine Sitcom, alle paar Sekunden brandete Gelächter auf.

Die Alte drehte den Kopf. »Ist der Dennis wieder da?«

Ihre Stimme war so leise, dass Waechter sie kaum verstehen konnte.

Heise stellte den Fernseher leiser. »Nein, Oma. Das ist der Herr Waechter von der Polizei. Du hast doch mitgekriegt, dass sie im Moos unten eine Leiche gefunden haben?«

»Ich krieg doch nix mehr mit.«

»Grüß Gott, Frau Breuner.« Waechter zog einen Stuhl ans Bett und setzte sich.

Sie hob schwach eine Hand, und er drückte sie vorsichtig. Dann schaute er ihren Enkel an und räusperte sich. Heise verstand und ließ die beiden allein.

»Vor ein paar Tagen war doch der Dennis bei Ihnen.«

»Ein lieber Bub.«

»Wissen Sie noch genau, wann das war?«

»Die Tage sind alle eins.«

»Wie haben Sie den Abend verbracht?«

»Mit Vorlesen.« Die alte Frau machte eine vage Handbewegung in Richtung des Nachttischs. Ein Buch mit vergilbten Seiten lag darauf.

Waechter setzte seine Lesebrille auf, schlug aufs Geratewohl eine Seite auf und las laut:

*»Jetzt machte der Alte die Tür auf, und Heidi trat hinter ihm her in einen ziemlich großen Raum vom Umfang der ganzen Hütte. Da standen ein Tisch und ein Stuhl darin, in einer Ecke war des Großvaters Schlaflager, in einer anderen hing der große Kessel über dem Herd, und auf der gegenüberliegenden Seite war eine große Tür in der Wand, die machte der Großvater auf: Es war der Schrank.«*

Er klappte das Buch zu. »Das war eins meiner Lieblingsbücher als Kind. Ich war immer ganz aufgeregt, ob die Heidi auch wieder nach Hause kommt.«

»Schlesien …« Ihre Stimme war ein Flüstern. »… auch immer nach Hause.«

Was hatte diese Frau erlebt? Hatte sie ihr Kind im Krieg aus Schlesien hierhergebracht und doch miterleben müssen, wie es vor ihr starb? Und nun lag sie den Rest ihres Lebens auf dem Rücken und starrte in die Dunkelheit.

Das Buch roch nach altem Papier, genau wie der Ordner aus Eva Nells Wohnung. Die Vergangenheit war im Vergessen versunken, nur wenig war archiviert, nichts war digitalisiert. Wenn er etwas wissen wollte über Hanisch und das tote Mädchen im Bauernhaus, musste er die alten Leute fragen.

»Haben Sie die Kreithmayrs aus dem Moos gekannt?«

»Sind schon lang tot.«

»Wissen Sie etwas über die Kinder?«

»Die Eva. Ja. Ist als junges Mädel weggegangen.«

»Und die andere Tochter?«

Die milchigen Pupillen wanderten hin und her. »Die haben doch nur eins gehabt.«

Er dachte an das Kind mit dem Babylächeln und dem ängstlichen Blick. Hildegard. Bei der alten Frau Breuner war sie schon aus der Erinnerung verschwunden. Das Vergessen ergriff von dem Kind Besitz. Es durfte nicht sein, dass es vergessen wurde, auch wenn sein kleines Leben schon nach sieben Jahren verloschen war. Es durfte einfach nicht sein.

»Sagt Ihnen der Name Hanisch etwas?«

»Ach.« Ein spöttisches Lächeln zuckte um ihren Mund. »Der Hexabanner.«

»Was wissen Sie über ihn?«

»Ist zu lange her. Wir hatten nix mit dem zu schaffen. Die Leut ham halt g'redt.« Ihre Lider wurden schwer, sie drehte den Kopf hin und her.

Das Gespräch hatte sie müde gemacht. Hexabanner. Hexenbanner. Hexen, Geister, Scheiterhaufen, alles kam wieder zu diesem Thema zurück. Er wusste, was er als Erstes in die Suchmaschine eingeben würde, sobald er wieder am Schreibtisch saß.

Waechter schaute auf die Uhr. Er hatte die Angaben von Dennis, die er haben wollte, bestätigt bekommen, und noch ein bisschen Zeit. Lanz hatte sowieso Hannes von ihm abgezogen und ihm klargemacht, dass er überflüssig war. Seine

141

Nase hatte sich an den Geruch des sterbenden Körpers gewöhnt, der Geruch umfing ihn, es war fast wie daheim.

»Soll ich Ihnen noch ein bisserl vorlesen?«

Der runzelige Mund der Frau verzog sich zu einem Lächeln. Waechter schlug das Buch auf, wo er aufgehört hatte.

*»Da hingen seine Kleider drin, und auf einem Gestell lagen ein paar Hemden, Strümpfe und Tücher, und auf einem anderen standen einige Teller und Tassen und Gläser ...«*

»Haben Sie gut hergefunden?«, fragte Hannes. Die Standardfloskel beim Empfang, die erst einmal die Spannung herausnehmen sollte. Er wusste nicht, wie oft er sie schon gesagt hatte, ohne darüber nachzudenken und ohne einen Funken Interesse, in welchem Bus die Zeugen zum Kommissariat geschuckelt waren.

Maret Lindner nickte und setzte sich an Lanz' Besprechungstisch, unter den wachen Augen eines ausgestopften Fuchses, der einen mit dem Blick durch den Raum zu verfolgen schien. An der Wand hingen Schädelplatten und Geweihe. Eine eigenartige Atmosphäre, jemanden unter Schädelplatten zu vernehmen. Aber immerhin besser als blutige, nackte Leichen an Holzlatten. Bei Lanz hing kein Kreuz an der Wand.

»Wir wollen uns ja heute über den Einbruch bei Ihnen unterhalten.« Lanz rückte seine Unterlagen zurecht. »Wir werden uns Mühe geben, dass wir es nicht allzu lang machen.«

»Meine Tochter spielt bei einer Freundin. Ich habe alle Zeit der Welt.«

»Gut. Fangen wir mit den Personalien und dem Papierkram an, dann haben wir das hinter uns. Brandl, besorgst du uns Kaffee?«

Hannes starrte ihn entgeistert an.

Lanz klopfte auf seine Schiene. »Bei mir geht's grad ganz schlecht. Ich hab irgendwas am Kreuzband.«

»Schon verstanden.« Hannes stand auf. »Was wünschen die Damen und Herren?«

»Wenn es Cappuccino gibt …«, sagte Maret Lindner.

»Kaba«, sagte Lanz. »Die Kaffeeküche ist den Gang runter links.«

Hannes landete in einem Büro voller schreckhafter Schreibkräfte, in einer Zeugenvernehmung und einem elektrischen Betriebsraum, bevor er die Kaffeeküche fand. Ein Vollautomat summte in der Ecke. Vergeblich drückte Hannes die leuchtenden Knöpfe.

»Schau an, zeigen uns die Münchner wieder mal, wie man die Arbeit macht?«

Einer der jungen Polizisten vom Erdinger Team war hereingekommen, ohne dass Hannes ihn gehört hatte. Moravek.

»Weißt du, wie der Automat funktioniert?«

»Gell, da hilft die ganze Uni nix, wenn man keine Kantinenkarte hat?« Moravek steckte seine Karte in den Schlitz. »Ich geb einen aus.«

»Einen Cappuccino für die Zeugin und einen Kakao für Lanz.«

Moravek holte Tassen aus dem Schrank. »Lanz ist *straight edge*. Säuft nicht, raucht nicht, trinkt nicht mal Cola. Was darf's für dich sein?«

»Sojamilch habt ihr nicht zufällig?«

Moravek lachte laut auf. »Deinen Caramel Cinnamon Tall Venti Soy Latte Frappucino musst du dir schon in München holen.«

»Dann schwarz.«

»Und, wie läuft das Praktikum?«

»Welches Praktikum?«

»Was denkst du denn, warum Lanz mit dir durch die Gegend fährt? Er rekrutiert.«

Hannes schüttete sich Kakao über die Finger. »Das ist nicht dein Ernst.«

»Doch. Ich bin in zwei Monaten weg, mir ist das zu viel Schreibtisch hier. Ich geh zur Bundespolizei, Scharfschützen.« Moravek legte ein imaginäres Gewehr auf Hannes an und machte »Piu, piu«, es klang eher wie ein Raketenzerstörer aus einem antiken Atari-Spiel. »Lanz sucht einen neuen Kronprinzen. Du hast mit Waechter gearbeitet, also bist du für ihn Top Eins.«

»Schön, dass ich auch mal davon erfahre.« Hannes knallte die Tassen auf ein Tablett. Er kam sich vor wie der Bauer in einem Schachspiel.

»Danke für den Kaffee, Moravek.«

»Viel Spaß mit Lanz, dem alten Knochen. Sojamilch …« Moraveks Lachen entfernte sich durch den Gang.

Hannes balancierte die Tassen zurück in das Büro von Lanz und stellte sie auf den Tisch. Wahrscheinlich war das auch wieder ein Test gewesen.

»Wir waren gerade bei dem Schaden, der Ihnen entstanden ist«, sagte Lanz.

Maret Lindner nippte an dem Cappuccino und verzog angeekelt das Gesicht. »Ich hatte eine nagelneue Kücheneinrichtung angeschafft. Dunstabzugshaube, Konvektomat, Chafing Dishes, Grill, Kochgeräte, Behälter. Ich bin gelernte Köchin und wollte mich mit einem Partyservice selbständig machen.«

»Hatten Sie die Sachen schon eingebaut?«, fragte Hannes.

144

»Nein, es stand alles noch in Kartons herum.«

»Wer hat davon gewusst?«

»Meine Familie. Der Lieferant. Ein paar Leute aus dem Kindergarten. Gott, ich weiß nicht mehr, das ist ein paar Jahre her.«

»Aber es ist nichts gestohlen worden? Wer soll also davon profitiert haben, *cui bono*?«

»Ich weiß es nicht.«

»Wie ist der Abend abgelaufen?«

»Ich war auf einer Kindergartenfeier. Als ich zurückkam, stand die Küchentür offen. Die Fenster waren zersprungen, drinnen war alles schwarz und verkohlt. Das meiste konnte ich wegwerfen. Auch wenn es zu retten war, der Geruch ging nicht mehr raus.«

»Weiß man, wie der Brand ausgebrochen ist?«

»Es gab einige Hinweise auf Brandstiftung. Das Feuer breitete sich von einem kleinen Punkt in der Mitte des Raums aus. Vielleicht war es ja nur ein Funkenflug oder ein elektrischer Defekt, aber die Tür nach draußen stand offen.«

»Wie ist der Eindringling reingekommen?«

»Die Tür war nicht aufgebrochen. Ich weiß nicht mal, ob ich richtig abgeschlossen hatte, ich dachte nie, dass mir etwas passieren könnte. Es kann auch ein riesengroßer Unfall gewesen sein.«

»Waren Sie versichert?«, fragte Lanz.

Maret senkte den Kopf. »Die Versicherung hat nicht bezahlt. Wegen der fehlenden Einbruchspuren.«

»Was ist aus Ihren Plänen geworden, sich selbständig zu machen?«

»Nichts. Ich kenne mich gut mit Kräutern aus, also absolviere ich an der Abendschule eine Ausbildung zur Heilpraktikerin. Aber wir können uns bald das Schulgeld nicht mehr leisten. Wir zahlen immer noch Raten für die Kücheneinrichtung. Ich kann es Ihnen gleich ins Gesicht sagen: Ich bin pleite. Wir sind pleite.«

»Sie könnten das Grundstück verkaufen«, sagte Lanz.

»Es war bis jetzt nicht mein Grundstück. Es hat immer noch meiner Mutter gehört.«

»Das heißt …«

»Das heißt, ich bin die Erbin«, sagte Maret. »Und mit dem Tod meiner Mutter alle Sorgen los. Wollen Sie mich nicht gleich festnehmen?«

Sie bedeckte ihr Gesicht mit den Händen. Der äußerste Gefühlsausbruch, den Hannes je bei ihr erlebt hatte. Ein Gedanke stieg in ihm hoch, so groß und absurd wie ein Jahrmarktluftballon. Maret war die einzige Zeugin dafür, dass das Haus leer gewesen war, als sie heimgekommen war. War sie so verzweifelt gewesen, dass sie in einem irren Feuerszenario ihre Mutter um die Ecke gebracht hatte, um sich aus ihrer finanziellen Not zu befreien? Wenn ja, dann wäre sie eine rasende Verrückte. Aber nicht die erste rasende Verrückte, der er in seiner Karriere begegnet war. Wer einen Menschen tötete, musste vorher mindestens einen Schritt über den Rand getan haben.

»Ich denke, wir haben's«, sagte Lanz und schob seine Papiere zu einem Stapel zusammen. »Sie müssen nur noch unterschreiben.«

Als Maret Lindner draußen war, holte Hannes sie auf dem Gang ein. »Wie kommen Sie zurück nach Freising?«

»Keine Ahnung. Mein Mann hat mich hier abgesetzt, es wird schon irgendein Bus fahren. Ich will nur weg hier.«

»Ich bringe Sie heim.« Hannes zog seine Jacke im Gehen an. »Ich muss auch raus hier.«

»Brandl!« Die Stimme von Lanz donnerte durch den Flur.

»Kommen Sie.« Hannes fasste Maret am Arm und lief schneller. »Schauen wir, dass wir wegkommen.«

»Kommen Sie rein, Herr Kommissar«, sagte die alte Dame. »Ich habe gebacken.«

Waechter wehrte mit beiden Händen ab. »Das hätte es doch nicht gebraucht.«

»Für wen soll ich denn sonst backen? Für mich allein lohnt es sich nicht.«

Er hatte die Spurendokumentation des Falls nach Zeugen durchsucht, die über siebzig waren, und sie durchtelefoniert. Ein älterer Herr war später zugezogen, eine alte Dame hatte die Nachbarn nicht gekannt. Erst bei Frau Stollberg hatte er Erfolg gehabt. »Natürlich kenne ich die Kreithmayrs noch«, hatte sie gesagt. »Wenn Sie wollen, können Sie gleich vorbeikommen.«

Waechter setzte sich an den Tisch mit der Damasttischdecke und ließ sich Kaffee aus einer Kanne mit Goldrand einschenken. Er wusste nicht, ob er mit den alten Geschichten nur seine Zeit verschwendete, aber wenn, dann lieber mit Zitronenkuchen. Das goldene Kuchenstück, das auf seinem Teller landete, war noch warm.

»Kommen wir gleich zur Sache«, sagte er mit vollem Mund. »Sie sagten am Telefon, Sie haben die Kreithmayrs gekannt. Könnten Sie mir etwas über sie erzählen?«

»Ich war ein junges Mädchen zu der Zeit, aber man redet mal am Gartenzaun. Der Eberhard Kreithmayr und die Christa, das waren freundliche und bescheidene Leute. Sie hatten nie Geld, und sie hatten auch noch Pech mit dem Vieh, Krankheiten im Stall. Meine Mutter hat sich immer gefragt, wie viel Pech Menschen aushalten können. Die Christa ist früh alt geworden.«

»Sie sagten, die beiden hatten viel Pech. Welches denn noch?«

»Ihr erstes Kind war behindert, konnte kaum sprechen. Spastisch gelähmt, würde man heute sagen. Inzwischen können solche Kinder auf die Schule gehen und Abitur machen. Aber die Kreithmayrs haben das Bopperl nicht rausgelassen. Manchmal hab ich die Kleine hinten im Garten spielen sehen, ganz für sich allein. Eine süße Maus war das.«

Hildegard Kreithmayr. Ein Kreuz hinter ihrem Namen in der Familienbibel. »Was ist mit ihr passiert?«

»Sie ist früh gestorben. Irgendwann hat man sie gar nicht mehr gesehen, und eines Tages ist sie in der Klinik verschwunden. Von dort ist sie nicht mehr zurückgekommen. Warum wollen Sie das alles wissen? Das ist schon so lange her.«

»Manche Sachen sollen nicht vergessen werden.« Waechter deutete auf die Kuchenplatte. »Hätten's noch eins für mich?«

»Freilich. So ein g'standenes Mannsbild wie Sie verträgt schon was.« Sie häufte ihm gleich zwei Stücke auf den Teller. »Es war immer Unglück über dem Hof. Als ob ein Fluch darauf liegt.«

»Woher können Sie sich so gut an alles erinnern?«

»Das werden Sie auch noch merken, wenn Sie älter werden. Je länger etwas her ist, desto besser erinnert man sich.«

Waechter hoffte, dass es bis dahin noch eine Weile dauerte. »Erzählen Sie mir noch mehr.«

»Meine Schulfreundin ist als Schwesternschülerin in die Stadt gegangen. Da hat sie das Mädel auf der Station gehabt. Sie hat mir erzählt, wie die Maus immer weniger geworden ist.« Frau Stollberg ließ ihre Gabel über dem Teller schweben. »Eines Morgens hat sie tot im Bett gelegen.«

Sie schwiegen einen Augenblick. Die kleine Hilde war allein gestorben, nachts in einem fremden Zimmer, unfähig, sich zu artikulieren. Wie verloren musste sie sich gefühlt haben?

»Ich kann mir vorstellen, dass manche Leute was dagegen haben, wenn Sie die alten Geschichten wieder ausgraben.« Frau Stollberg stach energisch in ihren Kuchen und brach ihn entzwei.

»Und, haben Sie was dagegen?«

»Ich doch nicht. Vielleicht freut es das kleine Ding oben im Himmel, wenn man darüber redet. Wissen Sie, die Christa hat mal meiner Mutter erzählt, dass sie die Kleine nachts sieht. Als Geist.«

»Gruselig. Weiß man, woran sie gestorben ist?«

»Da müssen Sie meine Freundin fragen. Bevor Sie gehen, gebe ich Ihnen die Nummer.«

»Sagt Ihnen der Name Hanisch etwas?«

»Ganz dunkel. Ist immer mit einem schwarzen Opel hier rausgefahren. So ein Vertreter, hat den Leuten Zeug angedreht.«

»Was für Zeug?«

»Keine Ahnung. Meine Eltern wollten damals nichts mit dem zu tun haben.«

»Sagt Ihnen der Begriff ›Hexenbanner‹ etwas?«

»Das war's.« Sie schnippte mit den Fingern. »Hexenbanner. Die Nachbarn haben erzählt, dass er böse Geister fernhalten soll. Wie kommen Sie jetzt auf den Hanisch?«

Waechter antwortete nicht, ließ den letzten Bissen Kuchen auf seinem Teller liegen. Der Appetit war ihm vergangen.

»Wenn ich es mir recht überlege«, sagte Frau Stollberg,

»ich hab die kleine Hilde nicht mehr gesehen, seit der Hanisch mit seinem Opel ständig bei den Kreithmayrs vorgefahren ist. Aber wie gesagt, das ist lang her.« Sie hob die Kanne. »Noch Kaffee?«

»Bitte laufen Sie ein Stück mit mir«, sagte Maret, als Hannes auf dem Vorplatz hielt. »Ich will jetzt nicht allein sein.«

Sie gingen am Haus vorbei, nach hinten auf die Felder. Die Ebene erstreckte sich vor ihnen, nichts, woran das Auge sich festzuhalten vermochte. Es sah aus, als könne man sich nicht verstecken. Aber Hannes wusste es besser.

Maret ging mit schnellen Schritten voraus. Er hatte sie noch nie ohne Gummistiefel gesehen. »Sagen Sie mir ehrlich, ob Sie mich verdächtigen.«

»So läuft das nicht bei uns. Wir sammeln die Spuren, wir befragen die Leute, wir werten alles aus.«

»Da sind Sie mir jetzt aber schön ausgewichen.«

»Gelernt ist gelernt.« Seine nagelneuen Campers versanken in der schwarzen Erde. Ruiniert. Hätte er doch nur die Doc Martens angezogen. »Ich kann mit Ihnen nicht über den Stand der Ermittlung sprechen. Sorry.«

»Oh Gott, Sie reden schon wieder wie ein Polizist. Das steht Ihnen nicht.«

»Ich bin Polizist.«

»Ist Ihr Beruf gefährlich?«

Die Frage traf ihn unvorbereitet. Gefährlich war seine Zeit auf der Straße gewesen, wie bei jedem Beamten auf Streife. Aber das würde er ihr nicht sagen. Das machte ihn verletzlich.

»Es geht so. Viele Vernehmungen, Meetings, viele Vermerke und Berichte, viel Rumsteherei mit Kaffeetassen in Türrahmen.«

»Klingt wie ein Traumjob.«

Traumjob. Er bewegte das Wort in seinem Innern. Es fühlte sich richtig an, zu neunzig Prozent. Es blieben immer zehn Prozent, an denen er nicht rühren wollte, aber mit neunzig Prozent konnte er leben. *As good as it gets.*

»Ja«, sagte er. »Das ist es.«

»Es wird dunkel«, sagte Maret. Sie hob ihr Gesicht zum Himmel und witterte. »Zu dunkel. Ich mag den Geruch nicht.«

»Welchen Geruch?«

»Den, der sagt: *Rennen!*«

Sie drehte sich um und lief zurück zum Haus. Hannes setzte ihr nach. Ein Rauschen brauste auf wie das Grollen von tiefen Orgelpfeifen, ein Schwall Eiswind traf ihn von hinten, es waren Nadeln darin. Hannes wandte sich um. Der Himmel war gelb. Die Baumkronen schwankten, weiße Wolken quollen durch die Äste. Die Wolken streckten ihre Finger aus und rollten über die Ebene, schneller, als ein Mensch laufen konnte.

Hannes rannte trotzdem los.

Der Hagel prasselte auf ihn ein wie Schrotkugeln. Die Hagelkörner trommelten gegen seinen Hinterkopf, schossen in seinen Kragen. Noch während er lief, versuchte er seinen Kragen aufzurichten, um seine nackte Haut zu schützen. In Wellen rauschten Tausende von perfekten kleinen Kugeln auf die Erde, schneller als er, sie brachten ihn mit seinen unmöglichen Schuhen zum Rutschen. Das Haus schien nicht näher zu kommen.

Maret stand da und hielt ihm die Tür auf.

»Nur schnell rein«, sagte sie.

»Whoa.« Er schüttelte die letzten weißen Kugeln von seiner Jacke und aus seinen Haaren. »Was war das denn?«

»Sagen Sie nicht, Sie sind noch nie in einen Hagelschauer geraten.«

»Ich kenne Hagelschauer. Ich wohne auch auf dem Land.«

Sie schenkte ihm einen Blick, der sagte: *Als ob*, und schaltete den Wasserkocher ein. »Hier draußen drehen wir das schottische Sprichwort um: Wenn dir das Wetter gefällt, warte fünf Minuten.«

Das Prasseln hatte aufgehört, Licht und Farbe kamen zurück. Hannes zog einen vergessenen Hagelstein aus seinen Haaren und ließ ihn in der Hand schmelzen. Das Rund war vollkommen.

Maret warf ihm ein Handtuch zu. Er rubbelte sich die Haare trocken und zog seine durchweichte Jacke aus. Sie trocknete sich ihr Gesicht ab.

»Bringt es nicht Unglück, sich ein Handtuch zu teilen?«, fragte sie.

»Wo haben Sie denn das her?«

»Irgendwo gelesen.«

»Glauben Sie nicht alles, was Sie lesen«, sagte er. »Aberglauben.«

Elli ging an Waechters Tür vorbei und machte eine Vollbremsung. »Ich dachte, du wärst noch im Moos draußen. Was hast du getrieben?«

»Noch bei ein paar Zeugen geklingelt, ein paar Hintergründe recherchiert.« Er häufte einen Berg Papier über die Unterlagen, an denen er gerade arbeitete. »Wo sind die anderen?«

»Hannes ist mit Lanz draußen geblieben, der Hüter des Schweigens ist hier.«

»Was macht Hannes?«, fragte Waechter.

»Lanz wollte ihn bei der Vernehmung von der Lindner dabeihaben. Wegen dem Brand in ihrem Haus.«

»Und den Ehemann auch gleich, oder?«

»Nein, den nicht. Warum eigentlich nicht?« Sie hatten Sebastian Lindner schon wieder vergessen. Sie vergaßen ihn die ganze Zeit. Weil er ein Talent hatte, sich unsichtbar zu machen, einen Tarnmantel um seine Person zu legen. Sie hatte Maret Lindner die ganze Zeit als Single betrachtet.

»Lass mich mal an deinen Computer«, sagte sie zu Waechter. Ohne auf seine Antwort zu warten, schubste sie ihn weg, rückte zwei leere Tassen, ein paar Akten und einen Briefumschlag mit Fischsymbol zur Seite und loggte sich in die Datenbank ein.

»Was hast du vor?«

»Ich mache das, was wir längst hätten machen sollen«, sagte Elli. »Den Hintergrund von Sebastian Lindner recherchieren. Warum ist er uns dauernd durch die Lappen gegangen, der trottelige, kleine süße Professor?«

Sie war auf sein Aussehen hereingefallen. Die zierliche Figur, die weichen Locken, den sanften Blick unter der Nerdbrille. Ein Mann mit lauter abgerundeten Ecken, das war seine spezielle Magie. War Maret Lindner auch darauf hereingefallen? Die Frau war ein harter Knochen. Wie die beiden sich wohl kennengelernt hatten? Das rauszukriegen, war nun wirklich nicht ihre Aufgabe.

Es dauerte nicht mal eine Sekunde, bis der Bildschirm den Treffer anzeigte. Der Herr Professor war vorbestraft. Damals waren randlose Brillen modern gewesen, aber Sebastian Lindner sah noch genauso aus wie vor dreizehn Jahren. Konserviert wie das Bildnis von Dorian Gray.

In seinem Leben hatte es nicht immer runde Ecken gegeben.

153

»Lindner hat wegen Besitzes von Betäubungsmitteln vor Gericht gestanden. Harte Sachen, Kokain. Er ist zu einer Bewährungsstrafe verurteilt worden, mit der Auflage, sich in eine therapeutische Einrichtung zu begeben. Das scheint er auch gemacht zu haben. Seitdem ist er ein unbeschriebenes Blatt.« Sie druckte Lindners Datenblatt aus. »Ob seine Frau davon weiß?«

»Und wenn schon. Das war vor ihrer Zeit.«

»Lass mich überlegen. Wenn ich einen Mann kennenlernen und er mir gestehen würde, dass er früher mal mit harten Drogen zu tun hatte – ich würde verständnisvoll den Arm um ihn legen und ihm ins Ohr flüstern, dass mir das wurscht ist, solange er nicht wieder damit anfängt.«

»Du bist ja auch eine ganz normale Frau.«

»Danke für das Kompliment. Ich sonne mich im Glanz meiner Normalität. Aber ist Maret Lindner eine ganz normale Frau? Ihr Vater war Alki. Hat sie da nicht einiges mitgemacht?«

Waechter eroberte seinen Platz zurück und legte die Füße auf den Tisch. »Du meinst, Lindner musste seine Vergangenheit geheim halten? Eine Art Doppelleben führen?«

»Frag Hannes, was in Maret Lindners Kopf vorgeht. Er hat schon mehrmals mit ihr gesprochen, er scheint einen Draht zu ihr zu haben.«

Mehr als das, dachte Elli. Am Vorabend war Hannes hinter der Lindner hergelaufen, wie an einer Schnur gezogen, mit jenem abwesenden Gesichtsausdruck, den sie bei Männern fürchtete.

»Lindners Drogenvergangenheit könnte ihn erpressbar machen«, sagte sie. »Denken wir den Schnörkel mal zu Ende. Gehen wir davon aus, dass Eva Nell irgendwie davon erfahren hat. Vielleicht hat sie in seinen Sachen geschnüffelt, als sie allein im Haus war, oder einen Anruf entgegengenommen. Was, wenn sie ihm gedroht hat, Maret von seiner Vergangenheit zu erzählen? Sie hat selber schon schlechte Erfahrungen mit ihrem Mann gemacht. Vielleicht wollte sie ihre Tochter davor bewahren«, fügte Elli hinzu. »Daher hat er die Gelegenheit ausgenutzt, sie allein in der Wohnung anzutreffen, sie aus dem Haus gelockt …« Ihr Triumphgefühl fiel zusammen wie ein Soufflé bei geöffneter Ofentür. »Das geht alles in die falsche Richtung. Das passt nicht zu ihm. Das passt nicht zu dem Modus operandi. Sebastian Lindner – nimmer.«

Schon als sie es sagte, merkte sie, dass auch sie auf ein Gesicht hereinfiel. Auf abgerundete Ecken.

»Wir müssen ihn trotzdem unter die Lupe nehmen«, meinte Waechter. »Das ist der größte Bestandteil unseres Jobs. Wir nehmen Occams Rasiermesser, fangen weit außen an und schneiden alle unwahrscheinlichen Versionen ab. Zack, zack, zack. Bis die wahrscheinlichste Version übrig bleibt, die mit jedem Beweis und Indiz wahrscheinlicher wird.«

»War in dieser Ermittlung schon irgendwas wahrscheinlich?«, fragte Elli.

Waechter zog die Mundwinkel herunter und schüttelte den Kopf.

»Ich muss mir Sebastian Lindner noch mal vorknöpfen«, sagte Elli. »Rauskriegen, was seine Frau weiß. Rauskriegen, ob er wieder mit Drogen herummacht.«

»Und rauskriegen, ob er in der letzten Zeit außerhalb seines Hauses mit Eva Nell Kontakt gehabt hat. Seine Telefonverbindungen abrufen, soweit die Daten noch existieren.«

Elli griff nach dem Umschlag mit dem Fisch. »Darf ich das hier als Schmierzettel hernehmen?«

»Nein.« Mit einem panischen Blick riss Waechter das Stück Papier an sich.

Die anderen Polizisten hatten die typische Gummiwand um sich herum, an der alles abprallte, die so überlebenswichtig für ihren Beruf war. Hannes Brandl hatte sie auch, aber im Gegensatz zu seinen Kollegen brach die Wand manchmal auf, und er wirkte für Bruchteile für Sekunden offen und verletzlich. Er würde Schwierigkeiten bekommen, wenn er seinen Schutzpanzer nicht aufrechterhielt, dachte Maret.

»Alles in Ordnung?«, fragte sie.

Er sammelte sich, als ob er aus einem Traum erwachte. »Ja, warum? Sicher.«

Um seinen Hals hing ein schwarzes Lederband, es verschwand im Kragen seines Hemdes. Auf einmal wollte sie unbedingt wissen, was an diesem Band hing. Wie ein Kind, das vor einem verpackten Weihnachtsgeschenk sitzt. Sie konnte sich nicht erinnern, wann sie zuletzt etwas so sehr gewollt hatte. Vielleicht die Playmobil-Ritterburg.

»Was haben Sie da für eine Kette?«

»Ach, nur ein Anhänger.« Er machte keine Anstalten, die Kette aus seinem Kragen zu holen. Sie fasste das schmale Band und zog daran. Zwei silberne Anhänger klirrten in ihrer Hand. Er griff danach, wie um die Schmuckstücke zu beschützen, ihre Finger berührten sich.

»Das hier ist eine keltische Triskele. Sie steht für Fruchtbarkeit. Und das andere ist Thors Hammer, nicht keltisch, sondern germanisch«, sagte er.

»Benutzen nicht die Neonazis Thors Hammer?«

»Das Symbol ist viel älter als diese Idioten. Ich bin wahrscheinlich das genaue Gegenteil von einem Nazi.«

Ihre Gesichter waren sich so nahe, dass Maret die feinen Linien in seinem Jungengesicht sah. Wie alt oder jung war er eigentlich? Die ersten feinen Silberfäden zogen sich durch seine Haare.

»Meine Freundin hat mir die Dinger auf dem Mittelalter-markt geschenkt.«

Maret ließ die Anhänger los, als wären sie plötzlich rotglü-hend. Was machte sie da eigentlich? Der Kommissar ließ die Anhänger in seinen Hemdkragen zurückgleiten, sie schlugen mit einem silbrigen Geräusch zusammen, irgendwo auf der Höhe seines Brustbeins.

»Sind Sie schon wieder da? Können Sie Maret nicht mal in Ruhe lassen?«

Sie fuhren herum wie ertappte Kinder. Dennis Falk stand in der Tür. Die Haare klebten ihm am Kopf, seine Jeansjacke war durchnässt.

»Sie kommen ja zurecht. Ich bin dann mal weg.« Brandl ging, ohne sich umzudrehen. Er hatte die Polizistenwand wieder errichtet. Ob sie sie je wieder durchbrechen konnte?

»Alles in Ordnung, Maret?« Dennis kam zu ihr und legte den Arm um sie, vorsichtig und tapsig, als sei sie aus unge-branntem Ton.

»Ach, Dennis, du dummer Bub.« Maret legte den Kopf an seine Schulter. Sie wünschte sich so sehr, weinen zu können. »Meine Mama ist tot. Nichts ist mehr in Ordnung.«

Fast wäre Hannes an dem Feldweg vorbeigeschossen. Er stoppte den Wagen und studierte die Karte mit den Mar-kierungen. Am Ende des Weges musste das Trudenhaus ge-standen haben, das die Pferdefrau erwähnt hatte. Das abge-brannte Hexenhaus. Auch wenn es ein halbes Jahrhundert her war, machte es ihn neugierig. Hier stand kein Schild mit Hausnummer, die Zufahrt verschwand im Gestrüpp, doch frische Reifenspuren hatten zwei parallele Linien aus Erde ins Gras tätowiert. Er ließ den Motor laufen und überlegte, ob er Beweismittel vernichtete, wenn er sie platt fuhr. Die

Alternative war, das Auto hier stehen zu lassen. Das Grundstück des Trudenhauses lag ein ganzes Stück weg vom Tatort. Außerdem hatte er keine Lust, kilometerweit zu Fuß einen Feldweg entlangzustolpern, die Wege hier konnten tückisch weit sein. Er stieß zurück und rumpelte über die Zufahrt. Keine Schlaglöcher. Zu beiden Seiten verwandelten sich Wiesen in Büsche, Büsche in Hecken und Hecken in Bäume, die Natur veranstaltete ihre private Evolution. Sie holte sich Grund zurück.

Zweige schrammten den Lack entlang. Er stellte das Auto ab und stieg aus. Feuchte Luft umfing ihn, Fäulnisgeruch. Der Weg verengte sich zu einem Trampelpfad, und er musste Zweige zur Seite schieben, um durchzukommen. Trockenes Gras vom Vorjahr streifte seine Hosenbeine. An diesem Abend würde er seine Haut nach Zecken absuchen müssen. Zecken bissen nur da, wo Menschen waren. Hier kamen Menschen her. Auf breiten Reifen. Zeckenland.

Der Pfad endete vor einer Mauer aus Gestrüpp. Hannes zwängte sich hindurch und wünschte sich zum ersten Mal eine Machete als Dienstwaffe. Zweige konnte man nicht erschießen.

Sein nächster Schritt endete im Wasser.

Er zog den Fuß zurück, zu spät, um zu verhindern, dass die brackige Brühe in seinen Schuh eindrang und den Socken durchweichte. Ein Lied ging ihm durch den Kopf.

*Wannst du mit'm Deife danzt,*
*dann brauchst guade Schuah …*

Das dunkle Wasser erstreckte sich vor ihm, Algen zogen sich über die Oberfläche und schaukelten sanft von den Wellen, die sein Fuß geschlagen hatte. Ein aufgegebener Löschteich, hatte die Pferdefrau gesagt. Er sollte besser zuhören. Sonst würde er noch als Moorleiche enden.

Eine schmale Landbrücke teilte den Teich, von toten Blättern paniert. Auf der linken Seite duckte sich ein Bienenstock ins Gebüsch, er sah verwittert und verlassen aus, trotzdem hielt Hannes respektvoll Abstand. Auf der anderen Seite des Wassers stand eine Hütte, unsichtbar von weitem, weil das angegraute Holz die gleiche Farbe wie die Baumstämme angenommen hatte. Vorsichtig balancierte Hannes über den rutschigen Streifen festen Bodens. Vor der Hütte wuchs ein Baumstamm durch ein Stück Kanalrohr aus Beton, es war gefüllt mit toten Blättern aus vielen Herbsten. In ein paar Jahren würde der Baum ein Problem bekommen. Oder der Ring aus Beton. Auf der Vorderseite des Häuschens erstreckte sich eine provisorische Terrasse aus Europaletten, ein Kohlegrill lehnte an der Wand, Verwesungsgeruch ging von ihm aus.

Hannes trat auf die Terrasse und spähte durch die frisch verglasten Fenster. Es war zu dunkel, um drinnen etwas zu erkennen. Er holte sein Handy heraus und leuchtete mit der Taschenlampe hinein. Die LED beleuchtete einen Tisch und zwei Plastikstühle, eine Anrichte, eine Petroleumlampe. Ein paar Gegenstände, die er als Angelzubehör identifizierte. In der Ecke lag eine längliche, dunkle Masse. Nach dem ersten Schreck erkannte er, dass es nur ein Schlafsack war, zerwühlt und leer. Jemand übernachtete hier. Grillte Fisch, saß am Tisch im Licht der Petroleumlampe, in der zähen Luft bei geschlossenem Fenster, um die Mücken draußen zu halten.

»Was machen Sie hier?«

Hannes gefror.

Er hatte keinen Wagen gehört, keine Schritte, nur das Geräusch seines eigenen Blutes, das durch sein zerfetztes Trommelfell pumpte.

»Sie wissen, dass das Hausfriedensbruch ist?«

Langsam drehte Hannes sich um, mit erhobenen Händen, um dem Neuankömmling zu zeigen, dass er ihn nicht angreifen wollte. Er zog seinen Dienstausweis aus der Tasche. »Hauptkommissar Brandl, von der Kripo München.«

»Was sucht München auf meinem Grundstück?«

»Ich dachte, das Land hier läge brach.«

»Und wenn schon. Ich kann mit meinem Land machen, was ich will. Haben Sie einen Durchsuchungsbefehl, um hier rumzuschnüffeln?«

»Nein. Weil ich im Augenblick gar nichts durchsuchen will, nur ein paar Dinge klarstellen. Wer sind Sie?«

»Stephan Koschitz.« Der Mann streckte die Hand aus, und Hannes erwiderte den Händedruck nach kurzem Zögern.

Koschitz trug lange Fischerstiefel über seinem Outdoor-Overall, sein weißes Haar war militärisch kurz geschnitten. Er hätte ein Offizier in Rente sein können. Vielleicht war er es sogar.

»Wir ermitteln im Tod einer Frau …«

»Im Landschaftsschutzgebiet hinten? Ich habe davon gehört.« Die militärische Strenge wich aus der Haltung des Anglers.

»Hätten Sie etwas Zeit für mich? Ich würde Ihnen gern ein paar Fragen stellen, wenn Sie schon hier sind.«

»Freilich. Üble Sache, da drüben.« Koschitz sperrte die Hütte auf und holte die beiden Campingstühle auf die Terrasse. »Haben Sie was dagegen, wenn ich meine Angel aufstelle?«

»Da drin gibt es Fische?« Hannes versuchte, im Wasser etwas zu erkennen, es war trüb wie Spinatsuppe.

160

»Das Wasser hier strömt, wenn auch langsam. Der Teich ist mit der Moosach und dem Kanalsystem verbunden. Immer wieder verirren sich Fische hier rein. Die können froh sein, wenn ich ihrem Elend ein Ende mache.« Koschitz öffnete eine Dose. Gefangene Würmer wanden sich darin, ausweglos, vom plötzlichen Licht geblendet. Er holte einen Wurm heraus und trieb den Metallhaken durch den Körper des Tiers, es krümmte sich. Er verschloss die Dose wieder über seinen zappelnden Artgenossen. »Das Angeln verschafft mir inneren Frieden.« Mit einer fließenden Bewegung warf Koschitz die Leine über die Wasseroberfläche. Der gepeinigte Wurm ersoff mit einem Glucksen. »Angeln Sie?«

»Nur nach Mördern.« Hannes setzte sich auf einen der Stühle und schaute Koschitz zu, wie er seine Todesfalle vorbereitete. Sein durchnässter Fuß wurde empfindlich kalt, der Saum seiner Jeans war schlammig. »Sie sind der Eigentümer des Grundstücks?«

»Von meiner Urgroßmutter geerbt. So gut wie unverkäuflich, vor allem wenn die neue Startbahn gebaut wird. Ich fahre nur in meiner Freizeit her. So komme ich mal von der Familie weg.« Er zwinkerte.

Hannes antwortete nicht darauf. Es gab keine einzige Minute, in der er nicht mit seiner Familie zusammen sein wollte. Nicht einmal bei seinen Bergtouren, die er alleine unternahm, weit hinauf, wo nur noch Felsen waren. Nicht mal da waren es Jonna und die Kinder, vor denen er davonlief. Sie waren immer bei ihm wie Geister. Er konnte Koschitz nicht verstehen, der sich lieber von Mücken und Zecken fressen lassen wollte, statt mit denjenigen zusammen zu sein, die er liebte. Hannes verlor sie gerade. Die Geister fingen an sich aufzulösen, wurden durchsichtig. Wenn diese Ermittlung noch länger dauerte, würde er eines Tages aufwachen, und alles wäre nur ein Traum gewesen. Er würde nie eine Familie gehabt haben und immer noch ein ausgebrannter Bulle in einem Ein-Zimmer-Apartment sein, der mit seiner Pistole neben sich auf dem Boden schlief, wo er sie fallen gelassen hatte.

»Waren Sie auch in der Nacht auf Freitag hier?«

»Tut mir leid«, sagte Koschitz. »Ich war mit meiner Frau in Südtirol, wir sind erst seit gestern zurück. Die Ruhe ausnützen, bevor die Enkel für die Ferien kommen.«

Ein Zeuge weniger. Es wäre interessant gewesen, was Koschitz wahrgenommen hätte, ein Mann, der oft in der Dunkelheit hier draußen war und auf die Natur lauschte. »Kennen Sie die Lindners?«

»Ich?« Der Angler warf ihm einen spöttischen Blick zu. »Ich kenne hier niemanden. Kein Interesse. Ich komme her, um meine Ruhe zu haben. Nicht um irgendwo am Gartenzaun zu stehen und die Luft wackeln zu lassen.«

»Warum hat Ihre Familie das Grundstück verlassen?«

»Es gab kein Haus mehr, in das man hätte zurückkommen können. Was sollten wir schon anfangen mit einem verbrannten Flecken Land und einem umgekippten Teich?«

»Wissen Sie etwas über den Brand?« Hannes lehnte sich vor.

»Die Uroma hat es gerade noch mit ihrem Rollator aus dem Haus geschafft. Aber sie hatte eine Rauchvergiftung. Und wenn die alten Leute mal liegen, stehen sie nicht mehr auf.«

»Wie ist das Feuer ausgebrochen?«

»Sie hatte einen dieser grausigen Holzöfen.« Koschitz' Gesicht nahm einen träumerischen Ausdruck an. »Ich war als Kind oft in dem Haus. Auf dem Herd hat immer eine große Blechschüssel mit Spülwasser gebrodelt. Der Geruch von heißer Seife und dreckigem Geschirr, das bedeutet für mich Kindheit.« Er fiel in den militärischen Ernst zurück. »Wie dem auch sei, das ist lange her. Die offizielle Version lautet, dass ihr mal wieder glühendes Holz aus der Feuerschublade gefallen ist.«

»Und wie lautet die inoffizielle Version?« Hannes schlug einen Haken in das Wort, das Koschitz ausgesprochen hatte. Und zog.

»Meine Eltern haben erzählt, die Leute hätten sich über einen Feuerteufel das Maul zerrissen.«

»Wer soll das gewesen sein?«

»Keine Ahnung. Wären jetzt sowieso alle tot, oder?«

»Warum sollte jemand das Haus einer alten Frau niederbrennen?« Hannes kannte die Antwort. Aber er wollte sie vom Urenkel hören, jenem Mann, der in der Wärme ihres Holzofens gesessen hatte, vor einem halben Jahrhundert.

Koschitz schaute über die Oberfläche des Teichs. Sie war so still, dass sie wie fester Boden aussah.

»Warum wurde das Haus ›Trudenhaus‹ genannt?« Hannes ließ seine Worte über dem Teich verklingen.

Es wurde schnell dunkel, bald würde das Wasser schwarz sein. Koschitz war zur Statue erstarrt, sein Blick ging in die Ferne. Hannes wartete darauf, dass noch etwas kam, aber dieser Mann konnte Stille ertragen.

»Wer hat Ihre Urgroßmutter gehasst?«

Sein Gegenüber hob die Hand und bedeutete ihm, still zu sein. Die Angelschnur wippte. Ringe kräuselten die Algen an der Oberfläche, erst klein, dann immer größer. Wasser glukste ans Ufer. Koschitz zog an der Rute und drehte die kleine Kurbel am Griff seiner Angel. Das Zentrum der Ringe brodelte. Mit einem Ruck zog er den Fisch aus dem Wasser.

163

Der kleine Körper wand sich in einem Wirbel silbriger Bewegung im letzten Licht des Tages.

»Sie war eine Heimatvertriebene. Nach dem Krieg hat sie den Grund billig gekauft, als der Löschteich nicht mehr gebraucht wurde, und ihr Häuschen darauf gebaut. Damit hat sie sich keine Freunde gemacht. Die Bauern drum herum hätten das Land gerne selber gehabt, hätten gern eine Fischzucht angelegt. Sie haben ihr vorgeworfen, das Grundstück verkommen zu lassen.« Koschitz zog die Leine durch seine Hand, bis er die zuckende Kreatur in der Hand hielt. Mit konzentriertem Blick holte er ein Messer aus einer seiner Taschen. »›Alte Hexe‹ haben sie zu ihr gesagt. Obwohl sie die liebenswürdigste alte Dame war, die man sich vorstellen kann.«

»Wer waren *die*?«, fragte Hannes, unfähig, seinen Blick vom Fisch zu lösen.

»Wer?« Koschitz stieß das Messer unter die pulsierenden Kiemen, mit einem Knirschen fuhr es durch Schuppen, Haut und Gräten. »Alle miteinander.«

In einem letzten Aufbäumen presste der Fisch einen Tropfen Kot aus seinem Anus, dann lag er still.

Waechter klopfte an der Tür Der Chefin. Sie hatte ihn per SMS in ihr Büro bestellt. Wenn sie nicht persönlich vorbeikam, war es etwas Amtliches.

Die Chefin saß mit dem Rücken zur Tür. Die meisten Mitarbeiter wollten das nicht, sie arbeiteten lieber mit einer Wand im Rücken, damit niemand ihren Bildschirm sehen konnte. Die Chefin stand über so etwas. Sie hatte ihren Schreibtisch zum Fenster gedreht, damit sie über die Dächer und auf die Bahngleise schauen konnte.

Ohne sich umzudrehen, sagte sie: »Kannst du mir erklären,

warum du in der Soko Freisinger Moos über Hexenbanner in der Nachkriegszeit recherchierst und Meldeamtsanfragen über Leute rausschickst, die über hundert Jahre alt sein müssen? Keine Kritik. Ich will's nur wissen.«

»Du hast nicht im Ernst meine Browser-History gelesen?«

Sie drehte sich auf dem Stuhl herum. Auf ihrem Gesicht lag ein Lächeln. »Michael, das ist mein Kommissariat. Also ist es auch meine Browser-History.«

Er musste sein Büro auf Kameras untersuchen. Und das Klo. Und seinen Kühlschrank daheim, unbedingt. Die Chefin war gefährlicher als die NSA.

»Warum schickst du Mitarbeiter zu den Meldeämtern und Stadtarchiven, um dir Melderegisterauskünfte von Leuten bringen zu lassen, die seit Jahrzehnten tot sind?«

Er räusperte sich. »Das hat unmittelbar mit dem Freisinger Fall zu tun. Im Haus der Tochter der Toten ist vor vielen Jahren ein kleines Mädchen umgekommen. Ich habe das Gefühl, dass da ein Zusammenhang bestehen könnte.«

»Wann ist das Mädchen gestorben?«

»Siebenundfünfzig.«

»Michael! Das ist sechzig Jahre her. Bitte verschwende nicht deine Zeit mit Ahnenforschung. Deine Zeit und deine Arbeitskraft, das sind unsere Ressourcen. Wie bist du auf diese Wahnsinnsidee gekommen?«

»Ich habe die Familienbibel …«

»Mehr will ich gar nicht wissen. Wo warst du eigentlich heute über Mittag?«

»Ich habe noch ein paar Zeugenaussagen aus der Gegend aufgenommen.«

»Da kann ich doch sicher die Protokolle lesen, oder?«

»Freilich, jedes Wort.«

»Michael«, sagte sie im Ton einer Grundschullehrerin. »Ich will, dass du sofort deine historischen Forschungen einstellst. Und wenn du in Zukunft so eine Schote planst, dann sprich dich bitte vorher mit mir ab.«

»Ja, Chefin.«

»Du bist zu jung, um dich in der Komfortzone eines Dinosauriers einzurichten.«

»Ja, Chefin.« Waechter schaute sie an wie ein schuldbewusster Staffordshire-Bullterrier, obwohl er wusste, dass es bei ihr nichts half. Versuchen konnte man es trotzdem immer mal wieder.

»Selbst wenn du ein Dinosaurier wärst, hättest du keine Narrenfreiheit. In meiner Mordkommission will ich weder Saurier noch Narren. Verstanden?«

»Verstanden, Chefin.« Waechter legte noch eine Schippe Staffordshire nach.

»Gut.« Sie lächelte. »Ich wusste, dass du kein Narr bist.«

Waechter trat den geordneten Rückzug an. Er würde den Hexenbanner-Strang noch vorsichtiger bearbeiten müssen, als U-Boot, komplett unter dem Tisch. Und außerhalb des Polizeiservers. Was die Sache noch komplizierter machte. Dinosaurier ließen sich nun mal nicht so leicht von etwas abbringen.

*STOPP* sagte das Display im Armaturenbrett. Hannes schaute auf die Temperaturanzeige, der Zeiger war am Anschlag. Aus der Lüftung kam weißer Dampf. Mit hundertsechsundsiebzig Stundenkilometern auf der linken Spur war es der denkbar schlechteste Zeitpunkt für *STOPP*. Verdammte Dienstwagen. Hannes zog quer über drei Spuren nach rechts, ein Hupkonzert begleitete ihn. Die mussten doch sehen, dass Dampf aus seiner Motorhaube quoll. Im Bauch des Autos brodelte es. Er schaltete die Lüftung auf volles Rohr und stellte die Heizung ab, aber das Brodeln wurde nicht weniger, und der Temperaturanzeiger bewegte sich keinen Millimeter.

Da, ein Wegweiser zu einem Parkplatz. Vielleicht gab es ja doch Schutzengel. Hannes fuhr raus, schoss an ein paar Lastwagen vorbei und kam zum Stehen. Er schaltete den Motor ab. Für ein paar Sekunden brodelte das Auto weiter wie eine Suppe auf dem Herd. Es knallte, und die Schnauze des Wagens explodierte in einer Dampfwolke wie ein Schnellkochtopf.

So schnell war Hannes noch nie aus einem Auto gesprungen. Der Wagen zischte immer leiser vor sich hin und pieselte im Sterben eine dunkle Pfütze auf den Boden, die sich rasant ausbreitete. Ein paar Brummifahrer scharten sich neugierig um ihn und das Auto. Einer bückte sich nach der Pfütze, steckte einen Finger hinein und roch daran.

»Nur Wasser«, sagte er. »Keine Panik.«

»Ich habe keine Panik.« Hannes wedelte den Dampf von sich weg. Eben hatte er noch gedacht, in einem brennenden Auto festgeschnallt zu sitzen, aber nein, er hatte keine Panik.

Ein anderer Fahrer schritt mit fachmännischem Kopfschütteln um den Wagen herum. »Mach mal die Motorhaube auf. Ich kenn mich aus.«

»Ich habe keinen blassen Schimmer, wie das bei dieser Karre geht.« Hitze schoss ihm ins Gesicht. »Das ist ein Dienstwagen.«

Der Auskenner riss mutig die Fahrertür auf. Ein weiterer Schwung Dampf quoll heraus. Der Mann entriegelte die Motorhaube und ging nach vorne. Erst nachdem sich der Hitzeschwall verzogen hatte, beugte er sich über den Motorraum. Die anderen Brummifahrer reckten neugierig die Köpfe.

»*Koffi?*«, fragte ein beleibter Holländer aus einem Laster, der für »*Fleuren*« warb, und drückte Hannes einen Pappbecher mit schwarzem Kaffee in die Hand.

»Danke … *Dank je*.«

»Gerissener Schlauch«, sagte der Auskenner und richtete sich auf. »Kühlwasser futsch. Zylinderkopfdichtung.« Er legte bedenkenträgerisch die Stirn in Falten. »Eieieieiei.«

Hannes suchte in seinem Handy die Nummer des Pannendienstes. Die Brummifahrer verließen ihn mit einem ermutigenden Schulterklopfen und gingen zu ihren Fahrzeugen zurück.

»He!«, rief er ihnen nach. »Wo sind wir hier eigentlich?«

Der Holländer drehte sich um. »*Parkeerplaats* Echinger Gfild.«

In knappen Worten gab Hannes seinen Standpunkt beim Pannendienst durch. Danach verabschiedete sich der Akku seines Handys.

Hannes holte seine Tasche vom Beifahrersitz. Das Navigationsgerät zeigte mal wieder *Straße ohne Namen* an, er schaltete es ab. Er setzte sich auf die noch warme Motorhaube des Dienstwagens, hielt das Gesicht in die kühle Abendluft und wartete. Mit einem ohrenbetäubenden Lärm donnerten die Lastwagen auf der Autobahn vorbei, nur wenige Meter von ihm entfernt. Jetzt war er endgültig im Nirgendwo. Weit weg von Lanz und Waechter, weit weg vom Freisinger Moos und dem verkohlten Scheiterhaufen. Weit weg von Jonna und dem Baby. Niemand wollte etwas von ihm, die Uhren waren stehen geblieben. Die Brummifahrer hatten sich in ihre Kojen verzogen, und er wünschte sich, dass dieser Moment ewig anhalten möge.

Auf dem Weg zu seiner Wohnung wurde Waechter immer langsamer, das Gewicht von Papier zog ihn herunter. Im

Büro hatte er alles ausgedruckt, was er über Hanisch, das tote Mädchen und die Hexenbanner-Geschichte herausgefunden hatte. Es war nicht viel, aber es würde sicher mehr werden. Immer wenn die Worte Der Chefin in seinem Ohr flüsterten, dass er seine Zeit verschwendete, erinnerte er sich wieder daran: Das Mädchen mit dem schüchternen Lächeln auf dem Schwarzweißbild war Eva Nells Schwester. Maret Lindners Tante. Eva hatte in Hanischs Geschichte gestochert, ihre Familienerinnerungen gehortet, sein Foto mit drei Ausrufezeichen versehen.

Solange er nicht in jeden Winkel dieser alten Geschichte geleuchtet hatte, würde er keine Ruhe geben, wenigstens um einen Zusammenhang auszuschließen. Er würde seine Abende dafür hinhängen, er hatte sowieso nichts anderes vor. Ob er im Fendstüberl dem Bier beim Verdunsten zuschaute oder sich daheim an seinen Laptop setzte, war auch schon egal.

Kurz vor seiner Haustür wurde er langsamer und kam vollends zum Stehen. Jemand saß auf der Türschwelle. Zwei knochige Beine ragten auf den Bürgersteig, am Knie dicker als an den Waden. Die Füße steckten in Turnschuhen. Sein erster Impuls war, umzukehren und sich im Fendstüberl zu verschanzen, bis sich das Problem von selbst gelöst hatte. Nur blöd, dass der Laden irgendwann zumachte. Außerdem musste er die Katze füttern.

»Was machst du denn schon wieder da?«

»Endlich.« Lily beugte sich vor. »Ich dachte schon, hier kriegt man nie mehr einen Kaffee.«

»Ich bin keine Wirtschaft und auch kein Obdachlosenasyl.« Waechter klimperte mit seinem Schlüssel und wartete vergeblich darauf, dass sie ihm Platz machte. »Du hattest versprochen, zu deinem Papa zu gehen.«

»Na und? Hab ich halt gebrochen.«

»Du läufst gern weg, oder? Ist das ein Hobby von dir?«

»Hast du jetzt Kaffee für mich oder nicht?« Lily stand auf und klopfte sich den Staub von ihren Shorts.

Waechter gab auf und schloss die Tür auf. Lily stieg hinter ihm die Treppe hoch. Er hoffte, dass niemand ihn dabei sah, wie er minderjährige Mädchen mit zu wenig Stoff auf den Rippen in seine Wohnung schaffte.

»Ich hab noch keine Brotzeit gemacht. Willst du auch was?«, fragte er.

»Spinnst du? Klar will ich was.«

Er setzte Kaffee auf, forschte in seinem Kühlschrank und fand ein paar Zwiebeln mit grünen Austrieben, ein Stück Käse, das nach hinten gerutscht war, und ein Stück Lyoner, das auch weitermusste. Er improvisierte einen Wurstsalat. Mit genügend Essig würden sie den schon überleben. Lily öffnete Dosen, holte Geschirr aus den Schränken und fütterte die Katze, als wäre sie daheim. Er stellte die Salatschüssel auf den Tisch.

»Boah«, sagte Lily, ihre Augen leuchteten auf. »Richtiges Essen.«

Waechter häufte ihr eine große Portion auf den Teller. »Kriegst du daheim nichts Gescheites?«

»Papas neue Tussi kocht wie drei Jahre Straflager.«

»So neu ist sie auch wieder nicht.«

»Was geht's dich an.«

Stumm schaufelte Lily ihr Abendessen in sich hinein, auf dem Boden tat die Katze das Gleiche, mit den Vorderpfoten in der Schüssel. Die Kaffeemaschine röchelte.

»Soll das jetzt ein Dauerzustand werden, dass du hier aufschlägst?«

»Warum nicht? Bei dir ist es cool.«

Er hatte jedes Urteil über seine Wohnung erwartet, nur nicht »cool«. In den Zimmern stapelten sich die Einrichtung und der Hausrat von drei Generationen. Längst passte nicht mehr alles in die Kisten, Bücher, Schallplatten und Ordner türmten sich vor den Schränken mannshoch. In der Kammer feierten die Mehlmotten fröhliche Urstände, und die Tageszeitung hatte er schließlich nicht abonniert, damit er sie nach einer Seite wegwarf, oder? Immerhin lösten die Zeitungen das Katzenkloproblem – temporär.

»Wir müssen mit deinem Papa reden.«

»Dem wirst du einiges erklären müssen.«

»Willst du mir drohen? Du kleines Krischperl drohst einem Kriminaler? Keine Angst, mit deinem Papa werd ich schon noch fertig.«

Das Kätzchen sprang auf Lilys Schoß und rollte sich schnurrend zusammen. Mit seinen Krallen pikste es Löcher in ihre nackten Oberschenkel. Sie strich dem Tier übers Fell.

»Soll ich ehrlich sein?«

»Wär mal eine Erfrischung.«

»Bei meinem Papa daheim ist was nicht in Ordnung. Ich merke, wenn ich überflüssig bin. Weil sich zwei Leute gerade gegenseitig das Leben versauen.«

»Lily …«

»Seine neue Tussi ist schon wieder schwanger. Sie will's wegmachen lassen.«

»Stopp!« Er wollte nicht, dass sie weiterredete. Aber es war zu spät. Schon sah er das dritte Zimmer vor sich. Wo sich der Staub auf eine Wiege legte, in der die Matratze noch in Plastik verschweißt war. Wo ein Mobile aus Teddybären für immer im Halbdunkel hin und her schwang. Unwillig schüttelte er den Kopf. »Ich bin sein Vorgesetzter. Ich glaub, ich bin die falsche Adresse, um mir so was Privates zu erzählen.«

»Klar.« Lily spießte einen Zwiebelring auf. »Interessiert wieder keinen. Keinen!« Sie setzte die Katze auf den Boden und trug ihren Teller zur Spüle. »Hast du eine Spülmaschine? Ach ja, da.«

»Nein!« Waechter sprang auf.

Zu spät. Lily zog an der Klappe. Mit einem schmatzenden Geräusch verpuffte eine Wolke von Schimmelsporen in die Küche. Sie ließ die Klappe zuknallen und schlug sich die Hand vor den Mund.

Stumm ging Waechter zur Balkontür und riss sie auf, um den Schimmelgeruch rauszulassen.

»Da ist eine Tropfsteinhöhle drin«, sagte Lily durch ihre Finger.

»Die Maschine hat den Geist aufgegeben. Ich hätte sie ausräumen müssen und mich drum kümmern. Aber ich hab's halt vergessen. Müsste ich irgendwann mal machen. Müsste ich mal.«

Er drehte sich nicht um, doch er konnte Lily sehen, wie sie sich in der Balkontür spiegelte, immer noch mit dem Teller in der Hand. Sie schaute seinem Spiegelbild in die Augen.

»Wie kannst du nur so leben?«

»Man lebt halt«, sagte Waechter. »Man atmet ein und aus. Solange man nicht stirbt, geht's.« Er machte die Balkontür wieder zu, und Lilys Schemen schob sich aus seinem Blickfeld. »Du gehst jetzt besser heim.«

Lily rührte sich nicht von der Stelle. »Es gibt keins, Waechter.«


Um halb eins hielt Maret es nicht mehr im Bett aus. Sophie schlief in der Besucherritze, wie seit Neuestem jede Nacht, ihre Atemzüge rasselten, sie verströmte den einzigartigen Geruch von schlafendem Kind. Maret drückte ihr einen Kuss in die verschwitzten Haare und schwang die Beine über die Bettkante. Sie hatte ein schlechtes Gefühl dabei, Sophie und Sebastian allein zu lassen. Warum eigentlich? Wo war das Urvertrauen hin, das sie am Anfang gehabt hatte? Es war zu viel gerissen, zu viele kleine Lügen, zu viele kleine Geheimnisse. Sie wollte es wiederhaben, das Urvertrauen, die einzige Art, zusammenleben zu können. Wenn alles vorbei war, würde sie das mit Sebastian klären müssen.

Wenn was vorbei war? Was passierte mit ihnen?

Auf Zehenspitzen ging sie ins Kinderzimmer und setzte sich in die Hängeschaukel. Die Schaukel war für Kinder gemacht, aber gerade groß genug, dass Maret sich im Schneidersitz hineinkuscheln konnte. Ich muss wirklich zunehmen, dachte sie.

Ein Luftzug kam vom gekippten Fenster herüber. Kein Wunder, dass Sophie nicht mehr gesund wurde. Es war noch zu kühl, um bei offenem Fenster zu schlafen. Sie drückte sich tiefer in den Sitzsack.

*Komm. Lass dich blicken. Sag, was du zu sagen hast.*

Keine Antwort. Nicht einmal Angst.

*Zeig dich. Es ist feige, ein Kind zu erschrecken und sich vor den Erwachsenen zu verstecken.*

Niemand war hier, außer ihr selbst. Ihre Augen gewöhnten sich an die Dunkelheit, die Formen des Möbel zeichneten sich ab, der Schrank, das Bücherregal, die Martinslaternen an ihrer Schnur. Ein ganz normales Kinderzimmer.

*Ich weiß, wer du bist.*

Im Zimmer begann die Luftsäule zu vibrieren, so stark, dass die Hängeschaukel in Bewegung geriet. Ein tiefes Grollen, wie von einem wilden Tier. Voller Hass.

Marets Herz schlug zu laut, es würde sie verraten, das verdammte Herz. Nur nicht atmen. Was auch immer hier war, es war böse.

Das Wummern vibrierte in ihren Eingeweiden, es kam aus der Mitte des Raumes, wo die Kälte einen Klumpen gebildet hatte. Maret konnte sie nicht spüren, die Kälte, sie wusste nur, dass sie sich da gesammelt hatte.

*Wir haben dir nichts getan. Was willst du?*

Ein Geräusch machte sich bemerkbar, so leise, als ob es schon immer da gewesen wäre, aber erst jetzt rang es um ihre Aufmerksamkeit. Ein langgezogenes Heulen.

Das Weinen eines Mädchens.

Ein kaltes Mädchen, und es war böse.

Maret sprang aus dem Sitzsack, ihr Fuß verhedderte sich, und sie fiel hin, mitten zwischen ein Feuerwehrauto und nackte Barbies, mitten in den kalten Fleck im Herzen des Kinderzimmers.

Hannes erwachte um 03.21 Uhr. Seine gewohnte Zeit. Nur diesmal konnte er nicht gleich wieder einschlafen. Blind tastete er nach links und nach rechts, aber da waren keine Kinder, die sich in seine Armbeugen schmiegten, auch nicht Jonnas schlafender Körper. Das riesige Familienbett war kalt. Er war hellwach. Morgen würde er es bitter bereuen.

Er kletterte hinaus und stieg die Treppe hinunter. Alles war besser, als sich bis um fünf schlaflos hin und her zu wälzen, um dann noch eine halbe Stunde zu schlafen. Das Wohnzimmer war mondhell, der Ostermond schien fast voll ins Zimmer, jedes Meer und jeder Krater darauf waren zu erkennen. Seine Zeit bis Ostern lief ab. Vor dem Fenster schüttelte der Wind die Büsche mit den bunten Eiern. Der Nussbaum schwankte, seine Stämme hatten zwei Augen. Die

Schaukel schwang leer hin und her, als säße ein Geisterkind darauf. Hannes öffnete die Terrassentür. Ein Windstoß, der noch den Winter in sich trug, klatschte ihm das T-Shirt an den Körper. Im Verschlag murrten und glucksten die Hühner. Erst jetzt, wo das Haus leer war, merkte er, wie wenig es sein Zuhause war.

Er angelte in der Blumenampel nach seinem Tabakbeutel, setzte sich aufs nackte Gitter der Hollywoodschaukel und drehte sich einen Joint. Weit entfernt leuchteten einzelne Lichter, er konnte nur erahnen, dass sie vom nächsten Hügel kamen, die Hangkante und der Nachthimmel waren eins. Die Lichter schwebten körperlos in der Luft, es konnten Häuser sein, Straßenlaternen, Irrlichter, kleines Volk. Die Kinder hatten keine Kekse für das kleine Volk unter den Busch gelegt. Vielleicht würde es jetzt böse werden.

Neben ihm an der Hauswand saß Mrs. Spider und beobachtete ihn mit ihren acht Augen. Er tippte an eins ihrer fetten schwarzen Beine und ließ sie über seine Hand laufen. Noch nie hatte er Angst vor der Spinne gehabt. Vielleicht war etwas angeknackst in seinem Gehirn, eine Verbindung nicht da, wo eine Verbindung sein sollte, vielleicht fehlte ein wichtiges Gen, das die Urangst vor Spinnen im Menschen verankert hatte. Mrs. Spider krabbelte davon, ihre Beine bewegten sich so schnell, dass sie vor seinen Augen verschwammen. Vielleicht sah sie besser zu, dass sie wegkam, bevor etwas *zapp* in seinem Kopf machte und er anfing, ihr die Beine auszureißen. Spinnen sollten sich tunlichst von Männern fernhalten, die Gläser nach schwangeren Frauen warfen.

Noch hatte er eine Chance. Zu Ostern bei seiner Familie zu sein. Jonna klarzumachen, wie er es anstellen wollte, ein anderer Mensch zu werden. Das war die schwierigere Aufgabe. Sicher erwartete sie von ihm, dass er zum Psychologen

175

ging. Das konnte sie vergessen. Nie und nimmer würde er sein Privatleben vor einem Fremden ausbreiten. Es gab Dinge, über die er nicht einmal mit sich selbst redete. Er glaubte nicht daran, dass es jeder selbst in der Hand hatte, was für ein Mensch er sein wollte. Blödsinn. Niemand konnte aus seiner Haut, Menschen änderten sich nicht, sie wurden mit einem Gencocktail geboren, der entweder gesund oder defekt war. Alles, was er brauchte, war ein Schutzraum von Vertrauen, in dem er akzeptiert wurde, wie er war. Er musste Jonna nur davon überzeugen, dass sie es war, die ihm diesen Raum bieten konnte. Dass sie die Einzige war.

Ja, das musste er ihr beibringen. Nachts um halb vier und mit einer gesunden Portion Tetrahydrocannabinol im Blut war der Gedanke spektakulär klar. Am liebsten hätte er sie gleich angerufen und ihrer verschlafenen Stimme gelauscht, die murmelte: »Geh wieder ins Bett. Hast du was geraucht?«

Die schwebenden Lichter am Horizont verschwommen vor seinen Augen und zogen sich wieder zu Punkten zusammen. Als stünde der Hügel in Flammen. So hell musste das Feuer des Scheiterhaufens gebrannt haben, kurz vor Sonnenaufgang.

Der Mörder hatte keine Leiche verbergen oder vernichten wollen. Das Feuer war ein weithin sichtbares Zeichen, ein Fanal.

*Schaut her. Schaut mich an.*

Der Mörder hatte Geltungsbewusstsein, eine Botschaft. Mehr als das, Größenwahn. Nur das erklärte den Aufwand, den er betrieben hatte, das Risiko, das er eingegangen war. Er wollte, dass sie die Botschaft entschlüsselten. Aber er war klug gewesen, hatte alles bis ins letzte Detail durchdacht. Sie würden keine Fehler in seinem Plan finden. Nur bei der Ausführung. Bei der Ausführung passierte das Unerwartete, da machten sie Fehler.

Hannes drückte den Rest des Joints im Aschenbecher aus und stand auf, sein Körper war steif vor Kälte, aber sein Kopf war so klar und kühl wie nach einem Stoß Asthmaspray. Bis Ostern hatte er Zeit, die Botschaft des Täters zu lesen, und er würde die Zeit nutzen. Er hatte Verantwortung für den Fall übernommen, jetzt musste er ihn auch zu Ende bringen. Schon für Maret und ihre Familie aus dem alten Haus. Bis dahin würde er keinen Tag länger als nötig in dem leeren Zuhause bleiben. Wer wusste schon, was das kleine Volk gegen ihn im Schilde führte?

Er ging nach oben, warf seine Sporttasche aufs Bett und stopfte Klamotten hinein. So viele, dass sie bis Ostern reichten.

## Dienstag

Eine Kugel-Abweisung
Ich beschwöre dich Geschütz, Stahl und Eisen, alle Waffen gut und bös, bei Christi Blut und bei den fünf Wunden, bei diesem und bei der Hochzeit Christi, dass ich nicht beschädiget werden kann, im Namen † † †.

*Romanus-Büchlein*

»Du hattest gestern eine Autopanne, Brandl?«

Hannes steckte die Hände in die Jackentaschen. »Spricht sich aber schnell rum.«

»Warst spät unterwegs.«

»Ich habe noch das Gelände erkundet.«

Lanz lächelte, sein Gesicht zog sich in Hunderte von Fältchen. »So, du wilderst also in unserem Revier, Junge.«

Bei dem »Junge« zuckte Hannes zusammen. Lanz war nur wenige Jahre älter als er. Der Ermittlungsleiter rieb ihm bewusst rein, dass er erst spät zur Polizei gekommen war, noch wenig Erfahrung hatte. *Dienstjahre sind keine Hundejahre*, sagte Waechter immer.

»Was hast du denn im Gelände gesucht?«

Hannes schaute den ausgestopften Fuchs an. Der Fuchs schaute ihn an. Hannes schnitt ihm eine Grimasse. »Ich glaube, dass der Mord mit dem Freisinger Moos zusammenhängt. Ganz konkret mit dem Haus der Tochter von Eva Nell.«

»Ein Pfefferkuchenhaus. Wie originell. Auch noch mit einer Hexe? Was hattest du gestern so dringend mit Maret Lindner zu besprechen?«

»Ich habe sie nur heimgefahren. Das ist alles.«

»Aha. Krieg ich vielleicht mal ein Protokoll davon zu sehen, was du hier draußen so alles treibst?«

Er hätte Lanz nicht nur das Kreuzband kaputttreten sollen, sondern ihm ein paar Knochen brechen. Wenn er dem Kerl je wieder auf einem Fußballfeld begegnen sollte, würde er das durchziehen, noch in der ersten Halbzeit. Auch wenn er dann für den Rest der Saison gesperrt wurde, das war es ihm wert.

Lanz unterbrach seine Visionen von krachenden Kniescheiben. »Wie kommst du zurück nach München?«

»Ich bin mit dem eigenen Auto da.«

»Reich bitte die Quittungen ein. Und, um Himmels willen, bau keinen Unfall mit deinem Schlachtschiff. Das gibt nur Papierkrieg.«

»Papierkrieg?« Der Beamte vom LKA klopfte an die offene Tür. »Ich hab noch mehr Papierkrieg für euch. Tut mir leid, dass ich's nicht früher geschafft habe. Also, Lanz, du hast Post.« Er zeigte auf den Monitor. »Mach mal auf.«

Lanz öffnete das Gutachten des LKA, und Hannes und der Kollege beugten sich über den Bildschirm.

»Wir haben in dem Haus eine Menge Spuren gefunden, aber alle irrelevant, nur von den Berechtigten. Keine Blutspuren.«

»Anzeichen dafür, dass dort in den letzten Tagen exzessiv geputzt wurde?«, fragte Hannes.

»Geputzt? In der Küche bestimmt seit einer Woche nicht

mehr, in den anderen Räumen ungefähr seit vierhundert Jahren.«

»Spuren nur von den Bewohnern?«

»Genau.«

»Lanz, wie viele Anrufe hat das Opfer noch an diesem Abend erhalten?«, fragte Hannes.

»Keinen«, sagte Lanz. »Auf was willst du hinaus?«

»Die Frau lässt ihre Enkelin allein und geht hinaus in die Nacht. Niemand hat sie vorher angerufen, sie hatte keine Verabredung. Warum tut sie das? Jemand muss sie überzeugt haben, aus dem Haus zu gehen. Jemand, der von außen gekommen ist. Aber keine Spuren hinterlassen hat. Außer die unbekannte Person gehört zu den Hausbewohnern. Dennis Falk. Sebastian Lindner. Maret Lindner. Was, wenn die Spuren gar nicht irrelevant sind?«

Er richtete sich auf. »Wir sollten uns auf die Bewohner konzentrieren. Etwa doch ein Pfefferkuchenhaus, Lanz?«


»Schusterin!«

Ein Zungenschnalzen folgte, wie man es bei einem Pony oder einem Dackel macht. Elli drehte sich um und bereute es sofort.

Lanz stand in der Tür seines Büros und setzte noch ein Zwinkern obendrauf. »Bist früh dran zur Besprechung. Hast du kurz Zeit?«

»Eigentlich nicht.« Es ging ihn nichts an, dass sie gerade das Damenklo suchte. Sie brachte Sicherheitsabstand zwischen ihren Hintern und seine Hände.

»Läuft's gut mit Waechter? Kommst du mit ihm zurecht?«, fragte Lanz.

»Mit Waechter läuft's immer gut. Auf was willst du hinaus?«

180

»Bei uns wird eine Stelle frei. Ich hab deine Bewertungen gelesen, passt.«

»Das ist nicht dein Ernst. Du willst Leute von Waechter abwerben?«

»Was wir an jungen Bewerbern kriegen, ist nur G'lump. Du kannst es dir ja mal überlegen.«

Elli stemmte die Hände in die Hüften. »Und wenn ich nicht in einem Kommissariat arbeiten will, in dem die Mitarbeiter als G'lump bezeichnet werden?«

»Ach, komm. Sagt man halt so. Denk drüber nach.« Lanz schraubte seinen Arm um ihre Schultern. Einen Millimeter tiefer, und er war tot. »Übrigens, du bist doch auch eine von den Houbous, oder?«

»Wenn du meinst, dass ich aus der Oberpfalz komme, dann ja. Wenn dir sonst keine Beleidigung mehr einfällt, pack ich's wieder.«

»In Weiden suchen sie jemanden für die Organisierte Kriminalität.«

»Ich glaube, die Houbous kriegen ihre Organisierte Kriminalität auch ohne mich hin.«

»Im Kommissariat vier gibt's Ende des Jahres drei freie Stellen.«

»Komisch, dass mich das wundert. Meth-Dealer über die Grenze scheuchen, was für ein Traum. Servus, Lanz.« Sie zupfte seine Hand von ihrer Schulter wie einen Fussel.

»Eine Beförderung springt auch raus.«

Elli blieb stehen. Beförderung wäre ja mal nicht schlecht. Waechter würde noch hundert Jahre auf seinem Posten bleiben, und sein Kronprinz Hannes schaffte es, sämtliche Aufmerksamkeit auf sich zu ziehen. Seinen Patzern hinterherputzen durfte sie. Wenn sie schon Drogenküchen ausheben musste, dann wenigstens als Hauptkommissarin.

»Interessiert, Schusterin?«

In Gedanken spielte Elli durch, wie sie wieder auf den Hof ziehen würde. In ein Vier-Generationen-Chaos mit ihren Brüdern, ihren komplett verblödeten Schwägerinnen, kreischenden Babys und einer Oma in Schwarz, die alle in Angst und Schrecken versetzte. Keine Party, keine Freundinnen, kein türkischer Gemüsehändler, kein Hugo auf dem Gärtnerplatz. Sogar zum Semmelnholen müsste sie mit dem Auto fahren.

Sie schüttelte den Kopf. »Danke, aber nein danke.«

»Die Jungs da bräuchten dringend eine Frau im Haus, die sind schon zu lange unter sich.«

Obwohl sie es nicht wollte, fingen die Zahnräder in ihrem Gehirn an zu knirschen und sich in Bewegung zu setzen.

Auf keinen Fall würde sie zurück auf den Hof ziehen. Sie könnte in Weiden wohnen, was ja immerhin eine Stadt war. Oder weiter draußen. Auf einem grünen Hügel, wo sie über die Felder joggen könnte. Wenn sie in die Oberpfalz ginge, was total ausgeschlossen war.

»Lanz, ich hab alles dafür gemacht, um aus der Oberpfalz wegzukommen. Dafür hätte ich sogar meine Oma verkauft. Gut, wir würden die Oma alle gern verkaufen. Aber glaubst du, ich lasse mich freiwillig dahin versetzen? Damit ich nachts junge Kerle von den Bäumen kratzen darf?«

Elli musste an den Dachs denken, den sie überfahren hatte, nachts um drei. Sie hatte mit einem Ast in der Hand vor dem zuckenden Tier gestanden und gewusst, dass sie es erlösen musste. Um die Uhrzeit und mit zwei Bacardi Breezer im Kopf rief man nicht einfach den Förster oder gar die Bullen. Beim dritten Schlag hatte endlich die winzige Schädeldecke geknackt. Das war der Moment gewesen, in dem sie beschlossen hatte, sich einen Job in der Stadt zu suchen.

Möglichst weit weg. Es war die erste Leiche gewesen, vor der sie gestanden hatte. Ohne Schutzanzug, dafür mit einem zu kurzen Rock, einem blutigen Ast in der Hand und Alcopops im Blut, die durch ihre Synapsen bitzelten.

Und jetzt kam Lanz daher und wollte, dass sie auf die Landstraße zurückkehrte.

»Was denkst du?«, fragte er.

»An tote Dachse.«

Das brachte ihn zum Schweigen und vertrieb das Grinsen aus seinem Gesicht. Den Lanzens dieser Welt konnte sie nicht entfliehen, sie war Polizistin, und sie würde an allen Ecken des Landes Typen begegnen, die vor Testosteron kaum laufen konnten. Da hatte sie mit ihren Jungs noch Glück.

Vielleicht auch zu viel Glück. Es wurde zu gemütlich, sie wurde zu zufrieden. Wer zufrieden war, kam nicht weiter.

Waechter schwänzte die Morgenbesprechung in Erding und machte sich an seinem eigenen Schreibtisch breit. Die anderen würden ihm schon alles berichten, außerdem hatte er keine Lust, Hannes zu begegnen. Er schob die Aussprache wegen Lily lieber noch ein bisschen hinaus, manche Probleme traten sich in den Teppich, wenn man ihnen Zeit ließ. Er ging durch die Post und die E-Mails. Das Meldeamt hatte in den Archiven geforscht und die Anfrage über Hanisch beantwortet. Keine Hanischs im Freisinger Moos in der fraglichen Zeit.

Er rief seine Teamassistentin an und gab eine neue Anfrage in Auftrag, diesmal in einem Radius von hundert Kilometern. »Ohne Chefin, wenn's geht. Gibt Kuchen fürs Sekretariat dafür.«

Wenn der Hexenbanner Hanisch von seinen Diensten gelebt hatte, musste er einen größeren Einzugsbereich gehabt haben. Gestern hatte Waechter noch bis in die Nacht gelesen über Hexenbanner, Gesundbeter, Amulette und Drudenmesser. Eine ganze Welt von muffigem Volksaberglauben öffnete sich da. Bis in die Nachkriegszeit waren die selbsternannten Hexenjäger aktiv gewesen, der Letzte war in den siebziger Jahren wegen Betrugs verurteilt worden. Vor dem Scheiterhaufenmord hatte Waechter noch nie etwas davon gehört. Niemand sprach mehr darüber, wahrscheinlich aus Scham.

Er holte den karierten Zettel aus seiner Jackentasche. Darauf hatte Frau Stollberg in steilen, altmodischen Ziffern die Telefonnummer ihrer Freundin notiert. Wahrscheinlich die letzte Person, die das Geistermädchen Hilde lebend gesehen hatte. Er rief an und stellte sich vor.

»Ich wohne schon lange nicht mehr im Freisinger Moos«, sagte die ehemalige Krankenschwester. Ihre Stimme war immer noch volltönend. »Was soll ich mit dem Mord da zu tun haben?«

»Sie nicht. Aber ich hätte trotzdem ein paar Fragen, es betrifft eine Patientin aus der Vergangenheit.«

»Wissen Sie, wie lange ich schon in Rente bin? Wie soll ich mich da an einzelne Patienten erinnern?«

»Wenn es Ihnen recht ist, komme ich noch heute Vormittag vorbei. Sind Sie daheim?«

»Ja, aber es ist mir …«

Waechter hatte schon aufgelegt und zog seinen Mantel an.

Frau Probst wohnte im Münchener Westen in der Nähe des Mittleren Rings in einem schmucklosen Siedlungshaus. Er klingelte im vierten Stock. Die Hölle der Ringbaustelle einen Block entfernt war nur noch als schwaches Rauschen hörbar. Wenn der Tunnel fertig war, würden die Wohnungen hier wertvoll werden, unbezahlbar für eine ehemalige Krankenschwester.

Auf sein Klingeln rührte sich nichts. Wenn er Pech hatte, hatte er umsonst geschwänzt. Er war gerade Kapitän seines persönlichen Ermittlungs-U-Bootes. Hoffentlich funktionierten die Rettungsboote. Auf das zweite Klingeln folgte ein zögerliches »Ja bitte?«

»Grüß Gott, Hauptkommissar Waechter hier, dürfte ich vielleicht raufkommen?«

Kommentarlos summte der Türöffner. Sein Titel hatte genug Gewicht, damit ihn die Leute möglichst schnell in ihre Wohnungen schafften, und damit außer Sichtweite von neugierigen Nachbarn. Frau Probst erwartete ihn hinter einem Türspalt im vierten Stock. Sie musste weit über achtzig sein, aber die mahagoniroten Haare und die Hornbrille ließen sie alterslos aussehen.

»Ich hoffe, ich habe Sie nicht erschreckt«, sagte Waechter. »Mein Besuch hat nichts mit Ihnen zu tun und nichts mit Ihrer Familie. Ich habe nur ein paar Fragen zu einer Patientin von Ihnen. Vielleicht können Sie mir da weiterhelfen.«

»Ich bin seit siebzehn Jahren in Rente«, sagte Frau Probst. Sie ließ ihn im Flur stehen und dachte gar nicht daran, ihm eine Sitzgelegenheit oder etwas zu trinken anzubieten.

»Sie glauben gar nicht, an wie viel man sich doch erinnert. Seinerzeit haben Sie an der Uniklinik gearbeitet, stimmt's?«

»Das war meine erste Anstellung.«

»Ich forsche nach einer kleinen Patientin, die auf Ihrer Station verstorben ist. Hildegard Kreithmayr. Können Sie sich an das Mädel erinnern?«

Sie schüttelte den Kopf. »Ich kann mich doch nicht an jeden Patienten erinnern.«

»Wissen Sie, woran das Kind gestorben ist?«

»Kinder sind früher einfach gestorben.«

»Kein Kind stirbt einfach so. Das darf nicht sein«, sagte

185

Waechter. »Bei einer aktuellen Ermittlung müssen wir die Hintergründe aller Beteiligten ausleuchten. In der Familie ist schon mal jemand unter ungeklärten Umständen gestorben. Dem müssen wir nachgehen, egal wie lange es her ist.«

»Wissen Sie, wie viele Patienten ich in meinem Leben betreut habe? Wie kommen Sie überhaupt auf mich?«

»Ihre Freundin Frau Stollberg hat mich an Sie empfohlen. Das Mädchen soll aus dem Freisinger Moos gestammt haben.«

»Ja, was weiß denn ich. Es waren so viele Kinder auf meiner Station, da kann schon eines aus dem Moos gekommen sein.« Sie legte ihre Hand auf die Klinke der Wohnungstür. »Sonst noch was?«

»Sie kommen doch auch aus dem Freisinger Moos, oder?«

»Ich bin dort geboren.«

»Können Sie sich erinnern, dass Aberglaube auf dem Dorf geherrscht hat? Hexenglaube? Dass Leute zum Austreiben herumgegangen sind?«

»Wissen Sie, ich bin zum Arbeiten in die Stadt, damit ich mit dem ganzen Schmarrn nichts mehr zu tun habe.«

»Welcher Schmarrn?«

»Sie sind mir ein Vogel. Kommen daher und fragen mich Sachen, die sechzig Jahre her sind. Damals war ich gerade in der Ausbildung.«

»Woher wissen Sie, dass es sechzig Jahre her ist? Ich habe Ihnen noch gar nicht gesagt, wann das Mädchen bei Ihnen war. Können Sie sich etwa doch erinnern?«

Frau Probst knetete ihre Hände. »Nein. Kann ich nicht.«

»Aber vorhin haben Sie gesagt: ›Damit wollte ich nichts zu tun haben.‹ Womit? Womit wollten Sie nichts zu tun haben?«

Sie hielt ihm die Tür auf. »Eine alte Frau sagt viel, wenn der Tag lang ist.«

»Das Mädchen war die Schwester der Toten im Moos.«

»Kann sein. Ich hab die Leute nicht gekannt.«

»Gut.« Waechter band seinen Schal fester. »Wir werden schon rauskriegen, was mit dem Mädel passiert ist. Weil wir dafür da sind, dass Leute nicht ›einfach so‹ sterben. Das Kind hat ein Recht darauf, dass seine Geschichte erzählt wird. Wenn Sie mir dabei helfen wollen, nur zu.«

Die Wohnungstür verschonte nur knapp seine Nase.

Auf dem Feldweg wurde Hannes von einem Traktor mit einer gigantischen Walze ausgebremst. Heute hatte er sich vorbereitet und sich mit Stiefeln, Windjacke und seinem Landrover ausstaffiert.

*Wannst du mit'm Deife danzt,*
*dann brauchst du guade Schuah*
*sonst lasst er di ned in Ruah.*

Heute würde er sich diese Landschaft zu eigen machen, ohne dass sie sich mit ruinierten Schuhen, durchnässter Kleidung und durchgerosteten Lüftungsanlagen rächte. Mal abwarten, wer gewann. Er würde den Täter erst verstehen, wenn er die Landschaft im Griff hatte, die Straßen und Zufahrten kannte, wenn er sah, was der Täter gesehen hatte, überprüft hatte, welche Felder einsehbar waren und welche nicht. Die Feldwege wirkten auf den ersten Blick wie ein Schachbrett, aber sie verliefen trügerisch schräg, und viele davon endeten im Nichts. Dieser Kiesweg hier führte an der Moosach entlang, gesäumt von Höfen und Einfamilienhäusern.

Sie hatten die Bewohner aller Häuser befragt. Erst jetzt

fiel Hannes auf, dass kaum Bauern darunter waren. Auch sein Haus daheim war ein Resthof, die Felder waren lang vor seiner Zeit verkauft worden. In seinem Dorf standen die Stallgebäude zwar noch, aber sie beherbergten eine Zimmerei, eine Parkettfirma, einen Autoverleih. Die neuen Besitzer der Äcker kamen mit Leihmaschinen groß wie Häuser und bauten an, was man in den Tank füllen konnte, Raps und Mais, Mais und Raps. Land war nicht mehr der Ort, wo das Essen herkam, es war nur noch die Abwesenheit von Stadt.

Der Traktor bog auf eine Wiese ab und senkte die Walze auf das feuchte Gras. Hannes hielt an seinem Ziel. Er hatte auf der Karte ein Viereck mit einem kleinen Kreuz entdeckt, das wollte er erkunden. Das Gebäude entpuppte sich als eine Kapelle mit einem geschindelten Turm. Er parkte den Landrover weit im Straßengraben, damit der Traktor vorbeikam, und stieg aus. Eine kleine Bank stand vor der Kirche. Die Wiese war gesprenkelt mit Schneeglöckchen, dazwischen ragten schwarze Maulwurfshügel auf wie hundert kleine Maulwurfgräber. Hannes lehnte sich an die knackende Motorhaube. Er war zu wenig allein gewesen in den letzten Tagen, sogar die Weite des Landes fühlte sich eng an. Auf der gegenüberliegenden Straßenseite stand ein Kruzifix mit einem bleichen Korpus, halb von Büschen überwuchert. Jemand hatte sich die Mühe gemacht und ein Glas mit geschnittenen Osterglocken daruntergestellt. Daneben das allgegenwärtige Straßenschild mit der Aufschrift »Moosmühlenweg«, auf das er längst nicht mehr hereinfiel, sinnlos wie ein Irrlicht, das einen Wanderer ins Moor lockte. Nur die schwarze Erde erinnerte noch daran, dass das Land hier früher einmal Menschen verschluckt hatte.

Sein Handy klingelte. Waechter.

»Erwischt man dich auch mal?«

»Wenn man's öfter versucht und die Mailbox benutzt, erwischt man mich auch mal, ja.«

»Es wäre schön, wenn ihr auch ab und zu an den armen alten Waechter denkt und ihm was berichtet.«

»Du bist nicht so alt, wie du tust, Yoda.«

»Ich hab Geschenkpapier daheim, das älter ist als du.«

»Hättest ja heute Morgen nach Erding kommen können, dann wärst du auf dem neuesten Stand.«

»Gibt's was Neues von der Hausdurchsuchung?«, fragte Waechter.

»Nichts, das Haus ist sauber. Eva Nell muss es aus freien Stücken verlassen haben. Apropos Haus, kann der arme alte Waechter was für mich recherchieren?«

»Schieß los.«

»Maret Lindner hat ja gesagt, das Haus hätte Eva Nell gehört. Kannst du rausfinden, wie genau die Eigentumsrechte daran sind, wer erbt und was ein Grund mit Baurecht im Freisinger Moos wert ist?«

»Meinst du, das ist relevant?«

»Wo das Geld hinläuft, ist immer relevant.«

»Wird erledigt.« Waechter legte grußlos auf.

Hannes ließ das Handy in seine Tasche gleiten.

Er ging um die Kapelle herum. Über der Eingangstür war eine Inschrift in Fraktur eingraviert:

*Vertrau dem Muttergottessegen auf allen deinen Lebenswegen.*

Ein Allheilmittelspruch. Legt eure Sorgen auf Maria, tragt Magnetarmbänder, esst Schüssler-Salze und meditiert jeden Morgen fünf Minuten, dann wird alles gut. Wie einfach es sich die meisten Religionen machten und wie wirksam die Botschaft war: Das ist genau das, was dir gefehlt hat. Die

Lösung für all deine Probleme. Hannes glaubte nicht mehr an Allheilmittel.

Er stieg die Stufen zum Eingang hoch. In die Tür war ein Glasfenster eingelassen, er schirmte mit den Händen sein Blickfeld von der Sonne ab und schaute durch die Scheibe. Die Kapelle war innen größer, als sie von außen wirkte, drei Reihen Bänke standen darin, ein Altar. Dort konnte man Gottesdienste feiern. Vielleicht hatte sie früher als Dorfkirche gedient, wenn man bei den paar versprengten Höfen überhaupt von einem Dorf reden konnte. Die Tür gab nach, als er sich dagegenlehnte, sie war unversperrt. Der Geruch von Weihrauch und Firnis schlug ihm entgegen. Automatisch machte er einen Knicks in Richtung des Altars und schlug ein Kreuz.

Ein Paar Hände ruhten auf einer Kirchenbank. Ein Mann betete, auf die Bank vor ihm gestützt und mit hängendem Kopf. Der Betende richtete sich auf und drehte sich um. Dennis Falk.

»Ich wollte nicht stören«, sagte Hannes und wich zurück.

Dennis schenkte ihm sein Engelslächeln. »Sie stören nicht. Gott hat alle Zeit der Welt.«

»Sie sind katholisch?«

Der Junge spielte mit dem silbernen Fisch um seinen Hals. »Katholisch getauft«, sagte er. »Gott denkt nicht in diesen Kategorien. Sind Sie gläubig?«

»Ich bin Neuheide, Ásatrú«, sagte Hannes. Das war nicht einmal eine Halbwahrheit. Jonna zog mit den Kindern ihren Lebensstil durch, er beobachtete ihn nur fasziniert. Aber so einer Frage musste er etwas entgegensetzen, schon um zu provozieren.

Das Lächeln flimmerte nicht einmal. »Ich werde für Sie beten.«

»Oh nein.« Hannes hob die Hände. »Bitte nicht. Das haben schon ganz andere versucht.«

Im Hinausgehen sah er, dass Dennis den Kopf wieder zwischen die Hände senkte.

»Lassen Sie es«, sagte er mit drohendem Unterton und trat an die frische Luft.

Draußen klingelte erneut sein Handy.

»War eine Sache von fünf Minuten, das herauszufinden«, sagte Waechter. »Das Haus hat Eva Nell allein gehört, sie und ihr Exmann Arne zahlen immer noch die Raten für die Hypothek ab. Vor ihrem Tod hat sie versucht, das Grundstück zu verkaufen. Sie hat bei verschiedenen Banken Angebote eingeholt. Eva Nell wäre damit schuldenfrei gewesen.«

»Und Maret Lindner?«

»Hätte mit ihrer Familie auf der Straße gestanden. Nun erbt sie das Haus, aber auch die Schulden, falls sie das Erbe annimmt«, sagte Waechter.

»Kann man in dem Fall wirklich davon sprechen, dass sie vom Tod ihrer Mutter profitiert?«

»Ich habe schon Leute erlebt, die für einen VHS-Rekorder getötet haben«, sagte Waechter. »Geh hin und frag sie.«

Als Hannes auflegte, summte eine SMS. Warum konnte hier nicht einfach ein Funkloch sein? Zum Glück war es nur Elli.

*»Bin endlich aus Erding weggekommen. Mittagessen?«*

Hannes lächelte und tippte:

*»Ja, Mama.«*


Elli und Hannes saßen im Garten eines Ausflugslokals, inmitten von Rennradlern in grellbunten Nylonanzügen und Familien, die in ihren Funktionsjacken unter der blassen Sonne froren. Auf dem Spielplatz sammelten Kinder schwarze Kastanien vom Vorjahr in Plastikeimern. Von der Schaukel hingen rostige Ketten, das Ding hatte schon länger keinen TÜV mehr gesehen. Ein Kind griff in Brennnesseln, der Wind trug sein Geheul herüber.

Hannes pickte in den geteilten Pommes herum und zog vorsichtig ein Stäbchen heraus. »Ich hab nicht gewackelt«, sagte er. »Ich darf noch mal.«

Elli rüttelte am Tisch, so dass der Pommeshaufen in sich zusammensackte. »So ein Pech. Ich bin dran.«

Sie hatten das neue Knäuel an Informationen durchdiskutiert. Die Erbschaft des alten Hauses, Schulden, Drogen und ein rätselhafter Brand, von dem die Versicherung nichts wissen wollte.

»Glaubst du, die Lindner wäre zu einem Versicherungsbetrug fähig?«, fragte Elli.

»Nie und nimmer. Sie wohnt selbst in dem Haus, warum sollte sie ihre eigene Hütte anzünden? Außerdem hängt Maret an dem Haus.«

»Aha, für dich ist sie also schon Maret.«

Hannes ließ die verspiegelten Gläser seiner Sonnenbrille in Richtung Fischteich wandern, wo ein paar Angler träge am Ufer entlangschritten.

»Was hältst du von ihr?«, fragte Elli.

»Das ist ja wohl unwichtig für die Ermittlung, was ich von ihr halte.«

»Gut ausgewichen. Nimm mal das Ding ab. Ich hasse es, mich mit meinem eigenen Spiegelbild zu unterhalten.«

Gehorsam steckte Hannes die Sonnenbrille in die Haare.

»Stehst du auf sie?«

»Was soll das denn jetzt?« Hannes schob den Teller von

sich. »Nur weil wir uns gut verstehen, heißt das noch lange nicht, dass ich, wie du's so schön pubertär ausdrückst«, er spuckte die Worte aus, »auf sie stehe.«

Aha, er wurde sauer bei dem Thema. Also Volltreffer. »Du glotzt sie an wie ein Mondkalb.«

»Ich habe eine Familie.«

»Das hat noch keinen Mann gehindert ...«

»Meine Familie ist meine Sache.«

Elli hatte einen wunden Punkt getroffen. Beim Aussteigen war ihr aufgefallen, dass eine Reisetasche im Kofferraum lag. Er hatte keine liebevoll gepackten Brotzeitboxen dabei und übernachtete bei seinen Eltern. Etwas war oberfaul im Staate Brandl.

»Deine Beziehung kannst du gegen die Wand fahren, das ist nicht mein Problem. Aber die Lindner ist die wichtigste Zeugin in der Ermittlung. Das geht gar nicht.«

»Genau, das geht gar nicht, und zwar dich nichts an. Ein paar Jahre bin ich auch schon bei der Kripo.«

»Ich hatte immer Respekt vor dir. Also verdien ihn auch und benimm dich nicht wie ein schwanzgesteuerter Vollidiot.«

Am Nebentisch verstummte das Gespräch schlagartig, bis auf einen kleinen Jungen, der in die Stille fragte: »Mama, was heißt schwanzgesteuert?«

Hannes setzte die Sonnenbrille zurück auf die Nase, stand auf und ging Richtung Wirtshaus.

»He, wo willst du hin?«, rief Elli ihm hinterher.

»Ich geh pissen. Oder brauche ich dafür auch deine Absolution?«

Sie schaute ihm nach, wie er mit hocherhobenem Kopf im Lokal verschwand.

*Du bist so ein Gockel, Hannes Brandl*, dachte sie. *Du wirst*

*auch dann noch den Kopf hoch tragen, wenn du voll gegen die*
*Wand bretterst. Aber keine Angst. Wir passen auf dich auf.*

Waechter rückte der Sachverständigen den Stuhl zurecht.
»Ich freue mich, dass Sie so spontan für mich Zeit haben.«

»Ich bin Ethnologin. Meine Beweismittel laufen nicht
weg.« Frau Stein studierte die Speisekarte. »Spannend, dass
ich mal wieder bei einer Ermittlung helfen kann.«

Waechter hatte sich tief in die Archive gewühlt und in
einem vergilbten kriminalistischen Band über Okkulttäter
geblättert. Irgendwann war ihm klar geworden, dass er ohne
fachliche Hilfe nicht weiterkam. Gut, dass sie ihre Listen von
Gutachtern und Spezialisten hatten. Frau Stein hatte sofort
zugesagt.

»Streng genommen, sitze ich hier als Privatmann. Also
bitte nicht weitersagen.«

Sie nickte, und ihre Bobfrisur wippte dabei. »Noch span-
nender. Eine geheime Ermittlung.«

»Topsecret«, flüsterte er über den Tisch, und sie lachte.

Frau Stein orderte Weißwein, Salat und Linguine mit
Scampi.

»Das Gleiche wie die Dame«, sagte Waechter. Er hatte
den Italiener vorgeschlagen, weil er befürchtete, dass seine
üblichen Höhlen für diese zarte Frau zu rustikal waren. Es
tat ihm leid, dass er nicht ein bisschen gebügelter angezogen war.

»Kommen wir gleich zur Sache«, begann er, nachdem die
Kellnerin die Gläser auf den Tisch gestellt hatte. »Können
Sie mir alles über Hexenbanner erzählen, was Sie wissen?«

»Ich habe nach Ihrem Anruf schon ein bisschen recherchiert«, sagte Frau Stein. »Ein kaum erforschtes Gebiet, weil
nicht viel darüber niedergeschrieben wurde. Die Hexenban-

ner sind oft zu kaum alphabetisierten Familien gekommen. Welche Zeit interessiert Sie?«

»Hat es Hexenbanner auch noch nach dem Krieg gegeben?«

»Sie würden staunen, wie stark der Hexenglaube in den Nachkriegsjahren noch verankert war, vor allem im ländlichen Raum. Die letzte Überlieferung ist aus den siebziger Jahren.«

»Und in der Gegenwart?«

»Die Hexenbanner sind ausgestorben, abgelöst von Astrologen, Energieheilern und Channeling-Medien. Ihre gesellschaftliche Nische ist ausgefüllt.«

»Das ist ein Zufall. Oder vielleicht auch nicht«, sagte er. »Eine Energieheilerin spielt bei uns auch eine Rolle.«

Die Kellnerin brachte die Linguine. Auf Waechters Teller lagen Tiere mit unglaublich vielen Beinen, Tentakeln und Fühlern. Er versuchte, möglichst würdevoll etwas Essbares aus dem Geziefer herauszubekommen. Es fühlte sich an, wie eine Spinne zu schlachten. »Was genau haben die Hexenbanner getrieben?«

»Die Leute haben sie gerufen, wenn im Haus etwas nicht in Ordnung war, etwa wenn das Vieh krank war oder die Familie eine Pechsträhne hatte. Auch bei Krankheiten und unglücklicher Liebe.«

»Sie waren also Heiler.«

»Auf einem sehr, sehr niedrigen Level, ja.« Frau Stein knackte ohne Mühe die dritte Garnele. Waechter beobachtete sie, um herauszufinden, wie sie es anstellte. »Wir reden hier nicht von überlieferter Volksheilkunde, die heute noch sehr, sehr wichtig für die Medizin sein kann. Wir reden von Scharlatanen. Mögen Sie Ihre Scampi nicht?«

»Ach, ich habe keine Lust mehr auf Füß.«

Sie nahm eine Garnele von seinem Teller, brach ihr den Kopf ab, zog den Panzer auseinander und bot ihm das rosa schimmernde Fleisch dar. »Probieren Sie mal. Die sind wirklich frisch.«

Es schmeckte köstlich, solange er nicht daran dachte, wo es herausgekommen war. Der Kopf der Garnele streckte seine Fühler über den Schalenteller, als wollte sie einen Fluchtweg erkunden.

»Nehmen wir an, ein Bauer hat ständig Probleme mit seinem Vieh. Krankheiten, Ausfälle. Wie kommt er an so einen Hexenbanner heran?«, fragte er.

»Durch Mundpropaganda. Man steht zusammen auf der Straße oder sitzt in der Wirtschaft, klagt sein Leid. Irgendein Nachbar hat sich den Hexenbanner schon ins Haus geholt und empfiehlt ihn weiter.«

»Und dann?«

»Der Hexenbanner – es sind durchweg Männer – kommt ins Haus. Zuerst einmal hört er sich das Problem an. Das ist oft schon die halbe Lösung für die Menschen, wenn sie einmal ausführlich davon erzählen können. Er schaut sich die Gebäude an, die Stallungen. Er hat einen Koffer voller ›magischer Gegenstände‹ dabei, Tarotkarten, Knochen, Tierembryos, Naturmaterialien, im Grunde alles, was Eindruck schindet.«

»Tierembryos?« Waechter schaute einer zusammengerollten Garnele in die Kulleraugen und schob seinen Teller weg. Salat war eh gesünder.

»Der Hexenbanner kommt mit hundertprozentiger Sicherheit zu dem Ergebnis, dass finstere Mächte im Spiel sind und das Vieh verhext ist. Ein Schutzzauber muss her. Der Hexenbanner zeichnet Schutzsymbole wie zum Beispiel Drudenfüße an die Wand, hängt Kruzifixe auf, vergräbt Zettel und versteckt Amulette.«

»Ein Amulett, wie man es sich um den Hals hängt?«

»Nein, das ist etwas viel Individuelleres. Kleine Schnupf-tabakdöschen mit Gegenständen, die dem Hexenbanner gerade einfallen. Haare von Menschen oder Tieren, Scherben, Knochen, Steine, Würfel, Zettel mit Abwehrsprüchen. Der Fantasie sind da keine Grenzen gesetzt.«

»Und das war's? Nur ein bisschen Hokuspokus?«

»Manche versuchen zusätzlich, ihre Volksmedizin an den Mann zu bringen und sich als Heiler zu betätigen, der Erfolg ist leider nicht überliefert. Dabei hört es nicht auf. Meist findet der Hexenbanner auch einen Schuldigen. Irgendeinen Außenseiter gibt es in jedem Dorf, ein altes Weiberl, eine verfeindete Nachbarin. Das ist dann der Punkt, an dem sie anfangen, weiteren Menschen zu schaden.«

Die Worte von Frau Stein brachten eine Zeit zurück, die Waechter nicht mehr kennengelernt hatte, die er nur aus Erzählungen kannte. In der die Höfe schmutzig und ärmlich gewesen waren, die Nächte dunkel, die Winter endlos. Er selbst war nach der Wirtschaftswunderzeit zur Welt gekommen. Aber was hatte sich seitdem geändert? Heute liefen die Leute zum Auraleser, und es war ihnen nicht mal peinlich.

Frau Stein ließ sich die Dessertkarte geben und setzte ihre Lesebrille auf, die an einer Silberkette um ihren Hals hing.

»Ich glaube, ich nehme die Pannacotta. Übrigens, ich habe Ihnen noch etwas mitgebracht.« Sie zog ein Buch aus der Tasche. Es war in Schwarz gebunden, auf der Rückseite stand in Frakturschrift: *Sechstes u. Siebentes Buch Mosis.*

»Die Bibel?« Er wog das Buch in der Hand.

»Genau das Gegenteil davon. Das war das Standardwerk, aus dem die Hexenbanner ihr Wissen bezogen haben.«

Waechter blätterte in dem Buch, es ging los mit harmloser Volksmedizin, Rezepten, Gebeten.

*»Trottenkopf, ich verbiete dir mein Haus und mein Hof, ich verbiete dir meinen Pferd- und Kuhstall, ich verbiete dir meine Bettstatt, daß du nicht über mich tröste, tröste in ein ander Haus, bis du alle Berge steigest, und alle Zaunstecken zählest, und über alle Wasser steigest, so kommt der liebe Tag wieder in mein Haus, im Namen Gottes des Vaters, Gottes des Sohnes und Gottes des Heiligen Geistes. Amen.«*

Der Band war in mehrere Bücher aufgeteilt, die zusammenhanglos hintereinanderkopiert worden waren. Nach ein paar Rezept- und Gebetbüchlein kam *Der wahrhaftige feurige Drache*. Waechter las ein paar Seiten quer, er war ein Schnellleser.

»Wissen Sie, was ich nicht verstehe? Hier drin«, er blätterte die Rezeptseiten auf, »da stehen Heilrezepte, Sprüche zum Gesundbeten, Gesundheitstipps. Als Laie würde ich sagen, weiße Magie. *Der wahrhaftige feurige Drache* aber, ich zitiere,

*›Herrschaft über die himmlischen und höllischen Geister und über die Mächte der Erde und Luft. Mit dem Geheimnis, die Todten zum Sprechen zu bringen, die Anrufung Lucifer's, Citierung der Geister: der Verträge mit den Geistern und der hierzu erforderlichen Tinte‹,*

Zitat Ende. Das ist tiefschwarzes Zeug. Wie passt das in einem Buch zusammen?«

»Das Werk ist eine wilde Sammlung von Volksaberglauben ohne viel innere Logik. Ein Teil handelt von der Abwehr schwarzer Magie, der andere Teil von der Beschwörung genau dieser. Sie können sich aussuchen, auf welcher Seite Sie stehen wollen. Die Hexenbanner haben das Buch von einem zum anderen vererbt.«

»Sagen Sie mir ehrlich, was haben die Kerle ausgeübt? Weiße oder schwarze Magie?«

»Die Grenzen waren fließend, wenn es Geld zu verdienen gab. Ich würde sagen, schwarz. Ganz schön schwarz.«

Waechter steckte das Buch in seine Laptoptasche. Es war so schwer wie ein Ziegelstein. Frau Stein beobachtete ihn mit einem Lächeln.

»Verraten Sie mir, wofür Sie das Ganze brauchen?«

»Sie werden es erfahren, bevor Sie es in der Zeitung lesen, das verspreche ich Ihnen.«

»Darf ich mich für das Essen revanchieren?«

»Gerne«, sagte Waechter. »Aber bitte ohne Füß.«

Er war sicher, dass er sein Versprechen brechen würde. Die nettesten Bekanntschaften halfen nichts, wenn man keine davon nach Hause einladen konnte.


Auf das Klingeln von Hannes öffnete niemand. Weder das Familienauto noch der Fiat vom medizinischen Dienst parkte auf dem Vorplatz. Er ging ums Haus herum. Maret stand im Garten vor einem Hochbeet, es sah aus, als ob sie darin etwas zählte. Wie immer trug sie Gummistiefel.

»Was säen Sie?«

Sie drehte sich um, ohne Überraschung im Blick, sie musste ihn gehört haben. »Huflattich. Die beste Medizin gegen Kopfschmerzen, haben Sie das gewusst?«

»Ich bin leider nicht wegen Ihrer Kräuter hier. Wir haben noch ein paar Fragen zum Grundstück und den finanziellen Verhältnissen.«

»Viele finanzielle Verhältnisse gibt's ja nicht.«

»Erben Sie das Haus jetzt?«

»So, wie's aussieht, ja.«

»Nehmen Sie das Erbe an?«

»Warum sollte ich das nicht tun? Es ist das Haus meiner Großeltern. Unsere ganze Familiengeschichte steckt darin.«

»Immerhin ist es mit einer Grundschuld belastet. Wenn Sie das Erbe annehmen, müssen Sie dann nicht auch die Schulden annehmen?«

»Glauben Sie im Ernst, ich habe gerade einen Kopf dafür?« Mit einem Knall klappte sie den Deckel des Beets zu. »Meine Mutter ist noch nicht mal unter der Erde. Sie ist noch nicht mal eine Woche tot, und Sie reden von Erbe, Geld, Kreditraten?«

»Es tut mir leid, falls ich Ihre Gefühle verletzt habe. Aber wir müssen bei einem gewaltsamen Tod nun mal prüfen, wer davon profitiert.«

»Ich gehöre bestimmt nicht dazu.« Maret zog ihre Handschuhe aus und warf sie auf den Boden.

»Wissen Sie, dass Ihre Mutter das Haus verkaufen wollte?«

»Wie haben Sie das denn herausgefunden?«

»Wir sind Herausfinder. Sie hätten es uns gleich sagen sollen. Haben Sie deswegen gestritten?«

»Natürlich haben wir das.«

»Trotzdem ist sie noch zum Babysitten vorbeigekommen?«

»Sie war meine Mama, verdammt noch mal! Worauf wollen Sie hinaus? Dass ich meine Mutter um die Ecke gebracht habe, weil sie das Haus verkaufen wollte? Wie krank sind Sie eigentlich?«

Er streckte eine Hand nach ihr aus, ein Friedensangebot. »Wollen wir hineingehen?«

»Ich bin lieber draußen.«

»Erzählen Sie mir von Ihrer Mutter. Wie ist sie über die Runden gekommen?«

Maret ließ die Schultern fallen. »Sie hat gekämpft. Es hat gerade so gereicht, mit ihrem Esoterikzeug.«

»Wie lange hat sie das schon betrieben?«

»Seit ich klein bin. Sie war überzeugt davon. Sie hat immer von einer Verbindung zur anderen Welt gesprochen.«

Maret ging durch den Garten in Richtung Felder, der Hund sprang ihr um die Beine. Hannes folgte ihr.

»Hatte sie diese Verbindung?«

»Ich glaube nicht. Sie hatte nur ihr Handwerkszeug.«

»Und was war das?«

Sie lächelte ihr Cowboylächeln mit einem hochgezogenen Mundwinkel. »Die Menschen waren ihr Handwerkszeug. Sie hat ihnen keine Erleuchtung und keine Botschaften aus der Zukunft geboten, sondern eine kleine private Psychotherapie. Ohne dass sie lästige Anträge bei der Kasse stellen mussten. Als Papa weg war, habe ich ihr geholfen. Sie hat mir beigebracht, darauf zu achten, was die Menschen in die Sitzungen mitbringen.«

»Wie hat sie das gemacht?«

Maret musterte ihn.

»Nehmen wir Sie als Beispiel. Kriminalhauptkommissar Johannes Brandl. Sie spielen den harten Bullen im Karohemd, sind aber ein Söhnchen von der höheren Schule. Werfen mit lateinischen Ausdrücken um sich, sprechen diesen hochgestochenen Münchner Dialekt. Sie haben so was Sattes im Gesicht, als ob Sie noch nie etwas entbehren mussten.«

»Lassen Sie das.«

»Sie tragen billiges Klimperzeug um den Hals, an das Sie nicht glauben, nur weil es auf brauner Haut so gut aussieht und Ihrer Freundin gefällt. Nicht Ihrer Frau, denn dann würden Sie den Ring so tragen, dass ihn jeder sieht. Sie zeigen gern, was Sie haben. Spielen ständig mit Ihrem Autoschlüssel.«

»Ich sagte, lassen Sie das.«

»Sie haben Kinder. Das höre ich heraus, wenn Sie mit Sophie reden. So einen Tonfall haben nur Leute drauf, die selber Kinder haben. Sie würden alles für Ihre Kinder tun, außer es steht Ihrer Karriere im Weg. Sie möchten unbedingt der Beste sein. Sie sind nervös bei Ihrer Arbeit, haben Angst, etwas falsch zu machen, versichern sich ständig mit Blicken.«

»Stopp! Hören Sie sofort auf.«

»Ich fange gerade erst an. Sie geben sich freundlich und verständnisvoll, mit Ihrer Sozialpädagogenstimme. Aber dann trifft jemand einen Ihrer wunden Punkte, und Ihre Stimmung schlägt von einem Moment auf den anderen um. Wo sind Ihre wunden Punkte, Kriminalhauptkommissar Johannes Brandl?«

»Das geht Sie nichts an.«

»Ach, aber von mir wollen Sie alles wissen. Sie haben sogar in meinen Schlafzimmerschrank geschaut. Ich darf mich nicht revanchieren? Sie haben wunde Punkte, jeder hat welche. Sie trinken ein bisschen zu viel, haben ein paar rote Äderchen auf der Nase, die man erst auf den zweiten Blick sieht. Sie sind im Stress. Das Leben ist anstrengend, nicht wahr? Ganz schön anstrengend. Jetzt laufen Sie rot an. Sie werden wütend, das ist gut. Ich bin nah dran.«

Hannes blieb wie angewurzelt stehen. »Ich gehe jetzt. Das muss ich mir nicht geben.«

»Sie gehen ja doch nicht, denn Sie selber sind viel zu interessant, nicht wahr?« Sie kam näher. »Ihre Freundin ist der wunde Punkt, nicht wahr? Bei ihr haben Sie die Stacheln aufgestellt …«

»Hören Sie endlich auf!«

Hannes stieß Maret hart gegen die Schultern, sie taumelte zurück, hob die Hände schützend vors Gesicht. Sein Gesicht brannte. Er musste aussehen wie ein Berserker.

»Entschuldigung … Es tut mir leid, ich …« Er fuhr sich durch die Haare.

Maret senkte die Hände. Zu seiner Überraschung lächelte sie. »Sehen Sie? Ich habe Ihren wunden Punkt gefunden. In gerade mal zwei Minuten, nur durch genaues Hinschauen. Genau so funktioniert Esoterik. Meine Mutter hatte nur einen Fehler, weswegen sie nie wirklich Geld verdient hat.«

»Und der wäre?«

»Sie war nie so gut wie ich.«

Zum zweiten Mal in dieser Woche ging Elli durch die verwaiste Universität. Ostern rückte näher, die Gänge waren fast ausgestorben. Die Bibliothek war leer, an der Aufsicht saß ein Student mit Vollbart, der ihr lustlos zunickte. Sie fand Lindner in seinem Büro. Anscheinend flüchtete er sich wirklich Stunden um Stunden in die Arbeit. Wenn er ein Doppelleben hatte, hatte sie es noch nicht entdeckt. Fast wäre ihm eins zu wünschen. Eine schmutzige kleine Geliebte war immer noch besser, als bei Einbruch der Dunkelheit allein in einer leeren Universität zu sitzen.

Sebastian Lindner drehte sich nach ihr um. In dem Moment, als er sie erkannte, zerbrach etwas in seinem Gesicht. Die erste Bruchkante an diesem Mann, an dem alles weich war.

»Was kann ich für Sie tun?« Er stand auf, wollte ihr gleichzeitig einen Stuhl anbieten und sich zum Teekocher umdrehen, blieb zwischen den Bewegungen stecken. Sein Blick ging verwirrt hin und her.

»Setzen Sie sich wieder, Herr Lindner.«

Er gehorchte.

»Können Sie sich denken, warum ich hier bin?«

»Es hat Sie nicht viel Mühe gekostet, oder?« Er lächelte,

aber es war kein soziales Lächeln, eher eine Übersprungs-
handlung, weit in die Ferne gerichtet. Er testete nicht einmal
mehr seinen Charme an ihr.

»Sie haben Kokain konsumiert. Straftaten begangen.«

»Ja.«

»Wie lange ist das her?«

»Eine Jugendsünde. Ich bin schon dafür verurteilt.«

»Ist lange her, oder? Jetzt hätte ich doch gern einen Tee,
wenn es Ihnen nichts ausmacht.«

Lindner schaltete den Wasserkocher ein und füllte Earl
Grey in Teefilter. Elli gewährte ihm die Atempause, obwohl
sie von Tee Sodbrennen bekam. Der Mann würde nicht reden, wenn er mit dem Rücken an der Wand stand.

»Wie sind Sie da überhaupt rangekommen? Sie sehen so«,
sie suchte nach Worten, »brav aus.«

Schon als sie es sagte, stimmte es nicht mehr. Sebastian
Lindner sah grau aus, unscheinbar, schmal. Aber nicht brav.
Alles Weiche war weg. Seine Magie war verschwunden, wie
ausgeknipst. Bis jetzt hatte er kein einziges Mal gestottert.

»Vielleicht wollte ich mal nicht brav sein. Vielleicht bin ich
mir mit einundzwanzig schon alt vorgekommen und wollte
endlich mal wissen, wie sich das Leben anfühlt.«

»Und, wie fühlt es sich an? Sagen Sie's einer braven Beam-
tin wie mir. Ich habe noch nie etwas Härteres als Zoiglbier
probiert.«

»Machen Sie sich nicht über mich lustig ...« Ein unausge-
sprochenes *sonst* schwang mit.

»Ich? Sie sind es, Herr Lindner, der uns die ganze Zeit
an der Nase herumführt. ›Weiß nicht mehr, kann sein, nicht
da, hab mich nicht drum gekümmert, hab nichts mitbekommen, keine Ahnung, weil ich durch die Gegend laufe wie ein
alzheimerkranker Volltrottel.‹ Wir haben noch immer kei-

ne klare Aussage von Ihnen, wie Sie den Abend der Tat verbracht haben.«

»Dann bin ich eben ein Volltrottel. Wenn ich gewusst hätte, dass ich über den Abend Rechenschaft ablegen muss, hätte ich ein Klotagebuch geführt.«

Zynismus. Untypisch für den Sebastian Lindner, den Elli bisher erlebt hatte. Ob seine Frau diese Seite von ihm kannte? Dieser Mann hatte sich einen Avatar gebaut, mit dem er in seiner neuen heilen Familienwelt überleben konnte. Jetzt war der Avatar zerstört, und Elli sah das Wesen, das dahintersteckte, blass und nackt im plötzlich grellen Licht.

»Weiß Ihre Frau davon, dass Sie Drogen genommen haben?«

»Nein. Marets Vater war Alkoholiker, sie hat Panik vor allem, was mit Sucht zu tun hat. Meine Ehe wäre sonst vorbei.«

War diese Ehe nicht sowieso längst vorbei? Elli hatte den Eindruck gewonnen, dass er nur noch zum Schlafen nach Hause kam. Sie hatte die beiden nie in einem Raum gesehen. Sebastian Lindner driftete unaufhaltsam weg von seiner Familie. Es musste Kraft kosten, einen Avatar aufrechtzuerhalten. Was tat ein Mensch, wenn man ihm den wegnahm? Um sich schlagen? Jetzt wusste sie, woran sie sein Verhalten erinnerte. An einen Tintenfisch, der einem mit einem gezielten Farbstoß das Blickfeld vernebelte, um sich aus dem Staub zu machen.

»Hat Ihre Schwiegermutter von den Drogen gewusst?«

»Nein, woher auch. Wir haben über so was nicht gesprochen. Sie war eine Fremde für mich. Nur Maret und sie standen sich nah. Sehr nah.«

»Eifersüchtig?«

»Nicht auf ihre Mutter.« Er schwenkte den halb kalten Tee

in seiner Tasse, überlegte und stellte ihn zur Seite. »Auf das Haus. Bei Maret geht es immer nur um das Haus. Wenn sie sich entscheiden müsste, ich oder der alte Kasten, sie würde ihn wählen.«

Hatte nicht Hannes gesagt, der Ursprung des Mordes läge in dem alten Haus? Blödsinn. Gebäude mordeten nicht.

Wie waren sie eigentlich auf das Thema gekommen? Elli blickte zu Sebastian Lindner auf. Er schenkte ihr ein Jungenlächeln, seine weichen Locken fielen ihm in die Stirn.

»Sie möchten nicht zufällig … Kann ich Ihnen noch einen Tee …?«

»Das wäre echt total lieb, danke.« Verdammt. Sie mochte keinen Tee. *Elli, reiß dich zusammen.* Sie versuchte krampfhaft, sich zu erinnern, warum sie hergekommen war, doch um sich herum sah sie nur Tinte.


Hannes parkte den Landrover auf dem Feldweg und ließ die drei Scheinwerfer auf dem Dach erlöschen. Niemand würde nach Einbruch der Dunkelheit hier entlangkommen, er würde niemandem im Weg sein.

Auf der anderen Seite des Entwässerungsgrabens lag der Tatort, nur noch ein dunkler Fleck im toten Gras. Der Mond beleuchtete die Szenerie. Der Tatort war geräumt, die Beschlagnahme aufgehoben. Er hatte hier nichts verloren.

Aber der Mörder hatte hier auch nichts verloren gehabt.

Sie hatten den Tatort bei Tag untersucht, sie hatten nie gesehen, was der Täter gesehen hatte. Das Feuer war um fünf Uhr morgens ausgebrochen, als der erste Streifen der Dämmerung am Horizont geschimmert hatte, aber der Himmel noch dunkel gewesen war.

Sein Tinnitus im linken Ohr ließ ihn heute in Ruhe, es knisterte nur. Jederzeit konnte sein kaputtes Trommelfell ihn wieder damit überraschen, dass es die Umgebungsgeräusche zur Lautstärke eines Presslufthammers aufblies. Mit seinem gesunden Ohr hörte er das Rauschen des Windes in den Baumkronen, das Rascheln von ein paar nachtaktiven Tieren, das Knacken des abkühlenden Landrovers.

Von diesem Fleck aus sah er keine Lichter. Der Täter hatte einen sicheren Ort gewählt, wo er vor den neugierigen Blicken der Anwohner geschützt war. Nicht einmal der Vogelbeobachtungsturm war von hier aus zu erkennen. Entlang der Kanäle lagen viele Holz- und Reisighaufen, aber dieser hier war perfekt.

*Er fühlt sich sicher. Euphorisch. Sie werden ihn nicht kriegen, noch nicht, bis alles vorbei ist. Das Glück hat ihm in die Hände gespielt, ihm den perfekten Ort serviert. Als hätte eine höhere Macht die Hand im Spiel.*

Hannes kniete nieder und schaute ins Wasser. Die Oberfläche fing einen kleinen Streifen Mondlicht ein und versetzte ihn in Wellen. Als Hannes sich bewegte, verschwand das Lichtspiel.

Wer würde sich zwischen halb sechs und sechs Uhr morgens hier herumtreiben? Die ersten Schichtarbeiter, der Zeitungsausträger? Rentner mit ihren Hunden oder auf der Flucht vor einer durchwachten Nacht? Die meisten davon waren sicher auf der Asphaltstraße unterwegs gewesen, die sich hinter den Bäumen versteckte, weil die Feldwege hier Sackgassen waren. Sechs Uhr morgens war alles andere als perfekt.

Warum so lange warten? Warum hatte er nicht in den kleinen Stunden getötet, den Wolfsstunden?

Vielleicht war etwas schiefgegangen. Vielleicht hatte er Eva Nell mit seinem Schlag töten wollen, und sie hatte noch gelebt. Vielleicht hatte er sich kein zweites Mal zuzuschlagen getraut und warten wollen, bis sie verblutet war. Oder er hatte sich beobachtet gefühlt.

Hannes wartete, doch der Mörder ergriff nicht mehr das Wort. Hannes war in einer Sackgasse seiner Gedanken angekommen, musste zurückgehen, einen anderen Winkel wählen.

Er stand auf dem falschen Platz. Der Tatort befand sich auf der anderen Seite des Kanals, der Täter musste von dort aus gearbeitet haben. Hannes nahm Anlauf und sprang über den Graben, fürchtete einen Moment, dass er es nicht schaffte, dass er rutschte und mit dem Fuß im larvenverseuchten Wasser landete. Zu einer Moorleiche wurde. Aber er kam sicher auf dem dunklen Fleck zum Stehen. Dieses Moor verschlang keine Menschen mehr. Er stand inmitten eines perfekten schwarzen Kreises. Ein Hexenkreis, es könnten Fliegenpilze darum wachsen. Schnell machte er einen Schritt aus der Brandstelle. Von hier konnte er auch keine Lichter erkennen, aber deutlicher den Kanal und den Feldweg zu beiden Seiten überblicken.

*Dieser Ort war noch besser.*

Hier hatte der Mörder gestanden. Hatte literweise Brandbeschleuniger über den Körper und das Holz geschüttet.

*Es hat angefangen zu nieseln. Der Regen droht alles zu verderben. Er leert den Kanister, nimmt einen zweiten, nur zur Sicherheit. Schüttet die zähe Paste über die Kleider der Frau, ihren Körper, die Haut ihres Gesichts, ihre Haare.*

Dort endete es. Hannes konnte nicht sehen, wie der Mörder den Körper in Flammen setzte.

Der Mörder musste Abstand zum Feuer gehalten haben. Natürlich war er weggesprungen. Die Hitze musste ihm ins Gesicht geprallt sein wie eine Wand.

*Abstand.* Das Wort hallte in seinem Kopf nach.

In den Büschen raschelte es.

Ein dreieckiges Gesicht schaute aus den toten Zweigen heraus, spitze Ohren, aufmerksam aufgerichtet. Erst hielt Hannes das Tier für einen streunenden Hund, bevor er erkannte, was es war. Der Wolf.

Die Rippen standen unter dem Fell hervor, der Bauch verjüngte sich zu einem Nichts. Der Wolf hielt seine Rute hoch, die Spitze bewegte sich kaum merklich. Seine Augen waren klar.

Hannes hatte keine Angst. Auch wenn das Tier ausgehungert war, würde es ihm nichts tun. Er war der Feind, nicht umgekehrt, der Mensch, das gefährlichste Raubtier der Erde.

»Du hast dich verlaufen, oder?«, sagte er. »Es muss einsam sein. Weit weg von allen Wolfsrevieren, den Weibchen, den Männchen, mit denen es sich zu kämpfen lohnt. Du bist zu weit gelaufen.«

Der Wolf lauschte. Nur die Spitze eines Ohres zuckte. Langsam, ganz langsam, ging Hannes in die Hocke, auf die Höhe des Tiers.

»Du läufst davon, oder? Wovor? Es geht nicht weiter. Je weiter du läufst, desto enger zieht sich die Gefahr um dich zusammen. Mehr Menschen, mehr Siedlungen. Du bist in einer Sackgasse. Sie werden dich umbringen.«

Der Wolf zuckte und legte die Ohren an.

»Keine Angst. Ich tu dir nichts. Ich laufe auch gerade weg, weißt du?«

Er war auf der Flucht. Vor dem neuen Baby, vor einer Auseinandersetzung, vor sich selbst. Er rannte um sein Leben, aber nie schnell genug.

Hinter ihm knackte etwas. Der Wolf verschwand, als wäre er nie da gewesen.

Etwas Winziges pfiff an Hannes' Ohr vorbei, er spürte den Luftzug wie einen Peitschenhieb. Mit der Verzögerung des Schalls hallte ein Schuss von den Hügeln wider.

Auf dem Heimweg legte Waechter einen Halt im Zwischengeschoss der U-Bahn-Station ein, der Duft hielt ihn auf, eine Mischung aus Kebap, Pizza und frischem Gebäck. Der Geruch machte ihn so hungrig, dass er am liebsten alles drei auf einmal gekauft hätte. Er ließ sich Lahmacun einpacken, vorsichtshalber gleich zwei, falls Lily heute wieder hereinspazierte. Ein Teil von ihm hoffte, dass sie nicht mehr auftauchte. Ein anderer Teil von ihm hob den Polizistenfinger und sagte: Und dann? Dann ist ein fünfzehnjähriges Mädchen allein da draußen und übernachtet bei irgendwelchen Typen, die es seit drei Stunden kennt. Gut, Lily hatte auch bei ihm übernachtet. Aber auf dem Sofa und unter Polizeischutz. Fast wünschte er sich, dass sie wieder vor seiner Tür sitzen möge.

Der Verkäufer der Obdachlosenzeitung *BISS* wartete auf seinem Stammplatz vor dem Karstadt-Eingang, wie immer.

»Na, wie läuft das Geschäft?« Waechter gab dem Mann einen Zigarillo.

»Kann mich nicht beschweren. Das schlechte Gewissen zieht immer.« Der Verkäufer deponierte den Zigarillo hinterm Ohr und winkte mit einer Ausgabe des Magazins. »Willst du eins?«

»Hast du den Schamanen in letzter Zeit mal gesehen?«

Der Verkäufer fummelte an seinem Zeitungsstapel herum. »Nicht mehr oft.«

»Wenn du ihn siehst, kannst du ihm sagen, Waechter will ihn sprechen.«

»Willst du jetzt eine Ausgabe oder nicht?«

»Freilich.« Waechter gab dem Mann einen Fünfer. »Stimmt so.«

Im Gehen warf er einen Blick auf das Cover der Zeitschrift. Auf dem Rand stand, mit Kugelschreiber gekritzelt, eine Handynummer.

Durch die Milchglasscheibe in Sophies Zimmer kam noch Licht. Sie musste es wieder eingeschaltet haben. Vorsichtig öffnete Maret die Tür. Die Luft im Zimmer war erfüllt von Kindergeruch, vermischt mit dem Duft von Erde und Regen, der wahrscheinlich vorhin beim Lüften hereingekrochen war.

»Jetzt ist aber Schluss. Ich mach dir das Licht aus. Du kannst das Nachtlicht anlassen, damit du dich nicht fürchtest.«

Sophie raschelte mit ihrer Decke und versteckte die Arme darunter, sie kicherte.

Maret trat an das Hochbett und spähte durch die Zinnen der Ritterburg-Wand, die Sophie am Herausfallen hinderte. »Was hast du da?«

»Nichts.«

»Nichts gibt es nicht.« Maret stieg auf die unterste Stufe der Leiter und schaute hinauf. »Jetzt zeig schon, was hast du da?«

»Nihichts.« Sophie zog ihre Hello-Kitty-Decke bis zur Nase hoch.

»Sophie …« Maret ließ die Drohung in der Luft hängen, noch nie hatte sie den Satz weitersprechen müssen.

»Manno.« Sophie holte einen zusammenrollten Stapel Papier unter der Decke hervor. »Ich hab mir nur ein paar Malblätter mit ins Bett genommen.«

»Du malst aber nicht im Bett mit Stiften rum, oder?«

»Nein. Ich will mir bloß die Bilder anschauen.«

»Dann ist's ja gut.« Maret lächelte. »Und du bist wirklich sicher, dass du es heute probieren willst mit dem Kinderzimmer?«

»Ja.«

»Du bist ganz mutig, Süße.«

»Wenn das kalte Mädchen kommt, dann laufe ich ganz schnell zu dir ins Bett.« Sophie zog ihre geliebten Zeichnungen wieder unter die Decke. »Kannst du mir noch was vorsingen?«

»Klar.« Maret stützte sich auf die Matratze des Hochbetts.

»Eia popeia, was raschelt im Stroh,
das Katzerl ist g'storbn und das Mäuserl ist froh.«

Sie traf in den zwei Zeilen mindestens fünf Tonarten. Noch nie hatte sie singen können, aber Sophie bestand darauf, jeden Abend.

»Mama?«

»Ja, Süße?«

»Warum ist das Mäuserl froh, wenn die Katze tot ist?«

»Ach, Sophie.« Maret schüttelte den Kopf. »Das ist einfach nur so ein Lied.« Sie hatte es immer vorgesungen, ohne darüber nachzudenken. So wie Eva es ihr vorgesungen hatte. So wie ihre Großmutter es Eva vorgesungen hatte. Ihrer Mutter.

*Ach, Mama, was machst du nur wieder für einen Mist?*

»Warum ist die Maus nicht traurig, Mama?«

»Ich weiß es nicht, Süße. Vielleicht ist es ja eine böse Maus.«

»Ich mag das Lied nicht mehr. Kannst du morgen was anderes singen?«

Was sollte sie singen?

*Sie ist ja ausgangen und kommt nimmer heim*
*und lässt das klein Kindlein ja ganz allein*
*heidschi bumbeidschi bumbum …*
*Mutter ist in Pommerland, Pommerland ist abgebrannt …*
*Morgen früh, wenn Gott will, wirst du wieder geweckt …*
»Wir finden schon ein anderes Lied.«
*Wollst endlich sonder Grämen*
*Aus dieser Welt uns nehmen*
*Durch einen sanften Tod …*
Welchen Horror der Kindheit sollte sie sich aussuchen?

»Wir singen morgen was aus deinem *Lilifee*-Buch, gell? Jetzt schlaf aber.«

Sie zog Sophies Decke glatt, und die Kleine raschelte verstohlen mit ihrem Papier.

»Mama, warum ist das Mädchen so traurig?«

»Ich weiß es nicht, Sophie.« Kalte, ohnmächtige Trauer stieg in ihr hoch, Trauer um das tote Mädchen, das sie nie gekannt hatte, als würde alles in ihr leer, als fegte der Wind durch ihre kahlen Zimmer.

Hatte das Kind nie mehr das Haus verlassen, auch nicht nach seinem Tod?

Das Kind, das ihre Tante gewesen wäre?

»Mach die Augen zu. Und schlaf.«

»Mama, warum ist die Katze in dem Lied gestorben?«

Maret konnte nicht antworten, ihr Hals war wie zugeschnürt, leise schloss sie die Kinderzimmertür.

*Morgen früh, wenn Gott will, wirst du wieder geweckt.*
Aber nur, wenn er will.


Hannes warf sich auf die Erde, schützte seinen Kopf mit den Händen, wartete darauf, dass ihn ein zweiter Schuss auf dem Boden festnagelte.

Aber es folgte kein zweiter Schuss.

Er presste das Gesicht ins nasse Gras, ohne dass etwas passierte. Schritte näherten sich. Etwas Warmes und definitiv Feuchtes stupste Hannes an der Stirn an, es hundelte. Und eine Stimme sagte: »Es tut mir furchtbar leid. Ist Ihnen was passiert?«

Hannes sprang auf, und der Mann wich zurück. Ein mittelalter Kerl, der eine Weste mit tausend Taschen trug, solche Taschen, bei denen man nicht genau wissen wollte, was da alles drin war. Er roch nach totem Tier. Sein Gewehr hatte er wieder ordentlich auf den Rücken gehängt.

»Sind Sie wahnsinnig? Sie hätten mich umbringen können!«

»Ich dachte, Sie seien ein … ein …« Der Jäger suchte nach Worten.

»Sie waren hinter dem Wolf her, stimmt's? Das ist illegal. Das wissen Sie doch sicher. Der steht unter Schutz.«

»Ich hab Sie für eine Wildsau gehalten!« Der Jäger schaute erleichtert, doch noch ein Tier gefunden zu haben, das wie eine glaubwürdige Ausrede klang. »Was machen Sie überhaupt hier, mitten in der Nacht?«

»Brandl, Kripo München.« Hannes zeigte seinen Dienstausweis und seine Marke. »Wir ermitteln hier in der Gegend.«

»Ermitteln?« Das Gesicht des Jägers erhellte sich. »Ah, kurz zum Bieseln rausgefahren, oder?«

Hannes ballte die Fäuste in den Taschen. Dort blieben sie auch besser, immerhin hatte der andere ein Gewehr und war ein ziemlich unberechenbarer Schütze. »Kann ich bitte mal Ihre Personalien haben?«

Kleinlaut nannte der Jäger seinen Namen und seine Adresse.

214

»Sie wohnen nicht hier, oder?« Hannes musterte ihn prüfend.

»Nein, in Dorfen drüben, aber ich habe hier die Jagd gepachtet.«

»Okay.« Hannes steckte sein Notizbuch weg. »Wenn dem Wolf irgendwas passiert, dann wissen wir, wen wir anrufen müssen. Und ballern Sie um Himmels willen nicht nachts einfach rum, wenn Sie einen Polizisten nicht mal von einer Wildsau unterscheiden können.«

»Ja.« Der Jäger zog den Kopf zwischen die Schultern. Der Hund lehnte sich an sein Knie und fiepte solidarisch.

»Sie machen besser Feierabend für heute.«

Mit gesenktem Kopf trollte sich der Mann, sein Hund hinterher. Hannes schaute ihm nach, der einsamen Gestalt, die querfeldein durch die Dunkelheit lief.

So einsam war es hier nachts gar nicht.

»Stopp!«, rief Hannes. »Ein paar Fragen hätte ich noch.«

Der Mann blieb stehen.

»Zu welchen Uhrzeiten jagen Sie hier immer?«

»In der Dämmerung. Morgens oder abends.«

Hannes schaute zu dem aufgedunsenen Mond hoch. Die Dämmerung war lange vorbei. Aber man konnte sie durchaus ein bisschen ausdehnen, wenn man Wölfe schießen ging.

»Waren Sie in der Nacht auf Freitag auch hier unterwegs?«

»Nein, ich bin erst seit gestern aus der Klinik raus. Dauer-EKG. Aber ich kann mal meinen Vater fragen, der war letzte Woche öfters unterwegs.«

»Ihr Vater? Der jagt hier?« Sein Gegenüber sah selbst schon nach Rentenalter aus. »Der muss ja mindestens neunzig sein.« Wenn ein Neunzigjähriger nach Einbruch der Dunkelheit mit einer legalen Knarre herumlaufen durfte, würde er künftig nur noch mit Warnweste aus dem Auto steigen. »Könnte ich bitte auch die Personalien Ihres Vaters haben? Und bitte eine Liste von all den Leuten, die hier sonst noch Jagdrecht genießen.«

Hannes gab dem Mann seinen Notizblock, und der kritzelte ein paar Namen und Telefonnummern hinein.

»Wenn Ihr Vater in den fraglichen Tagen in der Gegend war, warum ist er nicht selber auf uns zugekommen? Wir haben in der Presse einen Zeugenaufruf gestartet.«

»Einen Zeugenaufruf? Warum das denn?«

»Wegen des Mordes, der hier passiert ist.«

»Mord?« Das Gesicht des Jägers wirkte ehrlich ahnungslos.

»Die Zeitungen waren voll davon. Haben Sie denn nichts davon mitgekriegt.«

»Wir haben keine Zeitung mehr. Wir sind jetzt online.«

»Und Ihr Vater? Der ist jetzt auch online, oder was?«

Der Jäger nickte.


Oh nein. Leer. Nicht ganz leer. Warum hatte die blöde Kuh es nicht ganz aufgefressen? Elli holte die Schüssel mit dem Tabbouleh aus dem WG-Kühlschrank.

»Ich hatte so großen Hunger. Sorry, Nadine«, stand auf dem gelben Klebezettel. Ihr Abendessen für die nächsten zwei Tage. Elli hätte den Stolz haben müssen, die müden zwei Esslöffel, die übrig waren, in den Ausguss zu kippen. Nein, sie hätte sie über die neue Bluse ihrer Mitbewohnerin kippen sollen. Aber sie war zu ausgehungert, um stolz zu sein, und futterte den Rest direkt aus der Schüssel. Sie hatte noch ein angebrochenes Nutella im Schrank. Heute war ein Tag, um es direkt aus dem Glas zu essen, doch ein bisschen Würde musste sie sich erhalten. In Nadines Fach lagen nur rätselhafte Ampullen, eine Flasche Chardonnay und eine angebrochene Tüte Thai-Curry. Na bravo. Nichts, was Elli ihr im Gegenzug wegfressen konnte.

Sie hätte doch Urlaub nehmen und in die Oberpfalz fahren sollen. Dort war der Kühlschrank immer voll. Sie hatte ein größeres Zimmer als hier, unter ihrem Fenster fanden keine Schlägereien statt, und sie konnte in der Unterhose durchs Haus laufen. Es gab nichts, was ihre Brüderchen nicht schon gesehen hatten.

Sie nahm die Flasche Chardonnay aus Nadines Fach und verzog sich damit in ihr Zimmer. Ha. Bruchbude mit Döner-Flatrate. Nach all den Jahren Polizistengehalt könnte sie sich ruhig mal ein besseres Zimmer leisten. Jedenfalls wenn sie die Nahrungsaufnahme einstellte, sich für die nächsten zehn Jahre keine Klamotten mehr kaufte und auf den Aperol Spritz verzichtete, der in dieser total wahnsinnigen Scheißstadt 6,90 Euro kostete.

Die Neonreklame für das Boardinghouse gegenüber blinkte durchs Fenster, und sie zog die Vorhänge zu, bis das Licht nur noch ein Flackern hinter dem Stoff war. Neben dem Hotel hatte eine Zeitlang ein Mädchen gehaust, es hatte nicht mal wie sechzehn ausgesehen, und abends waren die Vorhänge zugezogen und rötlich beleuchtet gewesen. Elli hatte den Kollegen Bescheid gesagt, und kurz darauf war das Mädchen verschwunden. Wenige Wochen später war ein noch jüngeres Mädchen in der Wohnung aufgetaucht. Nie mehr hatte sie sich eingemischt, tolle Polizistin, die sie war. Sollte sie die nächsten zwanzig Jahre in einem WG-Zimmer gegenüber vom Puff wohnen und Chardonnay trinken? Es gab wahrhaft Schlimmeres.

Ihr ging's gut. Wenn sie an den knorrigen Waechter dachte oder die ständigen Leiden des jungen Hannes, war sie von der ganzen Bande noch am zufriedensten. Zufrieden sein, das war ihr Talent, jeder Mensch brauchte eines. Sie hatte keinen Plan für ihr Leben. Hatte immer nur bis zum nächsten Jahr gedacht, bis zum nächsten Job, zur nächsten Fortbildung. Die meisten Frauen hatten Pläne, die irgendwas mit Partnerschaft und Brutpflege zu tun hatten, und schleppten ihre geschwollenen Leiber in herausgeputzte Reihenhaussiedlungen. Wenn sie darauf keine Lust hatte, was blieb ihr dann noch? Karriere machen und zufrieden sein? Sich doch das Nutella-Glas holen?

Die Abfuhr von Hannes hatte ihr einen Schlag in die Magengrube versetzt, genau dort, wo ihr jetzt der Chardonnay Sodbrennen verursachte. Es würde ihr schon reichen, wenn sie in dieser Scheißstadt mal echte Freunde finden würde. Die Neonreklame blinkte hinter dem Vorhang. Blau – dunkel – blau – dunkel – blau. Das Blaulicht ihres Lebens.


Hannes sperrte die Tür zu seinem Elternhaus auf und versuchte, sich am Esszimmer vorbeizuschleichen. Drinnen roch es immer noch so wie früher, nach Pfeife und gekochtem Essen, nur muffiger, als ob alle Gegenstände über die Jahre eingestaubt wären. Er wusste noch nicht, ob es eine gute Idee gewesen war herzukommen. Aber er musste etwas nachgehen, einem Satz, den seine Mutter gesagt hatte.

*Wir helfen dir sonst auch immer aus der Bredouille.*

Der Satz hatte sich in sein Gedächtnis eingebrannt.

Hinter der Tür klapperte Besteck. Er versuchte vorbeizuschleichen, um die Essensdiskussion zu vermeiden.

»Da bist du ja endlich.« Die Stimme seiner Mutter erlegte ihn auf dem Fluchtweg. »Wir haben ewig auf dich gewartet. Hättest ja auch anrufen und Bescheid sagen können.«

Hannes lehnte sich in den Türrahmen. »Erde an Mama?

Vielleicht habe ich den ganzen Tag zwischen Fotos von verkohlten Leichenteilen gearbeitet und bin im Matsch herumgestiefelt, vielleicht habe ich anderes im Kopf, als bei meiner Mama anzurufen, damit sie mir das Essen warmhält.«

Sein Vater legte wortlos das Besteck nebeneinander und verließ den Raum.

Seine Mutter nickte in Richtung Tür. »Jetzt ist er grantig.«

»Und? Ist das mein Problem? Soll er halt sagen, was ihn stört.«

»Weißt du, dein Vater hat auch anderes im Kopf, als sich mit dir rumzustreiten. Immerhin ist er der Herausgeber …«

»… des Kirchenrechtskommentars Brandl/Wolfram/Kopp, und er legt Wert darauf, dass sein Name an erster Stelle bleibt. Ich kann's nicht mehr hören.«

»Du weißt doch, wie er ist.«

»Er ist so, weil du ihm dein Leben lang nie Kontra gegeben hast.« Hannes setzte sich und fischte eine Tomate aus der Schüssel.

Seine Mutter schlug ihm auf die Finger. »Weißt du was, heirate selber und mach's besser. Ach, ich hab vergessen, du bist ja noch verheiratet. Glas Wein?«

Hannes hielt seiner Mutter stumm ein Glas hin. Die Runde ging an sie. Sie löffelte Tomaten in ein Salatschälchen und schob es ihm hin.

»Willst du nicht mal die Scheidung von Anja rumkriegen und deine Jonna heiraten?«

»Ich dachte, du willst, dass ich sie loswerde?«

»Ich will, dass du endlich mal deine g'schlamperten Verhältnisse aufräumst.«

»Das lass mal meine Sorge sein. Ich hab ein Haus abzuzahlen.«

»Brauchst du Geld?«

»Gott bewahre. Wirklich nicht.« Er ärgerte sich über sich selbst, dass er Gott wieder ins Spiel gebracht hatte. Der Typ schlich sich ständig von hinten in seine Gespräche.

»Dass du auch immer gleich ein Kind in die Welt setzen musst.«

Er hatte ihr nichts von Jonnas Schwangerschaft und seinen Zweifeln erzählt. Woher hatte sie nur das Talent, genau da hinzuschlagen, wo es wehtat? »Ich warne dich, Mama. Jonna ist noch jung. Wenn du weiter an ihr rummeckerst, können wir gern noch fünf Kinder kriegen.«

Sie schwieg und nippte an ihrem Wein. Die Runde ging an ihn.

Leise sagte sie: »Dass du dir das antust …«

»Es würde mir schon helfen, wenn ihr die Kinder auch mal nehmen würdet.«

»Also, Hannes, wie soll denn das gehen? Der Rasmus ist ja nicht mal mit uns verwandt, der ist nur dein Stiefkind.«

»Mein Bonuskind. Er ist trotzdem mein Sohn, Mama. Er gehört zu meiner Familie.«

»Er ist ein lediges …«

»Mama, du kapierst nicht. Das ist jetzt meine Familie.«

Sie blieb einen kurzen Moment starr, als ob für sie die Zeit angehalten worden wäre. Dann setzte sie das Weinglas hart auf und ging hinaus.

»Bin ich hier in einem Irrenhaus?«, brüllte er ihr hinterher.

Aber ihm antworteten nur die leise klirrenden Gläser in der Vitrine.

## Mittwoch

Sich vor seinen Feinden unsichtbar zu machen.
Ziehe in der Flucht deinen linken Schuh aus, fahre damit 7mal über deinen Kopf und Angesicht, alsdann wende dich um gegen deinen Feind, schlage 7mal mit dem Schuh in die Luft, gegen ihnen allezeit sprechend: »Adonay sähet die Klugen in ihren Listen und vernichtet den Rath der Verkehrten, auf daß sie bei dem Tag in dem Finstern gehen und greifen um sich zu Mittage, als mitten in der Nacht.« So wirst du großes Wunder des Herrn sehen und deiner Feinde Blindheit wird sich zu deinem Heil erzeigen.

*Geheime Kunst-Schule magischer Wunder-Kräfte*

»Willst du wirklich nichts frühstücken?«, fragte Maret.
*Warum isst du hier nichts?*
*Ist es dir nicht gut genug?*
*Oder willst du dir die Zeit nicht nehmen?*
*Wo isst du stattdessen?*
Sebastian schüttelte den Kopf. »Nein, danke.« Er hatte sich mit seiner Kaffeetasse ans andere Ende des langen Tisches gesetzt. Sie saßen sich gegenüber wie ein Königspaar an der Tafel, nur dass der Diener fehlte, der mit dem Tablett hin und her wetzte. »Ich muss eh gleich wieder weg.«

221

»Kommst du heute Abend zum Essen heim?«

»Ähm … nein. Ich glaube, heute nicht.«

*Musst du arbeiten?*

*Oder willst du arbeiten?*

*Und wenn du nicht arbeitest, was machst du dann?*

*Ist es besser als wir?*

*Ist es wirklich so schrecklich bei uns?*

»Okay. Ich hebe dir was auf.«

*Wird dir schlecht, wenn ich dauernd vom Essen rede?*

*Ist es das, wovor du flüchtest?*

»Brauchst du nicht, Maret. Ich weiß nicht, wie lange es dauert.«

*Wie lange was dauert?*

*Ist es so geheim, was du treibst?*

*Oder klingt es bloß interessanter, wenn du ein Geheimnis darum machst?*

*Oder denkst du, ich kapiere es eh nicht? Ich als Realschülerin?*

*Bereust du es schon, mit einer Hausfrau verheiratet zu sein? Die mit ihren Händen in der Erde wühlt, während deine Studentinnen mit ihrer weißen Haut und ihren großen Büchertaschen an dir vorbeischweben?*

»Dann hab einen schönen Tag. Lass dich nicht stressen.«

»Du auch nicht, Schatz.«

Sebastian stand auf. Unschlüssig wartete er. Wenn er ihr einen Abschiedskuss hätte geben wollen, hätte er den ganzen Tisch entlanglaufen müssen, endlose Sekunden, in denen sie nicht gewusst hätte, wohin sie schauen sollte. Stattdessen hob er die Hand, lächelte sein Kinderlächeln und ging.

*Siehst du nicht, dass unsere Ehe keine Reserven mehr hat? Nicht mal mehr so viele, wie ein Tisch lang ist?*

*Oder siehst du es ganz genau? Und rennst weg, bevor sie endgültig zusammenkracht?*

Irgendwann.

Irgendwann würde Maret ihm all diese Fragen stellen. Morgen vielleicht. Ja, morgen wäre ein guter Tag, endlich mit dem Fragen anzufangen.

Sie hob den Tisch an ihrer Seite ein Stück hoch. Sebastians Tasse rutschte von dem geölten Buchenholz und zerschellte auf den Fliesen. Mit einem Knall ließ Maret die Tischbeine zurück auf den Boden krachen.

*Fühle ich mich jetzt besser?*

Auch sie selbst gab sich keine Antwort.


Hannes war so sehr in die Linien der Karte versunken, dass er zusammenzuckte, als Lanz neben ihm auftauchte. Er hatte keine Schritte gehört, nicht einmal das Quietschen des Gummiknaufs seiner Krücke, das ihn bis in die Träume verfolgte.

»Was machst du?« Lanz lehnte sich neben ihn an die Tischkante.

Hannes rutschte ein Stück, um seine Komfortzone zu wahren. Sie war größer als die des Ermittlungsleiters. »Ich denke nach.«

»Lass mich mitdenken.«

Mit dem Finger fuhr Hannes über das beige Band, das den Schotterweg markierte, und hielt an der Reißzwecke inne. Der Tatort. »Warum ausgerechnet da?«

»Ich hab doch immer zu dir gesagt, du sollst nicht spekulieren, keine vorschnellen Schlüsse ziehen.«

»Nicht nur einmal.«

»Jetzt hab ich's mir anders überlegt. Spekulier drauflos.«

»Was …?«

»Märchenstunde mit dem Brandl Hannes. Schauen wir mal, was dabei rauskommt.«

Hannes rieb sich den Nacken. Das war wieder einer von diesen verdammten Tests. Das hier war wie in der mündlichen Examensprüfung. Nein, schlimmer, wie in einem seiner Träume, in denen er zur Prüfung antreten musste und nur auf Kirchenrecht des fünfzehnten Jahrhunderts vorbereitet war.

Aber das war kein Traum, er war vorbereitet, er kannte jedes Detail des Falles und jeden Quadratmeter des Freisinger Mooses.

»Warum hat er diesen Ort als Tatort ausgesucht?« Er tippte auf die Reißzwecke, sie riss ein kleines Loch ins Papier. »Weil hier das Holz lag. Darauf hatte er keinen Einfluss, die Bauern hatten es seit Wochen dort aufgeschichtet. Er hatte es zur Verfügung. Ich rede jetzt immer von ›er‹. Wir wissen nicht, ob der Täter ein Mann ist, Frauen sind mitgemeint, okay?«

»Was wäre der einfachste Schluss?«

Der Reisighaufen. Der Scheiterhaufen. Brennmaterial.

»Die Bauern, denen das Holz gehört. Das wäre die einfachste Lösung. Aber die beiden sind vom Tisch. Haben die Nacht bei ihren Familien verbracht. Außerdem …« Hannes warf Lanz einen Seitenblick zu. »In Motiven sollen wir nicht denken, oder?«

»Du hast die offizielle Sondererlaubnis.«

»Wie gnädig von dir. Sie haben kein Motiv. Keinerlei Verbindung zu der Frau oder der Familie. Null, *niente*.« Er trank einen Schluck Kaffee. Kalt geworden. Egal.

»Und die zweiteinfachste Möglichkeit?«, fragte Lanz.

»Ein Zufallsopfer, deine Theorie. Zur falschen Zeit am falschen Ort. Nur dagegen sprechen zwei Dinge. Erstens hatte Eva Nell eine Beziehung zum Tatort, ihr Elternhaus stand in der Nähe, ihr Kind wohnte dort. Zweitens: Die Tat

224

war minutiös geplant. Der Tatort war perfekt ausgewählt, um Ruhe zu haben. Der Täter hat kaum Spuren hinterlassen. Das kriegt man nicht hin, wenn man sich die nächstbeste Spaziergängerin von der Straße schnappt. Selbst wenn wir davon ausgehen, dass die beiden Bauernburschen in ihrer Freizeit schwarze Messen mit Menschenopfern gefeiert haben, was ich ausschließe …«

Lanz räusperte sich.

»Was ich jetzt mal an den äußeren Rand der Wahrscheinlichkeit schiebe. So besser?«

»Gut, Brandl.«

Hannes fixierte die Karte, bis sich aus den Straßen ein Gesicht bildete, das ihn höhnisch angrinste, die rote Reißzwecke ein maliziöses Knopfauge.

»Der Täter kennt die Gegend gut, er streift hier herum, weiß, wo das Holz liegt. Weiß, wie einsam es dort ist, welche Stellen von keinem Haus aus einsehbar sind, menschenleer.« Er schloss die Augen. »Jemand aus der Gegend.«

»Mach weiter.«

»Er findet den Holzstapel. Vielleicht ist es Zufall. Vielleicht hat er aber auch gezielt eine geeignete Stelle gesucht. Vielleicht hat er mit den Bauern geredet, ein Gespräch am Wegesrand unter Nachbarn. Wir müssen alle noch mal befragen, die sich im Freisinger Moos aufgehalten haben, mit wem sie in den Wochen vorher Kontakt hatten.«

»Gut. Weiter.«

Hannes schloss die Augen. Das Wegenetz brannte auf seiner Netzhaut nach.

»Er steht davor. Betrachtet das Holz. Sieht den Scheiterhaufen, sieht es brennen. Das ist seine Chance. Das ist die Erfüllung seiner Fantasie, die in ihm so sehr gewachsen ist, dass es ihn fast zerreißt.«

225

*Dieser Haufen Holz war wie für ihn geschaffen. Perfekt auf-geschichtet, unten die dickeren Stämme, oben die Ruten und das Reisig, der Zunder. Das ist ein Zeichen.*

*Er muss schnell sein. Aber er ist klug, verdammt klug, es macht ihm nichts aus. Er kennt das Opfer, er ist ihm überlegen.*

»Er ist Eva Nell nah. So nah, dass er sie aus dem Haus lo-cken kann, ohne Kampf, ohne Widerstand. Es gibt nicht viele Menschen, die ihr so nah waren. Der Exmann. Die Tochter. Der Schwiegersohn. Der Mitbewohner. Die Enkelin.«

*Ihre Tochter? Wer fackelte denn seine eigene Mutter ab? Nur jemand, der komplett wahnsinnig war. Schließ nie den Wahnsinn aus, Hannes. Schließ nie den Wahnsinn aus.*

»Er lockt die Frau heraus, sie sitzt in seinem Auto. Es muss ein Auto im Spiel sein, die Wege sind zu weit. Vielleicht hat er versprochen, sie zur S-Bahn zu fahren.«

*»Hier geht es aber nicht zur S-Bahn«, sagt sie.*

*Schweigen von der Fahrerseite. Sie wirft einen Blick auf die Hände am Lenkrad. Handschuhe, obwohl es eine milde Früh-lingsnacht ist.*

*»Wir hätten da vorne rechts …«*

*Ihre Stimme versandet. Das Auto hält an. Totale Schwärze, eine wolkenverhangene Nacht.*

*»Aussteigen.«*

*Sie versucht nicht zu zeigen, dass sie zittert. Sie steht auf einem Kiesweg, ihre Augen gewöhnen sich an die Dunkelheit, sie sieht den Weg als helles Band verschwinden. Neben ihr gurgelt Wasser, über ihr spannt sich der Himmel voller blasser Sterne.*

*»Geh.«*

*Sie gehorcht. Aber sie kommt nur ein paar Schritte weit. Et-was Schweres kracht gegen ihren Hinterkopf. Die Sterne verlö-schen.*

»Sie sind nicht weit vom Holzstapel entfernt«, sagte er.

»Kaum Schleifspuren. Er hatte ein Auto. So gesteuert, dass er den Körper möglichst wenig bewegen musste. Er arrangiert die Frau auf dem Holz, wirft seine Handschuhe dazu und den Ast, den er zum Zuschlagen verwendet hat.«

*Er ist der Herrscher des Feuers, der Herr über Leben und Tod.*

Hannes öffnete die Augen. War zurück im Besprechungsraum mit einer Karte, einer Reißzwecke und kaltem Kaffee.

»Er wird es wieder tun.«

»Gut.« Lanz legte ihm eine Hand auf die Schulter. »Sehr gut. Und jetzt zurück an die Arbeit, vielleicht können wir einen weiteren Mord verhindern.«


»Sie schon wieder!«

Die pensionierte Krankenschwester hielt die Tür nur einen Spalt breit offen, zu schmal für Waechters Fuß.

»Ja, ich schon wieder. Ich werde so oft wiederkommen, bis die Geschichte der kleinen Hildegard erzählt ist.«

»Warum können Sie die alten Kamellen nicht einfach ruhen lassen? Jetzt kommen Sie schon aus dem Flur raus.« Frau Probst riss die Tür auf.

Drinnen zog Waechter seinen Mantel aus und legte ihn sorgfältig über einen Stuhl.

»Sie glauben gar nicht, wie viele Gedanken ich mir über die kleine Hilde gemacht habe«, sagte sie.

»Es ist Ihnen also wieder eingefallen, wer sie war?«

»Ich hatte ja Zeit, darüber nachzudenken. An manche Dinge erinnert man sich nicht gern. Damals musste alles schnell gehen, es waren viel zu viele Patienten für zu wenige Hände. Die Kinder wurden nicht wie Kinder behandelt. Wenn sie weinten, weinten sie, oder es gab Schlaftabletten oder Mohnschnuller, damit die anderen nicht auch noch anfingen. Wir haben es nicht besser gewusst. Später habe ich mich bemüht, alles anders zu machen. Aber das hat den kleinen Würmern von früher auch nichts mehr geholfen.«

»Warum wurde Hilde eingeliefert?«

»Sie musste sich übergeben, behielt nichts mehr bei sich. Als sie zu uns kam, hat sie gestunken, ihre Kleider haben gestanden vor Dreck, sie war unterernährt. Mir ist aufgefallen, dass sie nie geweint hat. Deswegen habe ich mich auch nicht so viel um sie gekümmert. Die Kinder, die weinen, zu denen rennt man.«

»Haben Sie denn nicht das Jugendamt verständigt?«

»Da hätten die damals viel zu tun gehabt.«

Sie schwiegen. Der Verkehrslärm brandete in Wellen herein, die Wohnung atmete Lärm. Schalldichte Fenster waren für eine Krankenschwester unerschwinglich.

»Manchmal denke ich mir, vielleicht hätte sich bloß mal jemand ans Bett setzen müssen. Vielleicht hätte es schon was geholfen, wenn ihr jemand Kakao und Kekse gebracht hätte.«

»Sie ist wirklich gestorben, oder?« Für einen Moment hatte Waechter die Vision einer Rächerin aus der Vergangenheit, die nachts übers Moor wanderte und ihre Familie auslöschte. Er hatte zu viele Schauerromane gelesen.

»Natürlich. Ich bin zu ihrem Grab gefahren. Das war mir wichtig.«

»Ist sie an Unterernährung gestorben?«

»Nein.« Sie schaute ihn erstaunt an. »Wissen Sie das denn nicht? Sie hatte eine Quecksilbervergiftung.«


Die kleine Gründerzeitvilla stand verloren zwischen den erleuchteten Häusern wie eine Zahnlücke. Ein Kaffeemühlenhaus. Das Tor war offen, Hannes fuhr hinein und parkte den

Landrover auf dem zugewachsenen Vorplatz, Kies knirschte unter dem trockenen Gras. Neben dem Haus erstreckte sich eine Wildnis halbtoter Büsche, die dafür probten, sich in einen Wald zu verwandeln. Im Erdgeschoss waren zwei Fenster mit Planen überspannt. Die Haustür mit dem schmiedeeisernen Gitter schwang lautlos auf, als er dagegendrückte.

»Hallo?«

Hatte Julia ihn versetzt? Oder wollte sie ihm das kalte Grausen verpassen? So gut kannte er sie nicht mehr. Sie war eine gemeinsame Freundin von ihm und Anja gewesen, und er hatte seit der Trennung von seiner Ex nicht mehr viel Kontakt zu ihr gehabt. Hannes hatte sein früheres Leben abgestreift hatte wie eine Schlangenhaut. Er wusste von ihrer Geisterjägerei, aber hatte sich nie getraut, danach zu fragen. Bis jetzt, da ein Geist auf den Plan getreten war.

Der Flur war kahl, Kabel hingen aus der Wand. Im Wohnzimmer schliefen schwere Ledermöbel unter einer Staubschicht, vergilbte Stores hielten das Tageslicht draußen. In diesem Raum war es nie hell geworden. Auf der knarzenden Treppe stieg er nach oben.

*Hört auf zu knarzen*, sagte er zu den Treppenstufen. *Ihr seid so ein Klischee.*

*Knarz*, sagten die Stufen.

Das Licht von der offenen Tür reichte nicht bis hinauf, um die grünliche Dämmerung zu vertreiben. Er ging an mehreren offenen Türen vorbei, auf der Suche nach einem Lichtschalter.

»Buh.«

Er griff nach seiner Pistole, bevor er über Geister und Pistolen nachdenken konnte, und die Schwierigkeit, die beiden zu kombinieren.

Julia stand in einem der dunklen Türeingänge. »Ich sollte keine Männer erschrecken, die geladene Waffen tragen.«

»Ich bin nicht erschrocken«, sagt er. »Nur ein Reflex.«

»Hey, drück mich mal.«

Er gab ihr Küsse auf die Wange. Sie zwickte ihn prüfend in die Taille.

»Schmal bist du geworden«, sagte sie. »Geht's dir gut?«

Er nickte nur.

Sie führte ihn in einen Raum, der von einem großen grünen Sofa dominiert wurde. »Hier arbeite ich gerade.«

»Was genau machst du da?« Hannes schaute sich suchend im Halbdunkel um. Außer ein paar Ziegelsteinen konnte er keine Anzeichen von Arbeit erkennen.

»Die Eigentümerin hat den Kasten geerbt und will ihn renovieren. Aber sie glaubt, dass es hier spukt. Ein Familiengeist, den sie mitgeerbt hat.«

»Und du musst ihn vertreiben?«

»Wenn es ihn denn gibt, ja. Wir haben eine PU mit unserem vollen Equipment gemacht, eine paranormale Untersuchung. Kein Ergebnis.«

»Glaubst du wirklich an Geister?«

»Die meisten Spukerscheinungen haben natürliche Ursachen. Deswegen messen wir bei unseren Untersuchungen die elektromagnetische Spannung, machen Fotos, Videos, suchen nach Temperaturschwankungen. Manchmal haben wir keinen Erfolg. Entweder wir haben nicht gründlich genug gesucht, oder es gibt doch Dinge zwischen Himmel und Erde, die wir uns nicht erklären können.« Sie lächelte ihn an. »Aber darüber maße ich mir kein Urteil an.«

»Was machst du dann noch hier?«

»Ich bin gerade bei der Nachuntersuchung, ich glaube, dass ich einer ganz weltlichen Ursache auf der Spur bin.«

Hannes beugte sich zu dem Loch in der Wand, das Julia erweitert hatte. Ein kühler Luftzug strich von dort herein und brachte mit sich den Geruch von Stein, Fäulnis und Exkrementen.

»Steckt da der Geist drin?«

»Setz dich hin, gib Ruhe und warte.«

Hannes lehnte sich an das abgewetzte Polster und versuchte, still zu sitzen. Er schaffte es eine halbe Minute.

»Aber was, wenn …«

»Schsch.«

Es juckte ihn am ganzen Körper. Er versuchte zu erkennen, was Julia vor dem Loch auf den Boden gelegt hatte.

Walnüsse und … Marshmallows. Mäusespeck.

Ein kleiner Schatten huschte hervor und verschwand mit einer Walnuss. Ein anderer holte sich einen Marshmallow. Kleine Füße kratzten in der Wand, tappten, scharrten und wurden wieder still. Bis auf das Geräusch winziger Zähne, die an der Schale einer Walnuss knabberten.

»Mäuse«, sagte Hannes. Das Knabbern verstummte. Er sah das kleine spitze Gesicht vor seinem inneren Auge, wie es von der Nuss aufblickte und in seine Richtung witterte. »Was machst du dagegen?«

Julia klappte ihren Laptop auf und zeigte ihm ein Bild von hellen Schemen. Erst auf den zweiten Blick erkannte er, dass es von einer Wärmebildkamera stammte. Kleine, warme Körper hinter einer kühlen Wand. Keine Geister.

»Ich werde die Beweise sammeln und sie der Eigentümerin schicken, damit sie sicher sein kann, dass ihr Familiengeist Schnurrhaare und lange Schwänzchen hat. Ich bin kein Kammerjäger.«

Sie lauschten auf das Walnussknabbern. Es war ein beruhigendes Geräusch.

»Sag mir, warum die Menschen an Geister glauben.«

»Sie hören Geräusche. Ein tiefes Wummern, ein Heulen. Nächtliche Schüsse, nächtliche Schritte. Klaviere, die von selbst spielen. Sie fühlen Dinge. Einen kalten Luftzug, einen Geruch. Und dann gibt es da noch die klassischen Poltergeistauftritte. Objekte, die an andere Stellen gewandert sind, verwüstete Räume.«

»Was tut ihr für diese Leute?«

»Wir suchen die Ursachen mit wissenschaftlichen Methoden. Das Klavier zum Beispiel. Wir haben mit einer einfachen Webcam herausgefunden, dass der Kater des Nachbarn regelmäßig durchs offene Fenster hereinkam, sich verirrte und panisch über das Klavier rannte, bevor er das Loch in die Freiheit wieder fand. Die Leute waren mit den Nerven am Ende.«

Hannes lachte. Mäusefüßchen tapsten über die Zimmerdecke.

Julia lehnte sich vor und schob einen Drahtverschlag in das Loch, der an ein mittelalterliches Folterinstrument erinnerte. »Lebendfalle, mit Nutella eingeschmiert«, erklärte sie. »Ich lasse sie natürlich wieder frei, sobald ich das Beweisfoto habe. Warum bist du zu mir gekommen? Spukt es bei euch auch?«

»Wir haben eine Geistererscheinung in einem alten Bauernhaus, bewohnt. Ein kleines Mädchen ist in den fünfziger Jahren unter ungeklärten Umständen gestorben. Seitdem behauptet die Familie, die Kleine nachts zu sehen.«

»Und was sehen sie wirklich?«

»Sie fühlen sie eher. Sogar das kleine Mädchen, das die Geschichte nicht kennt.«

»Du weißt, dass ich Skeptikerin bin«, sagte Julia. Ihr Gesicht nahm den träumerischen Ausdruck an, den Leute bekamen, wenn sie mit Religion, Liebe oder LSD infiziert waren. »Aber es gibt da ein Phänomen, ein vererbtes Trauma. Erinnerungen, die irgendwie in die DNA wandern und von Eltern zu Kindern bis hin zu den Enkeln vererbt werden.«

»Ach komm, Julia, da war ein *irgendwie* in deinem Satz. Ich dachte, du wärst Wissenschaftlerin.«

»Das ist kein Esoterikmist. Es gibt seriöse epigenetische Studien darüber. Gib das mal in eine Suchmaschine ein.«

»Das werde ich.« Er schüttelte den Kopf. »Vererbtes Trauma. Nie davon gehört.«

»Du sagtest, die Leute fühlen den Geist. Was genau nehmen sie wahr?«, hakte Julia nach.

»Einen kalten Luftzug … Vibrationen der Luft … Traurigkeit.«

»Vibrationen?«

»Ja, sie haben unter anderem ein tieffrequentes Brummen erwähnt.«

»Ah, Taos Hum«, sagte sie mit einem Leuchten in den Augen. »Ein Klassiker. Aber oft nicht herauszufinden, woher es kommt.«

»Bitte mach mich schlauer. Ich habe noch nie davon gehört.«

»Sprich leiser. Die Mäuse haben uns als Möbelstücke akzeptiert, die mit Essen werfen, aber wenn du deine Stimme donnern lässt, sind sie weg, bevor du ›Marshmallow‹ sagen kannst.«

»Also, was ist Taos Hum?«, flüsterte er.

»Es wurde zuerst in Taos in New Mexico aufgezeichnet. Ein tiefes Brummen, das sich niemand erklären konnte, wie ein laufender Dieselmotor.«

»Und wo kommt es her?« Hannes holte seinen Notizblock heraus.

»Es gibt verschiedene Gründe. Manchmal ist es tatsächlich nur ein laufender Dieselmotor.«

»Sehr lustig.«

»Aber wahr. Andere Ursachen sind Generatoren im Nachbargarten, U-Bahnen, nächtliche Renovierungen, Luftzüge, Elektrogeräte wie Kühlschränke. Hast du das?«

Hannes kritzelte wie ein Wilder. »Ja, klingt logisch.«

»Taos Hum hat fließende Grenzen zum Infraschallphänomen. Wenn etwas so tief brummt, dass es unter deiner Hörgrenze ist, hast du ein Problem, weil du es nicht bewusst hörst. Nur als Vibration. Hast du nicht was von Vibrationen der Luft gesagt?«

»Ich habe nicht erwartet, dass du so gut bist.«

»Ich tue nur Dinge, in denen ich gut bin« Sie legte ihm eine Hand auf den Arm. »Schau.« Eine Maus war in der Öffnung erschienen, ihre Schnauze zitterte.

Noch leiser fügte Julia hinzu: »Infraschall kann zu Konzentrationsproblemen führen, zu hohem Blutdruck, Angstattacken und depressiven Episoden.«

Hannes musste dringend nachprüfen, ob irgendwo in seinem Leben eine Infraschallquelle versteckt war.

»Und was den kalten Luftzug angeht: Es zieht, wenn die warme Luft rauswill zur kalten Luft. So physikalisch, so simpel. Such nach Rissen und Löchern, Hannes.«

Ein metallisches Klicken ließ ihn zusammenzucken. Die Falle war zugeschnappt.


Waechter klopfte an Ellis Tür und schob sie vorsichtig auf. Sie telefonierte und hob die Hand, er solle warten. Gutturale Laute einer Fremdsprache kamen aus ihrem Mund. Ihre Stimme klang verändert, tiefer, wie die eines Mediums, das in Zungen sprach. »Dou di niad ou«, sagte sie. »Irta … ja …

ja, Mama. Irta. Da Waechter kimmt. Servus, pfiat iats.« Sie schaute zu ihm hoch. »Sorry für das Privatgespräch. Was gibt's?«

»Hast du mal kurz Zeit?«

»Wenn ich mir ab Dienstag freinehmen darf.«

»Kommt darauf an, wie es hier läuft. Warum gerade Dienstag?«

»Ich will zu meiner Familie fahren. Hast du vergessen, dass Osterferien sind? Was kann ich für dich tun?«

»Kein Wort zur Chefin.« Er holte das schwarze Buch aus seiner Tasche, am Abend zuvor hatte er es mit unzähligen Post-its verziert. Mittlerweile kannte er es fast auswendig. »Ich glaub, ich bin da auf was gestoßen.«

Elli blätterte die Seiten durch. »Uah. Das ist ja schwarzes Zeug. Willst du satanische Messen feiern? Was treibst du mit diesem Schinken, das Die Chefin nicht erfahren darf?«

Waechter fasste zusammen, was er herausgefunden hatte. Das tote kleine Mädchen, der Geist, der Hexenbanner, der Tod durch Quecksilbervergiftung. »Ich glaube, dass wir nicht auf ein Unglück gestoßen sind, sondern auf ein Tötungsdelikt. Dieses Buch hier hat mir eine Expertin für Volkskunde in die Hand gedrückt. Daraus haben die Hexenbanner ihr Wissen bezogen.«

»Nie davon gehört.« Elli blätterte immer faszinierter durch den Band. »Bei uns hat keiner an so einen Schmarrn geglaubt. Das muss doch Jahrhunderte her sein.«

»Siebenundfünfzig. In dem Jahr ist die Schwester von Eva Nell an einer Quecksilbervergiftung gestorben. Im selben Jahr ist ein Hexenbanner namens Hanisch durchs Land gezogen.«

»Steile Theorie. Kein Wunder, dass Die Chefin nichts davon erfahren darf.« Elli las laut aus dem Buch vor: »*Gegen böse Finger. Stecke den bösen Finger einer Katze eine Zeit lang in das Ohr, so wird er alsbald zu heilen beginnen.*«

»Diese Kapitel sind harmlos. Zumindest schaden sie niemandem, außer der Katze. Blättere mal weiter nach hinten.« Er nahm ihr das Buch weg und schlug es an einer Seite auf, die er markiert hatte.

*»Heilung von Wahnsinn und Tollwuth.*

*Nimm ½ Unze Berberizensaft, eine Drachme Theriak, vier Gran gediegenes Quecksilber, in rotem Präcipitat-Zustande, dazu vier Messerspitzen voll Schwefelblüthe, 3 Dotter von Taubeneiern (noch besser von Turteltauben), sehr gleich hart gesorten, mische dieß Alles sorgfältig, und theile dann die ganze Masse in 64 gleiche Theile, wovon man dem Kranken von Stunde zu Stunde einen Theil eingibt, bis alle 64 hineingeschluckt sind.*«

»Waechter, du hast so ein ungutes Leuchten in den Augen«, sagte Elli. »Du hörst, dass ein Kind an Quecksilbervergiftung gestorben ist, findest einen alten Schinken in der Bibliothek, liest einen Zauberspruch, in dem Quecksilber vorkommt, und glaubst, das steht in einem Zusammenhang mit unserer aktuellen Ermittlung, einundzwanzigstes Jahrhundert, drittes Jahrtausend?«

Wenn sie es so zusammenfasste, musste er zugeben, dass es absurd klang.

»Es liegt nur eine Generation dazwischen, Elli. Es war kein Jahrhundert her. Nur eine Generation. Das tote Kind war die Schwester des Opfers. Zwei Schwestern, beide tot. Die eine wird auf einem Scheiterhaufen verbrannt … Lass mich ausreden«, sagte er, denn Elli hatte schon Luft geholt. »Die andere kommt bei einer Behandlung gegen Hexerei um. Zwei Schwestern, Elli.«

»Hobby-Profiling. Wir haben keine Beweise dafür, dass an dem Kind irgendwie herumgepfuscht wurde. Seit du die

Fortbildung bei der Operativen Fallanalyse gemacht hast, bist du nicht zum Aushalten.«

»Mit Quecksilber vergiftet man sich nicht zufällig.«

»Dem Kind wird halt ein Thermometer runtergefallen sein«, sagte Elli. »Du hast dich da in etwas verbissen. Wenn du dafür Ärger kriegen willst, will ich nicht dabei sein.«

Waechter stieß die Luft aus wie ein angestochener Ballon. »Ist das dein letztes Wort?«

»Ich habe auch sonst schon genug Arbeit. Kann ich jetzt ab Dienstag frei haben oder nicht?«

»Wenn wir diesen verdammten Fall bis dahin gelöst haben, dann fahr, wohin du willst.«

Waechter zog die Tür hinter sich zu. Diese Ermittlung sprengte seine Mordkommission auseinander. Es war wie verhext.

Hannes sparte sich die Abschlussbesprechung in Erding und machte Halt im Fitnessstudio. Er stieg auf den Crosstrainer, um sich aufzuwärmen. Hinter der Glaswand des Kursraums hopsten Ballettkinder in einem rosaweißen Kreis aus wippenden Tutus. Nach ein paar Minuten hielt er an, er konnte den Anblick glücklicher kleiner Mädchen nicht ertragen. Im Kraftraum stemmte er ein paar Gewichte, die übliche Euphorie nach der Anstrengung wollte sich heute nicht einstellen. Schneller als sonst war er erschöpft, er verlor Kraft wie durch ein Leck. Paralysiert saß er auf seinem Hocker, sein T-Shirt getränkt von saurem Schweiß, und ihm war klar, dass er es nicht länger hinausschieben konnte, zu seinen Eltern zu fahren. Oder die Fahrt zu seinem stillen und leeren Haus anzutreten.

Am liebsten wollte er verloren gehen.

In der Garderobe piepte sein Diensthandy. Bitte nicht wieder Lanz mit einem Botengang. Das Abendessen mit seinen Eltern erschien ihm auf einmal als keine so schlechte Idee, auch wenn er vor dem vollen Teller verhungern würde. Er stopfte seine durchgeschwitzten Sachen in die Sporttasche und zog das Telefon heraus.

Maret Lindner. Er öffnete die SMS.

*»Noch im Dienst?«*

Er rubbelte mit dem Handtuch seine nassen Haare und antwortete:

*»Dienst ist Ansichtssache. Ich habe Bereitschaft.«*

*»24 Stunden?«*

*»Bereitschaft besteht aus 24 Stunden. Sonst hieße sie nicht Bereitschaft.«*

*»Sind Sie noch in Erding oder in Freising?«*

*»Beim Training. Gerade auf dem Heimweg.«*

*»Oh. Ich wollte nicht Ihren freien Abend ruinieren.«*

Sie benutzte Großbuchstaben und Satzzeichen, schrieb ihre Nachrichten so korrekt wie Briefe. Das gefiel ihm.

*»Sie ruinieren nichts. Wie gesagt, Sie können sich jederzeit melden, wenn es etwas Wichtiges gibt.«*

*»Ich weiß nicht, ob ich mich gerade blamiere.«*

Hannes zog das T-Shirt über den Kopf und schnürte seine Docs zu. *»Schießen Sie ruhig los.«*

*»Ich bin allein im Haus. Sophie schläft, Dennis hat Chorprobe, Sebastian ist natürlich wieder nicht da.«*

Sie hatte ihren Mann als Letztes genannt. Ihn zählte sie schon gar nicht mehr mit. Er kam und ging in seiner eigenen Familie, als sei er ein Geist.

Aber Hannes hatte es in seiner eigenen Familie auch nicht besser gemacht.

*»Warum erzählen Sie mir das?«*

*»Ich fürchte mich.«*

»*Vor dem Geist?*«

»*Vor realen Dingen.*«

Er wartete auf die Fortsetzung ihrer Nachricht, aber das Telefon blieb still. »*Welche Dinge?*«, schrieb er.

»*Schritte und Scharren. Türenklappen, wo keine Türen sind. Jemand schleicht ums Haus.*«

»*Klingt mehr wie ein Geist.*«

»*Oh bitte. Nehmen Sie mich ernst, ich bin kein Kind.*«

Schon wieder Missverständnisse. Warum telefonierten sie nicht einfach? Er wusste, warum. Es war so viel leichter, SMS zu schreiben, nicht reagieren zu müssen, schlagfertig zu sein. Er wusste, wie seine Stimme übers Telefon klang, gepresst und ihrer Resonanz beraubt. Wie viel besser waren SMS. Leise. Aseptisch. Neutral.

Es gab noch einen anderen Grund. Sie hätten dann eine Grenze überschritten. Es war sein erster Gedanke, dass es bei ihm und Maret eine Grenze gab. Und wo eine Grenze war, existierte etwas dahinter.

»*Wovor haben Sie Angst?*«, schrieb er.

»*Machen Sie Witze? Bei mir wurde schon mal eingebrochen.*«

»*Sie sollten die Streife rufen.*«

»*Die werden mich auslachen.*«

»*Wir lachen nie.*« Er musste lächeln, als er die Worte tippte. »*Berufskrankheit.*«

»*Ich habe Sie noch nie lächeln sehen.*«

Als könnte sie ihn durch das schimmernde Glas seines Handys beobachten. Unheimlich. »*Es hat noch nicht viele Situationen gegeben, die zum Lachen waren.*«

»*Können Sie es überhaupt?*«

Er suchte nach einer schlagfertigen Antwort, ihm fiel aber keine ein. Die Frage hatte sich bis auf seine Knochen gegraben.

Maret befreite ihn von einer Reaktion.

»*Da ist es wieder. Eine Art Scharren. Es kommt von überall.*«

»*Soll ich die Streife für Sie rufen? Dann lachen die halt über mich.*«

»*Können Sie vorbeikommen?*«

Das war unerwartet. »*Hören Sie, ich brauche eine halbe Stunde. Bis dahin wird es vorbei sein.*«

»*Oh, klar. Sie wollen Ihren Feierabend. Vergessen Sie, dass ich gefragt habe.*«

»*Nein, nein, nein. Es ergibt nur keinen Sinn.*«

»*Vergessen Sie es.*«

»*Ich fahre raus*«, schrieb er. »*Schließen Sie die Fenster, lassen Sie die Rollläden herunter, und bleiben Sie davon weg. Machen Sie nicht auf, wenn es klingelt. Nehmen Sie auch keine Kerze in die Hand und gehen Sie nachschauen. In Horrorfilmen machen sie das immer.*«

»*Bis zum letzten Satz haben Sie wie ein richtiger Polizist geklungen.*«

»*Haha.*«

Auf dem Weg nach draußen holte er die Schlüssel des Landrovers aus der Tasche. Es war zwar kein Dienstwagen, aber das hier war auch außerdienstlich.


Die Abendbesprechung war zu Ende, Lanz stapelte seine Unterlagen.

»Spezialeinsatz?«

»Spezialeinsatz«, sagte Waechter. »Ich fahr euch hinterher.«

In Gabis Stamperlbahn wurde Waechter dreißig Jahre in die Vergangenheit katapultiert. Das war ungefähr die Zeit, als hier das letzte Mal renoviert worden war. Die Wände atmeten den kalten Rauch von Jahrhunderten. Sogar im Out-

240

back wurde das Rauchverbot eingehalten. Waechter ließ sich von den Erdinger Kollegen mit an den Stammtisch schieben. Die uniformierten Polizisten hatten sich umgezogen, sie bestellten sich Bier, Lanz war der Einzige, der Apfelschorle trank. Waechter orderte ein »Bleifreies«, er hatte den langen Heimweg auf Landstraße und Autobahn noch vor sich.

Lanz schnallte seine Beinschiene ab und rieb sich das Knie. »Was macht denn der Herr Blutgrätsche heute? Der kommt und geht, wie er will, oder?«

»Keine Ahnung, was der Brandl treibt.« Waechter trank einen ausgiebigen Schluck, und als Lanz ihn immer noch erwartungsvoll anschaute, fügte er hinzu: »Ich bin doch nicht sein Aufpasser.«

Es war nicht sein Bier, wie sein Kollege seine Abende verbrachte. Außerdem, was sollte mit dem nicht in Ordnung sein? Hannes war wie immer: verrückt wie ein Hutmacher, aber ein guter Polizist.

Dummerweise fiel ihm bei dem Thema auch Lily wieder ein, und der entspannte Feierabend fühlte sich ein gutes Stück unentspannter an. Was, wenn sie heute Abend wieder bei ihm auftauchte und vor verschlossener Tür stand? War er dann dafür verantwortlich, wenn sie zurück auf die Straße verschwand? Nein, sagte er sich. Nicht sein Problem, er hatte nicht darum gebeten, von Lily heimgesucht zu werden. Die Familien anderer Leute waren deren Privatvergnügen.

Ein paar Feuerwehrleute kamen von ihrer Schicht, immer noch in ihren Warnwesten, und erlösten Waechter vom Problem Hannes. Zwei Rettungssanitäter kamen dazu. Sie nickten den Polizisten über die staubigen Plastikblumen der Dekoration hinweg zu. Mittlerweile war dieser Stammtisch der sicherste Ort im ganzen Landkreis. Die Bedienung brachte noch mehr Bier – unbestellt, aber willkommen. Die Neuankömmlinge beäugten Waechter.

»Das ist Hauptkommissar Waechter von der Kripo München«, sagte Lanz. Die Gläser klirrten. »Er möchte wissen, wie wir Autochthonen leben.«

»Nichts Neues für mich«, sagte Waechter. »Ich stamme aus dem Dachauer Hinterland. Ich glaube, ich war schon in solchen Boazn, als ich noch ein Metzgerlehrling war. Und seitdem haben sie die Plastikblumen nicht gewechselt.«

Drei alte Männer schlurften herein, nahmen ihre Plätze am anderen Ende des Tisches ein und packten Karten aus. Jetzt war der Stammtisch voll besetzt.

Einer der Feuerwehrleute rutschte zu Waechter auf.

»Wisst ihr inzwischen, was für ein Brandbeschleuniger verwendet wurde?«

»Wir schon«, sagte Waechter diplomatisch. Einzelheiten durfte er keine rauslassen.

»Muss etwas nicht Flüchtiges sein«, sagte der Feuerwehrmann. »Etwas Pastöses auf Ethanolbasis. Oder ein Lappen mit Leinöl, der sich über Nacht selber entzündet hat. Du willst keinen Haufen mit offener Flamme anzünden, der mit Benzin getränkt ist. Wenn dir an deinen Augenbrauen was liegt, machst du das nicht. Sonst: *puff*.«

»Was ist euer Tipp?«, fragte Waechter, obwohl er die Ergebnisse der Gasanalyse bereits kannte. Er hörte sich gern neue Blickwinkel an.

»Grillanzünder. Fonduepaste. Alles, was man so im Baumarkt besorgen kann.«

Waechter nickte. Das stimmte mit der Analyse überein, eine handelsübliche Brennpaste.

Der Feuerwehrmann lehnte sich herüber und blies ihm

seinen Bieratem ins Gesicht. »Es ist nicht der Brandbeschleuniger, der brennt. Es sind die Gase, die Feuer fangen. Aber bei der Paste strömen nicht viele Gase aus. Ist schon jemals ein Fondueset am Tisch explodiert?«

Waechter blieb still. Er war nie zu Fondueabenden eingeladen. Etwas nagte in seinem Kopf, das sein Sitznachbar vorher gesagt hatte. Er würde es nagen lassen, manchmal schaffte so etwas es wieder an die Oberfläche.

»Glaubst du auch daran, dass das ein okkulter Fall ist?«, fragte ihn Lanz.

»Ich dachte, das hier wäre ein Spezialeinsatz, keine Nachtschicht.«

»Man wird ja wohl ratschen dürfen.«

»Ratschen also.« Waechter wischte sich Bierschaum vom Mund. »Ein okkulter Fall oder einer, der so aussehen soll.«

»Um uns auf eine falsche Fährte zu locken?«

»Wir schreiben das einundzwanzigste Jahrhundert. Wer verbrennt heute noch Hexen?«, sagte einer der jungen Polizisten, der bisher still dem Gespräch zugehört hatte.

»In Südafrika glauben sie noch dran«, sagte einer der Feuerwehrmänner. »Die Frauen werden da verfolgt.«

»Aber wir sind weit weg von Südafrika und noch weiter weg vom Mittelalter.«

»Nicht ganz so weit«, sagte der Feuerwehrmann. »Meine Oma glaubt noch dran. Sie sagt, ihre Nachbarin ist eine. Die soll einem ihrer Birnbäume einen Pilz gezaubert haben, weil der Opa ihr den Behindertenparkplatz vor dem Ärztehaus abgeluchst hat.«

Ein anderer Polizist lehnte sich über den Tisch. »Meine Oma sagt immer, du musst den Besen verkehrt rum hinstellen, damit die Hexen nicht damit wegfliegen.«

»Das ist eine typische Oma-Lüge«, sagte der Feuerwehr-

243

mann. »Die Bürste wird struppig, wenn man den Besen draufstellt.«

Die Plätze vor den Spielautomaten waren frei geworden, die Rettungssanitäter nahmen ihre Gläser und gingen hinüber. Waechter rutschte zu den alten Kartenspielern auf.

*Mit den alten Leuten reden.*

Auf dem Weg ins Freisinger Moos baute sich Ärger in Hannes auf, genährt von Mittelspurschleichern und einer endlosen Reihe von Lastern, die Elefantenrennen veranstalteten. Er fuhr von der Autobahn ab, bevor sie achtspurig wurde und die Verteilungskämpfe an den Autobahnkreuzen begannen. Wieder ein sinnloses Katz-und-Maus-Spiel.

Mäuse lebten gefährlich in diesen Tagen.

Die Landschaft öffnete sich vor ihm, und er fuhr die Straße entlang, die schräg durchs Moos führte. In der Abenddämmerung wurden die Häuser sichtbar, die sich hinter dem Bewuchs versteckten, Lichter blinkten durch Hecken und Büsche. Irgendwo hinter diesen Lichtern waren Antworten versteckt. Er wusste es, er konnte sie nur nicht finden, und das Wissen und die Hilflosigkeit brachten ihn fast zum Platzen. Alle Spuren führten zu Marets Bauernhaus. Diese verschlagene alte Hütte, die man besser auf die Grundmauern niederbrennen sollte. Er verstand nicht, dass Maret so an dieser Bruchbude hing.

Die drei Scheinwerfer auf seinem Dach beleuchteten die bröckelnde Hauswand, bevor sie erloschen. Die Tür öffnete sich zu einem hellen Rechteck.

»Sie sollten nicht aufmachen, bevor Sie sicher sind, wer es ist«, sagte er.

»Ich habe den Landrover vom Fenster aus gesehen. Das Auto musste einfach Ihres sein. Es passt zu Ihnen.«

»Ziehen Sie nicht wieder diese Nummer mit mir ab.«

»Tut mir leid. Alte Gewohnheit.« Sie zeigte ihm ihre Handflächen. »Danke, dass Sie hergekommen sind. Die Geräusche haben mir das kalte Grausen bereitet.«

»Bestimmt ist es nichts.« Er folgte ihr in die Küche, wo Maret mit Teetassen klapperte. »Tiere vielleicht.«

»Ich habe mal Spuren eines Wolfs in meinem Garten gefunden«, sagte Maret. »Aber Wölfe sind leise.«

»Wann kommen Ihre Männer zurück?«

»Dennis geht nach dem Chor immer noch mit seinen Leuten weg. Sebastian – keine Ahnung. Mit dem rechne ich nicht. Mir fällt sonst niemand ein, den ich anrufen könnte. Früher hätte ich meine Mama angerufen. Sie fehlt.«

»Haben Sie noch etwas gehört?«

»Ich bin mir nicht sicher. Es war mehr wie eine Präsenz. Das Wissen, dass jemand da war.«

»Eine Präsenz«, sagte er. Sein Gefühl hatte ihn nicht getrogen, er verschwendete seinen Abend. »Sie haben mich hier rausgejagt wegen einer Präsenz?«

»Nein, es war mehr. Da war jemand.«

»Wir gehen ums Haus und schauen nach, ob alles in Ordnung ist. Und dann bin ich weg, und Sie können ruhig schlafen.«

»Okay.«

»Haben Sie eine Außenbeleuchtung?«

»Nein, nur die kleine Terrassenlaterne. Licht zieht die Mücken an.«

»Eine Taschenlampe? Schnappen Sie sie.«

Er holte sein Telefon heraus und aktivierte die Taschenlampen-App. Die LED leuchtete hell. Etwas fehlte. Er bewegte die Schultern, das Gewicht seines Holsters fehlte, er hatte die Waffe in der Dienststelle gelassen, weil er sie bei

245

seinen Eltern nicht verstauen konnte. Ihr Gewicht gehörte zu ihm wie ein Körperteil. Egal, für ein paar Marder und Ratten würde er sie nicht brauchen.

»Gehen wir«, sagte er, ohne Maret anzuschauen.

»Sie sind sauer auf mich.«

»Ich mache nur meinen Job.«

Maret ging voraus auf die Terrasse und durch den Garten. Eine erste Grille zirpte und war gleich wieder still, weil niemand antwortete. Das Grollen der Flugzeuge mischte sich mit dem Rauschen in seinem Ohr, das schon wieder anschwoll. Er versuchte, es auszublenden, sich auf seine anderen Sinne zu konzentrieren. Der Bärlauch duftete so stark, dass er fast schon stank. Im letzten Schein der Dämmerung erstreckten sich die Wiesen bis zu einer fernen Baumgruppe. Niemand konnte sich hier verstecken.

Maret ging den schmalen Streifen zwischen Haus und Hecke entlang. Hannes leuchtete durch die Zweige, der Streifen Land dahinter war leer. Vor dem Loch, in dem sich die Kellertür verbarg, blieb Maret stehen.

»Da unten.« Sie packte seinen Arm.

»Was denn?« Sein Licht tanzte über das Gras, er konnte nichts sehen, solange sie an ihm zerrte.

»Da unten.« Sie zog ihn zum Rand des Lochs, wo die überwachsenen Stufen hinunterführten, ein Tunnel unter vertrocknetem Gras. Ein kühler Luftzug stieg nach oben.

Er leuchtete nach unten. Die Kellertür schwang langsam auf und zu. Sie quietschte nicht. Der Stahl bewegte sich lautlos, vom Luftzug angetrieben.

»Die sollte zugesperrt sein«, sagte Maret durch die Zähne.

»Dann sperren Sie sie zu.«

»Wollen Sie denn nicht hineinschauen?«

»Es ist die Tür, die Sie gehört haben. Vielleicht hat sie geknarrt, vielleicht sind ein paar Marder reingekommen.«

»Hier ist schon mal eingebrochen worden. Bei den Nachbarn auch. Ich habe Angst.«

Hannes trat von dem Loch zurück. »Dann sollten wir wirklich eine Streife rufen. Das hätten Sie sofort machen sollen. Ich bin hier praktisch als Zivilist.«

»Fürchten Sie sich?«

»So ein Blödsinn.« Er zwinkerte, um das Bild aus seinem Kopf zu bekommen. Von der Kerze, die langsam herunterbrannte über ihrem Halter mit unzähligen Schichten geschmolzenen Wachses. Dem Holztisch. Dem kleinen blauen Licht, dem Docht, der langsam umkippte. Von der Dunkelheit. »Ich fürchte mich nicht!«

»Schreien Sie mich nicht an. Ich habe Sie nur um einen Gefallen gegeben. Ich rufe jetzt eine Streife.« Sie drehte sich um.

»Warten Sie.« Wenn die Freisinger Polizei anrückte und nur Marmeladengläser fand, würde er zum Gespött. »Sie gehen in die Wohnung und sperren zu. Ich schaue hier rein, ob alles in Ordnung ist.«

Die Tür schwang ein paar Millimeter weiter auf, als atme sie.

Marets Schritte entfernten sich durch das Gras. Hannes atmete tief durch und ging die Betonstufen hinunter. Das Gras vom letzten Herbst strich ihm um die Hosenbeine. Die Stahltür wartete auf ihn. Er hielt das LED-Licht in die klaffende Öffnung, ließ es über alle Wände huschen. Das weiße Licht tanzte über Marmeladengläser, Reifen, Bretter und Brennholz: schmuddelige Kellerordnung mit einer Schmutzschicht auf allem. Kein Platz zum Verstecken.

Er ließ den Lichtkegel über die Balken wandern, die direkt über seinem Kopf verliefen. Das Gewicht des Hauses drückte sie herunter, manche von ihnen waren abgestützt. Ein Statiker würde das Haus sofort evakuieren. Das Blut in seinem Ohr brauste lauter, er versuchte es mit seiner Hand abzuschirmen, aber das Geräusch seiner Finger, die sein Haar berührten, war qualvoll, Hunderte kleiner Explosionen.

Der helle Schein blieb an einem Muster im Holz hängen. Er ließ die Taschenlampe darauf ruhen, und es verschwand. Wenn er die Lichtquelle bewegte, schien es wieder auf, eine eingeritzte Schrift, sichtbar nur, wenn er von der Seite darauf leuchtete. Er entzifferte die Buchstaben.

*SATOR AREPO TENET OPERA ROTAS*

Als er mit den Fingern über die Lettern strich, griff er in ein Loch. Zwischen dem Balken und dem Stützbalken klaffte ein Hohlraum. Bevor er an eine Asservatentüte denken konnte, hatten seine Finger schon ein kleines Objekt umschlossen, rau und kühl.

Mit einem Knall fiel die Stahltür ins Schloss. Der Schlüssel drehte sich zweimal herum.


Lanz lehnte sich zurück, er schaute hochzufrieden drein.

Einer der Kartenspieler stieß ein Grummeln aus. »Alle haben an die verdammten Hexen geglaubt. Heute will keiner drüber reden. Zu zwider.«

»Glaubst du dran, Toni?«, rief der Feuerwehrmann ihm zu.

»Spinnst du? Deppertes Bauernpack. Wenn der Fuchs die Hennen holt, waren es die Hexen. Dabei müssten die Leute nur ihren Zaun richten. Wenn die Kühe dämpfig werden, waren es die Hexen. Dabei bräuchte das Vieh nur frische Luft und trockenes Heu.«

»Nach dem Krieg war es manchmal schon noch ganz schön finster«, sagte einer seiner Mitspieler.

Lanz ließ Waechter nicht aus den Augen. Jetzt war Waechter klar, warum er eingeladen war. Lanz und seine Leute würden nichts Neues aus den Stammgästen herausbekommen, sie kannten sich zu lange. Der Ermittlungsleiter hatte ihn hier eingepflanzt wie einen Keim. Waechter fühlte sich gut in der Rolle. Und zum ersten Mal war er froh, Hannes nicht dabeizuhaben, der alles beobachtete und über alles urteilte. Hannes gab ihm immer das Gefühl, er wäre dafür verantwortlich, dass Hannes sich amüsierte.

»Noch eine Halbe?«, fragte Waechter. Die Kartenspieler nickten, und er hob drei Finger. »Ich komme aus einer evangelischen Familie. Wir kennen uns nicht aus mit Hexen und Dämonen und so einem Zeug.«

Nie fragen. Immer erzählen. Kneipengespräche waren keine Dialoge, sie waren parallele Monologe, die Leute glitten bequem ihre ausgetretenen Wege entlang, sie trafen sich nie, sie stießen nie zusammen.

»Sie Glücklicher«, sagte der, der Toni hieß.

Der dritte Mann klatschte seine Karten auf den Tisch. »Spielen wir jetzt oder nicht?«

Toni nahm sein Blatt und sortierte es in eine esoterische Reihenfolge, die nur Schafkopfspieler verstehen konnten, Zahlenmagie. »Manche Pfarrer waren auch nicht besser. Ich kann mich noch gut an einen erinnern, den wir als Kind hatten. Mehr auf der schwarzen Seite als auf der weißen. War besessen von Dämonen und Hexen und dem Bösen, wollte dauernd irgendwas segnen.«

»Recht hatte er«, sagte der dritte Mann. »Mein Vater hat jemanden geholt, um das ganze Zeug loszuwerden. Flüche, Schadenszauber. Das gibt's.«

»Ach komm, Gert. Hexen gibt's nicht, das ist idiotisch.«

Der Dritte stand auf und plusterte sich drohend auf. »Glaubst du, mein Vater war ein Idiot?«

»Ich kann mich dunkel erinnern, früher gab es solche Männer«, sagte Waechter, eine glatte Lüge, weil er zu spät geboren war. »Man nannte sie …« Er schnippte mit den Fingern.

»Hexenbanner«, sagte der Dritte. »Es war ein Hexenbanner. Hanisch hieß er, Gott hab ihn selig. Hat sich mit der Schrotflinte ins Gesicht geschossen, den hat irgendwann alles eingeholt, was er gesehen hat. So, und jetzt spielen wir, sonst können wir gleich wieder heimgehen.«

»Viel Erfolg. Ich muss weiter«, sagte Waechter und stand auf.

Auf dem Weg nach draußen zwinkerte Lanz ihm zu. »Das Bier geht auf mich.«


Das Geräusch des Schlüssels ließ Hannes versteinern. In den Sekunden, die sein Gehirn brauchte, um zu kapieren, dass er in der Falle saß, wallte sein Herzschlag zu einem Trommeln auf.

Er drehte sich im Kreis, das Licht seines Handys flackerte über das Gerümpel, die Schatten der Balken liefen über die Wände wie Spinnenbeine. Für einen Moment verlor er die Orientierung, bevor er die Tür wieder ortete.

»He!« Er hämmerte dagegen. »Machen Sie auf! Das ist nicht lustig! Machen Sie sofort auf!« Er kickte mit seinen Stahlkappenstiefeln gegen die Feuerschutztür, die vergeblichen Schläge hallten im Kellerraum wider. »Aufmachen!«

Sinnlos hämmerte er weiter mit den Fäusten gegen das Metall, er spürte nichts, nur seinen Atem, der in immer kürzeren Stößen kam.

Er wartete, lauschte auf Schritte, die zu seiner Rettung nahten, aber das Rauschen in seinem Ohr pumpte zu laut.

Irgendwann lehnte er sich gegen den rostigen Stahl und versuchte, seinen Körper davon abzuhalten, sich zu krümmen, zu einem Ball zusammenzurollen, den Kopf mit den Händen zu schützen.

Aufrecht bleiben. Nachdenken. Es war nur ein stinkender Lagerraum. Jemand würde ihn vermissen. Jemand wusste, wo er war.

Jemand mit einem Schlüssel.

Durch das Getöse in seinem Ohr hörte er Schritte die Treppe herunterkommen. Ein Schlüssel knirschte im Schloss. Die Tür öffnete sich einen Spalt breit, er warf sich gewaltsam dagegen. Der Widerstand eines Körpers bremste den Stahl, es tat einen Schlag, dann ein Schmerzensschrei. Maret stand vor der Tür und hielt sich den Arm. Er fegte sie zur Seite und rannte die Stufen hinauf. Hinauf, zurück auf die Erde, weg von dem gähnenden Loch. Nach ein paar Metern blieb er stehen.

Maret kam hinter ihm her, er hörte ihre Schritte im Gras.

Er drehte sich um und schubste sie von sich weg. »Sollte das witzig sein?«

»Ich …«

»Sind Sie wahnsinnig geworden?« Er stieß sie wieder.

Sie ging rückwärts, stolperte.

»Warum haben Sie das gemacht?«

Beim dritten Stoß verlor sie das Gleichgewicht und fiel hin. Sie schützte ihren Kopf mit den Armen. »Hören Sie auf! Ich habe die Tür nicht zugesperrt!«

Er blieb still stehen und ließ die Information durch sich hindurchfluten. Maret rappelte sich hoch, er half ihr nicht, seine Reaktionen waren verzögert wie unter Wasser.

»Für einen Moment hatte ich Angst vor Ihnen.«

»Sie meinen«, er versuchte die Worte zwischen seinen Atemzügen herauszupumpen, »Sie haben mich nicht da runtergesperrt?«

»Sie sind es, der wahnsinnig ist. Warum sollte ich? Ich habe Sie rufen gehört.«

Maret hatte recht. Warum sollte sie? Aber wenn sie es nicht gewesen war, wer dann? Hannes kramte nach seiner Zigarettenschachtel, darum bemüht, die Hand so ruhig zu halten, dass er eine herausziehen und anzünden konnte. Seine Finger krallten sich immer noch um den metallenen Gegenstand, er ließ ihn in die Tasche gleiten.

»Sie sollen hier nicht rauchen.«

»Verdammt noch mal!«, schrie er ihr ins Gesicht.

Sie schüttelte den Kopf. »Tun Sie's. Sie sind ja komplett durch den Wind.«

Er inhalierte den scharfen Rauch, das linderte das Brausen in seinem Ohr. »Wer soll es dann gewesen sein?«

»Denken Sie immer noch, dass ich hysterisch bin?«

»Ich denke, dass es jetzt Zeit ist, einen Streifenwagen zu rufen«, sagte er. »Wer immer das war, ist noch in der Nähe.«

Maret setzte Tee auf, während der Kommissar mit seinen Kollegen telefonierte. Sie hörte seine Stimme im Flur.

»Haben Sie richtigen Tee?«, rief er ihr zu, als das Wasser kochte. »Mit Tein drin, nicht das Kräuterzeug.«

Sie gab ihm eine dampfende Tasse mit dem Tee, den sie für Besucher vorhielt. Er war zu heiß zum Trinken, Brandl schob ihn weg. Sein Gesicht wirkte plötzlich gealtert. Sie hatte immer noch nicht herausgefunden, wie alt er war.

»Tut mir leid, dass ich Sie geschubst habe«, sagte er. »Ich entschuldige mich dafür.«

Kluger Mann. Kein Aber oder eine Rechtfertigung dahinter. Das musste ihm eine Frau beigebracht haben.

»Reden wir nicht mehr drüber«, sagte sie.

»Was passiert hier?«

»Keine Ahnung. Ich habe Sie unten rufen gehört und bin sofort rausgelaufen. Wir bekommen alles durch die Leitungen mit, was im Keller vor sich geht.«

Sie setzte sich zu ihm. »Ist Ihnen was passiert?«

»Nichts.«

»Sie bluten ja.« Maret nahm seine Hand. Sein Handballen war verletzt, eine Schramme kreuzte seine Lebenslinie.

»Nur ein Kratzer.« Er versuchte, die Hand wegzuziehen, aber Maret hielt sie fest. Die Haut um die Wunde hatte sich rot verfärbt.

»Ich hole Ihnen Teebaumöl.« Sie nahm die kleine Flasche aus dem Schrank mit den ätherischen Ölen und schraubte sie auf.

»Das riecht aber komisch.«

»Es ist Medizin. Sie müssen's nicht mögen.« Sie ließ einen Tropfen auf die Wunde fallen.

Er sog Luft durch die Zähne ein. »*Fuck*. Das brennt.«

»Das heißt, dass es hilft.« Sie ließ seine Hand los.

»Wenn das so ist, will ich lieber keine Hilfe. Au! Wie kann ein so kleiner Kratzer so brennen? Ist das die Rache fürs Schubsen?«

»Es heilt doppelt so schnell«, sagte sie. »Sie hätten mir sagen müssen, dass Sie ein Problem mit Kellern oder geschlossenen Räumen haben.«

»Ich habe kein Problem … Ah, das brennt … ich habe nur ein Problem damit, wenn mich jemand einsperrt.«

»Wer erlaubt sich so einen Scherz?«

»Das war kein Scherz, Maret. Warum sollte jemand um Ihr

Haus schleichen und versuchen, Polizisten einzuschüchtern? Welches Motiv hätte er? Außer …«

Sie schwieg.

»Ist Ihnen klar, dass wir vielleicht dem Mörder ganz nahe waren?«

»Unsinn.«

»Das ist kein Unsinn, Maret. Sie sollten hier nicht länger alleine bleiben. Der Mörder ist kein Phantom, er ist ein realer Mensch, der gerade in unserer unmittelbaren Nähe um uns herumgeschlichen ist.«

»Was hilft es mir, wenn ich Ihnen glaube?«

»Sie sollten Ihre Tochter nehmen und sich in Sicherheit bringen.«

»Es gibt keinen Ort, wo ich hingehen kann«, sagte sie und schaute in das schwarze Fensterviereck, in dem sich ihr Gesicht spiegelte, durch das unebene Glas um Jahrzehnte gealtert. »Wir kriegen auf die Schnelle keine neue Wohnung, wir haben kein Geld für ein Hotel. Ich bin an das Haus gefesselt. Wenn er kommt, wird er mich hier finden.«

Waechter war auf der Autobahn über Funk zurückgerufen worden, Elli war aus München geholt worden.

»Ich hatte ja sonst nichts vor«, sagte sie zu Waechter.

Er konnte sich auch etwas Besseres vorstellen, als Hannes mal wieder aus den Kartoffeln zu holen. Der Mann brauchte mehr Kinderbetreuung als seine Tochter.

»Einsatzwagen.« Lanz nickte Richtung Bus, heute zwinkerte er nicht, und Lachfältchen waren auch keine zu sehen.

Waechter und Elli klemmten ihre nicht unwesentlichen Hinterteile in die Sitze des Einsatzbusses mit seinem vertrauten Geruch von plattgesessenen Krümeln.

Lanz setzte sich ihnen gegenüber. »Was macht euer Brandl hier?«

»Es ist nicht mein Brandl, und er kann sehr wohl selbständig Entscheidungen treffen.« Von dämlichen Entscheidungen, etwa allein und ohne Absprache loszuziehen, war keine Rede. Aber darüber würde er mit Hannes unter vier Augen reden. Morgen, in München. »Wir sollten lieber herausfinden, wo der Angreifer steckt.«

»Ist ein Angriff passiert?«, fragte Lanz. »Wie hoch wollen wir's hängen? Oder war's nur ein dummer Streich, den jemand einem Polizisten gespielt hat.«

»Einen netten Humor habt ihr hier draußen.« Waechter schluckte seinen Ärger runter, er war unverdaulich. »Wir sollten das ernst nehmen.«

»Habe ich das Gegenteil behauptet? Meine Männer durchkämmen die Umgebung, so weit sie um Dunkeln kommen. Ich habe Streifenwagen an den Straßen postiert, die aus dem Moos führen, und an den drei S-Bahn-Stationen, zu denen man laufen kann. Wir können eine Fahndung ausschreiben. Nur nach wem? Dem Moorgeist?«

»Es war sicher nicht Brandls Idee, sich einsperren zu lassen. Du behandelst das, als wäre es seine Schuld.« Die Temperatur im Einsatzwagen stieg, sie atmeten ihre eigene verbrauchte Luft. Waechter wischte sich Schweiß vom Nacken und lockerte den Hemdkragen. »Die Frage ist doch: Wer wollte ihn daran hindern, sich hier umzuschauen?«

»Vielleicht eine trauernde Tochter, die ihre Ruhe haben möchte?«

»Maret Lindner hat ausgesagt, dass sie ihn selber gerufen hat. Schon vergessen? Wer vernimmt alle, die Zugang zu diesem Gelände haben?«

»Schau dich um.« Lanz breitete die Arme aus, als wären

255

um sie herum nicht nur die Wände des Busses. »Jeder hat hier Zugang.«

»Aber wer steht dem Haus nahe genug, um zu wissen, dass Hauptkommissar Brandl sich dafür interessiert und dass er heute Abend vor Ort seine Runde gedreht hat? Wir suchen jemanden, der weiß, wer im Haus kommt und geht.«

»Oder jemanden, der nicht blind genug ist, um seinen gigantischen Bullenfänger nicht durchs Moos röhren zu sehen«, sagte Lanz.

»Was versuchst du zu beweisen, Lanz? Dass sich jemand tagelang auf die Lauer gelegt hat, bis Brandls Landrover um die Ecke gebogen ist? Mach dich nicht lächerlich.«

»Der brauchte nicht lange zu warten. Brandl schnüffelt hier dauernd allein rum, entgegen meiner Weisungen.«

»Wenn du ihm Weisungen geben könntest. Er ist immer noch einer von meinen Männern.«

»Vergiss nicht, dass ich der Ermittlungsleiter bin.«

»Vergiss nicht, dass Zitronenfalter keine Zitronen falten.«

Elli schlug mit der Hand auf den Tisch und brachte ein paar Körner Brezensalz zum Hüpfen. »Könnten wir jetzt bitte den Wahnsinnigen suchen, der meinen Kollegen in dem Keller eingesperrt hat? Sonst hole ich mir eine Tüte Popcorn.«

Das brachte Waechter zum Schweigen.

»Ihr solltet Hannes dankbar sein«, sagte Elli.

Lanz beugte sich vor und kam ihrem Gesicht nahe, zu nahe. »Warum sollten wir?«

»Wenn jemand nicht will, dass wir in dem Fall ermitteln, dann höchstwahrscheinlich der Täter. Hannes hat ihn aus der Reserve gelockt. Das heißt, er ist ganz in der Nähe.« Ein triumphales Lächeln brachte ihr Gesicht zum Leuchten. »Hört auf, euch zu streiten, wer den Längeren hat. Lanz, schwing deine Krücke, und hol dir einen neuen Durchsuchungsbeschluss für die Hütte.«

Hannes ließ das Döschen in die Plastiktüte gleiten, die Moravek ihm hinhielt. Eine verrostete Metalldose, von der jemand den Lack abgekratzt hatte. Blaue Reste waren an den Rändern hängengeblieben, vielleicht hatte früher einmal *NIVEA* darauf gestanden.

»Wie oft soll ich es noch sagen? Ich habe nicht damit gerechnet, da was zu finden.« Er gab der Tüte einen Stoß. »Außerdem hat das ranzige Ding schon seit mindestens hundert Jahren da unten gelegen. Es waren Spinnweben dran. Wir sind schon dreimal mit dem ganzen Thema durch. Kann ich jetzt endlich gehen?«

Moravek zippte die Tüte zu. »Noch nicht ganz. Ortstermin.«

»Ohne mich.«

»Du hast uns nach Feierabend hier rausgejagt, also zeigst du uns gefälligst auch, wo das alles passiert ist.« Er grinste. »Oder hast du Angst im Dunkeln?«

Hannes bedachte ihn mit einem todbringenden Blick und zog seine Jacke an.

Draußen war der Kellereingang hell erleuchtet. Drinnen hatte jemand eine Baustellenlampe angeschaltet, die den ganzen Raum mit warmem Licht ausfüllte. Der Keller hatte seinen Schrecken verloren. Waechter stand mit verschränkten Armen unten, mit einer Miene wie ein Kampfhund. Trotzdem war Hannes froh, ihn zu sehen, Waechter war wie ein Stück Heimat.

»So, wo stand jetzt dein Menetekel?«, fragte Waechter.

Hannes schaute sich um. Das Licht veränderte den Keller,

257

er konnte sich nicht orientieren, wusste nicht mehr genau, wo er gestanden hatte, an welchem der abgestützten Balken er die Buchstaben entdeckt hatte.

Über einem der Stützbalken war das dunkle Holz aufgeraut. »Hier muss es gewesen sein«, sagte Hannes. »Wenn über dem Balken eine Vertiefung ist, dann ist das die Inschrift.«

»Ich kann nichts lesen«, sagte Moravek. »Sicher, dass dir nicht der Holzwurm einen Streich gespielt hat?«

Waechter betrachtete die Vertiefungen auf dem Balken aufmerksam, aber er sprang ihm nicht zur Seite.

Das Rauschen in seinem Ohr blendete alle anderen Geräusche aus. Menschen bewegten sich auf Hannes zu, bewegten ihre Lippen. Eine Gestalt, die Waechter ähnelte, machte eine Scheibenwischerbewegung vor seinem Gesicht. Hannes betrachtete ihn wie aus dem Innern eines Aquariums. Sie konnten klopfen, aber drinnen herrschte Frieden. Er konnte hier ewig stehen und hinausschauen.

Waechter legte ihm den Arm um die Schultern. Mit der Berührung kam er wieder an die Oberfläche, es kostete ihn unendliche Anstrengung. »Du gehst jetzt heim«, sagte Waechter. »Es wird dich schon jemand fahren.«

»Ich bin mit dem Auto da.«

»Du sollst nicht dienstlich mit deinem Privatwagen herumfahren. Wie bist du versichert, wenn dir was passiert?«

»Du denkst auch nur an die Versicherung, oder?«

Hannes ließ ihn stehen und stieg die Treppe hoch. Wenn er nur erst in seinem Auto saß und es von innen verriegelt hatte, wurde alles gut. Er ging über die kleine Brücke, wo der schwarze Landrover geduldig wartete, stieg ein und lehnte sich in den Sitz, der sich dem menschlichen Körper perfekt anpasste.

Das Licht seiner Scheinwerfer fiel auf die Hausmauer. Linien und Buchstaben erschienen vor seinen Augen. Er zwinkerte und versuchte, sie wegzuwischen, aber sie blieben. Es waren keine Nachbilder oder optische Täuschungen. Auf seiner Windschutzscheibe standen Buchstaben geschmiert. Spiegelverkehrt, damit sie von innen gelesen werden konnten:

*HÖR AUF HIER RUMZUSCHNÜFFELN*

## Donnerstag

Ohrenschmerzen
Man füllt das schmerzende Ohr mit Franzbranntwein und
Salz und läßt das 10-12 Minuten darin, dann wird der
Schmerz verschwunden sein.

*Sechstes und Siebentes Buch Mosis*

Es war ungewohnt, Hannes auf dem Zeugenstuhl zu sehen.
Es fühlte sich nicht gut an, etwas war schiefgelaufen, wenn
sich jemand von ihnen auf diesem Stuhl befand. Waechter
wollte, dass es so schnell wie möglich vorbeiging.

Neben ihm saß Die Chefin, Hannes war ihnen gegenüber
platziert wie ein Prüfling. Er lehnte sich zurück und blickte
herausfordernd in die Runde, wie an seinem allerersten Tag,
als er sich vorgestellt hatte. Eine dünne Schicht Trotz über
nackter Angst.

»Du weißt, warum du hier bist.«

Ein Ruck ging durch Hannes' Körper. »Wird das jetzt eine
Beschuldigtenvernehmung?«

»Ganz ruhig, Hannes«, sagte Die Chefin. »Du bist nicht
als Ermittler, sondern als Zeuge hier. Es geht nicht um dich.
Du warst vielleicht nur ein paar Zentimeter vom Täter entfernt. Um den geht es.« Sie schlug ihren Hefter auf. »Du
bist gestern um sechs Uhr abends zu Frau Lindner gefahren.

Schilderst du bitte von Anfang an, wie das abgelaufen ist? Ich hake dann mit Fragen ein, wenn nötig.«

»Frau Lindner hat mich per SMS gebeten, zu ihr zu kommen. Jemand würde ums Haus schleichen, sie hätte Geräusche gehört.«

»Wäre es nicht besser gewesen, mit Verstärkung rauszufahren oder die örtliche Polizei zu verständigen?«

»Das ist mir im Nachhinein auch klar.« Hannes klemmte die Hände zwischen die Knie wie ein unwilliger Schüler.

»Du bist allein gefahren?«

»Ja. Ich wollte niemanden aus dem Feierabend reißen, es war eine spontane Aktion …«

»Das war nicht die Frage. Ja oder nein reicht. Also ja.«

Waechter warf Der Chefin einen Blick zu. Er wusste, worauf das hinauslief.

»Hast du mit jemandem Rücksprache gehalten?«

»Nein.«

»Normalerweise arbeiten wir nach dem Vier-Augen-Prinzip. Hattest du Gründe, dich nicht daran zu halten?«

»Nein.«

»Hast du deine Ermittlung vor Ort protokolliert?«

Die Fragen flogen wie Ohrfeigen. Sie strafte Hannes ab. Eine Strafe jenseits von Protokoll und Disziplinarverfahren, die keine Spuren in der Laufbahn hinterließ. Die Chefin duldete keine Alleingänge, wer sie dennoch wagte, würde auf diesem Stuhl sitzen, und sie würde mit ihrer ruhigen Stimme Fragen stellen, links und rechts, bis es dem Schuldigen vor den Augen flimmerte.

»Ich bin noch nicht dazu gekommen.«

»Das holst du bitte am Vormittag nach. Warum bist du nach Freising gefahren?«

»Maret … Frau Lindner … sie hatte den Eindruck, jemand schleicht ums Haus. Sie hat mich gebeten, nach dem Rechten zu sehen.«

»Du warst bewaffnet?«

»Nein.«

»Du hast keine Verstärkung gerufen?«

»Nein, ich dachte …«

»Ja oder nein reicht.«

»Nein.«

»Warum nicht? Dafür wäre eine Streife aus Freising zuständig gewesen.«

In Hannes' Gesicht zuckte ein Muskel. »Ich habe Frau Lindner anfangs nicht ernst genommen, ich wollte sie nur beruhigen.«

»Nicht ernst genommen.« Die Chefin machte sich eine Notiz. »Weiter. Du bist also ums Haus gegangen.«

»Wir sind zusammen ums Haus gegangen. Als wir bemerkt haben, dass die Kellertür offen steht, habe ich Frau Lindner zurück in die Wohnung geschickt.«

»Hast du sie da immer noch nicht ernst genommen?«

»Nein … doch … dann schon mehr«

»Trotzdem hast du keine Kollegen gerufen.«

»Nein, ich dachte … Nein, habe ich nicht. Nein.« Hannes schüttelte sich, als liefe ihm ein kalter Schauer über den Rücken.

Waechter hatte den Punkt verpasst, an dem er hätte eingreifen können. Er konnte nur noch zuschauen, wie Die Chefin über Hannes hinwegraste wie ein D-Zug.

»Weiter. Du bist also in den Keller gegangen.«

»Ja.«

»Hast du dich vorher abgesichert?«

»Nein, ich wollte es schnell …«

»Warum nicht?«

»Ich habe nicht angenommen, dass jemand drin ist.«

»Du hast doch aber Frau Lindner ins Haus geschickt?«

»Ja.«

»Warum?«

»Aus Sicherheitsgründen.«

»Obwohl du nicht geglaubt hast, dass jemand im Keller ist?«

»Ja …«

»Wie lange warst du da unten?«

»Zwei, drei Minuten.«

»Dann ist die Tür hinter dir zugefallen?«

»Ja.«

Die Chefin blätterte in ihrem Hefter. »Hast du vorher etwas gehört? Schritte oder Ähnliches?«

»Nein.«

Waechter fragte: »In welchem Winkel standest du zur Tür?«

Hannes schreckte hoch. »Warum?«

»In welchem Winkel? Nun sag schon. Wo hast du gestanden? Links oder rechts vom Eingang?«

»Rechts.«

»Hast du dich umgedreht, als du den Balken untersucht hast?«

»Etwas nach links.« Hannes fragte nicht, warum Waechter das wissen wollte.

»Das heißt, der Täter ist von links hinten gekommen.«

»Ja.«

»Und du hast ihn nicht gehört?«

Reflexartig griff Hannes zu seinem linken Ohr, bemerkte seine Bewegung und ließ die Hand wieder sinken. »Nein. Ich habe ihn nicht gehört.«

Die Chefin schaute zwischen ihnen hin und her. Ihr musste bewusst sein, dass sie gerade von etwas ausgeschlossen war. »Michael, hast du noch Fragen an Hannes?«

Hannes schaute Waechter an. Ein stummes Flehen lag in seinem Blick.

»Ich habe keine weiteren Fragen«, sagte Waechter.

Elli zupfte den Hüter des Schweigens am Ärmel. »Hoffentlich türmt er nicht wieder.«

Arne Nell saß auf der Bierbank mit dem Rücken zu ihnen. Sein Hund hatte sich unter ihm ausgestreckt, die Beine ragten in den Durchgang. Vor Nell stand eine große Kaffeetasse. Vorerst kein Bier heute Morgen. Vielleicht gab es ja doch noch Hoffnung.

»Herr Nell?«

Er drehte sich um. Seine Augen waren verhangen. »Ich stehe jetzt auf Ihrem, eurem Zettel, oder? Wenn man erst mal auf eurem Zettel ist, dann hat man keine Ruhe mehr.«

»Bald«, sagte Elli. »Bald haben Sie Ruhe. Aber zuerst möchten wir Sie fragen, ob Sie wussten, dass Ihre Frau das Grundstück verkaufen wollte.«

Nell winkte ab, eine müde Geste, die die ganze Welt verscheuchte. »Und wenn schon. Mir gehört nichts an dem Haus, bis auf die Schulden. Eva und ich haben damals zusammen einen Kredit aufgenommen, dafür zahle ich noch heute.«

*Ich wette, dass du zahlst*, dachte Elli. Wahrscheinlich eine endlose Quälerei mit Mahnungen, Stundungen, Gerichtsvollziehern, eidesstattlichen Versicherungen.

»Ihre Frau konnte die Raten immer bedienen?«

»Ging so. Meistens schon.«

»Zahlen Sie Zins und Tilgung zurück?«

»Ja. Warum wollen Sie das alles so genau wissen? Sind Sie das Finanzamt?«

Der Hund legte seine Schnauze mit einem Seufzer über Ellis Schuhe. Dass Tiere auch immer zu demjenigen gingen, der sie nicht leiden konnte. Der Hüter des Schweigens schaute sehnsüchtig herüber, aber kein Hund interessierte sich für ihn.

»Ich hab mir Folgendes überlegt«, sagte Elli. »Wenn die Bank das Grundstück loswerden will, dann wird sie doch Interesse daran haben, dass es möglichst lastenfrei auf den Markt kommt. Wenn auf dem Haus eine Grundschuld liegt und der Kredit nicht bedient wird, drückt das den Kaufpreis, besonders dann, wenn sich der Flecken Erde in der Einflugschneise befindet.«

»Mit dem Immobilienmarkt kenne ich mich nicht aus.«

»Hat Ihre Frau schlafende Hunde geweckt? Hat die Bank gedroht, Ihnen den Kredit fällig zu stellen?«

»Da können Sie gern nachfragen. Nein. Ich zahle weiter meine Raten, ich habe immer gezahlt. Wenn ein Arne Nell Schulden hat, zahlt er sie auch zurück.«

Da war er wieder, der unzerstörbare Kern seiner Würde. In solchen Momenten kam durch, was Eva Nell an ihm gefunden haben könnte, aber es war zu lange her, zu viel verschüttet, zu viel versoffen. Hätte Arne Nell so etwas wie den Scheiterhaufenmord durchziehen können? Wäre er körperlich dazu in der Lage gewesen, einen Menschen zu tragen?

»Es wundert mich nur. Eva Nell will das Grundstück verkaufen, und wenige Wochen später ist sie tot.«

»Wundern Sie sich ruhig weiter.«

»Ich hole für uns auch mal Kaffee«, sagte Elli und ging zur Schänke.

Ein paar Hunde folgten ihr, sie musste sich zusammenreißen, die Viecher nicht zu treten. Als sie zurückkam, saßen der Hüter des Schweigens und Arne Nell zusammen wie

265

zwei alte Freunde, in tiefem Schweigen. Der Hund hatte seine Schnauze in den Schoß ihres Kollegen gelegt und schaute ihn bewundernd an.

»Eva war auf einem Egotrip«, sagte Arne Nell. »Auf einmal war sie furchtbar anstrengend. Sie sagte, sie wolle reinen Tisch machen, den ganzen Dreck nach oben kehren. Sie hatte einen richtigen Hass auf ihr Elternhaus.«

»Warum? Was ist in dem Haus passiert, dass sie es so gehasst hat?«

Arne Nell machte eine Pause und schaute ihr frontal in die Augen. »Keine Ahnung. Hat sie nicht rausgelassen.«

»Jetzt erzählen Sie mir wieder Gschichteln. Herr Nell, ich werde am Tag zweihundertmal angelogen. Sie glauben nicht, was für ein Profi ich darin bin, das zu erkennen.«

»Glauben Sie doch, was Sie wollen.«

Elli schüttete Zucker in ihren Kaffee und leerte die kleinen Milchdöschen hinein. Immer zu wenig Milch. »Was hatte Ihre Frau mit dem Haus vor?«

»Sie wollte keinen Stein auf dem anderen lassen, hat sie gesagt.«

»Was findet man, wenn man unter die Steine schaut, Herr Nell?«

»Eva ist tot. Und die Steine bleiben, wo sie sind.«

»Hat Ihre Frau Sie dazu gedrängt, den Kredit zurückzuzahlen?«

»Ich hatte damals eine Lebensversicherung als Sicherheit abgeschlossen. Die sollte ich dafür auflösen. Das bisschen, das ich noch habe, wenn ich mal alt bin.«

*Jung bist du nicht mehr*, dachte Elli. Was wurde aus solchen Grattlern, wenn sie ins Altersheim kamen?

»Was hat Ihre Frau unter Ihrem Stein gefunden, damit sie das von Ihnen verlangen konnte?«

266

Sein Blick driftete weg, Elli registrierte es. »Nichts. Was soll sie gefunden haben?«

»Eva Nell konnte Sie nicht zwingen, den Kredit zurückzuzahlen. Sie hätte kein Geld gehabt, Sie auszubezahlen. Wie hat Ihre Frau Druck auf Sie ausgeübt?«

»Das ist Blödsinn. Eva hat keinen Druck auf mich ausgeübt.«

»Hat Ihre Exfrau Sie erpresst?«

Arne Nells Miene wurde ausdruckslos. »Ab jetzt möchte ich einen Anwalt. Ich werde ab sofort keine Aussagen mehr machen.«

»Gut.« Elli schlug den Aktendeckel zu. »Dann wissen wir ab sofort auch, dass es sich lohnt, jede Mühe und jeden Aufwand in Sie zu investieren. Wir werden herausfinden, ob Ihre Exfrau Sie in der Hand hatte.«

»Dazu sage ich nichts mehr.« Arne Nell fasste den Hund am Halsband.

»Das stört uns wenig«, sagte Elli. »Wir sind Herausfinder.«


Waechter klopfte an die Tür von Hannes' Büro und trat ein. Hannes stand am Besprechungstisch über ein paar ausgebreitete Akten gebeugt, er schaute nicht hoch. Waechter nahm einen Ordner und knallte ihn links von Hannes auf den Tisch.

Der stöhnte auf und griff sich mit schmerzverzerrtem Gesicht ans Ohr. »Spinnst du? Was soll das?«

»Was ist mit deinen Ohren los?«

»Nichts.«

»Nichts? Dann kann ich ja so machen.« Er schnippte neben Hannes' Ohr. »Oder so.« Er klatschte in die Hände.

»Hör auf!«

Waechter setzte an den Tisch. »Jetzt pack gefälligst aus, was ist mit deinem Gehör?«

»Nichts.«

»Hast du Schmerzen? Eine Entzündung?«

»Geht dich nichts an.«

Waechter hob einen Ordner hoch. Mit panischem Blick hielt Hannes sich die Ohren zu. Langsam und ohne einen Laut legte Waechter den Ordner wieder ab.

»Es geht mich sehr wohl was an. Es geht uns alle an. Ein Mörder ist zwei Meter weg von dir gestanden. Er ist die Treppe runtergekommen, hat den Schlüssel herumgedreht, dich eingesperrt. Vielleicht ist er sogar an dir vorbeigeschlüpft, ohne dass du es gemerkt hast. Du hast seine Schritte nicht gehört. Du hast Glück gehabt, dass du nur eingesperrt warst.«

»Okay, okay, ich hab's kapiert.«

»Was ist los mit dir?«

»Es wird schon wieder besser.« Hannes tigerte durch sein Büro, so viel freie Flächen, unvermüllt von Waechters Kram. Er sah verloren darin aus.

»Was wird wieder besser?«

Hannes seufzte. »Es ist nur Stress. Sonst nichts.«

»Tinnitus?«

»Das muss ich dir nicht sagen.«

»Oh doch, das musst du, junger Mann. Du kannst dich in Gefahr bringen. Du kannst andere in Gefahr bringen. Was ist, wenn sich das nächste Mal jemand anschleicht und ein junger Anwärter neben dir steht? Ist es dann immer noch deine Sache?«

Hannes drehte sich weg. »Wie gesagt, ich werde es wieder los.«

»Was wirst du los?« Er legte ihm die Hand auf die Schulter, die Muskeln des anderen spannten sich. »Jetzt red schon.«

Es klopfte, Elli kam herein.

»Raus«, sagte Waechter.

Sie knallte die Tür wieder zu.

»Hyperakusis.« Mit einer ärgerlichen Bewegung schüttelte Hannes seine Hand ab. »Eine Art von Tinnitus. Ich höre alles lauter als normal.«

»Ist das gut oder schlecht?«

»Das verstehst du nicht. Ich höre mein eigenes Blut rauschen. Ich höre das Knistern meiner Haare, das Rascheln von Stoff auf meiner Haut. An manchen Tagen ist alles Folter, was lauter ist als ein Tacker. Ich kann mit der linken Seite keine Geräusche ausfiltern. Nichts daran ist gut.«

»Wie lange hast du das schon?«

Hannes sah ihn von der Seite an. »Es kommt und geht.«

»Wie lange?«

»Seit ich fünfzehn bin.«

»Also hattest du es schon, als du dich für meine Mordkommission beworben hast.«

Schweigen.

»Das hätte ich wissen müssen.«

»Um mir eine Absage zu erteilen?«

»Weil ich dir dann schon längst in den Arsch hätte treten können, damit du was gegen das verdammte Zeug unternimmst.«

»Wie gesagt, es kommt und geht. Nur bei Stress wird es schlimmer.«

Waechter ließ den Satz einen Moment stehen, dann sagte er: »Tut mir leid, wie es mit Der Chefin gelaufen ist. Ich wollte nicht, dass es in ein Tribunal ausartet.«

»Ich dachte, du wärst auf meiner Seite.«

»Hier geht's nicht mehr um Seiten. Es geht um deine Sicherheit, um die Sicherheit anderer Menschen und um eine ordentliche Ermittlung.«

»Du denkst, ich bin zu einer ordentlichen Ermittlung nicht mehr in der Lage?«

»Nicht wenn du halb taub bist. Wie bist du eigentlich durch die Gesundheitsprüfung gekommen?«

»Das war leicht. Ich musste beim Hörtest nur den Augen des Arztes folgen.«

Jetzt tigerte Waechter los, die Ignoranz von Hannes machte ihn fahrig. Es war der Fluch einer Intelligenz, die seiner geistigen Reife voraus war. Irgendwann würde sie sich umdrehen und ihn attackieren. »Die können dich aus dem öffentlichen Dienst werfen, ist dir das klar? Oder dich in der Poststelle verhungern lassen.«

»Du bekommst einen Kick davon, oder? Wenn du andere zappeln lassen kannst.«

Waechter drehte sich um. In den Augen des Jüngeren stand purer Hass.

Hannes stieß ihn. Waechter war keiner, den man stoßen konnte, und Hannes prallte von seiner Brust ab.

»Du sammelst Menschen, Michael. Du besetzt deine Mordkommission mit Leuten, die dir was schulden. Gibst ihnen das Gefühl, dir dankbar sein zu müssen, weil du ihnen einen Gefallen getan hast. Du hast mich damals nur genommen, weil ich überall angeeckt bin. Ja, der Waechter mit seinem gemütlichen Knödelfriedhof und seiner Kaffeemaschine, der beste Kumpel.« Hannes spuckte ihm die Worte ins Gesicht. »Warum hast du Elli genommen? Weil sie zu fett ist, um in anderen Abteilungen eine Chance zu haben? Oder den HDS, der durch jedes Bewerbungsgespräch fallen würde? Die meinen alle, sie haben eine starke Schulter zum

Anlehnen. In Wirklichkeit hast du sie längst im Schwitzkasten.«

Hannes schubste ihn noch einmal. »Ich will nichts mehr schuldig sein. Danke, aber nein, danke.«

Ein Geräusch vom Schreibtisch unterbrach sie. Das Geräusch einer verkabelten Tüte Basmatireis, die Heavy Metal spielte.

»Ich glaub, dein Reis klingelt«, sagte Waechter.

Hannes stürmte zum Tisch und riss sein Handy aus dem Reis, die Tüte fiel um, Reiskörner verteilten sich mit einem Rauschen über den Boden.

»Hallo?« Mit dem Handy am Ohr lief er aus dem Zimmer.

Waechters eigenes Telefon klingelte.

»Hallo, Berni«, sagte er zum Dezernatsleiter. »Nein, es gibt nichts Neues. Eben ist ein Sack Reis umgefallen … Nein, ich mach mich nicht über dich lustig.«

Hannes verzog sich in den Kopierraum und ließ sich auf einen Stapel Papierboxen plumpsen.

»Jonna? Bist du noch da?«

Er atmete tief durch. Kopierstaubluft. »Wo bist du?«

»Wir sind gerade zurück vom Strand.« Ihre Stimme klang gepresst und fremd durch die Handyverbindung. »Wir riechen alle nach Sonne. Kennst du den Geruch der Haut, wenn du in der Sonne warst?«

*Ja*, dachte er. *Versengtes Fleisch.* »Warum erzählst du mir das? Damit ich weiß, was ich versäume?«

»Du durchschaust mich immer.«

Sie hatte unrecht. Er durchschaute sie nie.

»Wollt ihr mit dem Papa reden?«, rief sie nach hinten.

Ein zweistimmiges »Nein« kam aus dem Hintergrund.

Sein Herz fiel in ein Luftloch. Es hätte geholfen, der kleinen Lotta dabei zuzuhören, wie sie in den Hörer atmete. Etwas, das nur Eltern und Großeltern wertschätzen konnten.

»Ist schon in Ordnung«, sagte er. »Lass sie, wenn sie nicht wollen.«

»Kommst du nach?«

»Es geht nicht. Hier bricht gerade alles zusammen.«

»Ist was passiert?«

»Ich kann gerade nicht reden. Ich vermisse dich.«

»Merkst du denn nicht, dass hier auch alles zusammenbricht? Setz dich in deinen penisverlängernden, klimakillenden Monstertruck und schwing deinen Arsch hierher.«

Mein Gott, konnte diese kleine Meerjungfrau fluchen. Man sah es ihr gar nicht an.

»Unmöglich. Ich komme hier nicht weg.«

Waechters Wissen nagelte ihn fest. Wenn er sich jetzt verdrückte, verlor er womöglich seinen Job bei der Mordkommission, seinen Job als Polizist, alles. Er würde im Archiv landen oder als arbeitsloser Jurist, der fünfzehn Jahre aus dem Beruf raus war. Hatte Waechter ihm nicht offen gedroht? Sein Hals war wie zugeschnürt, er riss an seinem Hemdkragen, aber der stand schon weit offen. »Glaub mir, ich muss das zu Ende bringen.«

Er hörte nichts in der Leitung. »Jonna, bist du noch da? Bist du noch da?« Er schrie fast ins Telefon. »Bist du noch da?«

»Ja, meine Güte, was ist denn los mit dir?«

Er fuhr sich mit der Hand durch die Haare, blieb mit den Fingern in den Strähnen hängen, riss weiter, bis es wehtat, kostete den Schmerz aus. »Hör zu, mein Handy säuft gleich wieder ab. Es kommt gerade recht viel wieder hoch. Mit Anja. Und Lily.«

»Ich weiß«, sagte sie. »Das weiß ich schon lange.«

Sie redeten nicht über das Ende seiner Ehe. Er war nicht der Einzige, der das Thema Anja vermied. Jonna gehörte zu den sechs Menschen auf dieser Welt, die wussten, dass er seine Frau verprügelt hatte. Das Thema war ein Tabu, sie tanzten drum herum wie um ein rituelles Feuer, damit sie sich nie trafen, nie verbrannten.

»Ich brauche nur dich.« Seine Finger fanden noch mehr verfilzte Locken. »Um nicht verrückt zu werden. Du machst einen besseren Menschen aus mir. Ohne dich bin ich das Stück Scheiße, das ich schon immer war.«

Lange Stille.

»Bist du noch da?«, fragte er mit kleiner Stimme.

»Bitte tu mir das nicht an«, sagte sie. »Ich kann dich nicht retten. Du kannst dich nur selbst re…«

Das Display des Telefons wurde schwarz.

Ein Klumpen Schmerz wallte seine Brust hoch, pumpte seinen Hals entlang, ließ ihm die Augen hervortreten. Seit Jahren hatte er nicht mehr geweint. Im Internat hatte ein Junge, der weinte, am Ende der Nahrungskette gestanden. Damals hatte er gelernt, es mit aller Macht zu unterdrücken, unter der Decke stumm zu würgen und zu ringen, bis er es im Griff hatte. Er versuchte, den Klumpen hinunterzuschlucken, presste die Fäuste gegen die Augen, Druck gegen Druck, und ließ wieder los.

Die Tür flog auf, es war Elli mit einem Stapel Papiere.

»Raus«, sagte er wie durch einen Schleier.

»Das ist ein öffentlicher Kopierraum.« Sie knallte die Unterlagen auf die Maschine.

Die linke Seite seines Kopfes explodierte in Schmerz. Er war definitiv nicht mehr dienstfähig.

»Geht's dir gut, Hannes? Ist was?«

»Reis … Ich brauche mehr Reis.« Er sprang auf und drängte sich an ihr vorbei, Jonnas Worte hatten sich wie ein Brandzeichen in ihm verewigt.

*Ich kann dich nicht retten.*

*Du kannst dich nur selbst retten.*

Waechter holte eine Tüte hervor und legte sie auf den Tisch des Besprechungsraums. Elli und der Hüter des Schweigens steckten die Köpfe darüber zusammen. Darin lag die Dose, die Hannes im Keller gefunden hatte. »Das Amulett« nannten sie das Asservat jetzt einhellig. Eigentlich hätten sie es in Erding abliefern müssen, aber die menschliche Neugier war stärker gewesen. Waechter zog Handschuhe über und nahm es aus der Tüte. Auf den Kratzern hatte der Rost Linien gebildet.

»Das LKA ist durch damit. Sie haben alles wieder ins Amulett gepackt, wie es vorher war.«

Vorsichtig schraubte er die Dose auf, nahm eine Pinzette zur Hand und legte den Inhalt auf einem weißen Blatt Papier ab.

Eine Feder. Zwei abgeschnittene Fingernägel. Ein Milchzahn.

»Jetzt wissen wir, was die Zahnfee wirklich mit den Dingern macht«, sagte Elli.

Waechter hielt etwas hoch, das wie ein gelbliches Stück Papier aussah. Im Schein der Deckenlampe zeichnete sich ein Relief darauf ab. Ein Kreuz.

»Eine Hostie«, sagte er. »Die Dose war luftdicht verschlossen, das Ding ist tipptopp mumifiziert, wahrscheinlich könnte man es sogar noch essen.« Er legte die Oblate zurück und hielt ein Stück Pappe hoch. »Und ein frommes Bild.«

Vor einer apokalyptischen Landschaft breitete ein Schutzengel seine Schwingen über zwei Kinder, sie warfen Schatten auf die kleinen Gesichter. Er streckte die bleichen Hände nach ihnen aus, sein Porzellangesicht war ohne Mimik. Ein himmlischer Golem. Kein Wunder, wenn die Kinder nicht allein in den Wald wollten.

Waechter drehte die Kinder um. Auf der Rückseite stand in Sütterlin: *Hilde.*

Er zeigte die Inschrift herum. »Das ist Volksaberglaube, ein Schutzzauber gegen böse Mächte. Gegen Geister, gegen Hexen.«

»Aber das sind die fünfziger Jahre!«, rief Elli. »Da hat niemand mehr an Hexen geglaubt!«

»In der Stadt vielleicht nicht. Aber auf dem Land, wo die Leute katholisch sind? Wo es im Winter dunkel wird und in der Nacht sehr still?«

Waechter war in der Stille aufgewachsen. Unzählige Nächte, in denen er wach gelegen und auf den Stundenschlag der Kirche im Nachbardorf gewartet hatte. Jede Viertelstunde ein Gong, der die Stille in Stücke schnitt und an dem er sich durch die Ewigkeit der Nacht hangeln konnte. Die helle Glocke schlug die Viertelstunde, die dunkle die vollen Stunden. Immer hatte er sich vorgenommen, als Erwachsener in der Stadt zu wohnen, wo es nachts hell war und laut und wo nicht jeder Abend so endgültig war wie ein kleiner Tod. Jetzt hatte er es geschafft. Aber er hätte nie erwartet, wie ausgestorben eine Straße im Kneipenviertel nachts um drei sein konnte. Und auf dem Land war es nicht mehr still, weil die ganze Nacht Lastwagen über die Umgehungsstraßen donnerten und die Lüftungen der Hühnerfabriken rauschten. Den Stundenschlag hatten neureiche Immobilienbesitzer längst weggeklagt. In manchen Stadtnächten wünschte er sich den Schlag der Glocke zurück, an dem er sich festhal-

275

ten konnte, um nicht in seine eigenen Gedanken zu implodieren.

Er legte die Gegenstände zurück in das Amulett und schraubte es zu, das Metall knirschte.

»Sollen wir jetzt Geister jagen?«, fragte Elli.

»Keine Geister. Hilde war mal lebendig, und heute ist sie tot. Sie würde sich heute auf ihre Rente freuen, und ich will wissen, warum sie die nicht mehr erlebt hat.«

Zwei Schwestern. Beide in einen Sumpf von Aberglaube und Okkultismus geraten, beide tot. Der Zusammenhang zwischen den beiden war nur eine fixe Idee, aber wenn er die nicht bis zum Schluss ausermittelte, würde er sich das nie verzeihen. Hildes Geschichte drohte in der Vergangenheit zu versinken. Vielleicht fand er im Haus im Moos noch ein paar Quellen über sie. Er würde heute hinausfahren und Hildes Elternhaus noch mal auf den Kopf stellen. Kurz überlegte er, ob er Lanz einbinden sollte, doch es ging so viel schneller und einfacher ohne Lanz. Hannes färbte auch schon ab.

Wie aufs Stichwort riss Hannes die Tür auf und blieb stehen, als er ihre Runde sah.

»Was macht ihr da?«

»Unsere Arbeit. Siehst du doch«, sagte Waechter.

»Ich wollte nur sagen, dass das LKA die Ergebnisse …«

»Ist dir klar, dass du als Zeuge aus der Ermittlung raus bist? Sickert das langsam in dein kleines Hirn? Ich will, dass du dich hier zur Verfügung hältst, es gibt genügend andere Fälle, die du aufarbeiten kannst. Aus der Soko Freisinger Moos bist du ein für alle Mal raus.«

Die Tür knallte hinter Hannes zu.

»Uuuh«, sagte Elli. »Dicke Luft?«

Waechter packte das Amulett zurück in die Tüte. »Bleibt der Löffel drin stecken.«

Hannes hatte nichts im LKA zu suchen, das hatte Waechter ihm mehr als deutlich gemacht. Aber bei der Analyse der Schmiererei auf seinem Auto ging es um ihn. Seinen Wagen. Seine Sicherheit. Außerdem – sie hatten ihm gar nicht zugehört, sondern die Köpfe zusammengesteckt und ihn ausgeschlossen. Jetzt erst recht.

Die Schriftexpertin ließ einen großen Flachbildschirm aufleuchten. Die roten Buchstaben erschienen darauf, teilweise verwischt, aber noch gut lesbar, auf weißem Hintergrund. Die Tinte des Textmarkers wurde im Labor untersucht, der Wagen war ebenfalls untersucht worden, er hatte hundertdreiundneunzig verschiedene Fingerabdrücke aufgewiesen. Na, viel Spaß.

»Ich habe Fotos von der Windschutzscheibe gemacht und die Schrift in eine Grafik reingezogen«, sagte Frau Kuhnert. Mit ihren Perlenohrringen und ihrem Twinset sah sie nicht nach Polizei aus. Soweit er wusste, hatte sie Germanistik studiert.

»Als Nächstes habe ich die Schrift gedreht. Die Anordnung habe ich gleich gelassen. Das N ist im Original richtig herum, in der gedrehten Fassung spiegelverkehrt, aber das ist wohl der Hektik geschuldet.«

*HÖR AUF HIER RUMZUSCHNÜFFELИ*

»Da fehlt ein Komma«, sagte er.

Der Täter hatte wohl nicht viel Zeit gehabt, seine Nachricht zu hinterlassen. Wie lange war Hannes im Keller eingesperrt gewesen? Es war ihm wie eine Ewigkeit vorgekommen, aber es konnten nur wenige Minuten gewesen sein. Der Täter musste starke Nerven gehabt haben, dazu ein übersteigertes Sendungsbewusstsein. Er wollte gesehen werden. Oder er war sicher gewesen, dass Hannes keine Chance hatte, ihm hinterherzukommen.

All das sprach für Maret. Wenn es den Dritten nie gegeben hatte und sie den Keller versperrt hatte, hatte sie alle Zeit der Welt gehabt, sein Auto zu verschmieren. Nur warum hatte sie ihn dann gerufen und ihm die Geschichte vom Burgfräulein in Not vorgegaukelt? Es gab kein Motiv. Außer sie spielte ein großes Spiel mit ihm, aus reiner Lust daran.

Er trommelte mit dem Bleistift auf die Oberfläche des Tisches. »Gibt es Hinweise auf die Person, die das geschrieben hat?«

»Ihre Kollegen besorgen mir Vergleichsproben von allen Hausbewohnern.«

Sie drückte auf eine Taste, die Schrift wechselte in Spiegelschrift und wieder zurück.

»Der Spruch steht in Versalien und in Spiegelschrift. Man könnte also denken, dass wir nichts Aussagekräftiges finden«, fuhr sie fort.

»Aber?«

»Schrift ist wie eine Visitenkarte. Wenn der Täter seine Schrift nicht verstellt hat, und das ist unter Zeitdruck kaum möglich, dann kann ich eine Vergleichsprobe zu achtzig Prozent zuordnen.«

Hannes nickte. Lanz würde Vergleichsproben von allen Beteiligten einholen müssen. Dazu würde er einen richterlichen Beschluss brauchen.

Frau Kuhnert deutete auf das M. »Zum Beispiel ist der Mittelteil des Ms als Bogen gemalt, nicht als Ecke. Der Ansatz des Rs geht in beiden Fällen deutlich über die vertikale Linie hinaus. Genauso wie beim F. Auch das A ist als Schwung gemalt, nicht als Ecke. Das R hat einen Aufstrich von unten, was ungewöhnlich ist, und der Ansatz des Aufstrichs ist dicker als üblich. Das Ö hat hier diese kleine Arabeske. Das sind alles Dinge, die Sie als Laie sehen können, aber ich könnte mit den entsprechenden Vergrößerungen noch mehr Details zaubern.«

Hannes traute sich eine kühne Frage. »Frau oder Mann?«

»Ich bin keine Graphologin, sondern Handschriftenexpertin. Nur auffällige Anzeichen wie Cannabiskonsum können wir aus der Handschrift lesen. Übrigens, Ihre Vergleichsprobe …«

»Könnte ein Laie wie ich diese Handschrift zweifelsfrei wiedererkennen?«, unterbrach Hannes sie.

Frau Kuhnert schaltete den Beamer aus, und es wurde dunkel im Besprechungsraum. »Mit den entsprechenden Markern: überall.«


Ein Polizist stand vor Marets Tür. Der bullige Typ in Schwarz, der sich als Kommissar Waechter auswies. Von Johannes Brandl oder diesem Lanz keine Spur.

»Sie haben gestern schon mein ganzes Haus durchwühlt«, sagte Maret.

»Ich will bei Ihnen nichts mehr durchwühlen«, sagte Waechter. »Sie hatten schon genug Kummer ohne uns. Ich bitte Sie um etwas, und wenn Sie nicht möchten, können Sie mich heimschicken.«

Sie ließ ihn herein. Er streifte an ihr vorbei, sie konnte ihn riechen, ein starker Raucher.

»Ich habe die Unterlagen Ihrer Mutter durchsucht, auch den Nachlass Ihrer Großmutter und die Hausdokumente. Nur über eine Sache habe ich nichts gefunden.«

»Ich habe nichts mehr«, sagte sie.

»Sie wissen doch noch gar nicht, was fehlt. Im Nachlass steht nichts über Ihre verstorbene Großtante Hilde. Und nichts über die Geschäfte ihrer Großeltern mit einem gewissen Herrn Hanisch.«

279

Der Rauchgeruch des Mannes hatte den ganzen Flur ausgefüllt. Maret wollte nur noch, dass er ging. »Ich weiß wirklich nicht, was das mit meiner Mutter zu tun haben soll. Meine Großtante ist seit über sechzig Jahren tot. Sie ist als Kind gestorben. Die Oma hat's nie überwunden. Warum wühlen Sie das jetzt wieder auf?«

»Woran ist Ihre Schwester gestorben?«

»Ich habe meine Oma mal gefragt«, sagte Maret. »Sie hat gesagt«, sie wurde leiser, damit Sophie im Kinderzimmer es nicht mithörte, »früher seien Kinder einfach gestorben.«

»Kein Kind stirbt einfach.«

»Früher war das halt so.«

Die Oma hatte noch viele Jahre in dem schimmelnden Haus gelebt, war immer winziger und dünner geworden, ohne zu sterben. Maret hatte sich als junges Mädchen eingeredet, dass es romantisch sei, eine alte Oma mit Holzofen zu haben, die ein Kopftuch und eine Kittelschürze trug. Eine Ersatzfamilie. Aber so war es nie gewesen. Die Oma war keine gemütliche Oma gewesen, die Geschichten erzählte und Zwetschgendatschi servierte. Sie hatte nicht viel Interesse an Maret gezeigt, als ihre Enkelin bei ihr eingezogen war, um sie zu pflegen. Am Anfang hatte sie noch danke gesagt, in monotonem Tonfall, später immer weniger. Ihr Blick war immer an ihr vorbei und durch sie hindurch gegangen. Ein paar Wochen vor ihrem Tod, nach dem Versprechen, hatte sie Marets Wange gestreichelt, und ihre Augen waren weich geworden, aber Maret hatte sofort gemerkt, dass gar nicht sie gemeint war.

»Zeigen Sie mir bitte die Unterlagen?«

»Omas Ordner habe ich weggeworfen.« Maret biss die Lippen zusammen. »Die Grundbuchauszüge und das Zeug hat meine Mutter mitgenommen, ihr gehört … gehörte ja das Haus. Sonst ist wirklich nichts mehr da. Wir konnten nicht viel von den Sachen gebrauchen.«

Nach ihrem Tod hatte sie die Habseligkeiten der Oma gesichtet und ausgeräumt. Der Küchenofen war gesprungen. Die Betten waren hinten verschimmelt. Das Geschirr war angeschlagen. Die Wäsche stockfleckig. Der Nippes aus Plastik. Die meisten Möbel waren zu Bretterhaufen zerfallen, als Maret sie auseinandergeschraubt hatte. Als ob die Großmutter schon Jahre zuvor gestorben sei.

Waechter schaute nach oben und schwieg, es hatte den Anschein, als führe er eine Konversation mit dem lieben Gott.

»Im ersten Stock ist ein kleines Fenster. Zu welchem Raum gehört das?«

Maret kniff den Mund zusammen. »Keine Ahnung.«

»Sie werden doch die Zimmer in Ihrem Haus kennen?«

»Es ist nicht mein Haus.«

»Dann können Sie mir auch nicht sagen, wo die Falltür in der Decke hinführt, die weder unsere Spitzenkräfte aus München noch die aus Erding entdeckt haben?«

Maret senkte den Kopf. Es war nicht mehr wichtig. Das Versprechen galt nichts mehr. Wen sollte sie damit noch beschützen? Einen weiteren Durchsuchungsbeschluss ertrug sie nicht. Sie fühlte sich jetzt schon, als habe man ihr Leben mit Stahlbürsten blutig geschrubbt.

Sie ging zur Haustür und nahm den langen Stock mit dem Haken, der die Klappe öffnete.

»Bitte.«

Waechter hängte den Stock ein und zog. Mit einem rostigen Knirschen öffnete sich die Tür, und eine Leiter fuhr nach unten aus.

»Verschwenden Sie ruhig Ihre Zeit.«

Kommissar Waechter lächelte. Er wurde nicht sauer, er machte ihr keine Vorwürfe, er lächelte nur.

»Danke«, sagte er. »Das werde ich.«

Er stieg die Sprossen hinauf und steckte den Kopf in den Hohlraum. Von oben flatterte und gurrte es.

»Darf ich da rein?« Seine Stimme kam gedämpft durch die Decke.

»Würde ich nicht«, rief Maret. »Auf die Decke kann man sich nicht verlassen.«

»Geben Sie mir den Stecken?«

Maret reichte ihm den Stab mit dem Haken. Über ihren Köpfen scharrte es, er reichte einen Kartoffelsack herunter.

»Nehmen Sie mir das bitte ab.«

Sie stellte den Sack auf den Boden. Das Sackleinen schimmelte, Insektenlarven baumelten an Spinnweben davon herab, auf der Oberseite klebte Taubenkot. Die Natur holte sich das Haus zurück, mit dem Speicher hatte sie angefangen.

Waechter stieg herunter, die Sprossen knarzten unter seinem Gewicht. Er öffnete den Sack, schaute hinein und nickte. Aktenordner.

»Sie bekommen eine Quittung dafür.«

Die Polizisten fragten nicht einmal mehr. Kamen, stocherten mit langen Stöcken in ihrem Leben herum, verschwanden wieder wie die Geier. Maret nickte, sie musste die Ordner nicht anschauen, um zu wissen, was darauf stand. Die Erinnerung daran, wie ihre Großmutter als Mutter versagt hatte. Etwas, das sie versprochen hatte, für immer zu hüten, damit wenigstens Eva weiter ein unbeschwertes Leben führen konnte. Aber ihre Mutter brauchte sie jetzt nicht mehr zu schützen.

»Rechnungen Hof«, stand auf dem einen Ordner. »Amtsgericht« auf dem anderen. Und auf dem dritten: »Hilde«.

»Brandl?«

»Koschitz hier. Sie haben gesagt, ich kann mich bei Ihnen melden.«

Hannes musste erst überlegen, bis ihm der Fischer am Löschteich wieder einfiel. »Ich bin eigentlich gar nicht mehr mit der Ermittlung befasst.« Er schaute auf die Uhr. Es war sechs, er hatte es packen wollen. Zeit für … ja, für was auch immer.

»Sie haben mir Ihre Karte gegeben.«

»Darf ich Sie zu einem Kollegen durchstellen?«

»Ich will keine Umstände machen. Dann schmeiß ich halt weg, was ich geangelt habe. Ich dachte nur, es hilft Ihnen was.«

»Was wollen Sie wegschmeißen?« Hannes sprang auf. »Bleiben Sie, wo Sie sind. Ich komme.«

Ein zweites Mal rumpelte der Landrover den überwucherten Weg zum Löschteich entlang. Das Auto von Koschitz stand schon da, ein Subaru mit vergitterten Rückfenstern. Als Hannes ausstieg, sah er, wofür die Gitter dienten. Ein riesiger Dobermann sprang auf ihn zu, hüpfte um ihn herum, schnüffelte in seinen Schritt und versuchte seine Hände zu lecken.

»Finchen, aus!«, bellte die Stimme von Koschitz aus der grünen Hölle. »Was für ein Wachhund bist du eigentlich?«

Ein paar Zweige bewegten sich, und Koschitz kam zum Vorschein. Er tätschelte den Kopf des Hundes. »Keine Angst, die will nur spielen.«

Die Doberfrau lehnte sich mit einem Seufzer gegen das Knie ihres Meisters. Er drehte sich um und verschwand in der Wand aus Zweigen. Hannes folgte ihm. Der Geruch von sterbendem Wasser war stärker als bei seinem letzten Besuch. Ein Strahl Abendsonne fiel auf die ersten Mücken des

283

Jahres und verwandelte sie in tanzende Sterne über der Wasseroberfläche.

»Haben Sie den Scheiterhaufenmörder inzwischen gefasst?«

»Wäre ich dann hier? Beißen die Fische heute nicht?«

Koschitz schaute die Angel an, die er am Ufer befestigt hatte, und zuckte mit den Schultern. »Scheint, als müsste ich heute mein Brot mit Butter essen. Wahrscheinlich ist zu viel los hier.«

»Ich bin gleich wieder weg. Keine Angst. Was haben Sie für mich?«

»Ich hol's Ihnen.«

»Darf ich Sie noch was fragen, wenn ich schon hier bin?«

Koschitz schob ihm einen Plastikstuhl hin. »Setzen Sie sich. Was wollen Sie wissen?«

»Wie alt waren Sie, als das Haus Ihrer Großmutter abgebrannt ist.«

»Sechs.«

»Kannten Sie die Kreithmayrs?«

»Wie ich schon sagte, ich habe nur ab und zu meine Moos-Oma besucht. Mit den Dorfkindern habe ich mich nicht abgegeben.«

»Also wussten Sie, dass die Kreitmayrs Kinder hatten.«

»Ich hab die Eva noch kennengelernt, da war sie zwei. Immer auf der Straße und immer mit voller Windel.«

Hannes versuchte sich die ältere Eva vorzustellen, ein dürres, hungriges Mädchen auf der Dorfstraße, wie sie auf Quadraten von Himmel und Hölle hüpfte, die sie mit einem Stück trockenem Putz auf den Asphalt gezeichnet hatte. Ganz allein. Keine Kameradin zum Spielen.

»Kannten Sie Evas Schwester?«

284

»Die Leute haben ein Kind verloren, aber das war vor meiner Zeit.«

Koschitz schaute auf seine unbewegte Angelschnur, sein Gesicht war weich geworden. Hannes stellte sich vor, wie er hier saß, Stunden über Stunden, Bier trank und ins Grün starrte, während der Tag sich um ihn schloss. In der kurzen Zeit war das Licht verschwunden, und die Mücken waren unsichtbar geworden. Bald würden sie angreifen.

»Das mit Ihrer Großmutter tut mir leid.«

»Ist lange her.«

»Eine weitere Frau ist verbrannt. Sie war auch eine Großmutter.« Hannes lehnte sich vor und stützte sich auf seine Knie.

»Meine Oma war eine Russlanddeutsche, sie hat den Grund hier billig gekauft. Zuerst ist sie gut mit den Leuten ausgekommen. Dann haben sie ihr Abfall in den Garten geworfen, ihre angestammte Bank in der Kirche besetzt, bis sie nicht mehr hingegangen ist, Kinder haben mit Steinen nach ihr gezielt. Ein halbes Jahr später ist das Haus bis auf die Fundamente niedergebrannt, auf denen Sie stehen. Es gibt viele Geschichten, die durch die Familien fließen, bis sie bitter werden.«

Koschitz schaute über die Dielen der Terrasse, wo früher der Estrich seiner Großmutter gewesen sein musste. Glühende Holzspäne spiegelten sich in seinen Augen.

Eine Mücke setzte sich auf Hannes' Handrücken und arbeitete sich durch die Haare bis zu seiner Haut vor. Er erinnerte sich, was er gelernt hatte, dass Mücken nicht krabbeln konnten. Nur starten und landen. Er sah zu, wie sie ihren Rüssel ausfuhr und ihn ins Leder seiner Haut stieß, ertrug den winzigen Schmerz. Er tötete keine Tiere. Das Hinterteil der Mücke pumpte und schwoll mit dunkler Flüssigkeit an. Sie breitete die Flügel aus und hob ab, um auf der Armlehne seines Gegenübers zu landen. Koschitz plättete sie mit der flachen Hand. Ein Streifen von Hannes' Blut blieb auf dem Plastik zurück. Für einen kurzen Moment hatte Hannes die Vision von Spurensicherern in Weiß, die um den Teich schwärmten und Proben von seinem eigenen Blut von der Lehne kratzten, um die DNA zu bestimmen. Bis er sich erinnerte, dass er der Jäger war, der Außenseiter. Er durfte sich nicht in diese Landschaft hineinziehen lassen, kein Teil davon werden.

»Haben Sie einen Groll gegen jemanden aus dem Dorf?«

Koschitz sah ihn mit einem amüsierten Ausdruck an. »Ich war doch bloß ein kleiner Bub. Glauben Sie an Erbsünde?«

»Ich hab's nicht so mit der Erbsünde«, sagte Hannes. »Aber ich muss alles ausschließen, auch wenn es noch so absurd ist.«

»Es sind alte Geschichten.«

»Hinter jedem Mörder steckt eine Geschichte, Herr Koschitz. Manchmal auch eine alte Geschichte.«

Der Angler schüttelte den Kopf und stand auf. »Ich bring Ihnen mal meinen Fang. Die Angel hat sich darin verhakt, ich hab es rausgeholt. Die Stelle war gar nicht tief.«

Er verschwand in der Hütte und kam mit einer Aldi-Tüte zurück. »Hier.«

Hannes stand auf und nahm sie entgegen. Sie war schwer, fühlte sich kühl an. Er schaute hinein. Der Gegenstand war von Schlamm überzogen, aber er konnte mühelos erkennen, was es war. Eine Baumwolltasche aus dem Supermarkt, vom Kanalwasser getränkt. Ihr Gestank kam ihm entgegen, von Fisch, Fäulnis, Brandbeschleuniger. Er schloss die Augen. Eine eiskalte Hand griff durch seine Rippen und packte seine Wirbelsäule.

Wie von weit weg hörte er Koschitz rufen. Er schlug die Augen auf. Das trübe Wasser des Löschteichs kam auf ihn zu, bevor der Angler ihn an der Jacke zurückzog.

Plastik scharrte auf Holz. »Setzen Sie sich hin«, sagte Koschitz. »Sie wären fast reingefallen. Geht's Ihnen gut?«

»Alles in Ordnung.« Hannes ließ sich in den Stuhl sinken und massierte seine Nasenwurzel. »Nur … Stress.«

Koschitz öffnete zwei Bierdosen mit einem Zischen und reichte ihm eine. »Man könnte meinen, da wäre ein abgeschnittener Fuß in der Tüte. Trinken Sie das.«

Obwohl er noch fahren musste, nahm Hannes die Dose und setzte sie an. Hopfen und Alkohol schwappten sofort in seinen Blutkreislauf.

Ein tiefes Grollen kam von der Hündin. Sie hatte ihren Stummelschwanz zwischen die Beine gezogen und den Rücken gekrümmt. Ein Zittern lief durch ihren schlanken Körper, sie zog die Lefzen hoch, ihre Reißzähne schimmerten weiß in der Dämmerung. Der Laut kam aus der Tiefe ihres Rumpfes, es war ein vorzeitliches Knurren.

»Verdammtes Viech«, sagte Koschitz, und es klang auch wie ein Knurren.

Der Wolf musste in der Nähe sein.

In den Augen des anderen Mannes stand Abscheu. »Komm, Mädel«, sagte er. »Wir packen zusammen.«

Er griff die Hündin am Halsband. Das Tier stieß einen Schwall von intensivem Hundegeruch aus.

Hannes stand auf und streckte die Hand aus. »Sie haben uns viel geholfen. Tut mir leid, dass ich Ihren Frieden gestört habe.«

Koschitz gab ihm einen festen Händedruck. »Sie haben ihn nicht gestört. Manche Geschichten fließen, bis sie bitter werden. Andere fließen, bis sie austrocknen.«

Das Grollen der Hündin ließ sie aufschrecken. Es kippte in ein langgezogenes Heulen.

»Wir müssen los«, sagte Koschitz. »Gehen Sie, und fangen Sie, was auch immer da draußen ist. Bevor es Sie fängt.«

Waechter setzte sich mit den Ordnern aus dem Kartoffelsack in einen Biergarten abseits der Landstraße. Er brauchte einen eigenen Tisch, nicht das drückende Gewicht seines vollen Schreibtischs, und eine frische und kühle Halbe. Hier würden ihn hoffentlich weder Lanz noch Die Chefin erwischen.

Die Seiten des Gerichtsordners rochen nach Speicher, nach Pilzsporen und immer noch leicht nach Matrize. Waechter fing mit dem Verhandlungsprotokoll an, er war es gewöhnt, Protokolle zu lesen, es würde ihm keine Mühe bereiten.

Hanisch war zu einer Geldstrafe verurteilt worden. Fünfhundert D-Mark, wenn er die Tagessätze zusammenzählte, zu einer Zeit, in der alte Menschen noch in Rentenmark oder Reichsmark umrechneten, wie sie es seit der Einführung des Euros mit der Deutschen Mark machten. Im Jahr 1957 war das viel Geld gewesen. Hanisch hatte sicher keine Probleme mit der Summe gehabt. Wie frustrierend für die Familie zu sehen, dass der Mann, der ihre Tochter auf dem Gewissen hatte, mit einer Summe aus der Portokasse davonkam.

Waechter vertiefte sich in den unstreitigen Tatbestand, den Tatsachenbericht, der interessierte ihn am meisten. Der Bericht, was vor über sechzig Jahren in dem alten Bauernhaus passiert war, das heute mit Licht und Essensduft und Kinderlachen gefüllt war. Sicher hatte es früher nach Stall gerochen. Holzdielen statt Teppiche, vollständige Dunkelheit nach Ende der Dämmerung. Das Muhen der Kühe, die

die Nacht hindurch nach ihren Kälbern schrien. In dürren Worten hatte ein längst verstorbener Richter die Geschehnisse zusammengefasst.

*»Der Angeklagte bezeichnet sich als persönlicher Berater. Er bietet seine Dienste als Hexenbanner und Gesundbeter an und verspricht seinen Kunden, sie vom Einfluss angeblicher Hexerei, schwarzer Magie und Schadenszauber zu befreien. Dies bewerkstelligt er durch Beratung und das Anbringen von Schutzzaubern in den Häusern. Er stützt seine Dienstleistung auf den überlieferten Hexenglauben, der sich in ländlichen Gebieten nach wie vor hält.«*

Die maschinenbeschriebenen Blätter waren mit Matrizen kopiert, die blaue Schrift war fast vollständig verblasst. Waechter schob das Papier noch mehr ins Licht und rückte seine Lesebrille zurecht.

*»Im Frühjahr 1957 machte der Angeklagte seinen ersten unangekündigten Hausbesuch bei dem Zeugen K. K. bat ihn um Hilfe mit seinen Kühen, die chronisch dämpfig waren. Im Rahmen weiterer Besuche begegnete der Angeklagte auch der verstorbenen H., der älteren Tochter der K.s, die von Geburt an schwachsinnig war.«*

Waechter zuckte bei dem Wort *schwachsinnig* zusammen. Das war gedankenlos angewandte Nazisprache in voller Blüte. Vor seinem inneren Auge sah er ein zusammengekauertes kleines Mädchen im Heu, das von seinem Spiel zu dem Fremden aufsah, der zu Besuch gekommen war, aber keine Geschenke dabeihatte, keine Süßigkeiten. Daneben ihr Vater mit strengem Blick. Die Mutter war nirgendwo zu sehen. Die Kleine war nicht entkommen.

Er schlug den Ordner »Hilde« auf. Unter der trüben Klarsichtfolie strahlte ein Mädchen mit flaumigen weißblonden Haaren und dem ersten fehlenden Zahn in ihrem Lächeln.

289

Von ihrer Behinderung war auf dem Foto nichts zu erkennen, nur dass sie jünger als sieben aussah. Ihre Gesichtszüge hatten noch die runden Linien eines Kleinkindes. Es war nie herausgekommen, welche Art von Behinderung sie wirklich gehabt hatte. Wahrscheinlich hatte sie bis kurz vor ihrem Tod keinen Arzt gesehen. Heute würde man die Kreithmayrs »bildungsfern« nennen. Über das Foto hatte jemand ein Sterbebildchen gesteckt.

Waechter rückte seine Lesebrille zurecht und las weiter im Protokoll.

*»Der Angeklagte gibt an, Schutzzauber in den Ställen und den Kellern angebracht zu haben, weil er einen deutlichen Einfluss von Hexerei zu vernehmen glaubte.«*

Einer davon musste das Amulett gewesen sein, das Hannes gefunden hatte. Ein schmutziges kleines Stück Volksaberglauben. Waechter versuchte weiterzulesen, aber das Blau der Matrize war genauso hell wie das vergilbte Papier, die Buchstaben flimmerten. Er rieb sich die Augen und zwang sich zum nächsten Absatz.

*»Der Angeklagte behauptete, den Zustand von H. durch überlieferte Heilkunde verbessern zu können. Dafür verlangte er, sie körperlich zu untersuchen. Ihm war bewusst, dass er keine Zulassung als Heilpraktiker besaß. Er nahm die Untersuchung trotzdem vor.«*

Die nächsten Absätze waren unlesbar, sie waren für immer in der Geschichte verschwunden. Waechter blätterte wieder im »Hilde«-Ordner. Noch ein Foto lag bei. Die kleine Hilde saß auf dem Küchentisch, ihre Mutter stand neben ihr und hielt sie am Arm, mit einem Lächeln auf den Lippen. Eine winzige, früh gealterte Frau. Hildes Kindergesicht war von panischem Weinen verzerrt, aber keine Tränen glänzten in ihrem Gesicht. Um sie herum lagen geöffnete Küchenscheren, die Spitzen auf sie gerichtet. Ein Mann in Schwarz beugte sich über sie, lang und dürr, mit sorgsam gescheitelten Haaren. Das Gesicht mit der hohen Stirn kam Waechter bekannt vor. Er hatte es auf dem Bild aus Eva Nells Fotoalbum schon einmal gesehen, aber das Gesicht erinnerte ihn noch an jemand anderen. Es war wichtig, dass er sich erinnerte.

Er suchte im Protokoll, wo wieder lesbare Seiten einsetzten.

*»… selbst im Zustand größter Furcht keine Tränen. Die Tränenlosigkeit brachte den Angeklagten zu dem Schluss, dass H. Opfer von Hexerei geworden sei. Die Tränenlosigkeit sei seit dem* Hexenhammer *ein Anzeichen zur Erkennung einer Hexe. Die kleine H. müsse daher unter dem Einfluss von Hexerei stehen. Eine umgehende Behandlung mit seinen überlieferten Rezepten sei notwendig.«*

Waechter rieb sich noch einmal die Augen und klappte den Ordner zu.

Der Hexenbanner hatte sich also als alternativer Arzt für die kleine Hilde aufgespielt. Hatte behauptet, sie sei verhext, er müsse sie von einem Einfluss befreien, und der Familie seine Dienste angeboten.

Kurze Zeit später war sie tot gewesen.

Er würde mit Hannes darüber reden müssen. Dann fiel ihm ein, dass Hannes ja nicht mehr mit ihm redete.

Maret sah aus, als wollte sie ihm die Tür vor der Nase zuschlagen. »Ihr Kollege war vorhin schon hier. Muss das sein?«

»Ich muss nur etwas überprüfen«, sagte Hannes. »Es ist nicht offiziell.«

»Bitte nicht. Ich hatte in den letzten Tagen einen Todesfall und zwei Hausdurchsuchungen, ich kann nicht mehr.«

»Es ist die letzte Chance. Sie sagten doch, bei Ihnen spukt es, oder?«

»Sophie sagt es.«

»Dürfte ich mir bitte mal das Kinderzimmer anschauen?«

»Vergessen Sie's.«

»Vielleicht kann Sophie danach wieder ruhig schlafen.«

Maret seufzte. »Sie geben nicht auf, was? Ziehen Sie wenigstens die Schuhe aus.« Sie ging voraus zum Kinderzimmer und hob wahllos ein paar Stofftiere auf.

»Was genau hat Ihre Tochter wahrgenommen?«

»Kälte … ein kaltes Mädchen.«

»Haben Sie das auch schon erlebt?«

»Da war mal was.« Maret warf eine Schildkröte aus Plüsch in die Ecke, die hilflos auf ihrem Panzer liegen blieb, die Füßchen nach oben. »Etwas wie ein kalter Hauch.«

Die Worte der Geisterjägerin klangen in seinem Ohr nach. *Es zieht, wenn die warme Luft rauswill zur kalten Luft. So physikalisch, so simpel. Such nach Rissen und Löchern.*

Er würde beweisen, dass es keine Geister gab. Und wenn es das Letzte war, was er in dieser Ermittlung tun konnte. Zu lange hatte er sich irreführen lassen von Geistergeschichten und Parapsychologie. Geister verbrannten keine Menschen, sie sperrten keine Stahltüren zu, sie bedrohten keine Ermittler. Er würde die naturwissenschaftliche Erklärung dafür finden, das war er den Leuten hier schuldig.

»Darf ich mal?« Er schob sich an Maret vorbei ins Kinderzimmer und ging zum Fenster. Er musste sich nicht einmal strecken, um die Decke zu erreichen. Langsam und methodisch tastete er die Wand ab, Zentimeter um Zentimeter. Gut, dass er oben angefangen hatte. Kalte Luft fiel nach unten.

»Was glauben Sie eigentlich, was Sie da machen?«

Er drehte sich um, die Hände an der Wand. »Ich jage Ihr Mädchen.«

Die Wand war kalt unter seinen Händen, schlecht isoliert. Er tastete über Kuhlen und Risse, die mehrfach überstrichen worden waren und Flocken trockener Farbe abgaben. In einem Loch flüchtete eine Herde von winzigen Käfern in den Zwischenraum zweier Farbschichten. Normalerweise ekelte er sich nicht vor Insekten, aber vor ihrer schieren Menge grauste es ihn.

»Würden Sie bitte mein Haus stehen lassen?«

Hannes antwortete nicht. Er musste das zu Ende bringen, bevor sie ihn hinauswarf oder Waechter ihn zurückbeorderte.

Der Fensterrahmen war neu. Keine kalten Flecken. Er kniete nieder und griff in den Spalt zwischen Hochbett und Wand. Fand eine leere Wärmflasche, ein Malbuch, zusammengeknüllte Schlafanzughosen, einen einzelnen Ballerina in Glitzerpink.

Sophie trampelte den Flur entlang. Wer hatte je behauptet, dass Kinderfüße tapsten? Sie stampften, sie ließen Wassergläser erzittern wie die Saurier in *Jurassic Park*.

Er fühlte etwas Raues. Als wäre die Wand mit einem anderen Material ausgestopft. Es war ein Loch in der Größe eines Ziegelsteins. Und definitiv kühl.

»Nein!«

Sophie warf sich auf ihn und zog ihn nach hinten, ihre Fingernägel krallten sich in seine Schultern. »Das ist meins! Nein! Nein! Nein! Meins!«

Ihre Stimme steigerte sich zu einem schrillen Kreischen, durchbohrte sein Ohr wie eine Serie von Elektroschocks, blockierte alle anderen Sinne. Er schlug um sich, nur damit es aufhörte.

Es hörte auf.

Sophie saß auf ihrem Hintern, er musste sie im Reflex abgeschüttelt haben. Ihre Unterlippe zitterte, und sie heulte wieder los.

Maret nahm sie auf den Arm. »Wagen Sie es nicht, meine Tochter noch einmal anzufassen. Verlassen Sie sofort mein Haus.«

Die Lautstärke lähmte ihn. Er musste das Gebrüll stoppen, einfach stoppen, stoppen, stoppen …

*Stopp.*

*Atmen.*

*Rückwärtszählen.*

Sophie hatte zu schreien aufgehört, sie schnüffelte. Nach und nach kehrten seine Sinne zurück.

Wie ein stur programmierter Roboter sagte er: »Ich muss mir das genauer anschauen.« Er griff hinter das Bett, fand das Loch wieder und zog am Inhalt. Er kam mühelos heraus. Ein Schwall kalter Luft strömte ins Zimmer.

Sophie heulte auf.

Hannes breitete auf dem Boden aus, was er gerade aus der Wand gezogen hatte. Papier, an den Ecken vergilbt, gebrochen, wo es das Rollen nicht überlebt hatte. Die Blätter fächerten sich auf wie ein Kartenspiel.

Kinderzeichnungen.

»Meine«, wimmerte Sophie.

»Das sind nur Zeichnungen von meiner Tochter«, sagte Maret. »Sie muss sie da reingestopft … Nein, die sind gar nicht von ihr. Wo hast du das her?«

Die erste Zeichnung bildete ein schwarzes Viereck, mit dem Stift mehrmals nachgefahren, so dass die Linien dicke Balken waren. Darin ein kleineres Viereck, es mochte ein Bett oder ein Möbelstück sein, nicht mehr als ein Kasten,

294

der im Raum schwebte. Ein Strichmännchen saß auf dem Kasten, schwungvolle Striche gingen von seinem Kopf aus, die lange Haare andeuten sollten. Die Augen waren riesige schwarze Bleistiftkringel, die das Gesicht in einen Totenkopf verwandelten. Aber der Mund lachte. In Kinderzeichnungen lachten die Münder immer. Hannes hatte Zeichnungen von syrischen Flüchtlingskindern gesehen, voller Bomben und Leichen. Die Kindermünder lachten trotzdem. Das dicke schwarze Viereck hatte keinen Ausgang.

Auf dem nächsten Bild war wieder das Kind mit den Strichhaaren zu sehen. Eine zweite Figur stand neben ihm, der Kopf war viel kleiner, der Körper eine dünne Schlange. Auf den Kopf hatte die Künstlerin zwei Schöpfe schwarzer Haare gemalt. Unter dem Bild stand in krakeliger Kinder-schrift:

*HANIS.*

»Wo hast du das her, Sophie?«, fragte Maret, schärfer im Ton.

»Die waren schon immer da.« Sophie schniefte. »Sie gehören dem kalten Mädchen.«

Zugluft strich über den Boden. Sie hatten das kalte Mädchen gefunden.


»Lass mich das Reden übernehmen, Hannes«, sagte Waechter. »Versuch, mit dem Hintergrund zu verschmelzen, wenn's geht.«

Der Hintergrund bestand aus den Wänden des Büros von Lanz, gepflastert mit Körperteilen erlegter Tiere, Vereinswimpeln und Familienfotos. Der winzige Raum war so durchdrungen von Lanz' Persönlichkeit, dass er die Ausstrahlung einer Höhle hatte.

Sie hatten erwartet, dass der Ermittlungsleiter herumbrüllen und mit seinem Stecken fuchteln würde. Stattdessen lächelte er, als er hereinkam. Das war noch schlimmer.

»Nehmt doch Platz«, sagte er.

Mit brüllenden Berserkern wurde Waechter fertig, aber dieses Lächeln brachte einen dazu, im Geiste ein Testament aufzusetzen. Es waren eine Menge Zähne beteiligt.

»Ich hab gar nicht erwartet, dich hier noch mal zu sehen, Brandl. Du hast bei uns kein Mandat mehr.«

»Mein Kollege hat noch ein paar Asservate für dich«, sagte Waechter und deutete auf die Plastiktüten auf dem Tisch.

»Hab ich mit dir geredet, Waechter?«

»Der Zeuge wollte nur mit mir persönlich sprechen«, sagte Hannes. »Ich war nicht verpflichtet, mich ins Auto zu setzen und rauszufahren. Wie wär's mit danke?«

Waechter rieb sich mit der Hand über die Stirn. Das Verschmelzen mit dem Hintergrund musste Hannes noch üben. »Wollen wir über die Beweismittel reden?«

Das Gesicht, das Lanz ihm zuwandte, war manisch. »Schieß los.«

»Die Plastiktüte hat ein Angler im alten Löschteich gefunden. Natürlich wissen wir noch nicht, wie lange sie schon im Wasser lag, das ist Sache der KTU. Aber in den Kanälen herrscht Strömung, und es ist theoretisch möglich, dass sie nach den Regenfällen der letzten Tage bis zum Löschteich gespült wurde.«

»Was ist drin in deiner Wundertüte?«

Hannes öffnete den Mund, aber Waechter brachte ihn mit einer Handbewegung zum Schweigen und redete weiter. »Zwei Behälter. Ein leerer Container für handelsübliche Fonduepaste …«

Lanz sog Luft durch die Zähne und nickte.

»… und eine Flasche, in der Leinöl war.«

»Leinöl? Tut man das nicht an Salat?« Lanz strich sich mit dem Finger übers Kinn. »Aber die Fonduepaste ist interessant. Das geht also an die KTU. Und weiter? Was ist in dem anderen Beutel?« Er schaute Hannes erwartungsvoll an.

In der Tüte lag Papier, vergilbt und zerknittert. Alt. Vielleicht mehr als fünfzig Jahre alt? Hannes hatte Waechter nichts darüber gesagt, weder wo er das Zeug herhatte noch was es war.

»Das habe ich in der Wohnung der Lindners gefunden. Es sind Kinderzeichnungen …«, sagte Hannes.

»Kinderzeichnungen.« Die Stimme von Lanz ließ Fliegen tot von der Wand fallen.

»Lass mich ausreden. Sie stammen wahrscheinlich von Hilde Kreithmayr. Die Schwester des Opfers, die als Kind …«

Lanz stand auf. »Schluss, aus, Ende. Ich habe genug gehört.« Seine Krücke sauste auf die Tischplatte nieder, dass die Tüten zitterten. »Seid's ihr komplett wahnsinnig? Habt's ihr eine Ahnung, wie gerichtsfest unsere gesamte Beweiskette für eine Anklage sein muss? Und ihr fahrt's allein in der Gegend rum und mauschelt mir irgendein Graffel zusammen? Damit uns die Staatsanwältin Baumann in der Luft zerreißen kann?« Der Gedanke an die einzige Person, vor der Lanz Angst zu haben schien, ließ die Luft aus ihm heraus. »Ich schick das Zeug ins LKA, den ganzen Papierkram dazu hätt ich heute Abend noch gern in meiner Mailbox. So, und damit danke ich für die Zusammenarbeit.«

»Sie ist noch nicht beendet, Lanz«, sagte Waechter.

»Oh doch, das ist sie. Nach den Osterfeiertagen verkleinern wir die Soko. Ihr seid raus.« Auf dem Gesicht des Ermittlungsleiters breitete sich ein Grinsen aus, als hätte er die ganze Zeit darauf gewartet, ihre Mienen zu sehen, wenn

297

er diese Nachricht losließ. Er ging zur Tür und riss sie auf. »Habt ihr nicht gehört? Ihr seid raus.«

Langsam stand Waechter auf. »Nach den Osterfeiertagen, sagst du?«

»Vorher passiert eh nichts mehr. Bis dahin machen wir Übergabe.«

»Wie du meinst.« Waechter nickte mit dem Kopf in Richtung Ausgang und ging ohne Gruß.

Hannes eilte ihm hinterher. Erst auf dem Parkplatz drehte Waechter sich um und versperrte ihm den Weg.

Hannes hob die Hände. »Bitte nicht ausrasten …«

»Ich hab jetzt nicht die Zeit auszurasten. Hast du Fotos von den Kinderzeichnungen gemacht?«

»Ähm, ja? Natürlich.« Hannes bekam das leicht dämliche Gesicht von jemandem, der sich vor einer heranrasenden Lawine geduckt hatte und feststellen musste, dass sie einen Zentimeter vor seinen Schneeschuhen zum Stehen gekommen war.

»Kann ich die haben?«

»Sind längst in deiner Mailbox.« Hannes drehte sich um und ging zu seinem Auto. Wer würde es ihm verdenken? Man konnte nie wissen, ob eine Lawine nicht noch mal ins Rutschen geriet.

Waechter sperrte seinen Dienst-BMW auf. Bis nach den Osterfeiertagen? Konnte Lanz haben. Bis nach den Osterfeiertagen würden sie diesen Fall gelöst haben. Er musste schnell zurück nach München, seine E-Mails abrufen.

Er war gar nicht dazu gekommen, Lanz etwas über die Ordner aus dem alten Mooshaus zu sagen. Sie lagen immer noch auf seinem Beifahrersitz. Und da würden sie erst mal bleiben.

Nach einer Stunde hielt Elli ihre Idee nicht mehr für so brillant. Die Dämmerung hatte erst die Farben, dann das Licht aus der schattenlosen Landschaft gesogen, bis sich die Konturen der Bäume kaum noch vom Himmel abhoben. In der letzten Nacht hatte sie geträumt, dass die Kollegen sie im Freisinger Moos vergessen hatten und sie mit einem Klumpen Wut im Bauch einen endlosen Feldweg entlanglief, bis die Lichter der Häuser immer ferner wurden und schließlich ganz verschwanden. Sie war mit der Wut im Bauch aufgewacht und mit dem Entschluss, etwas zu tun. Ein Mensch schlich nachts um das Lindner-Haus, und die Männer hatte nichts Besseres zu tun, als um Kompetenzen zu rangeln. Kompetenzen? Damit konnten die Kerle das Klo tapezieren, damit war noch nie ein Fall gelöst worden. Die Fälle lösten sie nur durch Fußarbeit.

Falls jemand ums Haus strawanzte, der hier nicht hingehörte, würde er an ihr vorbeimüssen. Sofern er nicht aus der anderen Richtung querfeldein kam. Okay, brillante Polizeiarbeit war was anderes, aber wenigstens tat sie etwas. Elli war klar, dass sie hier gerade den Hannes machte. So war das mit missratenen Brüderchen. Wenn eins aus dem Verkehr gezogen wurde, musste das brave Kind die Lücke ausfüllen.

Sie schaltete das Radio nicht ein, um sich nicht zu verraten. Es war schon so dunkel, dass ihr BMW von außen nur noch ein finsterer Klumpen in der Böschung sein würde. Ein Auto rumpelte auf der Durchgangsstraße vorbei, sie straffte den Rücken, doch es fuhr weiter, die roten Lichter verschwanden hinter einer Biegung. Noch lange vernahm sie das Motorengeräusch. Zwei Fahrräder klapperten vorüber, Elli hörte kurz ein Mädchenlachen, dann waren auch sie verschwunden. Danach wurde es richtig still, jene Stille, die sich eingerichtet hatte, um zu bleiben.

Wie lange sollte sie ausharren, bis sie »niemanden ange-
troffen« in ihren Vermerk notieren und zurück auf die Autobahn fahren sollte?

Fast war Elli von der Wärme der Sitzheizung eingenickt,
als sie das regelmäßige Knirschen von Schritten hörte. Sie
setzte sich auf und spähte in die Dunkelheit, die nicht nur
ihren Dienstwagen unsichtbar machte, sondern auch alles
um sie herum. Denkfehler. Das Knirschen von Kies war näher. Kurz entschlossen drehte sie den Zündschlüssel, ließ den
Motor aufheulen und bog auf den Feldweg ein. Die Motorhaube ihres Wagens versperrte dem Fußgänger den Weg. Elli
schaltete die Scheinwerfer ein und, weil sie gesehen hatte,
wer schützend die Arme vors Gesicht hielt, auch noch das
Fernlicht. Der Fußgänger ließ die Arme sinken und blinzelte
ins Licht wie ein Wildtier, geblendet und unfähig zu flüch-
ten. Elli beugte sich nach rechts und öffnete die Beifahrertür
einen Spalt.

»Steigen Sie ein, Herr Nell«, sagte sie.

Arne Nell setzte sich widerspruchslos neben sie, mit ihm
kam der Geruch von kaltem Rauch und ungewaschenen
Haaren herein.

»Was in aller Welt machen Sie hier, Herr Nell?«

»Das geht Sie nichts an. Das ist ein öffentlicher Weg …«

»Eine private Zufahrt. Was machen Sie beim Haus Ihrer
Tochter?«

»Ich habe alles Recht der Welt, meine Tochter zu besuchen.« Nell musterte sie, seine grauen Augen wurden schmal.
»Haben Sie gar keine Angst, so ganz allein?«

»Ich bin zehn Kilo schwerer als Sie und trage eine Waffe.
Warum sollte ich vor Ihnen Angst haben?« Elli hatte noch
nie verstanden, warum sie sich vor Männern fürchten sollte, nur weil sie keinen Pimmel hatte. Wenn Frauen aufhören

würden, Angst zu haben, könnten sie die Welt aus den Angeln heben. »Sie haben meine Frage noch nicht beantwortet. Ihre Tochter hat Ihnen Hausverbot verpasst. Was wollen Sie dann hier?«

»Ich muss Ihnen das nicht beantworten.«

»Waren Sie gestern Abend hier?«

»Auch das nicht.«

»Gut, wenn Sie keine Aussage machen, dann stehen Sie in dringendem Tatverdacht der Freiheitsberaubung und Bedrohung nach den Paragrafen 239 und 241 Strafgesetzbuch, und wir machen einen kleinen Ausflug auf die Dienststelle.«

»Was soll denn das jetzt schon wieder?« Arne Nell versuchte aufzubrausen, aber sein Zorn hatte die Wucht eines quengelnden Teenagers. »Ich habe nichts gemacht.«

»Waren Sie gestern hier im Freisinger Moos?«

»Nein!«

»Zeugen?«

»Mein Hund. Verhören Sie ihn doch.«

»Jetzt werden Sie mal nicht frech. Gestern ist im Haus Ihrer Tochter ein Beamter der Kripo München attackiert worden. Was können Sie mir darüber erzählen?«

»Nichts, sag ich doch.«

»Ihr Hund ist allein in der Wohnung. Hat er genug Futter und Wasser für eine Nacht?«

Elli musste nicht lange warten. Nach einer Minute, in der die Luft im Auto immer schlechter wurde, fing Nell an zu reden.

»Ich war gestern Nacht nicht hier draußen. Sie können mich bis morgen früh immer wieder dasselbe fragen, aber es war nicht so. Ich komme manchmal hier raus. Weil … weil ich meine Tochter sehen will. Und meine Enkelin.«

»Maret Lindner will Sie aber nicht sehen.«

»Ich … schaue manchmal durch die Fenster.«

Elli stellte sich vor, wie der Kerl im Dunkeln stand und ins Innere schaute, zu den Menschen, die er liebte, im goldenen Licht. Unerreichbar. Wenn jemand wahnsinnig werden konnte, dann davon.

»An dem Abend, als Ihre Exfrau ermordet wurde, haben Sie sich auch hier herumgedrückt?«

»Nein, das habe ich doch schon gesagt.«

»Aber Sie hatten Streit mit ihr? Wegen der Brandstiftung?«

»Kein Kommentar.«

»War Ihre Exfrau Ihnen auf der Spur? Hat Sie aus Ihnen herausbekommen, was am Abend der Brandstiftung passiert ist?«

»Kein Kommentar.«

»Eva war keine so nette Omi, wie wir alle denken, oder?«

Eine winzige Spinne seilte sich vom Innenspiegel ab. Nell ließ sie auf seinen Finger krabbeln, öffnete das Beifahrerfenster und schüttelte sie hinaus. »Sie war eine Spinne«, sagte er.

»Das müssen Sie mir jetzt aber genauer erklären.« Elli beugte sich mit gierigem Interesse hinüber.

»Eva hatte die Gabe zuzuhören. Davon hat sie gelebt. Die Leute sind zu ihr gekommen, damit sie ihnen zugehört hat. Mit ihren ganzen dämlichen kleinen Problemen, Liebeskummer, Mobbing, Ischias. Eva hat die Informationen geradezu aus den Menschen herausgesaugt. Vielleicht wäre sie eine gute Polizistin geworden.«

»Vielleicht«, sagte Elli.

»Irgendwann hat sie die Schwachstelle an den Menschen entdeckt. Und die hat sie benutzt.«

»Hat Eva Sie erpresst?«

»Es hat gereicht, dass sie es jederzeit gekonnt hätte. Eva hatte gern Menschen in der Hand. Sie hat die Fäden gezogen, hat sich ihr Netz gesponnen. Wie eine Spinne.«

»Und Sie hatte Eva auch in der Hand?«

Nell antwortete nicht, sein Gesicht war leer geworden. Elli wusste, dass sie nichts über die Brandstiftung herausbekommen würde, wenn er dichthielt. Zu lange her, zu nachlässig ermittelt, Spuren, die sich längst in der Moorerde verlaufen hatten. Sie würde ihn jetzt loslassen. Und ihre Pfote wieder auf ihn niedersausen lassen, wenn es nötig war. Zermürbung.

»Hat Sebastian Lindner auch eine Schwachstelle?«

»Sebastian ist eine nasse Socke.« Arne Nell winkte ab. »Geheimnisvoll wie drei Bahnen Raufasertapete. Der doch nicht.«

*Du würdest staunen*, dachte Elli. Jeder Mensch hatte eine Schwachstelle, die ihn manipulierbar machte. Hatte sie selbst auch eine? Wo könnte man bei ihr den Spinnfaden ansetzen? Sosehr sie auch überlegte, ihr fiel nichts ein. Vielleicht war sie ja selbst eine Raufasertapete.

»Was hat Eva noch herausgefunden, kurz vor ihrem Tod?«

»Es ging um ihre Familiengeschichte, um irgendeine tote Schwester. Maret hat wohl etwas von der Oma erzählt, was Eva sehr aufgewühlt hat. Ich habe nie verstanden, warum sie sich so aufgeregt hat, sie hat ihre Schwester ja nie kennengelernt. Und früher sind viele Kinder gestorben. Einfach so.«

Maret, dachte Elli. Alle Fäden liefen bei Maret Lindner zusammen. Wer wohl die wirkliche Spinne in diesem Netz war? Bis jetzt war Maret Lindner die Einzige, die am gestrigen Abend nachweislich in der Nähe von Hannes gewesen war.

»Gehen Sie heim zu Ihrem Hund«, sagte sie zu Arne Nell. Sie würde ihn nicht festnehmen. Wenn sie ihn von seinem Hund trennte, würde er zuklappen wie eine Auster. Untertauchen konnte er nicht. Wohin denn auch, ohne Geld und Freunde und mit einem Hund am Bein? Fluchtgefahr null Komma null. »Wir wissen, wo wir Sie finden. Und wenn ich rausbekomme, dass Sie gestern Abend näher als hundert Meter an meinem Kollegen dran waren, dann gnade Ihnen Gott.«

Sie löste die Türverriegelung, und Arne Nell fiel fast hinaus. Unschlüssig stand er auf dem Feldweg.

»Verschwinden Sie«, rief Elli ihm hinterher und wartete, bis die Dunkelheit ihn verschluckt hatte.

Als er weg war, ließ sie das Fenster herunter, schaltete das Radio ein und suchte einen Sender mit guten Partybeats.

»Angst. Also wirklich«, murmelte sie und fuhr langsam den einsamen Feldweg hinunter.

Vor ihrer Motorhaube glühte ein Augenpaar auf. Sie stieg auf die Bremse, dass der Kies unter ihren Reifen knirschte. Ein dreieckiges Gesicht schaute sie aus dem Licht der Scheinwerfer an. Dann war es auch schon verschwunden, als wäre es nie da gewesen.


Die Tür zum Büro des Hüters des Schweigens stand offen. Hannes klopfte und schaute hinein.

»Hi, hast du zufällig den Hefter mit den Grundrissen vom Gelände?«

Der Hüter des Schweigens reichte ihm die schmale Akte. Hannes brauchte sie nicht, der Inhalt war eingescannt und abgespeichert, aber er wollte ihn von einem echten Menschen bekommen.

»Danke«, sagte er, »ich lese lieber auf Papier«, was eine offensichtliche Lüge war. In der Gegenwart seines stillen Kollegen klangen die Worte ungebührlich laut und ungebührlich dämlich. Er sollte lieber dessen Beispiel folgen und den Mund halten. Wenn er nur einen halben Tag eher auf die Idee gekommen wäre.

Waechter war weggefahren, gleich nach der Auseinandersetzung mit Lanz, Hannes hatte also keine Chance gehabt, die Dinge in Ordnung zu bringen. Aber was gab es schon in Ordnung zu bringen? Er war ein Hochstapler, der dachte, er könnte mit einer geladenen Pistole und halb taub in der Mordkommission herumlaufen, eine Gefahr für die Allgemeinheit. Und Waechter … Er machte das mit Menschen. Hannes hatte in ihrer Freundschaft die ganze Zeit eine Distanz gespürt, ein *Stopp*, wo er nicht weitergehen konnte. Jetzt wusste er, wo diese Distanz herkam. Ihre Freundschaft war nie auf Augenhöhe gewesen. Waechter war sein Wohltäter, sein Retter, und mit seinen Hörproblemen war Waechters Macht weitergewachsen. Die Diktatur der guten Menschen.

Er hatte schon lange den Hefter auf den Schoß sinken lassen und in die Unendlichkeit gestarrt. Als er aufblickte, waren zwei Gläser auf dem Schreibtisch erschienen, kleine, fiese, dicke Gläser. Und eine Flasche. Der Hüter des Schweigens legte die Füße auf den Tisch und verschränkte die Hände hinter dem Kopf.

Hannes nahm die Flasche und schaute auf das Etikett. »Bullenschluck«, sagte er. »Sehr witzig. Soll ich?« Der Hüter des Schweigens nickte, und Hannes schenkte ihnen großzügig von der goldbraunen Flüssigkeit ein. »Auf uns Bullen.« Er stürzte das Zeug in einem Zug herunter und japste. Es war stark, süß, schmeckte nach Kräutern. »Bei Odin, das habe ich gebraucht«, sagte er. »Was für ein Tag.«

Der Hüter des Schweigens lehnte sich vor und füllte die Gläser wieder. Sie tranken schweigend. Über dem Schreibtisch seines Kollegen prangte ein Foto von fünf Frauen, seine Frau und vier Töchter, wie die Orgelpfeifen. Ein Kreuz hing an der Wand, es war Hannes nie aufgefallen, es gehörte zu dem Büro wie ein Körperteil. Der Alkohol löste den Knoten, der sich den Tag über aufgebaut hatte, so dass er sich anfühlte wie ein riesiger Ball aus Haushaltsgummis.

»Ich hatte heute eine kleine Diskussion mit Waechter drüben«, sagte er. Er wollte erst mal herausfinden, was die anderen wussten. »Hast du was davon mitbekommen?«

Der Hüter des Schweigens schüttelte den Kopf und schenkte nach. Entweder er hatte wirklich nichts gehört, oder er war ein gütiger Lügner. Wenigstens beteiligte er sich nicht am Flurfunk.

Hannes hätte Waechter genau beantworten können, wann es angefangen hatte. An seinem letzten Tag im Klosterinternat. Auf einem schlammbedeckten Fußballplatz, verkeilt mit den Beinen des gegnerischen Stürmers, das Gesicht im Dreck. Er hatte den Ball treten wollen. Irgendwie. Zumindest in die grobe Richtung Ball. Blöderweise waren zwischen ihm und dem Ball noch Tims Beine gewesen.

Er hatte sich aufgerappelt, die Erdkrusten von den Knien gewischt und den Schlamm aus dem Auge. Tim hatte seine Italiener-Schwalbe abgezogen, mit Knie umklammern und sich winden und ein schmerzverzerrtes Gesicht machen. Eine schwarze Rachegestalt war mit wehender Kutte auf Hannes zugestürmt, hatte ihm etwas Rotes vors Gesicht gehalten und etwas gekeift, was er nicht verstanden hatte, sein Kopf war vom Sturz noch benebelt. Er hatte vor dem Pater gestanden, ein Fünfzehnjähriger voller Dreck und Schweiß und Adrenalin, hatte verständnislos zugeschaut, wie das Gesicht des Paters immer roter wurde und Spucke aus seinem Mund spritzte.

Er hatte nicht anders gekonnt, als zu lachen.

Der Pater hatte ausgeholt, und alles war schwarz geworden.

Hannes war erst wieder aufgewacht, als er allein im Schlafsaal lag und Blut aus seinem Ohr lief.

Er hatte sich aufgesetzt und das Blut auf seinem Kissen gesehen, und es war ihm nur als eine logische Folge der Ereignisse vorgekommen, das Finale des sich ständig steigernden Horrors, dass ihm das Gehirn aus den Ohren lief und er jetzt sterben musste.

»Der Streit war nicht so wichtig«, sagte Hannes. »Mir hängt der Schock noch in den Gliedern, in der Falle zu sitzen. Auf einmal hilflos zu sein.« Er trank einen Schluck, ihm wurde warm. »Am schlimmsten ist es, hilflos zu sein.«

Der Hüter des Schweigens nickte, ein Schatten lief über sein Gesicht. Er war auch Polizist, mit Sicherheit wusste er, wovon Hannes sprach. Sie waren alle schon in Situationen gewesen, die sie lieber vergessen wollten.

»Ich bin so ein Idiot«, sagte Hannes. »Ich könnte jetzt an der Ostsee sein und die Ferien mit meiner Familie verbringen.«

Sein Kollege hob eine Augenbraue um einen Millimeter.

»Warum, das frage ich mich auch die ganze Zeit.« Hannes rieb die Augen und füllte die Gläser auf. »Warum hab ich bloß nicht nein gesagt.«

Sie stießen an.

»Weil ich gar nicht in den verdammten Urlaub wollte. Weil ich bei Waechter lieb Kind machen wollte und mich in seinem Ruhm sonnen. Weil ich damit vor dem wegrennen konnte, was wirklich wichtig ist. Und was bleibt mir?«

307

Er trank auf ex. »Waechter lässt mich fallen. Meine Freundin lässt mich fallen. Mir rinnt alles durch die Finger.«

Er schaute auf seine Hände. Sie sahen zu groß aus für seinen Körper. Er hatte diesen Effekt immer mal wieder erlebt, seit dem Internat. Vielleicht hatte ein Teil des schlanken, feingliedrigen Jungen von damals nie das Kloster verlassen und besuchte seinen Körper nur von Zeit zu Zeit, um sich über die Hände zu wundern, die schlagen und würgen und töten konnten.

Der Pegel der Flasche war rasch gesunken. Der Hüter des Schweigens teilte den Rest zwischen ihnen auf.

»Danke«, sagte Hannes und hob sein Glas. »Danke für die Akte, den Schnaps, alles … Ich muss damit aufhören. Ich muss aufhören, hilflos zu sein.«

Er stand auf und ruderte mit den Armen, um die Luft am Schwanken zu hindern. Die Luft wollte nicht aufhören, aber wenn er sich an den Möbeln festhielt, konnte er es unversehrt bis zur Tür schaffen.

»Wie ich das mache?« Er hielt sich am Türrahmen fest. »Ich habe keine Ahnung. Ich weiß nur, dass ich mich retten muss. Gleich morgen fange ich damit an.«

Waechter stützte die Hände in die Hüften und betrachtete die Mülltüten, die an der Türklinke hingen. Er erinnerte sich an die verächtlich hochgezogenen Mundwinkel von Lily, als sie zum ersten Mal die Küche gesehen hatte. Das ganze Zeug musste raus, die Tüten quollen schon über, Joghurtbecher und Alufolienbälle ergossen sich über die Fliesen. Wenn erst einmal Müll in der Wohnung lag, hatte er sich immer gesagt, dann war eine Grenze überschritten, und jetzt war es so weit. Er konnte dem Mädchen kein einziges Mal mehr zumuten, in diesem Dreck zu sitzen. Oder hatte er noch ein anderes Motiv, hier ein Nest für sie zu bauen? Hoffte er, dass sich wieder mal ein beschädigter Mensch an ihn hängte? Stimmte es, was Hannes sagte, dass er Menschen an sich band, indem er ihnen das Gefühl gab, sie müssten ihm dankbar sein?

Er rief sich das Bewerbungsgespräch in Erinnerung, als sich Hannes im Kommissariat vorgestellt hatte. Hannes hatte damals längere Haare gehabt, zum Pferdeschwanz gebunden. Als einziger Bewerber war er nicht im Anzug aufgetaucht, sondern in Jeans und Stahlkappenstiefeln. Sein Blick war die pure Herausforderung gewesen: wie ein Schüler, der in die Augen seines Lehrers schaut, mit dem Gedanken: Du denkst, du kannst mir einen mündlichen Sechser verpassen? Los, frag mich was. Du wirst schon sehen, dass ich auf alles eine Antwort weiß. Waechter hatte seine Personalakte studiert, Hannes hatte es im SEK versucht und war ausgesiebt worden. Danach hatte er die Ausbildung zum höheren Dienst durchlaufen, eine beeindruckende Karriere durch sämtliche Kommissariate gemacht, es dennoch geschafft, sich in jeder Abteilung mit jemandem anzulegen.

Waechter hatte Hannes seinerzeit in die Augen geschaut. Was hatte er damals über ihn gedacht?

Er bückte sich, warf Milchkartons, Verpackungen und Papierschnipsel in den größten der Müllsäcke und schnürte ihn oben mit dem Zugband zu. Schon besser. Hob ihn hoch. Trug ihn in den Flur.

Was hatte er damals über Hannes gedacht?

Ein Tetrapack bohrte sich durch das blaue Plastik und schlitzte die Tüte der Länge nach auf. Der Müll prasselte in einem Schwall auf den Fußboden.

*Der würde in einem anderen Kommissariat keine Woche überleben.*

309

Waechters Knie gaben nach. Er wischte sich mit einem Taschentuch über die Stirn.

Hannes hatte recht. Er war ein Menschensammler. Nicht die Leute mit den Sprüngen in der Biografie, die er um sich scharte, waren die Beschädigten. Er selbst hatte den Schaden, er selbst war nicht in der Lage, Menschen an sich zu binden, ohne den Hebel an ihren Schwachstellen anzusetzen. Er bückte sich und versuchte, ein paar Dosen in das Tütenfragment zu werfen, aber sie fielen einfach durch. Schweiß brach aus jeder Pore seines Körpers. Er lehnte sich an die Wand und rutschte langsam herunter. Sein Herz ballte sich bei jedem Schlag zusammen wie eine Faust, entlud sich in einem schmerzhaften Schwall und krampfte sich wieder zusammen. Lichter tanzten vor seinen Augen. Ruhig atmen, nur nicht zu viel, damit der Herzrhythmus wieder zur Raison kam. Er hätte längst zum EKG antreten sollen. So wollte er nicht verrecken, allein, in einem Haufen Müll. So nicht.

Er müsste etwas tun. Müsste er mal.

Viele Male gab es nicht mehr. Kein »Wenn ich groß bin« mehr. Er war jenseits von groß. Andere Kollegen in seinem Alter gingen in Teilzeit oder in den Innendienst.

Der Schlüssel drehte sich im Schloss, die Wohnungstür wurde aufgeschoben. Lily kam herein, blieb stehen und kickte mit ihren kniehohen Stiefeln eine Plastiktüte zur Seite.

»Jetzt wird's aber hinten höher wie vorn«, sagte er. »Wo hast du meinen Schlüssel her?«

»Hing am Brett«, sagte Lily.

»Da hängst du ihn aber schön wieder hin.«

»Oh, wie ich es liebe, wenn du wie mein Papa klingst.« Lily ließ ihre Handtasche aufschnappen und warf den Schlüssel hinein. »Was feierst denn du hier für eine Party?«

»Als ob's dich was angeht.«

»Was ist los, Waechter?«

Er konnte nicht antworten, nur noch geradeaus starren, versteinert wie ein Troll im Sonnenlicht.

Wortlos ging Lily in die Küche und kam mit einer Rolle Mülltüten zurück. Sie riss eine davon ab und hielt sie ihm hin. »Zu zweit geht's schneller.«

Stumm setzte Waechter sein Werk fort. Lily gab nach ein paar Stücken auf und zündete sich mit ihren zentimeterlangen Krallen eine Zigarette an, Brandgefahr hin oder her.

»Brich dir bloß keinen Nagel ab.«

»Ist das mein Müll?« Sie wedelte dem Rauch hin und her. »Ich desinfiziere das Raumklima. Was ist los, Waechter?«

»Tut mir leid, Deandl.« Er richtete sich auf und massierte sich den Rücken. »Es gibt Sachen, die kann ich beim besten Willen nicht mit dir besprechen.«

»Es geht um meinen Vater, oder?«

Waechter antwortete nicht, er drückte eine Styroporschale zusammen, die sofort in ihre ursprüngliche Form zurücksprang.

»Sei nicht so streng mit ihm. Er gibt sich Mühe«, sagte sie.

»Das sind ja ganz neue Töne.«

»Wir hören daheim nur Waechter hier, Waechter da. Der würde für dich durchs Feuer gehen.«

Er ließ die Schale fallen und schloss die Augen. Eine Hand mit messerspitzen Fingernägeln drückte die seine.

»Hey, Waechter. Eine geplatzte Mülltüte ist keine Katastrophe.«

»Es gibt auch andere Katastrophen, Deandl.«

»Kann ich ein Bier?«

»Kann ich ein Bier haben, heißt das.«

»Ooooooh Mann.«

Lily verschwand in der Küche und kam mit zwei geöffneten Flaschen zurück. Sie stießen an und tranken auf zwei Kubikmeter Restmüll.

»Bei Katastrophen ist es wie bei einer geplatzten Mülltüte. Egal wie viel es ist, du fängst an irgendeiner Ecke an, das Zeug wieder einzusammeln. Die erste Ecke ist die Hauptsache.«

Waechter trank einen Schluck Bier. »Und dein Vater sagt immer, ich klinge wie Yoda.«

Lily riss eine zweite Mülltüte ab und hielt sie ihm hin. »Jetzt mach schon. Ich hab keinen Bock, auf einer Müllhalde zu pennen.«


Maret hielt die Brause in den Topf und stellte das Wasser an, extra heiß, eine Dampfwolke quoll hoch, als der Strahl auf Edelstahl traf. Die Verbindungstür zum Wohnhaus hatte sie offen gelassen. Sophie saß vor dem Fernseher und schaute *Die große Show der Naturwunder*. Es war zu spät für sie, sie bekam zu wenig Schlaf, aber es war undenkbar, sie allein im dunklen Kinderzimmer zu lassen. Als Sophie noch in ihrem Bauch gewesen war, hatte sich Maret fest vorgenommen, ihr alle Geborgenheit dieser Welt zu geben. Und jetzt konnte sie ihr nicht mal das Mindeste bieten. Sicherheit. Schlaf.

Wo blieb eigentlich Sebastian?

In letzter Zeit war er nur noch zum Übernachten aufgetaucht. Maret hatte sich daran gewöhnt, hatte an die weiße Lüge mit der vielen Arbeit geglaubt, weil sie sie hatte glauben wollen. An das unscharfe, sonnendurchflutete Bild einer kleinen Familie. Seit heute war ihr Kinderglaube verschwunden, blitzartig, wie elektrische Spannung in der Luft, die sich plötzlich gelöst hatte. Sie konnte niemanden mehr um sich ertragen, der sich herumtrieb und herumdruckste und Geheimnisse hatte. Ihre kleine Familie war ausgehöhlt wie wurmstichige Dielen. Sie war faktisch alleinerziehend. In ihrem Kopf bewegte sie den Satz, und ihre Lippen formten stumm die Worte nach.

*Du bist alleinerziehend.*

Der Edelstahltopf wog auf einmal Tonnen.

Es klingelte an der Haustür.

»Das ist bestimmt wieder der Mann von der Polizei!«, rief Sophie.

Sie sollte nicht aufmachen. Diese Leute hatten sie heute schon genug gequält. Maret stellte das Wasser ab und griff nach einem Geschirrtuch.

»Sophie, mach nie…«

Zu spät. Die Sockenfüße der Kleinen tapsten schon durch den Flur. Mit dem Tuch in den Händen lief Maret ihr hinterher.

Die Haustür stand offen, die Abendkälte strömte herein, als Sophie fragte: »Bist du auch ein Polizist?«

»Geh ins Wohnzimmer«, sagte Maret zu Sophie, ohne dem Besucher in die Augen zu schauen.

»Aber ich wollte …«

»Geh ins Wohnzimmer!« Sie packte Sophie am Arm und zog sie von der Tür weg, ihre Fingernägel bohrten sich in den Jerseystoff des Schlafanzugs.

»Aua, Mama!« Die Kleine schlug mit der Faust nach ihr. »Blöde Mama!«

»Geh einfach! Geh!«

Sophie stolzierte weg, ohne sich umzudrehen, stampfte bei jedem Schritt auf. Erst als die Wohnzimmertür zu war, schaute Maret den Besucher an.

»Was willst du hier, Arne?«

»Lass den Mist. Sag bitte Papa zu mir.«

Als sie klein war und gerne zu jemandem Papa gesagt hät-

313

te, hatte sie nicht gedurft. Da hatten sie alternativ sein wollen. Da hatten sie sich fühlen wollen, als hätten sie kein lästiges Kind.

»Du hast hier Hausverbot, Arne.«

»Jetzt ist alles anders.« In seinen Haaren hingen Schuppen. Sein Atem roch säuerlich und nach Angst, aber nicht nach Alkohol. Auf seinen Schläfen stand Schweiß. Er musste sich zusammengerissen haben für diesen Besuch. »Eva ist tot. Und jetzt seid ihr so weit weg. Ich wollte dich sehen. Und die Kleine.«

»Lass Sophie aus dem Spiel. Ich will, dass sie ohne diesen Mist aufwächst.«

Wie war er hergekommen? Keine Behörde der Welt würde zulassen, dass sich ihr Erzeuger noch ans Steuer eines Autos setzte. Er musste mit der S-Bahn gefahren und eine halbe Stunde gelaufen sein.

»Wie geht es euch?« Arne verzog den Mund zu einem Lächeln, seine Augen zuckten. »Wie kommst du klar?«

»Besser denn je ohne dich.«

»Ihr seid die Einzigen, die ich noch habe. Du. Und Sophie. Ich bin doch der Opa.«

Gehetzt schaute sich Maret nach der Wohnzimmertür um. Sie blieb fest verschlossen. Aufgekratzte Jingle-Musik war zu hören, durchs Holz gedämpft. Sie machte die Augen zu und baute ihre Schutzmauer auf. Stein für Stein. Hinter dieser Mauer hatte sie ihr kleines Paradies im Moor geschaffen, hinter dieser Mauer konnte sie existieren und vor sich hin wursteln. Hinter dieser Mauer konnte sie heil werden.

»Du kommst nie mehr näher als hundert Meter an mich und Sophie ran. Hast du verstanden? Wenn du das nicht verstanden hast, rufe ich die Polizei.«

»Warum bist du so biestig? Ich bin dein Vater.«

Sie drückte die Tür zu. Arne stützte seinen Ellbogen dagegen, aber sie war um einiges kräftiger als das armselige Männchen. Bevor die Haustür ins Schloss fiel, langte er blitzschnell hinein und stellte eine Plastiktüte hinter die Schwelle.

»Für meine Enkelin.«

Fast hätte sie ihm die Tür auf den Arm geknallt, doch so schnell, wie er hineingegriffen hatte, zog er den Arm zurück. Das Schloss schnappte mit einem Klick zu.

Maret ging in die Hocke, presste die Fäuste gegen die Augen und hörte auf das schmatzende Geräusch der Turnschuhe im Gras, das sich rasch entfernte. Wie oft war er schon da gewesen? Ums Haus geschlichen? Sie hatte so viele Nächte wach gelegen, weil sie Geräusche gehört hatte. War er derjenige, der nach Einbruch der Dunkelheit durch den Garten strich wie ein hungriger Wolf?

Erst als sie sicher sein konnte, dass er weg war, traute Maret sich, in die Tüte zu schauen. Ein Karton. Die Tüte war zu klein dafür und spannte über der Pappe, immer hektischer riss sie das Plastik herunter.

Die Playmobil-Ritterburg.

Mindestens fünfzig Euro. Er musste es sich nicht nur vom Alkohol und den Zigaretten, sondern vom Munde abgespart haben. Mit der Faust schlug sie gegen das Geschenk, einmal, zweimal, eine Delle bildete sich im Karton.

»Scheißkerl!«

Die Zinnen der Burg reckten sich stolz auf dem Hochglanzkarton. Unerreichbar. Unerschwinglich. Es war gar nicht daran zu denken gewesen, dass sie so etwas haben konnte. Geld war knapp und für Wichtigeres da, Zigaretten, Geschäftsideen, obskure Schwitzhüttenkurse und, in Arnes Fall, Wodka. Ein kleiner Kindertraum war für sie in Erfüllung gegangen, als sie bei einem Kindergeburtstag einen

Playmobil-Ritter mit Schwert geschenkt bekommen hatte. Es hatte zwei Wochen gedauert, dann war die Figur auf dem Küchenboden in Arnes Kotze geschwommen. Sie hatte nie mehr danach gefragt.

Im Wohnzimmer verstummten die Geräusche des Fernsehers. Maret stand auf, ihre Knie knacksten. Sie zerrte die Tüte wieder am Karton hoch und trug sie zu den Mülltonnen. Die Restmülltonne war zu klein, aber sie drückte und stopfte das Riesending hinein, bis die Ecken nachgaben und die Tüte so tief verschwand, dass sie den Deckel zuschlagen konnte.

Ihre Augenhöhlen brannten wie Feuer. Sie hob das Gesicht zum Nachthimmel, die Luft war kühl. Ein Flugzeug flog über sie hinweg, im Dunkeln nur eine Silhouette aus Landungslichtern. Sie schloss die Augen und schaute den Lichtern zu, die auf ihrer Netzhaut nachbrannten. Wann sollte sie überhaupt weinen, wenn nicht jetzt?

Keine einzige Träne.


Das Taxi rauschte davon, Stille legte sich wieder über die Sollner Reihenhausstraße. Der Boden war schräg. Wie konnte man nur eine ganze Siedlung auf einen so schrägen Boden bauen? Der Bullenschluck rumorte in seinem Magen. Mit etwas Glück konnte er es noch bis zum Klo schaffen. Hochkonzentriert setzte Hannes einen Fuß vor den anderen und wunderte sich, dass ihm der Weg zur Eingangstür länger vorkam als sonst. Lag bestimmt an dem schrägen Boden. Komisch, dass ihm das vorher noch nie aufgefallen war. Er hob den Schlüssel in Richtung Haustürschloss und stieß ihn ins Leere, als die Tür von innen geöffnet wurde. Sein Vater stand in einem ockerfarbenen Pyjama vor ihm.

»Na, Überstunden gemacht?«

Hannes nickte. Das Haus und der Garten nickten mit. »Viel Arbeit gerade.«

»Hast du die Uschi gesehen? Die wollte noch mal raus.«

»Sorry, Papa, ich bin echt müde, Gute Nacht dann …«

»Ich hab dir oben die Heizung angemacht.«

»Ja, Papa …«

»Isst du morgen auch eine Semmel zum Frühstück?«

»Ich glaub, ich hab die Uschi gehört«, sagte Hannes, nur um ihn loszuwerden.

»Uschi!«, rief sein Vater, drängte sich an ihm vorbei und stellte sich im Schlafanzug in die Einfahrt, in voller Sichtweite aller Nachbarn. »Uschi! Na komm, es gibt Fresserle!«

Hannes stürzte ins Gästeklo, verriegelte es zweimal und kniete sich vor die Schüssel. Die Wände fuhren im Uhrzeigersinn um ihn herum Karussell, ein Stück vor, ruckartig zurück, ein Stück vor, ruckartig zurück. Warum eigentlich im Uhrzeigersinn? Fuhren die Zimmer in Australien in die andere Richtung?

Draußen ging die Haustür zu, die Hausschuhe seines Vaters schlappten durch den Flur, dahinter die schlitternden Krallen von Uschi auf den Fliesen, dann die Stimme seines Vaters: »Na komm, bist eine Feine. Ja, eine ganz, ganz Feine. Na komm. Ich hab was für dich. So eine Feine bist du.«

Wie sollte man kotzen, wenn vor der Tür der eigene Vater mit dem Hund redete?

Die Stimme entfernte sich, die Küchentür ging zu. Qualvolle Minuten später knarzten die Schritte seines Vaters die Treppe hoch. Ein Krampf erfasste Hannes, presste seine Eingeweide zusammen, und er kotzte sich die nicht vorhandene Seele aus dem Leib. Das Gästeklo war zu klein, um umzufallen. Er lehnte den Kopf an die Fliesen, schlotternd vor Kälte. Die Wände fuhren nicht mehr im Kreis, sondern schwappten leicht im Rhythmus seines Atems. Die Betäubung des Alkohols hatte nur kurz angehalten.

Jonna würde ihn verlassen. Sie würde mit den Kindern in der Wagenburg bleiben, nach der sie immer solches Heimweh gehabt hatte. Er hatte keine Chance. Wie sollte er sich selbst retten? Wie sollte dieses nach Kotze stinkende Bündel Mensch irgendjemanden retten?

## Karfreitag

Wann einer weder sterben noch leben kann.
Schreibe diese Worte mit einem bleiernen Griffel in reines
Wachs: »Er ist Adonay, er thut, was ihm wohlgefällt.«
Beräuchere es vor Sonnen-Aufgang und hänge es ihm
an, er wird in Kurzem auf einem oder dem anderen Weg
erledigt.

*Geheime Kunst-Schule magischer Wunder-Kräfte*

Die Ringe der Kinderzimmervorhänge ratschten über die
Stange. Hannes öffnete die Augen. Seine Mutter stieß das
Fenster auf, ein Schwall kalter Luft strömte über ihn hinweg.

»Auf mit dir. Wer feiern kann, der kann auch aufstehen.«
Es war etwas Scharfes in ihrer Munterkeit, das hervorstand
wie eine Rasierklinge, es reichte, um ihn komplett aufzuwecken. Er lag in den Klamotten von gestern auf dem Bett, sein
Gesicht fühlte sich an, als hätten sich die Falten des Kissens
hineintätowiert. Der Geschmack in seinem Mund wollte die
Weltherrschaft an sich reißen.

Seine Mutter rauschte hinaus und kam mit einem filigranen Silbertablett wieder, auf dem sie ein Glas Wasser und
ein Aspirin balancierte.

Hannes setzte sich auf und schluckte die Tablette. »Nur
eine?« Seine Stimme war ein Krächzen.

»Wird Zeit, dass du lernst, dich zusammenzureißen«, sagte seine Mutter und wedelte mit der Hand vor ihrem Gesicht. »Dein Vater mag merkbefreit sein, aber ich merke, wenn du heimkommst und besoffen bist wie ein Wagscheitl.«

»Und? Es ist meine Sache.« Er trank das Wasser in einem Zug aus. Das Geschmacksmonster verlor seinen Schrecken.

»Du bist siebenunddreißig. Bist du nicht zu alt, um dich zu betrinken?«

»Komisch. Als ich ein Teenager war, hast du gesagt, ich wäre zu jung dafür. Du solltest dich mal entscheiden … Au.« Die besten Retouren verfehlten ihre Wirkung, wenn sein Kopf hämmerte wie ein Pulsar.

Seine Mutter hatte es mit dem Ton ihrer Stimme wieder mal geschafft, ihm das Gefühl zu geben, dass er in ihrer Schuld stand. Und das nicht wegen eines lausigen Aspirins. Es fühlte sich nach mehr an, sie hatte Schuld auf ihm abgeladen, doch er hatte noch nicht herausgefunden, warum.

»Komm runter zum Frühstücken. Ich will die Küche frei haben, heute Mittag gibt es Fisch. Den isst du hoffentlich.«

Der Gedanke an Essen und Fisch in einem Satz. Das war hart. Das machte sie absichtlich.

»Erstens esse ich nichts mit Augen und das seit ungefähr zwanzig Jahren. Zweitens muss ich zur Arbeit.«

»Heute ist Karfreitag. Schon vergessen?«

Er hatte es wirklich vergessen. Aber das hatten auch alle anderen. Er schaute auf den Kalender in seinem Diensthandy. Waechter hatte für heute eine Besprechung angesetzt. Inklusive Hannes.

»Mörder halten sich nicht an Feiertage. Ich hol mir später was aus der Bäckerei, also nimm keine Rücksicht auf mich.«

»Am Karfreitag, ts.« Sie stöckelte hinaus. Sogar ihre Hausschuhe hatten hohe Absätze.

Hannes versuchte sich einen inneren Plan für den Tag zu machen, aber es gelang ihm nicht. Zu viele Unbekannte. Aus der Soko war er raus. Die anderen Fälle waren ein unüberschaubarer Wust von Liegengebliebenem. Und dann kam auch noch Waechter dazu. Er würde das Problem nicht aufschieben können. Was, wenn Waechter ihn nach ganz oben verpfiff?

Wie sollte er eine To-do-Liste machen, wenn nichts an diesem Tag in seiner Hand lag?

Informationen. Er brauchte mehr Informationen. Jeder Listenpunkt würde anfangen mit dem Wort *herausfinden*.

Herausfinden, ob es Neuigkeiten im Hexenbanner-Fall gab.

Herausfinden, ob Lanz etwas gegen ihn im Schilde führte, weil er allein in seinem Revier geschnüffelt hatte.

Herausfinden, ob Waechter ihm wegen seines Hörschadens Probleme bereiten wollte.

Herausfinden, ob Waechter noch sauer auf ihn war.

Herausfinden, wie es Jonna ging und ob sie bereit war, mit ihm zu reden.

Das klang schon viel besser. Aktiver. Sogar mit Restalkohol fühlte *herausfinden* sich gut an.

Nach langem Wühlen förderte er ein T-Shirt und ein Hemd zutage, die gerade noch so gingen. Lange würde er nicht mehr aus der Reisetasche leben. Er spürte es. Sie waren nur noch durch eine Milchglasscheibe von der Lösung des Falls getrennt, er konnte das Ende dahinter bereits erahnen. Vielleicht schafften sie es rechtzeitig, bevor er alle Menschen verloren hatte, die ihm etwas bedeuteten. Erst musste er jedoch herausfinden, was für Kopfschmerztabletten sein Vater noch im Medizinschrank hatte.

Frisch geduscht und gedopt, trat er seinen Weg zur Arbeit an. Der heutige Tag konnte nur besser werden.

Obwohl Feiertag war, waren sie alle gekommen. Elli, der Hüter des Schweigens, sogar Hannes, von Waechter persönlich herbeizitiert. Waechters Kaffeemaschine war leer und kalt, aber er füllte sie nicht auf. Draußen wollte es nicht hell werden. Er hatte nach Wochen wieder die Heizung angeworfen, sie roch nach verbranntem Staub.

»Lanz will nach Ostern die Soko verkleinern«, sagte Waechter.

»Noch ist nicht Ostern«, sagte Elli.

»Ja, noch nicht«, sagte Waechter. »Zwei Tage, in denen wir was Sinnvolles zur Ermittlung beitragen können.« Er stockte und dachte an den Wollschal, in dem nach wie vor das schwere Parfüm von Eva Nell hing. Das stolze Gesicht mit der Adlernase. Wenn nicht bald ein Wunder passierte, hatten sie Eva Nell im Stich gelassen. Es war die Ermittlung von Lanz, aber der Fall würde immer in Waechters persönlicher Statistik bleiben. Dass er nichts für die Frau hatte tun können, die lebendig verbrannt war.

Zwei Tage, ein Wunder. Kriegten sie das hin? Wenn sie an einem Strang zogen?

»Hannes, warum in aller Welt bist du allein rausgefahren?«, fragte Waechter.

Hannes schaute nicht von seinem Handydisplay auf. »Der Zeuge hat mich angerufen, er wollte nur mit mir reden.«

»Nach allem, was vorgestern passiert ist?«

»Es ging bloß um ein Beweisstück. Ich habe nicht angenommen, dass er mich im Löschteich versenkt.«

»Das ist nicht lustig, Hannes. Gar nicht lustig.«

»Tut mir leid, dass ich Eigeninitiative ergriffen habe. Ich werd's nie wieder tun. Dienst nach Vorschrift ab heute.«

*Klonk.*

Das Geräusch von Glas auf Metall brachte sie zum

Schweigen. Der Hüter des Schweigens hatte die Kanne aus der Maschine gezogen und ging mit energischen Polizistenschritten zur Tür.

Waechter massierte sich die Schläfen. »Wir haben dir einen ersten Warnschuss gegeben.«

»Traust du mir nicht mehr zu, einen simplen Botengang allein zu übernehmen?«

Der Hüter des Schweigens kam mit einer Kanne Wasser zurück und erweckte die Kaffeemaschine zum Leben.

»Hört auf, ihr zwei Büffel«, sagte Elli leise. »Das bringt jetzt nichts mehr. Es ist zu spät. Lasst Lanz machen, er macht das gut.«

Hannes blickte auf. »Heißt das, das alles war umsonst?«

»Es ist noch gar nichts umsonst«, sagte Waechter, lauter als er wollte. »Zwei Tage sind wir noch im Boot. Lasst uns die verdammte Ermittlung abschließen.«

Die Maschine röchelte ihre letzten Tropfen heraus. Elli stand auf und füllte die Tassen. Der Hüter des Schweigens hatte nicht mit Pulver gespart, der Kaffee war dunkel und stark. Es fühlte sich herbstlich an, an einem Tag Kaffee zu trinken, der nicht aus dem Stadium Morgendämmerung herauskam. Sie sagte zu Waechter: »Es wäre effektiver, wenn du diese beiden Tage nicht mit Esoterikquatsch und Ahnenforschung über die fünfziger Jahre verbringen würdest.«

»Wir haben ein Mädchen, das mit Quecksilber vergiftet wurde. Wir haben einen Spinner mit einem modrigen Grimoire, einem Zauberbuch, der bei den Leuten Hexenaustreibungen vorgenommen hat und an einer Ladung Schrot im Gesicht gestorben ist. Und wir haben eine Frau, die als moderne Hexe gearbeitet hat und auf einem Scheiterhaufen geendet ist. Herrschaft, jetzt denkt mal ein bisschen größer. Macht eure Köpfe mal weiter auf. Spekuliert mal.«

»Das ist Blödsinn«, sagte Elli. »In den Fünfzigern hat keiner mehr an so was geglaubt.«

»Was ist mit dem Amulett?«

»Sogar heute glauben die Leute noch an so was«, sagte Hannes. »Sie lesen Horoskope, konsultieren Auraheiler, lassen sich eine Lebensmittelallergie diagnostizieren, indem sie einen Becher Joghurt in der ausgestreckten Hand halten. Du sprühst dein ganzes Büro mit den verdammten Energiesprays voll, von denen Waechter niesen muss.«

Elli schoss ihm einen Blick zu, der giftiger war als ihre Energiesprays.

»Jetzt hört auf zu streiten, ihr zwei.« Waechter schlug auf den Schreibtisch, Kaffee kleckerte auf die Akten. Er versuchte, ihn mit dem Ärmel seines Jacketts aufzuwischen.

»Du ermittelst im falschen Mordfall, Waechter«, sagte Elli.

Der Hüter des Schweigens schüttelte den Kopf kaum merklich.

Waechter zeigte mit dem Finger auf ihn. »Hast du irgendwas Konstruktives beizutragen?«

Der Hüter des Schweigens stand auf, tippte mit dem Finger an eine unsichtbare Kappe und ging.

»Alle gegenwärtigen Ermittlungsstränge sind im Sande verlaufen«, sagte Hannes. »Ich glaube, dass der Mord mit dem Haus zusammenhängt. Mit diesem elenden Flecken Erde.«

Waechter vermutete das auch. Aber er wollte sich nicht mit Hannes verbünden. Er wollte sich mit niemandem verbünden.

»Und wenn schon, das ist nicht mehr dein Bier.«

»Es hätte nie unser Bier sein sollen. Wir hätten nie in diese Soko kommen sollen. Da stand *SCHLECHTE IDEE* in Großbuchstaben drauf«, sagte Hannes.

»*Du* wolltest doch dabei sein.«

»Wie hätte ich nein sagen sollen? Du hast uns wie Kamele auf dem Basar verschachert.«

Elli rollte mit den Augen und ging aus dem Zimmer.

Waechter hätte sagen können: Tut mir leid mit deinem Urlaub. Er hätte sagen können: Vielleicht habe ich einen Fehler gemacht. Vielleicht war ich zu wild drauf, meine Finger in der Ermittlung zu haben, habe nicht die Menschen gesehen, nur ihre Köpfe, nur die Arbeit, die zu verteilen war. Das alles hätte er sagen können, wenn ihm nicht sein Geheimnis in der Kehle gebrannt hatte. Dass die Tochter dieses Mannes auf seinem Sofa übernachtete.

Hannes wartete eine Minute, dann wurde etwas dunkel in seinen Augen. Er ging und ließ Waechter allein mit einer Tasse Kaffee, die langsam kalt wurde.


»Hör mich an«, sagte Sebastian.

Maret drehte sich nicht um. Sie blieb am Hochbeet stehen, drückte mit dem Finger kleine Löcher für die Kerbelsamen in die Erde. Ihre Gummistiefel waren in die schwarze Erde eingesunken.

»Schau mich bitte an. Hör mich an.«

»Das sind zwei Wünsche auf einmal. Ich bin keine Fee.«

»Ich wollte es dir erzählen, bevor die Polizei es tut.«

Sie drückte weiter Löcher in die Erde. Eins nach dem anderen. So viele kleine Gräber. »Du hattest deine Chance, acht Jahre lang. Und dann hast du gewartet, bis du keine andere Wahl hattest?«

»Bitte …«

Maret hatte ein genaues Bild vor ihrem inneren Auge, sein Jungengesicht unter den runden Gläsern. Sie hatte dieses Bild so sehr geliebt, und es hatte ihr nie gehört. Der Mann hatte ihr nie gehört. Sie hatte sich in ein Gesicht verliebt, in das Versprechen eines Lebens mit abgerundeten Ecken und in Weichzeichner.

»Schau mir wenigstens in die Augen«, sagte Sebastian.

Sie drehte sich um. Ein Dutzendgesicht, fahl, mit unzähligen feinen Linien in der Haut. Waren sie schon immer da gewesen? Der Weichzeichner war weg, sie sah Sebastian zum ersten Mal wie er war. Etwas Kostbares war für alle Zeit verloren gegangen. Feengold.

»Mir war klar, dass du keinen Junkie im Haus akzeptieren würdest.«

»Du hast nicht mal versucht, mir davon zu erzählen.«

»Du warst so hart beim Thema Drogen. So gnadenlos.«

Maret hörte auf, die Erde zu malträtieren. War sie gnadenlos? Als sie ihre Familie verlassen hatte, war sie gnadenlos gewesen. Aber nur, um zu überleben. Als sie ihren Vater aufgegeben hatte, hatte sie es für einen Akt der Gnade gehalten. Denn jede Hilfe, jede Einmischung hatte seinen Zustand schlimmer gemacht.

Wie hätte sie reagiert, wenn dieser sanfte Mann ihr zu Beginn erzählt hätte, dass er einmal süchtig gewesen war? Hätte sie dann das Gefühl gehabt, alles noch einmal zu erleben? Wegrennen zu müssen, bevor sie wieder mitten im Co-Elend feststeckte?

Er hätte es wenigstens versuchen können. Ihr eine Chance gegeben. Sie hätte eine Wahl gehabt, auch wenn sie sich sicher war, dass sie weggerannt wäre.

War er auch so sicher gewesen? Hatte er unter dem ständigen Damoklesschwert gelebt, dass alles schlagartig vorbei sein konnte? Wie weit vermochte sich der Druck der Angst in einem Menschen aufzubauen? War der Druck so hoch geworden, dass er getötet hatte, damit sein Geheimnis nicht entdeckt worden war? Allein der Gedanke zeigte, wie wenig sie ihn kannte.

Die Polizei hatte den Gedanken auch gehabt.

»Ich packe ein paar Sachen«, sagte Sebastian.

»Wo willst du um die Zeit noch hin?«

»Ich bin … Ich habe etwas, wo ich unterkommen kann.«

Da war es wieder, dieses Ausweichen, das Wegflattern der Stimme. Jedes Mal, wenn er log oder etwas verschwieg. Maret musste sich immer an diesen Tonfall erinnern, damit sie Sebastian später mal hassen konnte. Die Samentüte fiel ihr aus der Hand, die Samen verstreuten sich über die zertrampelte Erde. Er bückte sich, um ihr zu helfen, die winzigen Körnchen aufzusammeln, so nah, dass sie seinen Angstschweiß riechen konnte.

»Ich hätte ganz gern den echten Sebastian kennengelernt.«

»Glaub mir«, sagte er, und da war kein Stottern mehr, nichts Weiches, nichts, was sie kannte. »Das willst du nicht wirklich.«


Die Chefin kam herein. Waechter wusste nicht, wie lange sie schon im Korridor gelungert hatte, sicher lange genug, um ihren Streit mitzuhören. Sie ging wissenschaftlich an so etwas heran. Beobachten, der Natur ihren Lauf lassen und hinterher die rauchenden Trümmer analysieren.

Als hätte sie seine Gedanken gelesen, sagte sie: »Ich hätte mich einmischen sollen, oder?«

Er zuckte mit den Schultern. »Für was wär's gut gewesen?«

»Fällt das Team auseinander?«

Waechter wühlte sich durch die Haare und strich sie wieder glatt. »Wir hätten uns nie in die Ermittlung einmischen dürfen. Es war nicht unsere, es wird nie unsere sein.« Er sah zu ihr auf. »Es ist, als ob von Anfang an ein Fluch darauf gelegen hätte. Warum hast du uns nicht aufgehalten?«

»Ihr könnt für euch selbst entscheiden. Ihr seid erwachsen.«

»Und du wolltest ganz sicher nicht ein bisschen Ruhm vom Scheiterhaufenmord für dein eigenes Kommissariat abkriegen?«

»Vorsichtig, Michael«, sagte Die Chefin. »Das ist der Fluch, der aus dir spricht.«

Er musste grinsen, sie hatte recht. Der Scheiterhaufenmord vergiftete sie von innen.

»Soll ich euch sofort von dem Fall abziehen?«

»Warum fragst du überhaupt? Du bist Die Chefin. Wir stecken schon zu weit drin, gib uns die paar Tage noch.« Er schaute aus dem Fenster und trank einen Schluck kalten Kaffee, sein Spiegelbild schaute zurück, ein hohläugiger Doppelgänger. »Lass uns Zeit bis Ostern. Dann schmeißt Lanz uns sowieso raus.«

»Behalte deine Leute im Griff«, sagte sie. In der offenen Tür blieb sie stehen. »Und, Michael?«

»Ja?«

»Was ist mit Hannes los? Mit dem Kopf durch die Wand ist gut und schön, aber bisher wollte er durch die Wand, durch die wir auch wollen.«

Waechter schüttelte den Kopf. »Ich weiß von nichts.«

»Wenn irgendwas ist, versprich mir, dass ich die Erste bin, mit der du darüber redest. Ihr versteht euch doch so gut.«

»Glaub mir«, sagte er. »So dicke sind wir nicht.«

Zu spät hörte er, wie im Büro nebenan die Tür knallte.

Himmelherrgott. Der Fluch hatte erneut zugeschlagen.

Nicht schon wieder die Polizei. Nicht schon wieder der Mann in Schwarz.

»Es ist ein schlechter Zeitpunkt«, sagte Maret.

»Es dauert nicht lange.« Kommissar Waechter stand unverrückbar vor ihrer Tür wie ein Felsen. »Bringen wir es hinter uns.«

»Meiner Tochter geht es nicht gut«, sagte sie.

Sophie weinte im Kinderzimmer in die Kissen. Ihren Vater mit zwei Koffern aus dem Haus gehen zu sehen, hatte sie zerschmettert. Sie weigerte sich mit Maret zu reden. »Du bist schuld«, hatte sie gesagt. »Du hättest ihn aufhalten sollen.«

Maret würde ihr Leben lang schuld sein.

»Machen Sie, was Sie wollen«, sagte sie. »Sonst kommen Sie wieder und wieder. Sie können das ganze Haus umgraben.«

Sie führte ihn in die Küche.

»Ist Ihr Mann nicht da?«

»Er ist ausgezogen.«

»Wirklich ein schlechter Zeitpunkt. Das tut mir sehr leid.«

»Warum glaubt jeder, er müsste Mitleid mit mir haben?« Sie setzte sich an den Tisch vor die Playmobil-Burg, nahm einen Ritter mit Schwert und ließ ihn über die Zinnen hüpfen, wie Kinder es taten, *hopp, hopp, hopp.* Noch in derselben Nacht hatte sie die Burg aus dem Müll geholt, mit dem Herz voller kindlicher Gier.

»Von Ihrer Tochter?«, fragte Waechter.

»Nein, meins. Meins!«

»Ist ja gut«, sagte Waechter. Seine ganze Erscheinung strafte ihn Lügen. Seine Mantelschöße hingen auf beiden Seiten vom Stuhl herab wie die Schwingen eines riesigen Raben. Nimmermehr. Nimmermehr.

»Was wollen Sie noch von mir?«

»Sie haben so ein großes Geheimnis um den Nachlass Ihrer Großmutter und Ihrer Tante gemacht. Aber in den Unterlagen, die Sie mir mitgegeben haben, steht nichts drin, was wir nicht schon wissen. Ihre Tante ist an einer Quecksilbervergiftung gestorben. Hanisch wurde wegen Verstoßes gegen das Heilpraktikergesetz verurteilt. Damit scheint die Geschichte zu Ende zu sein. Warum wollten Sie nicht, dass die Sache ans Licht kommt?«

»Ich habe es meiner Großmutter versprochen.«

»Es sind alles Tatsachen, die nachprüfbar sind. Mit ein bisschen Archivarbeit zwar, aber nachprüfbar. Welches Geheimnis haben Sie wirklich gehütet?«

Maret setzte den Ritter auf den Turm. »Geheimnis sagt ja schon, dass es geheim ist, oder?« Sie schnipste den Ritter, er stürzte in die Tiefe. »Sie sollen in dem Mordfall ermitteln. Aber niemals werden Sie lückenlos alle Geheimnisse drumherum lösen. Das ist nicht Ihre Aufgabe. Es gibt Dinge, die Sie nie erfahren werden.«

»Ich gebe nicht gern kurz vor dem Ziel auf, Frau Lindner.«

»Sie haben alle Zimmer meines Hauses durchsucht, Herr Kommissar. Aber der letzte Rest der Geschichte steckt hier drinnen.« Sie zeigte auf ihren Kopf. »Und den können Sie nicht durchsuchen. Auch wenn Sie ihn mit der Knochensäge aufschneiden.«

»Ist das Ihr letztes Wort?«

»Ja.«

Er stand auf, sein Rabenmantel blähte sich. »Ich hoffe, dass Sie das nicht bereuen. Was auch immer da draußen ist, es ist sehr gefährlich.«

Elli holte ihre Wasserflasche aus dem Spind.

Hannes stand vor seinem Schrank und wühlte in einer Sporttasche.

»Machst du Feierabend?«

Er zog sein T-Shirt über den Kopf. Seine Haare knisterten, eine Wolke von Raubtiergeruch ging von ihm aus. »Ich zieh mir nur was Frisches an.«

»Wo willst du hin?«

»Raus.« Er wandte sich ab und holte Wechselklamotten aus seinem Fach. An seinem Körper war kein Gramm Fett, auf einem Schulterblatt bewegte sich der bläuliche Schatten eines entfernten Tattoos. Sie hatte ihn nie danach gefragt. Blöd, dass Tattoos nie ganz weggingen. Die Narbe setzte auf ewig einen Link zu der entfernten Erinnerung. »Muss noch was erledigen.«

»Dienstlich?«

»Wieso?« Er zog ein frisches T-Shirt an und schnallte sein Holster um die Schultern.

»Ich frag nur. Weil du normalerweise nicht mit der Knarre in den Feierabend gehst.«

»Sei nicht so neugierig.«

Mit einem Scheppern flog die Tür des Spinds ins Schloss. Hannes knöpfte mit der einen Hand sein Hemd zu, mit der anderen griff er nach seiner Jacke.

»Wenn es mit der Ermittlung zu tun hat, sollte ich es aber auch wissen.«

»Lies mein Protokoll. Ich will nicht über jeden Atemzug Rechenschaft ablegen müssen.«

»Weiß Michi …«

»Nein, Michi weiß nichts. Warum interessiert sich alle Welt so brennend dafür, was ich mache?« Er warf seine Jacke über die Schulter.

Elli stellte sich ihm in den Weg.

»Was immer du vorhast, tu es nicht«, sagte sie.

Er versuchte, an ihr vorbeizukommen, sie lehnte sich nach links und nach rechts, ihr Körper blockierte die Tür.

»Lass mich durch.«

»Ich werde nicht zuschauen, wie du dir alles kaputt-machst.«

»Dann schau weg.« Er baute sich vor ihr auf, zu nah, zu breit. Wieder der Schwall von Raubtiergeruch. »Noch mal zum Mitschreiben: Es. Geht. Dich. Nichts. An.«

Elli trat zur Seite.

»Mach, was du willst. Fick dich, Brandl.«

Waechter nahm den Hörer ab, ohne auf die Nummer zu achten. Zu spät.

»Grüß dich, Brüderchen«, sagte seine Schwester. »Lebst du auch noch?«

»Ich wollt ja anrufen, gell.« Nicht mal in seinen Ohren klang es überzeugend.

»Was ist, kommst du jetzt oder nicht? Der Steff würde sich so freuen.«

Waechter drehte den kleinen Umschlag mit dem Fisch in der Hand. »Ich weiß. Hör mal … hier geht alles drunter und drüber. Keine Ahnung, ob ich's schaffe.«

»Hast du die Katze noch?«

»Freilich.«

»Du könntest sie zu uns bringen. Wir haben schon zwei, und hier gibt's massenweise Platz, viele Bäume zum Klettern, zig Katzen in der Nachbarschaft, keine Autos.«

»Meinst du, ich kann mich nicht um eine Katze küm-mern?« Das mit der Allergie würde sich auch geben, Desen-sibilisierung oder wie das hieß. Waechter war auf dem Land aufgewachsen, Allergien waren für ihn eine persönliche Beleidigung. Früher hatte er gedacht, alle Leute bekämen im Frühjahr und Herbst Erstickungsanfälle, einer der großen Irrtümer seiner Kindheit.

»Überleg's dir«, sagte Bruni. »Deine Kollegen werden auch mal einen Sonntag ohne dich auskommen.«

Waechter warf einen Blick zur Wand, die ihn von Hannes' Büro trennte. Daran zweifelte er immer mehr. Doch das war nicht der Grund, warum er es vermied, den Rest seiner Familie zu besuchen. Er liebte seine große Schwester, und ihre Buben hingen an ihm. Sie freuten sich auf den Onkel Michi, der nach Zigarillos stank und die Manteltaschen voller politisch unkorrekter Spielzeuge hatte: SEK-Männer von Playmobil mit Präzisionsgewehren, kleine Wasserwerfer, echte Polizeihandschellen, mit denen sie sich im Baumhaus anketten und den Schließer im Gras verlieren konnten. Wenn abends das letzte Kind aus dem Baum geflext war, die Kaffeekanne leer war und nur noch zwei Zigarillos in der Schachtel klapperten, wurden die Gesprächsthemen rar.

Weil ihn dann immer jemand fragte, wie es ihm ging.

Und er keine Antwort darauf wusste.

Seine größte Angst war, dass sie eines Tages vor seiner Tür standen und sahen, wie er lebte.

»Bist du noch da, Michi?«

»Ja«, sagte er. »Ja, ich bin noch da.«

»Alles in Ordnung?«

»Hebt mir ein Stück Kuchen auf«, sagte er und legte auf.

Erst jetzt merkte er, dass sein Herz aus dem Tritt gekommen war, es stockte, entlud sich in unregelmäßigen, heftigen Schlägen gegen die Rippen, stockte wieder. Lange. Viel zu lange. Dann der nächste Schlag, der ihm Schmerzen bis in die Achselhöhle schickte.

Er wartete, bis es vorbeiging. Bis jetzt war es noch immer vorbeigegangen.

Auf der Fahrt hatten sich die Kopfschmerzen zu einer Migräne ausgewachsen. Hannes hatte blinde Flecken im Blickfeld, jeder Pulsschlag presste sein Gehirn gegen die Schädeldecke. Mit jedem Pulsieren war er sich seines Verdachts sicherer. Es hatte keine Geräusche gegeben. Keinen Schemen, der ums Haus geschlichen war, keine Schritte, kein Scharren. An dem Abend, als er im Keller festgesteckt war, waren nur er und Maret draußen gewesen. Er musste das klären. Sonst würde sein Kopf endgültig platzen.

Maret öffnete ihm erst nach dem fünften Klingeln. »Ich habe Ihnen doch gesagt, dass wir … Oh, Sie sind's nur.«

»Nur?«

»Wir hatten einen furchtbaren Tag, und die Polizei lässt uns nicht in Ruhe.«

»Und ich? Bin ich nicht die Polizei?«

»Das kommt darauf an. Sind Sie privat oder dienstlich hier?« Sie warf einen Blick auf den Landrover-Schlüssel, der in seinen Fingern baumelte.

»Das kommt auch darauf an. Ich will wissen, was Sie für ein Spiel mit mir spielen.«

»Ich … wie kommen Sie darauf?«

»Ich glaube nicht an den großen Unbekannten. Ich glaube, dass Sie es waren, die den Schlüssel umgedreht hat. Dass Sie mich unter einem Vorwand hinausgejagt haben, um mir den Streich mit dem Keller zu spielen.«

»Warum sollte ich so was machen?«

»Das frage ich Sie. Ich komme nicht drauf.«

»Sie sind vollkommen wahnsinnig. Ich hatte einen fürchterlichen Tag, ich will, dass Sie gehen.«

»Mein Gehör mag nicht das Beste sein, aber ich habe nichts gehört, als wir draußen waren. Überhaupt nichts. Sie sind die Einzige, die behauptet, im Haus hätte es Geräusche gegeben.«

»Sie suchen einen Sündenbock. Ich bin's nicht. Schauen Sie mich an.« Sie nahm sein Gesicht in beide Hände. »Ich sage es Ihnen auf den Kopf zu. Ich habe Sie nicht im Keller eingesperrt. Glauben Sie mir?«

»Was bleibt mir anderes übrig?« Der Druck ihrer Hände an seiner Schädeldecke wurde unerträglich. Er wand sich heraus.

»Sie sind ja ganz blass.«

»Nur Kopfschmerzen.« Hannes massierte sich die Schläfen, was es nur noch schlimmer machte. Jeder Pulsschlag pumpte Säure durch seinen Schädel, vor seinem linken Auge flimmerte blaues Licht.

»Sie können ja kaum mehr geradeaus schauen.« Maret zog ihn ins Haus und drückte ihn auf das skelettierte Sofa. »Setzen Sie sich hin. Ich verpasse Ihnen eine Nackenmassage, das hilft besser als jede Tablette.«

Er wehrte sich nicht. Alles war besser als diese Kopfschmerzen.

Hannes lehnte sich zurück. Maret stellte sich hinter ihn, strich ihm die Haare nach hinten und breitete sie auf der Sofalehne aus. Ihre Finger tauchten unter seinen Nacken und ruhten auf seinen Halswirbeln. Lauschten.

»Sie tragen viel.«

Während sie über seine Schultern tastete, summte sie leise vor sich hin. Mit einem plötzlichen Ruck bohrte sie die Daumen tief in sein Fleisch. Eine Hitzewelle schoss seinen Rücken hinunter, Wirbel für Wirbel, er stieß einen Schmerzenslaut aus.

»Zu fest?«

»Ja … nein. Das tut gut. Machen Sie weiter.«

Marets Fingerspitzen strichen nach oben und erforschten seinen Nacken, seinen Hinterkopf.

»Was ist mit Ihrem Ohr?«

Schützend legte er die Hand über sein linkes Ohr. »Nichts.«

»All Ihr Schmerz geht davon aus.« Sie fuhr ihm durchs Haar, strich die Muskeln über seiner Schädeldecke glatt und drückte die Finger in die Vertiefung, wo die Sehnen seines Halses ansetzten. Schmerz entwich in Wellen, als hätte sie ein Ventil geöffnet.

»Ein Andenken aus dem Internat«, sagte er. »Gerissenes Trommelfell.«

»Ein Unfall?«

»Ohrfeige.«

»Das muss doch zu Ihrer Zeit längst verboten gewesen sein.« Sie änderte die Position, drückte wieder zu, ihre Daumen vibrierten kaum merklich. Hitze pulsierte seinen Nacken hinauf und hinunter. Ihre übrigen Finger ruhten an seinem Hals. Sie konnte ihm ohne weiteres die Halsschlagadern zudrücken. Wie leicht es für sie wäre, ihn still auszulöschen.

»Im Internat haben keine Gesetze gegolten«, sagte er. »Das war ein rechtsfreier Raum. Ein geschlossenes System. Wenn die einen fertigmachen wollten, dann hatten sie subtilere Methoden als Schläge. Zum Beispiel den Nachdenkraum.«

»Was ist das, ein Nachdenkraum?«

Es war das erste Mal seit der Internatszeit, dass er jemandem von dem Zimmer erzählte, das erste Mal, dass er überhaupt daran dachte. Geblieben war nur ein leises Unbehagen gegenüber Kellern. Der Druck von Marets Fingern hatte nicht nur den Schmerz freigesetzt, auch die Geschichte war entwichen wie eine Plage aus Pandoras Büchse.

»Ein Kellerraum ohne Fenster. Eine Kerze. Man hatte so lange Zeit, über seine Verfehlungen nachzudenken, bis die Kerze heruntergebrannt war. Bis es dunkel wurde.«

Marets Finger verharrten still, sie schwieg lange. »Das ist mittelalterlich«, sagte sie schließlich und formte ihre Hände zu einer Schale. Er legte den Kopf mit seinem ganzen Gewicht hinein und schloss die Augen. Sie ließ ihre Hände seine Wirbelsäule hinunterwandern und tastete unter die Gurte seines Schulterholsters. Die Pistole schmiegte sich an seine Rippen wie ein kaltes böses Tier. Marets Finger ruhten kurz zwischen seinen Schulterblättern.

»Was ist mit Ihnen passiert?«, sagte sie leise. »Man hat Ihnen die Flügel gebrochen.«

Sanft drückte sie in eine schmerzende Stelle neben einem Rückenwirbel. Dabei summte sie wieder vor sich hin, ein Lied aus dem Radio, in seinem Kopf summte er stumm mit. Die Welt wurde dunkel, und nur noch das Summen blieb übrig wie das Grinsen der Grinsekatze. Dann hörte es auf. Die plötzliche Stille, das es hinterließ, ließ ihn hochschrecken. Vor seinen Augen schwebte die Mündung seiner Pistole, messerscharf, dahinter verschwommen Marets Gesicht. Das Mündungsfeuer blitzte ihm ins Gesicht. Mit einem Schreckensschrei fuhr er auf.

Maret stand hinter ihm. Er griff nach seiner Pistole, sie lag sicher im Holster.

»Sie sind eingeschlafen«, sagte Maret.

Er fuhr sich mit der Hand übers Gesicht und machte einen Realitätscheck, ob er diesmal in der wirklichen Welt gelandet war. Hängen blieb der reale Horror, dass er geschlafen hatte und eine Fremde neben ihm gestanden und ihn betrachtet hatte.

»Ich muss los.« Er schwang die Beine auf den Boden und hielt kurz inne, um zu vermeiden, dass er beim Aufstehen schwankte.

»Kommen Sie gut heim«, sagte Maret und hielt ihm die Hand hin, er zuckte davor zurück.

Auf dem Weg nach draußen ging er ins Bad und schaufelte sich kaltes Wasser ins Gesicht. Sein Spiegelbild schaute ihn an, nass, nackt und fremd.

Der Lärm in seinem linken Ohr war verstummt. Er hörte das Gurgeln des Wassers im Siphon, das Rascheln des Handtuchs, glasklar und scharf gegen die Stille. Bis auf ein tiefes Brummen, an der Schallgrenze zwischen Ton und reiner Vibration. Das war kein Streich, den ihm sein Ohr spielte. Es war das Haus, das brummte.

Er musste zusehen, dass er hier rauskam.

Vor der Haustür spürte er einen Blick im Nacken und schaute sich um. Dennis stand mit einer Gießkanne im Garten und goss die Rosenbüsche. Das weiße Gesicht des Jungen folgte ihm bis zum Auto.

Vor dem geschlossenen Getränkemarkt hockte der bärtige Schwarze mit seiner Gitarre und spielte den Blues, immer den gleichen Akkord auf verstimmten leeren Saiten, dazu sang er ein Englisch, das nur er verstand. Waechter gab ihm eine der Bierflaschen aus seiner Tüte und setzte sich in sicherer Entfernung auf die Steinmauer, die den Bürgersteig vom kippenverseuchten Gestrüpp trennte.

Er wartete. Der Schamane hielt sich nicht an die weltlichen Uhrzeiten.

Am Abend hatte sich doch noch ein letzter Fleck Sonne

auf dem Platz verfangen und den Stein ein bisschen ange-
wärmt. Ein Schaufenster pries staubige Ohrringe mit dem
Hinweis »Original 8oer« an. Über einem geschlossenen Roll-
laden blätterte die Schrift »Papier- u. Schreibwaren« ab, die
man hier längst nicht mehr kaufen konnte. Die Fenster darüber waren dunkel. Vom Deli gegenüber drangen Frauen-
stimmen herüber, verloren unterwegs die Worte und kamen
nur als Geräusch bei ihm an. Er trank einen Schluck aus seiner Augustinerflasche, schaute auf die Uhr. Es kam ihm wie
eine Stunde vor, die er wartete, aber er saß erst seit zehn Minuten hier. Die Sonne war weg, der Leersaitenblues war verklungen.

Ohne dass er Schritte gehört hatte, tauchten abgetretene
Wildledersstiefel vor ihm auf, darüber eine geschnürte Le-
derhose, die von selbst davonlaufen würde, wenn man ihr die
Freiheit schenkte. Waechter blickte auf. Der Schamane begrüßte ihn mit einem wettergegerbten Lachen.

»Du hast dich lange nicht mehr blicken lassen, Columbo.«

Keiner im Viertel wusste, dass Waechter ein Kriminaler
war, außer dem Schamanen. Der wusste Dinge. Waechter
klopfte auf die Mauer neben sich und reichte dem Mann die
dritte Flasche Augustiner.

»Du weißt doch, ich melde mich nur, wenn ich was will.«

Der Schamane setzte sich breitbeinig neben ihn und hielt
das Gesicht in die kühle Abendluft, er hatte alle Zeit der
Welt. Ein strenger Geruch ging von ihm aus, von Menschen, die sich selten wuschen, aber keine Angst und keinen
Stress ausschwitzten, nicht unangenehm. Nur eben streng.
Waechter wusste nicht, wo der Schamane wohnte, er wusste
nicht, ob er überhaupt wohnte.

Schweigend tranken sie mit Blick auf die dunklen Fenster.

Waechter zog eine Asservatentüte aus seiner Laptoptasche.

»Pass auf damit, Winnetou«, sagte er und reichte sie dem Schamanen. »Ich darf das eigentlich gar nicht mit heimnehmen.«

Unter dem Plastik schimmerte die kleine Keramikscheibe des Anhängers, spurentechnisch behandelt, gereinigt, abfotografiert, nummeriert und in die Spurendokumentation eingespeist.

Der Schamane tastete das Artefakt unter dem Plastik ab, schloss die Augen. Seine Hand begann leicht zu zittern. »Angst«, sagte er. »Hitze. Feuer.«

»Lass den Hokuspokus. *Abendzeitung* lesen kann ich auch. Ich will nur wissen, was das Zeichen bedeutet.«

»Das Zeichen?« Der Schamane betrachtete den Anhänger von allen Seiten, hielt ihn ins Licht der Auslage, spurte mit den Fingern die Linien nach, warf die Tüte hoch und fing sie wieder auf. Waechter zuckte zusammen, er sah schon sein wertvolles Asservat über die Gehsteigplatten schlittern.

»Made in China.«

»Das ist die Rückseite, Winnetou.«

Der Schamane grinste und drehte es um. »Das Auge des Ra.«

»Auge des was? Erklär's mir.«

»Das Auge des Ra ist eine Spiegelung des Horus-Auges.« Er hielt das Amulett in verschiedene Richtungen, so dass das Licht aus dem Schaufenster die Linien schimmern ließ. Zwei geschwungene Linien, die einen kleineren Kreis umfassten, darunter zwei Striche. Wie ein Auge, das tanzte.

»Meistens wird die Darstellung des Horus-Auges benutzt. Horus kämpfte mit seinem Widersacher Seth, dem Gott der Finsternis. Dabei zerschmetterte Seth eins der Augen in sechs Teile. Toth, der Gott der Magie und der Heilkunst, fügte sie wieder zusammen.«

»Also ein Happy End.«

»Es geht noch weiter. Horus opferte sein Auge dem Totengott, um damit Licht in die Unterwelt zu bringen. Das Horus-Auge steht für das Licht in der Dunkelheit, die Mondseite, die Magie der Heilung.«

»Das passt zu der Frau.« Waechter streckte die Hand nach der Tüte aus. »Hast mir schon weitergeholfen.«

»Nur dass das hier keins ist.«

Waechter schnaubte. »Und warum erzählst du mir dann den ganzen Larifari?«

»Wie gesagt, das Auge des Ra ist die Spiegelung davon. Das Horus-Auge ist das linke Auge, das Auge des Ra ist das rechte. Die Sonnenseite. Es gibt keinen Mond ohne Sonne. Keine Heilung ohne Zerstörung. Yin und Yang.«

Das konnte heute dauern. Der Schamane war in seinem Element.

»Es existieren verschiedene überlieferte Mythen über das Sonnenauge. Einer Sage nach hat das Auge des Ra der Gefährlichen Göttin gehört.«

Aha. Die Ägypter hatten also auch Eine Chefin.

»Der Sonnengott Ra sandte sie aus, um ihre Feinde zu vernichten. Wenn das Sonnenauge am Horizont erschien, brachte es Tod und Zerstörung. Wer das Auge des Ra trägt, schwingt sich zum Herrscher über Leben und Tod auf.«

Er sah Waechter mit zusammengekniffenen Augen an. »Hat die Frau mit schwarzer Magie herumgemacht?«

»Woher willst du wissen, dass es einer ›Sie‹ gehört hat?«

»*Abendzeitung* lesen kann ich auch, Columbo.«

»Eins zu eins. Weißt du, was ich denke?«, sagte Waechter. »Die Frau hatte nie mit echter Magie zu tun, weder mit weißer noch mit schwarzer. Sie würde Magie nicht mal erkennen, wenn Harry Potter mit dem Besen vor ihrem Fenster Loopings drehen würde. Sie war eine liebe Person, die davon gelebt hat, ein paar alten Mütterchen das zu erzählen, was sie hören wollten. Ich glaube, sie war die unbegabteste Hexe der Welt.«

Vielleicht hatte ja jemand anders die Bedeutung des Auges erkannt. Jemand, der sich auskannte, für den das harmlose Amulett das personifizierte Böse war, nicht nur ein Bimmelkram vom Mittelaltermarkt. Eine halbgare Theorie formte sich in Waechters Kopf. Eva Nell hatte sich als Hexe gesehen. Und jetzt war sie tot. Wenn er richtiglag, dann suchten sie einen Hexenjäger. Einen Hexenbanner. Es war alles so klar, er musste bloß Lanz davon überzeugen. Und hatte nur noch eineinhalb Tage Zeit.

Es war schnell dunkel geworden. Der Abend hatte die Dämmerung übersprungen und einfach das Licht ausgeknipst. Der Schamane gab ihm die Asservatentüte zurück, ließ seine Hand auf Waechters Hand ruhen. Von seiner Haut ging eine pulsierende Hitze aus.

»Du hast Angst um einen Menschen«, sagte er. »Du verlierst ihn. Er stürzt. Du denkst, du kannst ihn nicht halten. Es ist seine einzige Chance, dass du ihn nicht loslässt. Halte ihn, so fest es geht.«

»Jetzt lass mich in Ruh mit deinem Schmarrn.« Waechter riss seine Hand weg. »Was kriegst du?«

»Nichts.« Der Schamane schloss die Augen und hielt die Handflächen in einer Art Mudra nach oben gerichtet. »Die Weisheit der Götter ist universell, sie gehört niemandem.«

Waechter legte ihm einen braunen Schein in die Hand, die Finger schlossen sich blitzschnell darum. Der Schamane öffnete die Augen, ein Lächeln breitete sich auf seinem Gesicht aus, aus dem die pure Zufriedenheit sprang, ein Buddha-Lächeln.

»Vergelt's Gott«, sagte Waechter.

»Ich halt dich auch nicht länger auf. Du wirst zu ihr nach Hause wollen.«

»Zu wem?«

»Zu dem Kind, auf das du aufpassen musst.«

Waechter winkte ärgerlich ab, ließ ihn sitzen und ging die Straße hinunter. Schon an der Kreuzung sah er, dass in seiner Wohnung Licht brannte.

Hannes drückte die Tür auf und schob den Kopf durch. Es war dunkel in Waechters Zimmer, roch vertraut nach vergilbtem Papier, Kaffee und Zigarillorauch. Heimweh nach ihrem gemeinsamen Büro kam in ihm auf, nach der Zeit, als sie noch Freunde gewesen waren. Das Heimweh lief ins Leere. Das Büro gab es nicht mehr, die Freundschaft hatte es nie gegeben.

Die Luft war rein. Leise schloss Hannes die Tür. Er musste herausfinden, ob Waechter schon mit jemandem über sein kaputtes Trommelfell geredet hatte. Mit Der Chefin oder gar mit Kriminaldirektor Zöller. Ein Albtraum, wenn es sich schon bis zum obersten Chef herumgesprochen hätte. Hannes traute Waechter mittlerweile alles zu. Entweder der verpfiff ihn auf der Stelle, oder er hielt den Mund, dann führte er Hannes für alle Zeiten an der Hundeleine spazieren. Wohin sollte er sich bewerben, wenn Waechter seine Beurteilung schrieb? Am liebsten wollte er aus seiner Haut kriechen.

Hannes setzte sich an Waechters Schreibtisch, blätterte kurz durch die zuoberst liegenden Dokumente, nichts, was ihn betraf. Er schaltete den Bildschirm ein und wackelte mit der Maus. Waechter war immer noch der Meinung, dass der Computer aus war, wenn der Bildschirm aus war. Hannes kannte sein Passwort seit langer Zeit, Waechter hatte es auch im neuen Kommissariat wieder zurückgeändert, nachdem ihm die Systemadministratoren ein neues gegeben hatten. *Luna* tippte er ein, was auch immer das bedeuten mochte. Die Buchstaben verwandelten sich in Punkte, er drückte ENTER, die Eingangsmaske des Systems erschien.

Waechters E-Mails. Sauber. Der Name Hannes Brandl fiel kein einziges Mal. Das Skype-Chat-Protokoll war leer. Er stieß die Luft aus und lehnte sich zurück, schluckte die Enttäuschung herunter, dass er doch nicht so wichtig war.

Wie tief war er gesunken. Er durchwühlte im Dunkeln den Schreibtisch seines Vorgesetzten. Waren sie je Freunde gewesen? Er hatte Waechter mehr Stunden am Tag gesehen als seine Familie, er hatte ihn immer als Erstes um Rat gefragt, sie hatten Zigaretten und Zigarillos geteilt, sich im Fendstüberl gegenseitig unter den Tisch getrunken. Waechter hatte immer gewonnen.

Und jetzt hackte er Waechters E-Mail-Account.

Hannes loggte sich aus und schaltete den Bildschirm aus. Nur noch das Licht von draußen schimmerte durchs Fenster, er konnte die Dächer der Bürohölle ausmachen, weit hinten erahnte er die Bahngleise. Das Stampfen und Rauschen der Stadt war heute leiser, die Bürohäuser dunkel.

Waechter hatte ihn nicht verraten, auf jeden Fall nicht schriftlich.

Er spielte mit einem Stift, der neben dem Mauspad gelegen hatte, drehte ihn in der Hand. Das Ding war dicker als ein Kugelschreiber. Glatter. Er betrachtete es im trüben Licht.

Ein Döschen Wimperntusche.

*Million Dollar Extreme Sensation Lashes.*

Ihm fiel wieder ein, wo er die Wimperntusche schon mal gesehen hatte. In seinem eigenen Bad, daheim, auf der Ablage über dem Waschbecken, zwischen Kinderzahnpasta und Weleda-Creme.

In seinem Bauch öffnete sich ein riesiges Loch. Waechters Geheimnistuerei, Lily, die er nie zurückgerufen hatte.

Es war vollkommen absurd. Er wurde paranoid, glaubte an Gespenster, er durchsuchte nachts fremde Schreibtische. Diese Wimperntusche lag in jeder Drogerie, Hunderte von Münchnerinnen hatten so ein Döschen in der Handtasche, Waechter hatte sicher ein Sexleben, von dem niemand wusste. Was sollte Lily von Waechter wollen? Und was Waechter von Lily? Er wollte nicht mal dran denken. Was, wenn es die ultimative Rache von Lily war, mit seinem Vorgesetzten ins Bett zu steigen?

Mit einem fast Fünfzigjährigen mit Bierbauch und schlecht gereinigten Anzügen?

Er verlor den Verstand. Er verlor langsam, aber sicher den Verstand.

Trotzdem nahm er das Telefon und wählte Waechters Festnetznummer. Ließ es klingeln. Anrufbeantworter. Er legte auf, ließ es noch mal klingeln. Und noch mal. Und noch mal. Beim fünften Mal klickte es, und eine ärgerliche Mädchenstimme rief ins Telefon: »Hallo?«

Der Schock fuhr ihm in die Magengrube, dass er sich krümmte.

»Waechter, bist du das?«, fragte Lily. Und nach einer Pause: »Papa?«

Hannes sagte nichts. Konnte nichts sagen. Stand mitten im Raum und betrachtete seinen Körper, der weiter am Schreibtisch saß, mit offenem Mund.

*Klick.*

Sie hatte aufgelegt.

Aus dem Bad plätscherte es.

»Ich bin daheim!«, rief Waechter in den Flur und stellte seine Laptoptasche ab.

Auf dem Herd stand ein Rest Dosensuppe, noch warm. Waechter aß sie direkt aus dem Topf, begleitet von leiser Radiomusik und dem Geplätscher aus dem Bad. Die Katze krabbelte auf seinen Schoß. Er nahm eine Zeitung zur Hand, sie war drei Wochen alt. Es konnte halt nicht alles perfekt sein. Er würde früh ins Bett gehen. Das Protokoll über den Hexenbanner hatte so viele neue Fragen aufgeworfen, denen er morgen nachgehen musste.

Während er auf den zerkochten Nudeln kaute, machte er sich eine innerliche To-do-Liste. Als Erstes stand darauf: Lanz in die Hexenbanner-Sache einbeziehen. Lanz würde Amok laufen, wenn noch mehr Ermittlungen an ihm vorbeigingen. Zweiter Punkt: Hannes sinnbringend beschäftigen, damit er sich vom Freisinger Moos fernhielt. Nur dass Hannes sich von ihm nichts mehr sagen ließ. Diesen Streit zu schlichten würde ihn mehr kosten als ein paar gemeinsame Schnäpse. Er war in Gefahr, Hannes zu verlieren. Nicht nur aus seiner Mordkommission, sondern aus dem gesamten Dezernat. Hannes war nie bei ihnen heimisch gewesen, warum hatte er das nicht gemerkt? Offen feindselig gegenüber dem Kriminaldirektor, unsouverän gegenüber Der Chefin. Waechter war der Einzige, der ihn in der Truppe gehalten hatte. Wahrscheinlich schrieb Hannes schon Bewerbungen.

Es klingelte. »Ich geh schon«, sagte Waechter in Richtung der Badtür und stand mit einem Grunzen auf. Beim Aufstehen nicht grunzen, das machte alt, wann merkte er sich das eigentlich? Er machte die Tür auf. Für einen Sekundenbruchteil sah er in das verzerrte Gesicht von Hannes, dann flog eine Faust auf ihn zu.

Sein Kiefer knackte, der Schmerz schoss bis in die Halswirbelsäule, die Wucht des Schlages schickte ihn rückwärts auf einen Stapel Zeitungen. Er riss die Zeitungen um. Hannes ging mit ihm zu Boden, drückte ihn runter und holte zu einem neuen Haken aus. Waechter warf sich zur Seite, der Hieb ging ins Leere. Er fing Hannes am Handgelenk ab und drückte mit der anderen Hand hart in die Vertiefung unter dessen Kehlkopf. Mit einem erstickten Geräusch rollte Hannes zur Seite. Waechter zog ihm den Arm nach hinten und kniete sich mit vollem Gewicht in seinen Rücken.

Schreie gellten durch den Flur. »Nein! Nein! Hört auf! Ihr verdammten Vollidioten, hört sofort auf!« Lily stand im Flur, nur mit einem Badehandtuch bekleidet, ihr Gesicht war nass von Tränen und Seifenwasser. »Hört auf mit der Scheiße!«

Um sie konnte er sich nicht auch noch kümmern. Nur ein irrer Brandl auf einmal.

Er beugte sich zu Hannes hinunter. »Wenn du noch mal so was versuchst, kugel ich dir die Schulter aus, junger Mann.«

»Fuck you, Yoda« sagte Hannes mit dem Gesicht im Altpapier.

Waechter zog fester an, nur ein paar Millimeter. Hannes stieß einen Schmerzensschrei aus.

»Ich lass dich jetzt los«, sagte Waechter. »Leg dich nicht mit mir an. Ich war mal Türsteher, ich kenne die richtig dreckigen Tricks.«

Lilys Schreie waren in hysterisches Schluchzen übergegangen. Für einen kurzen Moment hatte er Angst, dass sie ihn mit dem nassen Handtuch verprügelte.

Vorsichtig ließ Waechter los. Hannes suchte im rutschenden Altpapier Halt, setzte sich auf und rieb sich die Schulter. Er sah aus, als müsse er sich gleich übergeben. Waechter tastete nach seinem Kieferknochen. Die Stelle war geschwollen, das Blut pochte schmerzhaft darin. Sein Herz pumpte. Er war aus der Übung.

»Was sollte das?«

»Was hast du mit meiner Tochter?«

»Deine Tochter steht hinter dir und tropft, frag sie selber. Ich hab überhaupt nichts mit ihr. Ich habe sie nicht angerührt.«

»Was hat sie hier zu suchen?«

»Das frage ich mich schon die ganze Zeit. Vielleicht sagt sie's ja dir.«

Hannes rappelte sich auf und stieg über den Papierhaufen, um zu Lily zu gelangen. »Zieh dich an und komm mit.«

»Den Teufel werd ich tun!« Sie ließ ihre Worte in sein Gesicht explodieren wie eine fauchende Katze. »Fick dich!«

»Du kommst jetzt mit!«

Er packte ihre Arme und zog daran, das Handtuch klaffte auf, ihr schmaler Robbenkörper kam zum Vorschein. Sie schüttelte sich frei. Die Finger ihres Vaters hatten rote Flecken auf ihrer Haut hinterlassen. Sie versuchte, das Handtuch wieder um sich zu schlingen, es war an allen Ecken zu klein und gab ihr keinen Schutz.

»Fass mich bloß nicht an! Ich war vier, als du meine Mutter zusammengeschlagen hast. Glaubst du, ich kann mich nicht erinnern? Glaubst du, ich will mir diese Scheiße immer und immer wieder anschauen? Du hast dich nicht geändert.«

Die Badezimmertür flog hinter ihr zu, der Schlüssel drehte sich herum.

Mit hängenden Armen stand Hannes davor, er schien vergessen zu haben, wie man atmete.

»Mit *ein* und *aus* kannst du nichts falsch machen«, sagte Waechter. »Komm in die Küche.«

Hannes folgte ihm wie ein Hund. Waechter machte zwei Flaschen Bier auf und reichte ihm eine davon.

Hannes schaute in der Küche herum, über die gestapelten Kisten, die Mülltüten, das Geschirr, das in der Spüle verrottete. Ab jetzt wusste er also Bescheid.

»Ich bin dir eine Erklärung schuldig«, sagte Waechter.

»Du bist mir gar nichts mehr schuldig.«

»Sie ist zu mir gekommen, weil sie keinen Platz zum Schlafen hatte. Du bist nicht ans Telefon gegangen.«

»Ach ja.« Hannes trank einen Schluck Bier, ohne ihn anzuschauen, verzog das Gesicht und stellte die Flasche weg. »Klar. Ich bin schuld.«

»Sie hat mir das Versprechen abgenommen, dir nichts zu sagen. Und ich hab einen einzigen Fehler gemacht, der mir leidtut. Ich hab's ihr versprochen.«

»Ich kapier's nicht. Wir kennen uns jetzt schon ein paar Jahre. Du bist der Taufpate von Lotta. Ich dachte …« Hannes ließ sich auf einen Stuhl fallen. Er sah nicht wütend aus, nicht traurig. Nur unendlich müde.

»Weil ich Angst hatte, du könntest davon erfahren.« Waechter machte eine vage Handbewegung, die das Chaos um sie herum einschloss.

»Du brauchst Hilfe.«

»Das Einzige, was ich brauche, ist meine Ruhe. Ich hab nicht drum gebeten, dass sich fremde Jugendliche bei mir einnisten.«

»Du hast ein richtig, richtig fettes Problem.«

»Das ist mein Problem, meins alleine.«

349

Schritte stöckelten durch den Flur, die Zeitungshaufen raschelten, die Haustür flog ins Schloss.

»Das da.« Waechter nickte Richtung Haustür. »Das ist dein Problem.«

Hannes sprang auf und rannte Lily hinterher aus der Wohnung.

Waechter blieb sitzen, die Flasche Bier in der Hand, von der er noch keinen Schluck getrunken hatte, unfähig sich zu rühren. Unfähig, sich dagegen zu wehren, dass alles um ihn herum auf ihn einstürzte.

Ihre Absätze klackten. Hannes folgte dem Geräusch, und hinter dem nächsten Haus sah er sie. Lily lief Richtung Englischer Garten, mit dem Gang, den sie immer hatte, wenn sie sauer war, mit durchgedrückten Knien und schlenkernden Armen.

»Lily!«

Sie reagierte nicht.

»Verdammt noch mal, Lily!« Fast hätte er aufgestampft wie ein trotziges Kind. »Du läufst in die falsche Richtung. Wenn du abhauen willst, die U-Bahn ist hinter dir.«

Lily blieb stehen und drehte sich um, ihre Wimperntusche hing unter den Lidern und machte ihre Augen zu riesigen Höhlen. »Hau ab.«

Hannes ging auf sie zu, hoffte, dass sie nicht wegsprang wie ein scheues Tier. Er hatte eine Idee, die so verzweifelt und aussichtslos war, dass sie funktionieren konnte.

»Lass uns zu McDonald's gehen. Ich lad dich ein.«

Sie senkte den Kopf. Er hatte Widerstand erwartet, aber als sie aufsah, nickte sie.

Im McDonald's am Wedekindplatz, nur einen Pistolenschuss von Waechter entfernt, bestellte Lily ein BigMac-

Menü, ein Softeis und eine große Cola, alles sponsored by Monsanto, Coca-Cola Company und Nestlé. Hannes zahlte unter Schmerzen. Minutenlang verschlang Lily stumm ihr Essen, als ob sie seit Tagen nichts bekommen hätte. Ihr Körper wollte einfach kein Essen annehmen, die Schlüsselbeine ragten heraus, das Brustbein stand hervor.

Hannes rührte in seinem schwarzen Kaffee. Erst nachdem Lily gegessen hatte und die Spannung aus ihren Schultern gewichen war, fragte er: »Was jetzt?«

Lily hob die Schultern und ließ sie wieder fallen. »Was fragst du mich. Du bist der Vater, oder?«

»Was ist mit dir und Waechter?«

»Du kapierst gar nichts.« Sie verdrehte die Augen, sie war eine Meisterin darin, das Weiße blitzte auf, und die Verachtung der ganzen Welt flog gen Himmel. »Ich mag ihn, weil er mich in Ruhe lässt. Genau deswegen.«

Hannes hörte auf, seinen totgerührten Kaffee zu quälen. »Warum bist du nicht bei deiner Mutter?«

Sie schwieg.

»Du hattest nie vor, die Ferien bei ihr zu verbringen, oder?«

»Geht dich nichts an.«

»Es geht mich sehr wohl etwas an, ob du mit fünfzehn mit jemandem ins Bett gehst oder Drogen nimmst oder …«

»Du kiffst doch auch.«

Hannes hob einen Finger, holte tief Luft und stieß sie wieder aus. Argumentation zwecklos.

»Tu nicht so katholisch«, sagte Lily.

»Ich bin nicht katholisch.«

»Wie jetzt? Ich dachte, du wärst auch so ein Spinner wie Oma und Opa? Du läufst doch ständig mit deinem Gebetsding rum.«

»Pure Gewohnheit. So wie du die ganze Zeit auf deinem Piercing rumkaust. Ich will mit der katholischen Kirche nichts mehr zu tun haben.«

»Warum?« Lily lehnte sich vor.

»Ich will jetzt nicht drüber reden.«

»Warum nicht?«

»Darum. Das ist einfach kein Thema für den Abendessenstisch, okay?«

»Na super.« Lily lehnte sich zurück und biss auf ihr Piercing. »Ich soll dir alles erzählen, aber ich bin es dir nicht wert, dass du mir was erzählst.«

»Lily …« Er massierte sich die Schläfen, das Kopfweh war wieder in Anmarsch. »Nicht jetzt. Bitte.«

Warum saß er überhaupt hier? Weil er auf sie aufpassen musste? In den letzten Tagen hatte er eine Schneise der Verwüstung in seinem Leben hinterlassen wie nach einer Großdemo mit Wasserwerfern. Er hatte die Liebe seines Lebens verjagt, seine Tochter abhandenkommen lassen, unzählige Dienstvergehen angesammelt, sich fast fremdverliebt, sich sinnlos besoffen und seinem Dienstvorgesetzten eine betoniert. Hätte da mal besser jemand auf ihn aufgepasst.

»Ich fahr dich heim.«

»Gott bewahre.«

»Soll ich dich bei deiner Mutter absetzen?«

»Sie ist nicht da. Außerdem, vergiss nicht, dass du dich ihrer Wohnung nicht auf weniger als hundert Meter nähern darfst.«

Hannes warf den Löffel auf den Tisch, das Ding war mikroskopisch klein und weigerte sich, effektvoll zu knallen. »Jetzt hör endlich mit dem alten Käse auf. Ich werde deiner Mutter sicher nichts tun.«

»Das hattest du damals bestimmt auch nicht vor.«

»Ich will nicht über damals reden. Die Sache ist abgehakt.«

»Ja, schön, für dich ist das abgehakt. Für mich aber nicht. Ich kann mich an den ganzen Abend erinnern. Wie an einen Film.«

»Wie oft soll ich noch sagen«, er rieb sich erneut die Schläfen, »es tut mir leid.«

»Du hast es noch nie zu mir gesagt. Jetzt brauchst du auch nicht mehr damit anzufangen.« Lily schob den Müllhaufen, den ihr Essen hinterlassen hatte, in die Mitte des Tisches.

»Der Anwalt von deiner Mutter hatte die Anweisung, alle Briefe an mich zurückzuschicken. Irgendwann habe ich aufgehört, welche zu schreiben.«

Lily schwieg.

»Ich hätte nicht aufhören sollen, oder?«

Lily schwieg. Nach einer endlos langen Pause sagte sie: »Hast du sie noch?«

»Was?«

»Die Briefe, du Penner.«

»Alle.«

»Ich wusste nicht, dass du mir geschrieben hast. Die ganzen Jahre über dachte ich, du lässt deine reiche Mutter mit Geld um sich schmeißen und kaufst dich damit …«

»Sag das noch mal.«

»Was?«

»Das mit meinen Eltern.«

Unter ihrem Make-up blühten rote Flecken auf. »Vergiss, dass ich was gesagt habe.«

»Wann haben meine Eltern euch Geld gegeben?«

Er wollte sie an den Armen nehmen und schütteln, damit sie endlich aussprach, was er längst wusste. Das war es, was seine Mutter mit ihren Andeutungen gemeint hatte. Was er

353

immer geahnt hatte, jedoch nie in Gedanken hatte fassen können, wie eine Schrift, die in so großen Buchstaben stand, dass man die Worte nicht zu erkennen vermochte.

Lily lächelte triumphierend.

»Hast du dich nicht gewundert, warum nie die Bullen bei dir vor der Tür standen?«

Ein Gegenstand knallte an ihr Fenster. Maret zuckte über ihrer Playmobil-Burg zusammen. Es hatte geklungen wie ein Vogel, der dem Licht entgegengeflogen und gegen die Scheibe geprallt war. Aber es war kein Vogel gewesen. Nein, es hatte härter geklungen, wie ein Stein.

»Maret«, kam eine Stimme durch die Hintertür. »Ich bin's.«

Sie riss die Tür auf. »Arne. Du hast mich zu Tode erschreckt.«

»Lässt du mich rein?« Sein Gesicht war fleckig, tiefe Tränensäcke schwollen unter seinen Augen. Der Geruch nach alter Wäsche war so stark wie noch nie, er schwitzte ihn aus allen Poren.

»Ich muss dir was sagen.«

»Setz dich auf die Terrasse.«

Sie schob die Tür zu und sperrte etwas von seinem säuerlichen Geruch mit ein.

Als sie herauskam, saß Arne auf der Hollywoodschaukel. Er hing auf der Lehne wie nach einem Marathonlauf. Wie lange würde sein Körper das noch durchhalten? Oder gab sein Gehirn zuerst auf? Würde sie ihn waschen, füttern und wickeln müssen oder jahrelang sein Pflegeheim finanzieren, bis runter zum Existenzminimum? Jeden Tag der gleiche Schwall Fragen, obwohl Arne längst nicht mehr Teil ihres Lebens war.

Maret setzte sich zu ihm. Sie hätte eine Jacke anziehen müssen, die Nacht war winterkalt.

»Und jetzt red.«

Er legte den Kopf zurück, schaute die Sterne an, oder die Richtung, in der sie sein sollten, unter einer Wolkendecke versteckt.

»Es geht um den Einbruch.«

»Was denn? Red schon.«

Ihr Vater starrte in den Bleihimmel. Kein Stern kam ihm zu Hilfe. »Es war kein Einbruch. Ich wollte nur zu euch. Hatte gedacht, wenn ich schon im Haus bin, dann schmeißt ihr mich nicht raus. Ich hab meine Enkelin noch nie gesehen.«

»Wie bist du damals reingekommen?«

»Das ist kein besonderes Schloss. Du solltest es austauschen lassen.«

»Aber warum … warum … Warum hast du die Küche angezündet?«

»Das wollte ich nicht. Ich hab das Auto gehört. Ihr wart auf dem Rückweg. Auf einmal hab ich Panik gekriegt. Ich hab mir gedacht, wenn du mich da drin findest, darf ich nie mehr in eure Nähe. Also hab ich meine Zigarette weggeschmissen und bin über die Felder abgehauen.«

»Ach, Arne.« Sie streckte die Hand aus und zog seinen Kopf in ihren Schoß. »So was hab ich mir schon lange gedacht. Das ist groß, dass du's mir gesagt hast. Richtig groß.«

Er hatte in seiner kaputten Seele noch einen Rest Anstand gefunden. Einen Rest Vatersein. Vielleicht war nach unten wirklich noch Luft. Sie strich ihm übers Haar, Talg blieb an ihren Fingern hängen. »Elendiger Grattler, elendiger. Ich hab dich lieb.« Sie schubste ihn weg. »Und jetzt verschwind, bevor ich's mir anders überleg.«

355

Ihr Vater wuselte auf seinen dürren Beinen in die Nacht, ohne sich umzudrehen.

»Ich kann dich nicht retten«, sagte sie, aber das konnte er nicht mehr hören.

Maret lehnte sich zurück. Vor ihr erstreckten sich nur Wiesen und Äcker, kein Haus, kein Licht. Sie war allein mit dem Wolf, aber sie hatte keine Angst vor ihm. Das Einzige, was sie spürte, war eine alles überflutende Traurigkeit.

*Ich habe keine Mama mehr. Und wer rettet mich?*

Hannes riss die Küchentür auf. Sein Vater stand über die Spülmaschine gebeugt.

»Wo ist die Mama?«

»Sie ist im Fitnessraum, aber ...«

Hannes ließ ihn den Satz nicht zu Ende sagen, sondern stürzte die Kellertreppe hinunter und riss die Tür zum Fitnessraum auf. Drinnen war es dunkel. Erst dachte er, das Zimmer wäre leer, doch dann hörte er das rhythmische Mahlen des Crosstrainers. Seine Augen gewöhnten sich an das Dunkel. Seine Mutter stand auf dem Crosstrainer, ein Rosenkranz baumelte von ihren Fingern, und im Rhythmus ihrer Schritte murmelte sie:

»Der Herr ist mit dir. Du bist gebenedeit unter den Frauen und gebenedeit ist die Frucht deines Leibes, Jesus, der in uns die Liebe entzünde. Heilige Maria, Mutter Gottes, bitte für uns Sünder jetzt und in der Stunde ... Hallo Schatz.«

»Ich muss mit dir reden.«

»Fünf Minuten, Schatz.«

»Jetzt, Mama.«

»Ich komme hoch, wenn ich fertig bin.«

Er schloss die Tür. Noch nie hatte sie ihren Rosenkranz für ihn unterbrochen. Noch nie.

Sein Vater saß im Wohnzimmer und machte mit einem roten Kugelschreiber Kreuze in die Fernsehzeitung. Er blickte auf. »Und, hilfst du mir heute mal mit meinen Schallplatten?«

»Wir müssen reden.«

Hannes' Schwung war in der Tür des dunklen Fitnessraums verraucht. Er setzte sich auf eins der Ledersofas, die noch neu rochen. An der Seite war ein kleiner Hebel. Er zog daran, nur um zu sehen, was passierte. Aus den Tiefen des Sofas schoss eine Fußstütze hervor und warf ihn in eine halbliegende Position.

»Ist was? Brauchst du wieder Geld?«

Hannes lehnte sich vor, das Sofa schnellte in einen Neunzig-Grad-Winkel zurück und knallte ihm die Lehne ins Kreuz. »Was heißt hier *wieder*?«

Sein Vater hielt sich die Hand vor den Mund.

»Ich habe sonst nie Geld von euch bekommen. Nicht mal zum Hausbau. Du weißt Bescheid, oder? Aber Mama hat dich zum Stillschweigen verdonnert. Ihr habt Anja Geld gegeben, damit sie nicht zur Polizei geht.«

»Irgendwann würdest du's ja doch erfahren.« Sein Vater ließ die Fernsehzeitung sinken. »Du kannst froh sein, dass deine Mutter so schnell reagiert hat.«

»Froh? Ihr habt euch eingemischt. Ich hatte keine Chance, die Sache mit Anja zu klären.«

Dunkel erinnerte er sich an die ersten Tage, nachdem er auf seine Exfrau losgegangen war. Sie waren in einem Nebel vorbeigezogen. Seine Mutter hatte immer wieder gesagt: *Rühr dich nicht. Halt die Füße still. Das ist das Beste in deiner Situation.*

»Was wäre sonst passiert? Anja hätte dich angezeigt. Du wärst nicht da, wo du heute bist.«

Sein Vater hatte recht. Die größte Drecks-Kackscheiße war, dass seine Eltern recht hatten. Dass er heute nicht Hauptkommissar bei der Kriminalpolizei wäre, wenn er wegen Körperverletzung eingesessen hätte. Es wäre alles anders gekommen. Er hätte weiter Jura studiert. Er wäre auch nicht zur Polizei gegangen. Hätte sich nie bis zur Mordkommission hochgearbeitet. Wäre stattdessen in einer Anwaltskanzlei jeden Tag seelenleerer geworden und hätte sich nicht mal darüber gewundert. Er hätte Jonna nicht kennengelernt und es nie erfahren. Es wäre ein erbärmliches Leben gewesen.

Aber es wäre sein Leben gewesen.

Die Tür schwang in den Angeln. Kälte kam heraus und eine Ahnung von Hätte-sein-Können.

»Ihr schuldet mir ein Leben.«

»Jetzt werd nicht frech. Du solltest uns dankbar sein.«

»Dankbar? Für was denn?«

»Jetzt tu nicht so, als ob es dir bei uns schlecht ergangen wäre. Du hast im Leben keine einzige Watschn gekriegt.«

»Ja sicher. Dafür hast du ja andere bezahlt.«

Die Ohrfeige kam so unerwartet, dass sein Kopf zur Seite flog. Seine Augen tränten.

»Was ist hier los?« Die Stimme seiner Mutter schnitt durchs Zimmer wie ein Messer.

Sein Vater nickte in seine Richtung. »Es ist wegen Anja. Er weiß Bescheid über das Geld.«

»Wir haben einen Bausparvertrag aufgelöst, um Anja was geben zu können«, sagte seine Mutter. Sie schippte Schuld. Kiloweise.

»Ich hab euch nicht darum gebeten.«

»Manchmal muss man Kinder zu ihrem Glück zwingen«, sagte sie. »Weißt du, wie erleichtert ich damals war? Als du vor der Tür gestanden bist, völlig aufgelöst, und gesagt hast:

›Mama, ich hab was Schlimmes gemacht?‹ Weißt du, was ich da gedacht habe? Dass du sie umgebracht hättest.«

Hannes wollte nur noch raus. Hier gab es nichts mehr, was zu ihm gehörte.

Er setzte sich in den Landrover und stieß mit einem Aufheulen des Motors zurück. Die Silhouetten seiner Eltern tauchten am Fenster auf, er sah sie im Rückspiegel kleiner werden.

Binnen Minuten war er raus aus der Stadt. Die Landstraße öffnete sich zu einem geraden Tunnel aus Bäumen, und Hannes drückte das Gaspedal durch. Fünfundachtzig. Neunzig. Hundert. Hundertzehn. Hundertzwanzig. Die Stämme rauschten als Stroboskop im Scheinwerferlicht vorbei. Ein Schleicher mit neunzig. Arschloch! Hannes fuhr ihm fast bis aufs Nummernschild auf, zog die Lichthupe und setzte zum Überholen an. Der Motor des Landrovers röhrte auf. Nichts wie raus. Raus aus der Stadt. Raus aus seinem Leben.

Das helle Viereck eines Kleinlasters vor ihm wurde größer. Er setzte erneut zum Überholen an, spürte die Kraftwelle der Beschleunigung in seinem Bauch, als er auf die Gegenfahrbahn zog. Frontscheinwerfer blendeten ihn. Gegenverkehr. Im letzten Moment scherte er vor dem Kleinlaster ein, drückte auf die Hupe. Arschloch! Was bildete der sich ein, gerade jetzt daherzukommen? Rücklichter vor ihm, die schnell näher kamen. Unmöglich zu überholen. Er setzte sich wenige Meter dahinter, ließ die Dachscheinwerfer aufblenden, drückte auf die Hupe, jagte das Fahrzeug vor sich her. Fast wäre er an seiner Ausfahrt vorbeigerauscht. Raus, nur weg von dieser Straße. Mit Gewalt würgte er den zweiten Gang rein, die Gangschaltung röchelte.

Im Hof stellte er den Motor ab. Weiter raus ging es nicht. Der Landrover war sein absolut letzter Fluchtpunkt. Er konnte nicht raus aus seiner Geschichte, nicht raus aus seiner Vergangenheit, nicht raus aus seinem Kopf, nicht raus aus seiner Haut. Nicht raus aus den Genen des berühmten Kirchenrechtsprofessors und der Frau, die im dunklen Fitnessraum den Rosenkranz betete. Seine Flucht war gescheitert, sie hatte ihn nur einmal im Kreis herumgeführt und zu sich selbst ins dunkle Auto zurückgebracht. Ein Wesen in ihm wütete gegen sein Gefängnis, nackt, roh und blind. Ein Ich. Er schlug aufs Lenkrad. Das Wesen bäumte sich auf und brüllte seinen ganzen Zorn, Frust und Freiheitsdrang gegen die Wände der Fahrerkabine.

Es wurde still. Sehr still. Er holte sein Handy aus der Tasche, sein privates. Auf dem Display changierten dunkle Flecken, das Akkusignal zeigte nur noch einen dünnen roten Streifen. Er würde genügen müssen.

Er rief Jonna an und wartete, bis ihre Mailbox ansprang.

»Jonna, ich bin's … Geh ran … Ach, egal. Komm heim. Bitte. Es sind hier so viele Katastrophen passiert, ich kann nicht am Telefon drüber reden. Ich habe es satt, dass mir Dinge passieren. Ich will selber etwas passieren lassen. Ich will dieses Kind, und ich will dich, und ich werde alles dafür tun, wirklich alles. Nur bitte komm heim. Es ist ein Notfall.«


*1957*


*Christa koppelt den Anhänger mit dem Holz vom Bulldog ab. Trotz der Handschuhe sind ihre Hände klamm, die Feuchtigkeit ist bis nach innen gezogen. Sie legt die Hand auf ihren Bauch, noch ist er dünn, aber sie kann spüren, wie etwas in ihr heranwächst. Etwas, das essen muss, wenn es auf der Welt ist.*

*Sie steigt wieder auf den Bock und startet den Motor. Mit*

wuchtigen Schlägen hämmern die Kolben des Zweitakters los. Der Tank ist fast voll. Sie wird es hin und zurück schaffen, ob sie noch eine Tankfüllung bezahlen kann, ist egal. Übermorgen wird er abgeholt, sie haben kein Geld mehr für die Raten. Eberhard kann nicht mehr mitarbeiten, er schafft nur noch ein paar Meter zu Fuß, bevor er rot im Gesicht wird und sich hinsetzen muss. Seit zwei Wochen steigt er nicht mehr die Treppe hinauf.

Sie legt den Gang ein und fährt die lange Einfahrt hinaus auf die Durchgangsstraße. Das Sonnenblumenfeld ist nicht abgeerntet worden, die schwarzen Köpfe blicken zu Boden, sie sehen aus wie verbrannt. Die Äste der Bäume sind ein graues Gewirr, Nebel fängt sich darin. Es ist der schwarze November.

Hanisch ist zu fünfhundert Mark Strafe verurteilt worden, wegen Verstoßes gegen das Heilpraktikergesetz. Sie hat gedacht, sie würden das Geld bekommen, aber der Beamte vom Gericht hat gesagt, es sei für den Staat. Sie müssten noch mal vor Gericht. Dabei hatten sie ihn doch schon angeklagt. Daraufhin hat ihr der Mann was von Zivilklage und Schadensersatz erzählt, das sie nicht verstanden hat. Sie ist verwirrt. Der Staat hat doch kein Kind verloren, oder? Etwas rührt sich in ihrem Bauch, wie der Flügelschlag eines Schmetterlings. Sie spürt nichts dabei. Es ist ungerecht. Das neue Kind kann nichts dafür, dass es nicht Hilde ist.

Nur wenige Fahrzeuge überholen sie. Ein Lastwagen donnert vorbei und hüllt sie in Dieselruß. Sie wischt sich ein paar Haarsträhnen aus dem Gesicht, die unter dem Kopftuch herausgerutscht sind, erst dann fällt ihr wieder ein, dass ihre Handschuhe schwarz von der Anhängerkupplung sind. Egal.

Hanischs grüner Pritschenwagen steht vor der Tür, und Christas Herz macht einen Satz. Am liebsten würde sie jetzt umkehren, aber dann hätte sie den Tank umsonst leer gefahren. Ihre Beine sind schwer, als sie absteigt.

Hanisch steht hinter dem Haus, sein Jagdgewehr hat er an die

*Wand gelehnt. Der blutige Torso eines Tiers liegt auf dem Holzblock. Er hebt die Axt, mit einem Schlag fällt eine der Gliedmaßen zu Boden. Ein gehäuteter Kopf hängt an einem Haken vor dem Schuppen, schwarz vor Fliegen, sie hört das Summen bis hierher. Schädelplatten erlegter Hirsche prangen über der Schuppentür, ihre Augenhöhlen starren hohl über das Gemetzel an ihren Artgenossen.*

*Christa räuspert sich.* »Herr Hanisch?«

*Er dreht sich um. Seine Haare sind zurückgekämmt, die Stirnknochen stehen hervor. Wie Hörner. Warum ihr das noch nicht aufgefallen ist?*

»Ah, die Frau Kreithmayr. Wie kann ich Ihnen helfen? Gibt's wieder Probleme im Kuhstall?«

»Es gibt keinen Kuhstall mehr.«

*Die letzten Tiere sind im Oktober vom Schlachter abgeholt worden. Christa hört noch ihr Brüllen, als sie in den Wagen geprügelt wurden. Sie wird es immer hören.*

»Ich will, dass Sie es zugeben.« *Mit einem Mal ist ihr klar, warum sie hergefahren ist. Es geht ihr nicht um Geld. Sie will, dass er Verantwortung übernimmt. Dafür, dass er ein Kind umgebracht hat.*

»Ich gebe überhaupt nichts zu, was gerichtsmäßig werden kann. Und jetzt runter von meinem Grund.«

»Sie haben meine Tochter umgebracht. Ich will, dass Sie diesen einen Satz sagen. Dass Sie schuld sind. Damit ihre Seele Ruhe hat.«

»Sie wollen Geld.« *Er kommt auf sie zu, die Arme angewinkelt. Sein Lodenjanker ist mit Blut gesprenkelt.* »Natürlich wollen Sie Geld.«

*Er greift in die Innentasche, holt seine Geldbörse heraus, ein fettes, speckiges Ding, und zieht zwei Hundert-Mark-Scheine raus.* »Da, ist das genug?«

»Ich will kein Geld«, sagt Christa. »Ich will, dass Hildes Seele Ruhe hat.«

Sein Gesicht verzieht sich zu einer Fratze. »Ihre Seele hab ich nicht retten können, Frau Kreithmayr. Auch wenn ich weiß Gott alles versucht hab. Und, krieg ich ein bisschen Dankbarkeit dafür? Das ist nicht anständig. Wirklich nicht.«

»Sie haben ihr Gift eingeflößt.«

»Alle meine Rezepte sind seit Jahrhunderten erprobt. Da kann nichts Giftiges dabei sein. Wer weiß, was Sie ihr alles verabreicht haben, wenn ich nicht da war.«

Christa nimmt die Flinte von der Hauswand und richtet sie auf Hanischs Gesicht. Ihre Hände lassen den Lauf zwischen den Totenschädeln an der Wand hin und her zittern. Wie bedient man so eine Schrotflinte? Es sind so viele Rohre und Hebel dran. Sie zieht an einem, der ihr logisch vorkommt, mit Maschinen hat sie Erfahrung. Es ergibt einen mechanischen, befriedigenden Klick. Ihr Finger findet den Abzug oder das, was hoffentlich der Abzug ist.

»Legen Sie das Ding weg.« Hanisch stolpert zurück, bekreuzigt sich. »Legen Sie's weg. Sie können damit gar nicht umgehen.«

Christa bemüht sich, ihre Hände ruhig zu halten. Der Lauf springt im Zickzack um Hanischs Kopf. Sie geht auf ihn zu, langsam und ohne ihn aus den Augen zu lassen. »Geben Sie es zu.«

Er reißt noch einen Schein aus der Geldbörse, wedelt damit. »Da. Dreihundert Mark. Damit Ruhe ist.«

»Es ist keine Ruhe.« Sie bleibt stehen. Hinter ihm ist die Schuppenwand, der Lauf ist nur noch dreißig Zentimeter von seiner Stirn entfernt. »Meine Tochter kommt jede Nacht. Ich kann sie weinen hören.«

Er spuckt vor ihr aus. »Sie sind eine Hexe.«

Christa drückt den Abzug. Hanischs Kopf explodiert. Sein Körper geht in die Knie und lässt sich an der Wand des Schuppens

363

*niedergleiten, als wäre er nur erschöpft, als hörte sein Kopf nicht über dem Unterkiefer auf.*

*Christa beugt sich über ihn. Sie legt Hanisch die Flinte in die im Schoß gefalteten Hände und seine Finger in die Nähe des Abzugs.*

*Hinter ihr raschelt etwas. Sie ist nicht allein. Ein Kind steht an der Hintertür des Hauses. Runde Backen, kurze Beine in Wollstrumpfhosen, noch im Babyspeck. Es glotzt sie an. Christa sieht, was das Kind sehen muss: ein dürres, krummes Weiblein mit schwarzem Gesicht und Kopftuch, über ihren toten Vater gebeugt. Die böse Hexe aus dem Märchen. Sie hebt einen vor Kälte krummen Finger an die Lippen. Das Kind öffnet den Mund. Sein Kinn zittert für entsetzlich lange Sekunden, bis der Schrei herauskommt.*

*Christa hört das Kind schreien, noch lange, als sie schon wieder auf dem Bulldog sitzt und ihn heimfährt, laut über dem Zweitaktmotor.*

## Karsamstag

Abwesender, ob er noch lebe, oder todt sei? Brech im Namen des Anwesenden, der überdies ein Erbe des Hauses sein muß, einen Stengel von der Fetten Henne (Mutterkraut, Knabenkraut, fettes Wundkraut) ab, und stecke ihn unter das Dach; grünt er fort, so lebt jener, verdorrt er, so ist er todt.

*Das siebenmal versiegelte Buch der größten Geheimnisse*

Seine Blase meldete, dass er dringend pissen musste, seine Körperzellen meldeten, dass es zu wenig Sauerstoff gab. Hannes machte die Augen auf und den Mund zu. Die Scheiben des Landrovers waren beschlagen. Sein Gesicht klebte an der Seitenscheibe, wenn jetzt die Fahrertür aufging, würde er Fresse voraus in den Kies fallen. Das war kein Schlaf gewesen, sondern ein Großes Schwarzes Ding. Er fühlte sich wie eine Flipperkugel, die ein Spieler den ganzen Abend lang kreuz und quer gegen die Banden gedonnert hatte, jeder Aufprall eine Explosion von Tuschs und Blinklichtern.

Der Landrover stand immer noch allein auf dem Vorplatz. Ein Teil von ihm befürchtete, dass Jonna in diesem Moment mit ihrem Twingo um die Ecke gebogen kam und ihn in diesem Zustand sah. Der andere Teil hoffte es. *Schau, was ohne dich aus mir geworden ist.*

Er ging ins Haus und hinterließ auf dem Weg ins Bad eine Spur aus Klamotten. Sein Leben fühlte sich schon wieder so an wie nach der Trennung von Anja, als er verbissen daran gearbeitet hatte, so zu enden wie Waechter.

In der Dusche drehte er das Wasser auf und ließ seine Lage innerlich an ihm vorbeiziehen wie ein Selbstmörder auf dem Weg vom vierzigsten Stock zum Erdgeschoss. Er war von einem Unbekannten angegriffen und aus der Ermittlung gekickt worden. Mit seinen Eltern redete er nicht mehr. Seine Tochter redete nicht mehr mit ihm. Er hatte seinen Vorgesetzten niedergeschlagen. Seine Freundin drückte seine Anrufe weg und würde ihr gemeinsames Kind abtreiben. Er war jenseits von Selbstmitleid. Er war auf der anderen Seite des Elends hinausgeschossen und betrachtete sein Leben mit Erstaunen wie ein seltenes und sehr vielbeiniges und haariges Insekt.

Zum ersten Mal fiel ihm auf, dass sie alle Anja vergessen hatten. Wie musste seine Ex sich gefühlt haben, als ihre Schwiegermutter ihn freigekauft hatte? Damit er Blitzkarriere machen konnte, während sie als alleinerziehende Arbeitslose zurückblieb, mit Narben am Körper und an der Seele? Er musste mit ihr reden, wenn alles vorbei war. Auch wenn er dazu näher als hundert Meter an ihre Wohnung heranmusste. Langsam dämmerte ihm, was Jonna gemeint hatte.

*Du kannst dich nur selbst retten.*

Er hatte immer gedacht, es wäre ausreichend, nach vorne zu schauen. Nie nach hinten. Dann hätte er gesehen, welche Verwüstung er hinterlassen hatte.

Der Signalton einer SMS übertönte das Plätschern der Dusche. Jonna, endlich! Er wusste nicht mehr genau, was er ihr alles auf die Mailbox gesprochen hatte, aber hoffentlich hatte er rübergebracht, wie wichtig es war. Noch als er aus der Dusche stieg, fiel ihm auf, dass es das falsche Telefon gewesen war. Der falsche Signalton. Sein Diensthandy, in der verkrumpelten Jeans auf dem Boden.

Maret. Die Mailbox. Zum ersten Mal hatte sie keine SMS geschrieben. Noch nass und nackt hörte er sich die Nachricht an. Marets Stimme klang gepresst, verzerrt durch den Handyempfang.

»Sophie ist bei ihrem Vater. Sie gehen nicht ans Telefon, ich mache mir Sorgen. Bitte kommen Sie raus.«

Er rief zurück. Sie drückte seinen Anruf weg, oder ein Funkloch verschluckte ihn.

Wenn er hinfuhr, kam es einer Kriegserklärung an Waechter gleich. An seine ganze Abteilung. Waechter hatte ihm mehr als deutlich gemacht, dass das Haus der Lindners für ihn verbrannte Erde war. Wenn er nicht hinfuhr, ließ er eine Frau im Stich, die sich Sorgen um ihr Kind machte. Für ihn gab es nicht mal mehr das kleinere Übel. Jetzt hätte er gern an ein Zeichen geglaubt, einen Wink von oben, der ihm sagte, was er tun sollte.

Er trocknete sich ab. Etwas fehlte. Er strich sich über die nackte Brust. Mjölnir. Das Lederband mit Thors Hammer. Seine Haut erinnerte sich an Marets Finger, die ihm über den Nacken strichen, an die Hitze, die pulsierende Energie. Der Anhänger musste noch dort liegen, wo er ihn verloren hatte, auf Marets Sofa.

So schnell es ging, zog er sich an, packte zusammen und stieg ins Auto. Er tastete unter seinen Sitz. Eine halbe Packung Oreos, eins von Waechters Asthmasprays aus einer vergangenen Heuschnupfensaison, drei dänische Kronen. Kein Mjölnir.

Als Zeichen von oben reichte ihm das.

Er schaltete das Navi aus und fuhr los. Nicht auf die Autobahn, nicht zu Jonna, nicht zur Dienststelle.

In Richtung Osten.

In Waechters Übergröße-Einkaufswagen lagen schon ein folienverschweißtes Katzenklo mit Dach, ein Fünferset Spielzeugmäuse und drei Hello-Kitty-Näpfe. Mittlerweile war er sich sicher, dass die Katze ein Mädchen war. Er hatte beschlossen, den Dienst heute Vormittag Dienst sein zu lassen und das zu tun, was jeder gute Christ am Karsamstag tat: sich im Supermarkt den Wagen mit Vorräten für sechs Wochen vollzuladen. Es wäre so verlockend, einfach aufzugeben und sein Scheitern in dem Fall einzugestehen. Alles in die Hände von Lanz zu legen und zuzugeben, dass Lanz ohne ihn und seine Truppe besser dran war.

Das Supermarktradio dudelten beruhigende Warteschleifenklänge, als er vor dem Regal mit Katzenfutter stehenblieb. Nahrung für junge Katzen, Nahrung für alte Katzen, Nahrung für empfindliche Katzen. Für Rassetiere und Nierenkranke, mit und ohne Stückchen, Gelee, Möhren oder Krabben. Kurz entschlossen hievte er eine Palette Dosen in den Wagen. »Für Katzenkinder« konnte nicht falsch sein. Er kannte sich nicht damit aus, was Katzen brauchten, hatte aber eine vage Ahnung, dass Touristenwurst und Bierschinken auf Dauer nicht das Richtige waren.

»Sie haben auch eine Katze, Herr Waechter?«

Er drehte sich um. »Ach, Frau Stein.« Vor ihm stand die Ethnologin mit ihrer wippenden Bobfrisur und einem Wagen voller verschweißter Tütchen von der Feinkosttheke. »Ja, ich hab sie ganz neu. Zugelaufen, sozusagen.«

»Wie alt ist sie denn?«

»Keine Ahnung … ähm … klein.«

Frau Stein las das Etikett einer Dose. »Damit liegen Sie schon mal richtig. Was trinkt sie denn am liebsten?«

»Ich stelle ihr immer Wasser und Dosenmilch hin.«

»Oh nein.« Sie hob einen manikürten Finger. »Katzen dürfen keine Dosenmilch trinken, davon bekommen sie schlechte Zähne. Es gibt spezielle Katzenmilch. Kommen Sie mit, ich zeige sie Ihnen.«

Einträchtig schoben sie ihre Wagen durch die Reihen, vorbei an Gegenständen, deren Sinn ihm verschlossen blieb. Eine Rennbahn, ein Minzespender, ein Katzenspielspray und ein Katzenfernhaltespray, falls man des Spielens überdrüssig wurde.

»Konnten Sie schon in mein Buch reinschauen? Das Sechste und Siebente Buch Mosis?«

»Ich habe viel gelernt.« Er sagte ihr nichts von dem Rezept mit dem Quecksilber. Wenn nichts dabei herauskam, wäre er blamiert. »Die Texte sind zum Teil mehrere Hundert Jahre alt. Und die Leute hatten mit den gleichen Problemen zu kämpfen wie wir heute. Lungenentzündung, Kindbettfieber, Krebs.«

»Sind Sie schon weitergekommen?«

»Heute habe ich mal den Vormittag freigenommen.«

»Das haben Sie sich redlich verdient. Heute ist schließlich Karsamstag. Ich höre schon auf, von der Arbeit zu reden.«

»Was ist das denn?« Waechter nahm ein Gerät in die Hand, das aussah wie ein Mixer.

»Ein Futterautomat«, sagte Frau Stein. »Der spendet per Zeitschaltuhr Trockenfutter, falls Sie mal länger weg sind.«

»Brauche ich nicht«, sagte Waechter. »Ich bin nie weg.« Er legte den Napf zurück, ging ein paar Schritte weiter und legte eine Vollbremsung ein. »Zeitschaltuhr, sagten Sie?«

»Ja.«

»Die kann man so programmieren, dass das Futter zeitver-
zögert rauskommt?«

»Ja, aber …«

»Hier.« Waechter schob ihr den Wagen hin. »Ich bin so
ein Depp. Ich bin so ein Volldepp. Zeitschaltuhr. Ich muss
ein Alibi überprüfen. Ich ruf Sie an!«

Er rannte Richtung Ausgang und ließ Frau Stein mit seinem Katzenklo stehen.

Es war der erste brillante Tag im Freisinger Moos, der nach
Frühling roch. Die Farbe des Bodens hatte sich in Grün verwandelt, das Gras war mit Löwenzahn gesprenkelt. Hannes
ließ die Wagentür zufallen, und die Vögel machten eine er-
schreckte Pause, bevor sie weitersangen. Die Landschaft gab
alles, um harmlos auszusehen, sie ließ ihn fast vergessen, dass
hier einmal ein Scheiterhaufen gebrannt hatte.

*Wannst du mit'm Deife danzt,*
*dann brauchst guade Schuah,*
*weil dann der Rauch aufgeht und die Gluad umananda-*
*spritzt,*
*dann lasst er di ned in Ruah.*

Die Haustür stand offen. Dennis und Maret saßen in der
Küche, an ihren Gesichtern sah er, dass Lindner das Mädchen noch nicht zurückgebracht hatte. Dennis lächelte ihn
an, aber es lag etwas Verzweifeltes darin, als habe er im letzten Moment erkannt, dass ein Lächeln unpassend war. Maret
kam in ihren üblichen Gummistiefeln auf ihn zu. Sie hatte
die Haare zu einem Pferdeschwanz gebunden, ihr Gesicht
spannte sich über den Schädelknochen. Sie hatte keine Reserven mehr.

»Ich bin so froh, Sie zu sehen«, sagte sie.

»Warum machen Sie sich Sorgen? Erzählen Sie von Anfang an.«

»Mein Mann ist gestern ausgezogen.«

»Das tut mir …«

»Lassen Sie's gut sein. Sophie hat die Nacht durchgeheult, also haben wir heute Morgen telefoniert und verabredet, dass er und die Kleine im Eiscafé frühstücken und Zeit miteinander verbringen.«

Dennis stellte eine Teekanne auf den Tisch und schenkte süßen Früchtetee ein. Der Duft von Kirschen erfüllte die Küche, eine Vorahnung auf den Sommer. »Vergiss nicht zu trinken, Maret«, sagte er. »Du vergisst das gern.«

»Wo wollten die beiden frühstücken?«

Maret trank einen Schluck Tee und runzelte die Stirn. »Mein Gott, ist der süß«, sagte sie. »Typischer Gemeindehaustee. Sie wollten in ein Eiscafé in der Fußgängerzone gehen.«

»Wann wollte er sie zurückbringen?«, fragte Hannes.

»Gegen elf. Vor dem Mittagessen.«

»Aber«, Hannes schaute auf seine Armbanduhr, »es ist gerade mal zwei. Warum genau machen Sie sich Sorgen?«

»Sophie hatte ihr Lieblingstier vergessen.« Sie hob einen glotzäugigen Affen hoch. »Ich wollte anrufen und Bescheid sagen, dass das Ding zu Hause ist. Sie verliert so viele Dinge. Aber Sebastian ist nicht ans Handy gegangen.«

»Er könnte Sie nicht gehört haben.«

»Das habe ich mir auch gedacht, deswegen wollte ich ihm im Hotel eine Nachricht hinterlassen. Da habe ich erfahren, dass er heute Morgen ausgecheckt und sein ganzes Gepäck mitgenommen hat.«

»Sie meinen, er ist mit Sophie abgereist? Oder …«

371

»Ich weiß, was Sie jetzt denken«, sagte Maret. »Und ich kann überhaupt nicht einschätzen, wie stabil Sebastians Psyche ist. Ich kenne ihn nicht. Keine Ahnung, ob er sich und der Kleinen was antun würde.«

Hannes trank einen Schluck Tee. Er schmeckte künstlich und nach Kirsche, mehr als nach Kirsche, nach der Essenz von Kirsche. Er war so durstig, dass er die Tasse in einem Zug leerte. Der Tee hinterließ ein Kratzen im Hals wie von konzentrierter Gerbsäure.

»Sie hätten gleich die Kollegen rufen sollen«, sagte er. »Wenn bei einem kleinen Kind auch nur der geringste Verdachtsmoment herrscht, sind sie sofort da.«

»Ich dachte mir …« Maret biss sich auf die Lippen.

»Sagen Sie es ruhig.«

»Wenn ich Sebastian die Bereitschaftspolizei auf den Hals hetze, vernichte ich damit jede Chance, dass es zwischen uns wieder gut werden kann.«

»Das Kind ist wichtiger«, sagte Hannes. Wenn ein Kind vermisst wurde, zählten die ersten zwei Stunden.

Maret stützte die Stirn auf die Hände. Er wusste, dass sie mit sich rang. Er wusste, dass sie sich für das Richtige entscheiden würde. Unerreichbar weit oben durch die ehemaligen Stallfenster strahlte die Frühlingssonne herein, die Küchenuhr tickte. Manchmal waren die Momente des größten Tumultes die leisesten.

Sie blickte auf. »Ich rufe noch einmal bei Sebastian an und im Hotel und im Eiscafé. Und dann die Polizeidienststelle.«

»Gut«, sagte er. Besser wenn sie es tat. Besser wenn sein Name unerwähnt blieb.

»Maret, ich muss los«, sagte Dennis und stand auf. »Tut mir leid, dass ich dich jetzt allein lasse. Aber heute ist das

Osterfeuer, und ich hab den Firmlingen versprochen, dass ich helfe.«

»Ich bin ja nicht allein.« Sie umarmte ihn, er erwiderte die Umarmung ungelenk, wusste nicht, wohin mit seinen Händen. »Danke, dass du mein Freund bist.«

»Ruf mich an, wenn du was weißt, okay?«

»Okay.«

Dennis machte sich auf den Weg, und Maret ging vor die Tür, um zu telefonieren. Hannes schenkte sich noch eine Tasse Tee ein und trank. Sein Mund war trocken wie nach einem schlimmen Kater, obwohl er am Tag vorher stocknüchtern geblieben war. Es war wie in diesen Träumen, wo er trank und trank und trotzdem durstig blieb.

Er ging zum Wasserhahn und schöpfte Wasser aus der hohlen Hand. Das Kratzen im Hals wurde stärker. Er würde krank werden. Nicht mal das Immunsystem eines Brauereigauls konnte die letzte Woche schadlos überstehen. Beim Aufrichten stieß er eins der Gläser mit Kräuterpesto um. Er wollte es auf den Stapel zurückstellen, aber seine Hand gehorchte ihm nicht, und es rollte über die Anrichte. Ein Wassertropfen hatte die rote Eddingschrift verwischt, er rieb mit dem Finger darüber und machte es nur noch schlimmer.

*PESTO* in roten Versalien, mit einem kleinen Haken am O. Ein rotes Ö vor hellem Licht. Von einem Projektor an die Wand gebeamt in Großaufnahme. Rot wie Blut auf Weiß wie Schnee. Buchstaben auf seiner Windschutzscheibe, eine Handbreit vor seinem Gesicht.

*HÖR AUF …*

Eine geschwungene Linie beim H.

Er richtete sein Handy auf das Etikett und machte ein Foto. Die Telefonnummer der Schriftenexpertin vom LKA hatte er abgespeichert. Er hängte das Foto an eine SMS an und drückte auf Senden.

Langsam baute sich der Balken auf. Pixel für Pixel.

Marets Stimme im Flur wurde lauter. Die verdammte SMS musste raus. Er war im Haus mit einem Menschen, der ihn bedrohen und einschüchtern wollte. Vielleicht mit dem Menschen, der eine Frau lebendig verbrannt hatte. Die Aussicht, diesen Tag zu überleben, erschien ihm auf einmal ungeheuer attraktiv. Er musste schauen, dass er zum Auto kam, seiner Festung. Dann konnte er Verstärkung rufen. Er wunderte sich selbst, wie klar sein Kopf funktionierte.

Pixel für Pixel. Siebzig Prozent. Was war das für eine Verbindung? Wurden die Bytes mit der Postkutsche zum nächsten Sendemast gefahren?

Die Stimme draußen schwoll an und schwoll ab, die Schritte tigerten. Er musste sich räuspern, seine Kehle war rau und wund wie von einer Grippe. Sein ganzer Körper fühlte sich fiebrig an.

Marets Schritte kamen näher, sie hatte aufgehört zu telefonieren. Fünfundachtzig Prozent. Mach schon, Scheißding. Die Pixel verschwammen vor seinen Augen. Er konnte seine Augen nicht scharf stellen.

Die Küchentür ging auf. Schnell steckte er das Handy in die Tasche, verfehlte sie jedoch, es klapperte über die Dielen. Maret stand in der Tür, verschwommen, alles war verschwommen. Ihre Augen waren schwarze Höhlen. Sie streckte die Hand aus, etwas Silbernes lag darin.

Er griff nach dem Anhänger, seine Hand langte ins Leere. Der Boden tat sich unter seinen Füßen auf, und er fiel.

»Sie wissen schon, dass heute Karsamstag ist?«

Frau Heise schob die Tür zur Hälfte zu.

Waechter lehnte sich mit sanftem Druck dagegen.

»Ich brauche nicht lange«, sagte er. »Ich muss nur kurz Ihre Großmutter sprechen, dann bin ich wieder weg.«

»Die liegt im Bett.«

»Frau Heise, Ihre Großmutter liegt die ganze Zeit im Bett.«

»Was wollen Sie von ihr? Die kriegt ja doch nichts mit.«

»Ich glaube, dass sie mehr mitkriegt, als Sie denken«, sagte Waechter. »Sie sieht zwar nichts mehr, aber ihr Verstand funktioniert. Ebenso ihre Ohren. Sie liegt auf dem Rücken wie ein Käfer, aber ihr Geist ist wach. Und sie kann doch nichts anderes machen, als in die Dunkelheit zu starren. Muss es nicht furchtbar sein, alt zu werden?«

Sie schaute ihn verständnislos an. Mitgefühl wohnte auf einem anderen Planeten. »Ich mag sie nicht mehr aufwecken«, sagte Frau Heise. »Sonst fängt die Ruferei wieder an ... Psst.«

Sie legte Waechter die Hand auf den Arm. Nun hörte er es auch.

»Moni? Wer ist da?«

Frau Heise verdrehte die Augen. »Na super. Dann gehen Sie halt zu ihr hoch.«

Im Zimmer der alten Frau war es halbdunkel, die Rollläden waren heruntergezogen, die Luft war schwer von ihrem Geruch.

»... Fenster«, kam es vom Bett her.

Frau Breuner hob den Kopf. Waechter zog die Rollläden hoch. Er konnte über den Waschbetonzaun in die Landschaft blicken, bis hinunter in die Ebene des Mooses. Eine Aussicht, die die Frau nie wieder würde genießen können. Er gab ihr die Hand, sie tastete sich zu seinem Handgelenk hoch.

375

»Polizei«, sagte sie. »Ich riech das. Autogeruch.«

»Stimmt, ich bin der Herr Waechter.«

Vor den Futterautomaten war ihm alles klar gewesen. Zeitschaltuhr. Zeitzünder. Die Ereignisse des Mordabends hatten sich allesamt zu anderen Zeiten abgespielt, als sie vermutet hatten. Weil jemand bewusst daran gedreht hatte. Der Plan war noch ausgeklügelter gewesen, als Waechter gedacht hatte. Ein Lappen mit Leinöl, der sich über Stunden entzündete. Ein Alibi, das zu perfekt war, um wahr zu sein. So perfekt, dass sogar sie sich hatten täuschen lassen. Die anderen hatten recht, Waechter hatte zu sehr in der Vergangenheit geforscht und die Menschen aus der Gegenwart vernachlässigt. Den Täter der lang im Voraus plante, mit dem Herzen voller Brandbeschleuniger und zerbrochener Träume mit Bruchkanten wie Rasierklingen. Jemand, der schon vor Jahren bewusst in der Nachbarschaft herumgefragt hatte, um sich ein Quartier ganz in der Nähe seines Opfers zu suchen. Und dessen Engelslächeln alle die Türen weit aufmachten.

Jetzt wusste Waechter, wem Hanischs blasses Pferdegesicht mit der hohen Stirn ähnlich sah.

»Ich wollt mit Ihnen über den Dennis reden.«

Sie verzog den Mund zu einem Lächeln. Ihre Augen starrten an die Decke, eine graue Masse unter den Lidern. »Ein lieber Bub.«

Ein lieber Bub, der für die Zeit von Eva Nells Verschwinden vielleicht bald kein Alibi mehr hatte. Der jederzeit Zugang zum Haus hatte, dem alle vertrauten, der leise im Hintergrund kam und ging, wie er wollte. Eva Nell wäre ihm sicher gefolgt, wenn er angeboten hätte, sie zur S-Bahn zu fahren. Dessen blasses Gesicht mit der hohen Stirn und den dunklen Haaren Waechter schon einmal gesehen hatte.

Aber warum? Dafür war keine Zeit. Später, da konnten

sie nach dem Warum fragen. Wann es in dem stillen jungen Mann *knack* gemacht hatte.

»Wann war der Dennis das letzte Mal da?«

»Vor einer Woche.«

Waechter beugte sich hinunter, er konnte die Worte aus ihren aufgesprungenen Lippen kaum verstehen.

»Was hat er denn vorgelesen?«

»Das haben's neulich schon gefragt. Aus der *Heidi*.«

Das Buch lag noch auf dem Nachttisch, das Lesezeichen war immer noch an derselben Stelle.

»Frau Breuner, es kann sein, dass der Dennis beim letzten Mal was vergessen hat. Darf ich ein bisserl rumschauen, ob ich es für ihn finde?«

»Freilich.«

Waechter öffnete die Nachttischschubladen. Nichts, nur Cremes, Einwegspritzen, Verbandszeug. Er suchte weiter, in ihrem Unterwäschefach, im Kleiderschrank, wo geblümte Blusenkleider hingen, die sie nie wieder tragen würde. Nichts. Er durchsuchte ihren Schreibtisch, der unverschlossen war, die meisten der Fächer waren ausgeräumt. Nur leeres Briefpapier lag noch darin. Es konnte auch sein, dass er gar nichts fand. Dass Dennis wieder mitgenommen hatte, was er brauchte.

»Haben Sie's?«

»Noch einen Moment, Frau Breuner.«

Er schaute sich um. Falscher Blickwinkel. Wenn man etwas unter Zeitdruck versteckte, änderte man den Blickwinkel. Über Augenhöhe. Unter Augenhöhe. Wenn man es gut machte. Alles, was Dennis machte, war gut.

Er warf sich auf den Boden und konnte nicht verhindern, dass er dabei ächzte. Bald würde er im Bett liegen und nicht darunter. Er griff ins Dunkle und fand nur Staubflusen, ei-

377

nen vergessenen Kompressionsstrumpf, ein paar zerknüllte Tempos.

»Ist lange her, dass sich bei mir ein junger Mann unterm Bett versteckt hat.« Frau Breuner kicherte heiser.

Waechter richtete sich auf und haute sich den Kopf an. »Schön, dass ich Ihnen eine Freude machen konnte.« Er tauchte wieder ab, tastete auch hinter den Pfosten.

»Ja«, stieß er hervor.

Seine Finger bekamen kühles Plastik zu fassen, eine abgerundete Form, eingekeilt zwischen Bettfuß und Nachttisch. Er zog den Gegenstand heraus. Legte ihn auf die Decke. Ein Kassettenrekorder. Seine vollkommen wahnsinnige Theorie aus der Katzenfutterabteilung war aufgegangen. Er drückte auf *Play*.

»*Wenn sie um die Zeit der Dämmerung von einem Zimmer ins andere oder über den langen Korridor ging, schaute sie öfters um sich, gegen die Ecken hin und auch schnell einmal hinter sich, als dachte sie, es könne jemand leise hinter ihr herkommen und sie unversehens am Kleide zupfen.*«

Die alte Frau lächelte. Ihre Falten glätteten sich, ihre Wangenknochen schimmerten rosig.

»Dennis. Du bist ja auch da.«

Flüssigkeit schwappte ihm ins Gesicht. Hannes öffnete die Augen, die Netzhaut brannten, er machte sie sofort wieder zu. Spiritus. Es roch nach Spiritus.

Er wollte sich aufstützen, aber seine Hand bewegte sich nicht. Er zog. Metall klirrte auf Metall. Seine Handschellen, seine eigenen Handschellen. Erneut öffnete er die Augen, alles war verschwommen, er konnte nicht sehen, wo sie hinführten. Es war dunkel, nur ein warmer Lichtschein bewegte sich auf den Wänden.

Hannes versuchte, seine andere Hand zu befreien. Dünne Drahtschlingen schnitten ihm in die Haut, Schmerz schoss seinen Arm hinunter.

*Hilfe,* wollte er rufen, aber nur ein gutturaler Laut kam heraus.

Er saß auf dem Boden, seine Hände waren zu beiden Seiten über seinem Kopf fixiert, jede Bewegung schickte Schmerz durch seine Schultern und seine Wirbelsäule. Die Oberfläche, an der er lehnte, war rau. Durch den Spiritusgestank roch er Metall, Rost, Diesel.

Der warme Schein verdunkelte sich. Ein menschlicher Umriss erschien vor ihm, vom trüben Licht umrahmt wie von einem Heiligenschein.

»Sie sind wach«, sagte eine Stimme aus dem Schatten. »Gut.«

»Hrgh«, presste Hannes hervor, was so viel heißen sollte wie: »Machen Sie mich sofort los.« Sein Kopf schlug gegen das Metall seiner Lehne, er scharrte hilflos mit den Füßen auf dem Boden.

»Schsch«, sagte die dunkle Gestalt. »Je weniger Sie sich bewegen, desto weniger tut's weh.«

Es war ein Traum. Fast musste er lachen. Das war nur einer von diesen rabenschwarzen Albträumen, durch die er in den letzten Stunden gewandert war. Es musste etwas in dem Tee gewesen sein. Das hier war bloß ein anderer Trakt der Hölle, den er noch nicht besichtigt hatte. *Nur ein Traum,* sagte er sich. *Nur ein Traum, auch wenn's einer von denen ist, aus denen man schreiend aufwacht.*

Ein weiterer Schwall öliger Flüssigkeit holte ihn in die Realität zurück. Es brannte höllisch, er wand sich, versuchte eine Hand zu befreien, um sich das Zeug aus den Augen zu wischen.

379

»Nur Fonduepaste«, sagte die Stimme. »Sie ist kaum flüchtig. Wir verwandeln uns erst mal nicht in einen Feuerball. Auf jeden Fall ich nicht.« Ein Kichern wie ein Kind. Wer auch immer da war, er hatte wirklich Spaß.

Hannes reckte den Hals, um zu sehen, wo das Licht herkam. Mit seinen tränenden Augen konnte er eine Lichtquelle ausmachen, einen leuchtenden Orb, der im Nichts zu schweben schien.

»Eine Bienenwachskerze«, erklärte der Schatten. »Sagten Sie nicht, Sie sind Heide? Bevor die Kerze heruntergebrannt ist, werden Sie anderer Meinung sein. Sie haben die Chance, Ihre Seele zu retten. Ein schöner Nachdenkraum, oder?«

»Sie … Sie haben uns belauscht?«

»Hier unten in der Werkstatt hört man jedes Wort, das oben gesprochen wird. Warum mussten Sie gerade heute auftauchen? Sie waren zur falschen Zeit am falschen Ort. Heute zünden wir das Osterfeuer an, wissen Sie?« Die schlanke Gestalt war eine Silhouette im Kerzenschein. »Ich muss dabei sein. Ich bin sozusagen die Hauptperson.«

Hannes ruckte an den Fesseln. Er hätte es besser wissen müssen, es fühlte sich an, als würde ihm jeder Knochen einzeln aus dem Gelenk gerissen. »Sie können jetzt nicht abhauen!«

»Oh doch, das kann ich sehr wohl.« Ein hellerer Fleck öffnete sich an der Decke des Raums, und die Stimme kam nun von oben. »Machen Sie es sich nicht so schwer. In dem Moment, wo ich die Tür hier zumache, sind Sie Geschichte.«

Der helle Fleck verschwand. Ein Riegel stieß von außen ins Schloss.

Auf dem Weg in die Dienststelle kassierte Waechter mindestens fünf Strafzettel. Egal, er würde sie nicht zahlen. Noch nie war er sich einer Sache so sicher gewesen. Er musste nur noch einen Kreuztreffer landen, dass der Hexenbanner von früher eine Verbindung zu Dennis hatte. Endlich mal kapierte er, was die Kollegen mit Bauchgefühl meinten. Nur für Lanz reichte kein Bauchgefühl. Wenn er Lanz wieder gegenübertrat, musste der Fall Dennis Falk wasserdicht ausermittelt sein.

In seinem Büro tippte er die Nummer der Teamassistentin und ließ es klingeln, bis ihm einfiel, dass heute Wochenende war. Er erwischte sie auf dem Handy.

»Das ist jetzt nicht Ihr Ernst«, sagte sie. Im Hintergrund lief leise Musik.

»Wo sind Sie?«

»Da, wo jeder normale Mensch am Karsamstag ist. Im Baumarkt.«

Warum erzählte ihm eigentlich jeder, dass heute Karsamstag war? Glaubten die Leute, er hatte keinen Kalender?

»Sie wollten mir doch die Melderegisterdaten der Familie Hanisch aus den Stadtarchiven besorgen.«

»Das hab ich längst gemacht.«

»Wo sind die denn?«

»Auf Ihrem Schreibtisch. Wo sonst?«

Waechter schaute über den rutschenden Papierberg und hob wahllos Papiere hoch. »Wo auf dem Schreibtisch?«

»Also, Herr Waechter.« Im Hintergrund hörte er Lachen. »Manchmal sind Sie echt knuffig.«

Er legte auf und wühlte in den Stapeln von Akten, unbearbeiteter Post, Werbung für Mittagsmenüs, Ablage und Artikeln, die er dringend noch mal lesen musste. Keine Meldedaten, keine Dokumente mit dem Briefkopf von München oder den Umlandstädten. Mit beiden Händen schaufelte er Papier auf den Boden und breitete es aus. Akten öffneten sich und ergossen ihren Inhalt über seine Stundenzettel. Er würde Tage brauchen, um das wieder in Ordnung zu bringen. Irgendwann. Wenn alles vorbei war.

Auf dem Boden sitzend, in einem See von Papier, fand er endlich den Stapel Kopien, ordentlich mit einer Büroklammer zusammengeheftet.

Vom Alter her passten drei Hanischs zum Foto des Hexenbanners. Zweimal Josef, ein Walter. Alle anderen sortierte er aus. Walter Hanisch war in einem Weiler bei Dachau kinderlos verstorben, verriet die Kopie der verblassten Karteikarte. Der eine Josef Hanisch hatte drei Kinder namens Hanisch, deren Spur sich verlor. Der andere Josef Hanisch bezeichnete sich als ledig. Ein Kind. Damals war der Kuppeleiparagraf noch in Kraft gewesen. Dauerverlobungen waren geduldet, aber verschrien. Das Kind war zwei gewesen, als Hanisch ums Leben gekommen war, im Alter von zweiundfünfzig Jahren.

Ursula Falk. Tochter von Irmgard Falk. Geboren 18.03.1955.

Nur zur Sicherheit verglich er die Daten mit den Personalien von Dennis Falk. Die Tochter des Hexenbanners war seine Mutter.

Kreuztreffer.

Alles fiel an seinen Platz. Es war kein Zufall, dass Dennis sich das bröckelnde Bauernhaus als Wohnung ausgesucht hatte. Er hatte sich gezielt zu den Frauen vorgearbeitet, die das Haus geerbt hatten, seine Geheimnisse, seine Geister. Eine Frau war noch übrig. In den verzerrten Gedankengängen des letzten Hexenbanners eine Hexe. Sie mussten jetzt schnell sein.

Waechter rief Die Chefin an, Elli, den Hüter des Schweigens, erst sein eigenes Team einsammeln, beim Rest würden sie sehen. Hannes ließ er aus dem Spiel. Auf der Tastatur seines Computers lag noch eine Telefonnotiz, er möge eine Frau Bjørnlund dringend zurückrufen. Der Name kam ihm vage bekannt vor. Aber dafür hatte er jetzt wirklich keine Zeit.

Er war kurz weg gewesen. War durch unterirdische Gänge gewandert, mit Löchern zu beiden Seiten, unendlich tief, unendlich verzweigt. Ohne Chance auf Licht. Er musste wach bleiben. Als Hannes die Augen öffnete, war das gelbe Licht noch da, das ihn töten würde. Seine Finger fühlten sich pelzig an und eiskalt. Er bewegte sie, damit wieder Blut durchfloss.

»Vater unser, du Arschloch. Was soll das? Willst du mich erpressen? Willst du mich tatsächlich erpressen?« Sein Brustkorb pumpte Luft in die Lungen, in immer abgehackteren Atemzügen.

»Wenn ich je vor deinen Stuhl treten sollte, dann mach dich darauf gefasst, dass ich dir die Fresse poliere.«

Es durfte keinen Gott geben. Denn wenn es ihn gab, war der Typ ein allmächtiger Zocker, der an einem Weltcomputer saß und die Lebewesen in einem gigantischen Computerspiel beobachtete, wie sie in ihrem Elend krepierten. Second Life für einen Sadisten. Wenn es tatsächlich so einen Gott gab, dann war die Menschheit im Eimer. Hannes konnte nicht erkennen, wie weit die Kerze schon heruntergebrannt war. Die Flamme schwebte unschuldig im Raum, sie schwankte leicht vom Luftzug seiner Bewegungen.

»Für was bist du gut, he? Für was bist du überhaupt gut? Wenn du irgendeinen Sinn haben solltest, auch nur den klitzekleinsten Rest Sinn«, er holte tief Luft und brüllte, »dann hol mich hier raus!«

Mit voller Wucht warf er sich gegen die Fesseln. Der Schmerz zuckte wie Elektroschocks durch seine Arme, aber er warf sich noch mal hinein, mit dem Rest von Kraft, den er noch aufbringen konnte. War er nach wie vor high von dem Gebräu, oder hatte sich der Draht wirklich bewegt?

»Typisch«, murmelte er. »Alles muss man selber machen.«

Hannes versuchte, mit den Fingern zum Handgelenk zu greifen, ein anatomisch unmöglicher Plan. Außer … außer … Eine Drahtschlinge hatte sich in seiner Armbanduhr verhakt, stand hoch. Er bekam sie mit zwei Fingern zu fassen und zog. Nun musste er nur seine Hand dort durchbekommen. Zwei Finger, drei Finger. Der Draht ratschte über seine Knöchel. Die anderen Schlingen schnitten ihm ins Handgelenk wie Messer. Warme Flüssigkeit rann an seinem Unterarm herunter und tränkte seinen Ärmel. Er blendete es aus, konzentrierte seinen Schmerz auf einen Ball über seinen Kopf. Es funktionierte. Er hatte schon so vieles in diesen Ball gesteckt, Angst, Schmerz, Wut. Das Wichtigste war, dass er überlebte, heilen konnte er später.

Die Flamme bewegte sich. Die Schatten an der Wand atmeten.

»Es sollte wichtig sein«, sagte Lanz am Telefon.

»Es ist wichtig.« Waechter schilderte seine gesamte Indizienkette gegen Dennis Falk und die Sache mit dem Tonbandgerät. Zu seiner Überraschung hörte Lanz zu. Er hörte tatsächlich zu.

Am anderen Ende des Telefons entstand langes Schweigen.

»Kann man nicht mal in den Feiertagen Ruhe vor euch haben?«

»Wenn du den Mörder festgenommen hast, hast du alle Ruhe der Welt.«

Im Hintergrund hörte Waechter Stimmen und das Klappern von Besteck. Wie hieß Lanz eigentlich mit Vornamen? Waechter hatte es mal gewusst, der Name klang ähnlich wie sein alter Toaster, aber er hatte ihn vergessen. Sie hatten den Ermittlungsleiter nie gefragt, wie er lebte. Ob es eine Frau Lanz gab, die am Wochenende die Schrotkugeln aus dem Hasen pulte. In ihrer Arroganz hatte es keinen von ihnen interessiert, und jetzt war es nicht mehr nachholbar.

»Wenn der Kerl eine Verbindung zu dem Haus hat, ist das noch lange kein Hinweis darauf, dass er in seiner Freizeit Hexen verbrennt«, sagte Lanz. »Kein übliches Hobby. Vielleicht hat er sich bewusst eine Wohnung in der Ecke gesucht? Zurück zu den Wurzeln und so?«

»Es sind nicht seine eigenen Wurzeln. Es ist das Haus, in dem sein Großvater ein Kind vergiftet hat. Würdest du freiwillig dort wohnen?«

»Waechter, beim besten Willen, das ist an den Haaren herbeigezogen. Wir können den Jungen genauer durchleuchten, aber bitte erst ab Dienstag. Und ohne euch. Wenn ich noch mal ein Münchner Kennzeichen auf dem Parkplatz sehe, schrei ich.«

»Denk an den Kassettenrekorder, Lanz. Warum sollte er sich damit ein Alibi verschaffen?«

Wieder langes Schweigen. »Vielleicht wollte er in Ruhe für eine Stunde verschwinden und sich eine Halbe kaufen. Nehmen wir an, du hast recht, und Dennis Falk hat sich ein Alibi für die Zeit des Verschwindens von Eva Nell verschafft. Aber vergiss nicht, das Feuer ist erst kurz vor sechs ausgebrochen.«

»Leinöl«, sagte Waechter.

»Fakten. Keine Kochrezepte.«

»Ein einfacher Zeitzünder. Ein Baumwolllappen, getränkt

mit Leinöl, eng zusammengefaltet, drum herum eine Menge Zunder, wie trockenes Stroh, damit Sauerstoff rankommt. Das Öl erhitzt sich nach und nach durch thermische Reaktion. Nach einigen Stunden entzündet es sich. Das Öl und der Lappen verbrennen fast rückstandsfrei. Ich bin mir sicher, wenn wir den Brandgutachter auf die gefundene Ölflasche ansetzen, wird er etwas finden.«

»Wer kennt sich mit so was aus?«

»Jeder, der eine Suchmaschine bedienen kann«, sagte Waechter.

»Weißt du, was komisch ist?«, sagte Lanz, und Waechter hörte an den Schritten, dass er herumging. »Am Donnerstag hat ein Jäger auf der Dienststelle angerufen und gemeldet, ihm wäre nach Einbruch der Dunkelheit ein heller Kleinwagen aufgefallen. Ich hab's nicht weiterverfolgt. Weil die Uhrzeit nicht gestimmt hat. Wenn du dir sicher bist mit dem Zeitzünder, dann könnte es doch hinhauen.«

»Ich bin mir ganz sicher. So viele Zufälle gibt's nicht. Alle relevanten Orte sind voll mit Dennis Falks Spuren. Er hat sich ein Alibi verschafft, und ich bin sicher, wenn wir seine Browserhistory auslesen dürften, würden wir darin Suchanfragen über Zeitzünder finden.«

»Mir fehlt das Motiv.«

»Wenn wir nicht schnell sind, dann fehlt uns wieder ein Mensch!«, rief Waechter.

»Gut, und was sollen wir jetzt machen? Ihn zur Fahndung ausschreiben? Das große Aufgebot?«

»Ja, was denn sonst!«

»Wird uns der Brandl reinpfuschen?«

»Nein, den bist du los.«

»Und wenn wir uns damit blamieren? Was sagt Deine Chefin dazu?«

Waechter drehte sich nach Der Chefin um. Sie nickte ihm zu.

»Sie steht hinter mir.«

»Damit ihr mich endlich in Ruh lasst«, sagte Lanz. »Ich bringe die Maschine ins Rollen. So viele Leute, wie ich auftreiben kann. Du weißt schon, dass heute Karsamstag ist?«

Elli warf mit heftigen Bewegungen die Wäsche in die Maschine. Die Waschkellerspinnen, die ihr sonst immer zuschauten, hielten sich diesmal zurück. Sie wussten, wann die Gefahr eines fliegenden Hausschuhs in der Luft knisterte. Noch ein paar Trommeln Wäsche, und sie hatte alles fertig für ihren Heimaturlaub. Dort hatte sie ein paar Tage Zeit, um hineinzuschmecken, ob sie sich ein Leben in der Oberpfalz noch mal vorstellen konnte. Nach den letzten Tagen mit Waechter & Co. konnte sie es gar nicht erwarten, von hier wegzukommen. Die Bewerbungen waren raus. Mal schauen, ob sie angefordert wurde. Wenn Elli etwas machte, machte sie es schnell, bevor sie es sich womöglich anders überlegte.

Aus der Waschtrommel klingelte es. Elli knurrte, zog die Wäsche wieder heraus und rettete ihr Diensthandy aus der Gesäßtasche ihrer Jeans. Glück für das Handy, Pech für sie.

»Schuster, Kommissariat elf, was gibt's?«

»Kuhnert hier, Landeskriminalamt. Wissen Sie vielleicht, wie ich den Herrn Brandl erreichen kann?«

»Soweit ich weiß, ist der beurlaubt.«

»Das ist komisch, ich habe heute eine SMS von ihm bekommen. Anscheinend eine Vergleichsprobe für die Schriftanalyse. Von der Schmiererei auf seinem Auto, Sie wissen Bescheid, oder? Aber er geht weder ans Handy noch ans Festnetztelefon. Deswegen hab ich's auf einer anderen Durchwahl probiert.«

»Darf ich die SMS mal sehen?«

Sekunden später ging ein Bild bei ihr ein. Verwackelte Buchstaben in Großaufnahme auf Papier, etwas, das Glas sein konnte. Ein Marmeladenglas mit grünem Inhalt, irgendwas mit Kräutern vielleicht.

»Er geht also nicht ans Handy.« Elli pfiff durch die Zähne. Was machte Hannes nur? Wo hatte er wieder die Finger drin? Und warum verschickte er Fotos von Einmachgläsern? »Danke, Frau Kuhnert, dass Sie angerufen haben. Ich geb das sofort an den Ersten Hauptkommissar weiter.«

Nachdem sie aufgelegt hatte, fiel ihr wieder ein, wo sie zuletzt solche handbeschrifteten Marmeladengläser gesehen hatte. In der Küche der Lindners im Freisinger Moos. Damals, bei der ersten Hausdurchsuchung. Sie hatte sich gefragt, wer sich heutzutage noch die Arbeit machte, so etwas selbst einzukochen. Jedes Glas war liebevoll mit Edding beschriftet gewesen.

Hannes litt unter notorisch leeren Akkus, abgesoffenen Handys oder Funklöchern. Trotzdem, hier stimmte etwas nicht. Er hatte eine SMS mit einer Schriftprobe abgesetzt. Vom Urheber der Warnung auf seiner Windschutzscheibe. Hannes befand sich in dessen Revier. Es hatte etwas von … von … Es klang blöd, aber die SMS wirkte wie ein Hilferuf.

Ihr Diensthandy klingelte aufs Neue.

»Ich steck das Drecksding doch in die Buntwäsche«, sagte sie, ohne abzuheben. Eine Spinne äugte hinter der Waschmaschine hervor. Elli zog einen Hausschuh aus und wedelte drohend damit. Die Spinne schaute missbilligend.

»Okay, okay, Mistviech, du machst deinen Job, ich mache meinen«, sagte Elli zu ihr. »Ich geh ja schon ran.«

Waechter bellte ihr ohne Vorwarnung Anweisungen in Ohr, sie verstand nur die Worte Lanz und Fahndung.

»Nach Hannes?«, fragte Elli.

»Nach Dennis Falk. Wieso, was ist mit Hannes?«

»Das weiß ich selber nicht«, sagte Elli. »Hör mir mal gut zu, aber raste nicht gleich aus.«

In wohlgesetzten Worten schilderte sie ihm das Problem mit der SMS. Und hielt den Hörer einen halben Meter vom Ohr weg, als Waechter doch ausrastete.

Maret blickte in ein Zelt. Ein Indianertipi aus Holz. Die Stämme verjüngten sich nach oben zu einem Punkt aus Licht, die Zwischenräume waren mit Stroh ausgestopft. Alles war weich und verschwommen. Es roch nach Harz, Stroh, nach Kinderabenteuer. Sie wunderte sich nicht, hier zu sein, es war ein neues Zimmer jener wirren Träume, durch die der Schlaf sie geschickt hatte, es war wunderschön. Sie wollte für immer hierbleiben und Kind sein und Indianer spielen. Nicht mehr aufwachen.

Sie versuchte, sich aufzurichten, ihr Körper reagierte wie eine Raupe im Kokon, bäumte sich einmal auf und blieb liegen. Sie versuchte, etwas zu sagen, aber auch ihr Mund steckte in dem Kokon. Mit Mühe hob sie den Kopf. Ihre Hände und Füße waren in silbernes Isolierband eingewickelt wie eine Mumie. Ganz reales Isolierband, das ihr klarmachte, dass dies kein Traum war.

Maret wollte schreien, ihr Körper pumpte sich auf, ihre Augen traten hervor, doch nur ein armseliges Geräusch blieb hinter dem Klebeband stecken.

Jemand beugte sich über sie, Pfefferminzatem blies ihr ins Gesicht.

»Du solltest doch weiterschlafen. Alles geht schief. Mist. Mist. Mist.«

Dennis saß neben ihr in der Hocke.

»Du wirst nicht schreien, wenn ich gleich das Klebeband abziehe«, sagte er.

Sie bäumte sich auf und bemühte sich, einen Ton herauszubringen.

»Nein.« Dennis hielt ihr etwas Schwarzes ins Gesicht. Obwohl sie nur verschwommen sah, konnte sie erkennen, dass es eine schimmernde Pistole war.

Er riss ihr das Klebeband herunter.

»Wo ist Sophie? Wo ist Sophie!«, war das Erste, was sie herausbrachte.

»Ich habe keine Ahnung.«

»Du hast nichts damit zu tun, dass sie weg ist?«

»Gut, dass sie aus dem Weg ist.«

»Wo bin ich?«

»Für was hältst du es denn?«

Maret schaute hinauf zu den Stämmen und dem Punkt aus Licht.

»Wir sind im Osterfeuer, Maret«, sagte Dennis. »Auf einem Acker in der Nähe von Pulling, weit weg von allem, wo das Feuer Schaden anrichten kann. Bald wird es hier drinnen vierhundert Grad heiß sein. Dann ist es vorbei.«

Sie holte Luft, aber er drückte ihr die Pistole an die Stirn. »Schsch.«

»Die Leute werden den Holzstoß vorher überprüfen, damit keine Menschen oder Tiere drin sind.«

»So ein Pech«, sagte Dennis. »Dafür bin ich zuständig. Ich habe mich freiwillig gemeldet.«

Maret musste vorsichtig sein. Er war ein Irrer. Wie hatte sie nur mit jemandem in einem Haus wohnen können, der wahnsinnig war, ohne es zu merken? Sie musste in seine Welt einsteigen. Das half zumindest bei Dementen und kleinen Kindern. Vielleicht auch bei Dennis.

390

»Was sagtest du, Dennis? Was ist vorbei?«

»Die Hexerei. Du bist die Letzte.«

Sie würde ihn erzählen lassen. Zeit gewinnen. Vielleicht kamen doch noch ein paar Leute zum Aufbauen vorbei. Vielleicht hatte sie Gelegenheit, um Hilfe zu rufen.

»Warst du es? Hast du meine Mutter getötet?«

»Eva hatte diese Kette mit dem Zeichen des Teufels. Sie konnte keine Tränen weinen. Hexen können das nicht. Und weißt du, was sie gesagt hat? Ich habe es gehört, ich habe von meiner Werkstatt aus alles gehört.«

»Was denn, Dennis?«

»Eva hat etwas über meinen Großvater herausgefunden, der eurer Familie geholfen hat. Sie beide haben darüber gestritten, Eva wollte reinen Tisch machen.«

»Woher weißt du das alles?«

»Ich kann von meiner Werkstatt aus alles mithören. Alles.«

»Welche Werkstatt?« Das Wummern, das die Wände vibrieren ließ. Die schlagenden Türen, das Scharren. Gab es doch noch Räume im Haus, die sie nicht kannte?

»Ist egal. Die Werkstatt wird es bald nicht mehr geben. Soll ich jetzt erzählen, was Eva gesagt hat?«

»Ja …«

»Sie sagte: ›Scheiß auf diesen Hexenbanner und seine gesamte Brut. Ich wünsche mir, dass sie alle verrotten. Alle miteinander.‹ Eva hat uns verflucht, wie es schon ihre Mutter getan hat. Da hab ich doch was tun müssen. Sonst hätte das nie aufgehört.«

Evas Mutter, ihre Großmutter. Die ihr eines Abends mit dürren Lippen die Geschichte von der Schrotflinte erzählt hatte und dem kopflosen Mann. Und dem weinenden Kind. Langsam bekam Marets vernebeltes Gehirn einen Überblick über die verdrehte Gedankenwelt ihres Untermieters.

»Hanisch war dein Großvater?«

»Ja.« Dennis richtete sich auf. »Meine Mutter hat mir alles von ihm hinterlassen, seine Bücher, seine Aufzeichnungen. Ich bin der letzte Hexenbanner.«

Vielleicht war es das Betäubungsmittel in ihren Synapsen, vielleicht war es auch der Pomp, mit dem der pickelige Junge es aussprach. Sie musste lachen.

Dennis holte mit der Pistole in der Hand aus, und alles wurde wieder schwarz.


Hannes hatte es mit der Hand durch die erste Drahtschlinge geschafft. Hatte sie zu fassen bekommen, daran gezerrt, bis er die Finger durch eine weitere Schlinge schieben konnte. Und noch eine. Seine Chance. Der Griff um sein Gelenk ließ nach. Seine Haut brannte, die Fingerknöchel waren offene Wunden, er beachtete es nicht. Tränen liefen ihm übers Gesicht und vermischten sich mit dem Spiritus. Die Schlinge lockerte sich. Er ruckte und zerrte noch einmal und hatte endlich eine Hand frei.

Er krümmte den Rücken und legte das Gesicht an den kühlen Rost, an dem er lehnte. Sein Atem wurde immer kürzer, seine Lunge fühlte sich winzig an. Er musste in heftigen, asthmatischen Stößen Luft holen.

Die Kerze. Er durfte die Kerze nicht vergessen. Musste sie löschen, bevor die Flamme mit dem Untergrund in Berührung kommen würde. Bevor der Boden zu einem Feuerteppich wurde. Hannes streckte seinen Arm aus, über die gesamte Spannweite, und griff in Richtung der Flamme. Sie schimmerte unerreichbar, flackerte nicht einmal. Es fehlte mehr als ein Meter. Seine andere Hand hing noch immer im Stahl der Handschellen fest. Er war kein bisschen weiter als vorher. Der Ball aus Schmerzen platzte und durchflutete seinen Körper. Er konnte sich nur noch zurückfallen lassen. Und aufgeben.

Sie versammelten sich in der KPI Erding im großen Besprechungsraum. Vielleicht würde es das letzte Mal sein. Noch immer hingen die Karten an den Wänden, die Fotos, die Flipcharts. Sie waren eine kleine Truppe, die sich in dem Raum verlor. Lanz mit ein paar Kollegen, die er hatte herbeiläuten können, außerdem Waechter, Elli und der Hüter des Schweigens.

»Wir haben eine Fahndung rausgegeben. Die Bereitschaftspolizei soll das Haus aufsuchen, die Zentrale von Dennis Falk, seine Patienten. Kein Auto kommt derzeit aus dem Moos raus oder ins Moos rein. Wenn wir ihn da nicht finden, kommt die Hundertschaft ins Spiel. Die werden sich heute freuen. Verteilen wir mal, wer was koordiniert.« Er schaute in die Runde. »Was ist mit dem Brandl?«

»Lange Geschichte«, sagte Waechter. »Ich habe keine Ahnung, wo er steckt.«

Auf seinem Handy kam eine SMS von der Dienststelle herein. Er solle dringend Frau Bjørnlund zurückrufen. Ihm fiel ein, woher er den Namen kannte, es war die Freundin von Hannes. Hatte sicher die falsche Durchwahl erwischt. Er steckte das Telefon in die Tasche, das konnte warten.

Träume hatten ihn zurück in die finsteren Gänge gezogen, vorbei an den dunklen Türen, die kein Ende nahmen. Ein Kind mit blonden Locken saß hinter der einen, mit blutigen Schwingen, und als es sich umdrehte, hatte es tote Augen in einem Porzellangesicht. Er sah einen nackten Körper, der sich über ein Mädchen beugte. Sie ähnelten Waechter und Lily, aber als sie ihn angrinsten, hatten sie Fratzen statt

Gesichter. *Es ist alles nur in deinem Kopf,* sagte eine luzide Stimme in ihm. *Es ist alles nur in deinem Kopf.* Im letzten Raum schwebte eine blaue Flamme. Es war nicht viel darin, ein kleiner Holztisch, ein Stuhl, ein Leuchter mit den Wachsstreifen unzähliger Kerzen. Die Flamme schwebte in der Luft, still und friedlich. *Ich warte auf dich,* sagte sie.

Hannes schlug die Augen auf. Er musste hier raus. Raus. Raus. Wie auf Kommando raste sein Herz drauflos. Er tastete das Ding ab, an dem er festhing. Es fühlte sich an wie ein riesiger Metallzylinder, von Schuppen aus Rost bedeckt. Ein Rahmen aus Metall umspannte das Ding, wahrscheinlich damit man ihn mit einer Seilwinde herunterlassen konnte. Ein alter Tank, noch immer konnte er den Diesel riechen. Um der Flamme näher zu kommen, musste er den Tank bewegen. Er packte die Kette der Handschellen, um sein Gelenk zu entlasten, und riss mit beiden Händen daran. Es war, als würde er an einer Mauer ziehen, der Tank bewegte sich keinen Millimeter. Er fiel zurück auf das rostige Blech und rang nach Atem. Die Anstrengung hatte ihn wertvolle Kraftreserven gekostet.

Er schaute sich nach der Kerze um. Der Docht hatte ein Loch in die Mitte gebrannt, umgeben von einem Ring aus gelblichem Wachs. Die Flamme schwamm nur noch auf einer Schicht von Flüssigkeit.

Sobald der Docht kippte, würden blaue Flammen durch den Raum züngeln, über den Boden, seine Kleidung, seine Haare. Binnen Sekunden würde er lichterloh brennen.

Es fehlte ihm ein Meter. Ein einziger Meter.

Hannes zählte von zehn rückwärts. Umklammerte die Kette. Drei ... zwei ... eins ... Mit seinem vollen Gewicht warf er sich in die Kette. Mit einem metallischen Scharren ruckelte der Tank ein paar Zentimeter über den Beton.

In seinem Handgelenk brach etwas, kein Knacken, nur das hässliche Gefühl des Nachgebens. Magensäure schoss ihm in die Kehle. Tränen brannten ihm in den Augen, er versuchte sie mit der freien Hand wegzuwischen und schmierte einen Schleier von Blut über sein Blickfeld. Es war vorbei. Er würde hier sitzen, mit dem Gesicht ans Metall gelehnt, bis er mit einem puffenden Geräusch in Flammen stand.

*Ich kann mein Versprechen nicht einhalten, Jonna. Es ist etwas dazwischengekommen. Ihr müsst Ostermond ohne mich feiern. Diesen und alle Ostermonde in der Zukunft.*

Im Dunkeln ging eine Tür auf. Jonna saß dahinter, ihre Beine mündeten in einen Fischschwanz. Sie schaute ihn mit ihrem feinen Lächeln an, das ihn bis auf die Knochen durchleuchtete.

*Ich kann dich nicht retten*, sagte sie. *Du kannst dich nur selbst retten.*

Der Ring um die Flamme wurde dünner. Sie schien nun in der Luft zu schweben. Unten war das Feuer blau, fast durchsichtig. Immer noch unerreichbar. Eine Armlänge fehlte. Sein Herz trommelte in einer unmöglichen Frequenz, die ein Mensch nicht überleben konnte, stolperte, setzte aus, fing wieder an zu rasen. Er durfte das Atmen nicht vergessen, musste sich dazu zwingen, auch wenn es nur noch Luftschnappen war. Es musste reichen. Ein. Ein. Ein.

Hannes hatte keine Kraft mehr, es musste ohne gehen. Kraft war auch nur ein Wort. Alles war nur in seinem Kopf.

Er legte die Hand um die Kette, das Metall war glitschig von seinem Schweiß und seinem Blut. Die Finger seiner rechten Hand waren vollkommen taub, die Schwellung pochte von innen gegen den Stahl.

Hannes schloss die Augen. Suchte Konzentration, versuchte, das Ziel zu visualisieren, die Kerzenflamme, die klein geworden war, blau, rund und böse.

Drei … zwei … eins …

Er warf sich nach hinten. Metall rasselte über den Boden. Mit einem letzten Ruck streckte er die Hand nach der Kerze aus und drückte seinen Handteller auf die Flamme. Wartete darauf, dass sich das Feuer über ihn hinwegfraß.

Aber es wurde nur dunkel und kalt.


Elli sah den Landrover von Hannes schon von weitem.

»Scheiße«, sagte sie. »Das ist nicht sein Ernst. Ich hasse ihn.«

Sie lehnte sich gegen die Klingel. Das Haus blieb still. Das Team hatten niemanden gefunden, weder Dennis Falk noch Maret Lindner oder das Kind, und jetzt war auch noch Hannes verschwunden. Dieses verdammte Moor verschluckte doch Menschen.

Sie klingelte noch einmal. Nichts.

Die Motorhaube des Landrovers fühlte sich kühl an. Die Vögel zwitscherten. Der Löwenzahn leuchtete. Was für ein wunderschöner Tag, um zu verschwinden.

»Ihr geht rein«, sagte Elli zu den Bereitschaftspolizisten in ihrem Schlepptau. »Ich nehme das auf meine Kappe. Durchsucht das ganze Haus und den Keller.«

Nach wenigen Minuten kamen sie wieder heraus. »Nichts«, sagte der Einsatzleiter. »Aber die komplette Hütte stinkt nach Spiritus. Wir sollten sie räumen und die Feuerwehr reingehen lassen. Was, wenn da wirklich einer gern zündelt?«

»Wart ihr schon im Keller?«

»Nichts.«

Elli rief Waechter an und verständigte ihn über den Landrover. Sie schwitzte unter ihrer Bleiweste. Das Ding war nicht für Körbchengröße F gemacht. Der ganze Fall war ihnen aus den Fingern geglitten. Dennis Falk war ihnen mehrere Schritte voraus, sie konnten nur hinterherhecheln. Und ein Mensch nach dem anderen verschwand, wie in dem Lied von den zehn kleinen Negerlein. Elli wusste, dass Menschen verschwinden konnten. Aber nicht spurlos. Irgendeinen Hinweis musste es in dem Haus doch geben. Das konnte nicht alles gewesen sein.

»Ich will noch mal runter«, sagte sie.

»Lassen Sie's lieber.«

»Dreht um Himmels willen die Hauptsicherung raus.«

Sie stieg die Betonstufen hinab und zog die Tür auf. Im Halbdunkel des Tageslichts sah der Keller aus wie jeder andere, voller Gerümpel, friedlich und schäbig. Keine Geheimnisse. Auch hier unten roch es durchdringend nach Spiritus, aber darunter hing noch ein anderer Geruch, der sie an ihre Kindheit erinnerte. Nach Holz, verschimmelten alten Decken, Lederpolitur, Briketts. Nach Stall und Speicher, nach finsteren Ecken, die als Abenteuerspielplatz dienten, nach Bauernhof. Nach Kohlenkeller.

Elli bekam eine Erinnerung am Schwanz zu fassen und hielt sie fest. Ihr Elternhaus hatte einen Keller, der als Waschküche und Speicherplatz diente. Und dann noch einen. Einen, der früher für die Kohlen gedient hatte, später für die Kartoffeln. Ein Keller unter dem Keller. Sie schaute nach unten. Der Boden war mit Matten bedeckt. Sie hob die Matten hoch, stampfte und horchte, wo es hohl klang. Eine Unebenheit ließ sie stolpern, sie zerrte die Matte zur Seite, eine Klapptür kam zum Vorschein.

»Bitte nicht«, sagte sie. »Tu mir das nicht an, Haus.«

Sie schob den Riegel auf und öffnete die Tür. Völlige Dunkelheit schlug ihr entgegen.

Etwas berührte seinen Arm, vorsichtig, um ihm nicht weh-zutun. Der Druck um sein Handgelenk ließ nach. Hannes fiel vornüber auf den Boden, der Beton roch nach Spiritus.

»Bleib wach. Um Himmels willen, bleib wach. Schlaf nicht wieder ein.«

»Raus …« Seine Stimme war nur noch ein Flüstern. »Al-les … Brandbeschleuniger.« Er driftete wieder in den un-terirdischen Gang. Es war jetzt ein schöner Ort, kühl und dunkel.

»Aufwachen!«

Er wurde an den Schultern gerüttelt, auf den Rücken ge-dreht. Widerwillig öffnete er die Augen. Der helle Fleck an der Decke war wieder erschienen.

»Ich weiß nur, dass ich dich nicht tragen kann«, sagte Elli. »Die Jungs müssen dich irgendwie da raufbringen, aber sie ziehen schon diese ratlosen Gesichter, also hoff nicht auf eine schnelle Lösung.«

Elli war so praktisch. So beruhigend. Sie packte ihn un-ter den Armen und schaffte ihn in eine sitzende Position, er schwankte. Der dunkle Gang wartete geduldig.

»Wir kriegen dich da schon rauf«, sagte Elli. »Und wenn ich deinen Arsch persönlich hochtreten muss. Aber ich bin mir nicht sicher, ob du hochwillst. Waechter ist hierher un-terwegs.«

Sie trugen Hannes vom Haus weg, in sichere Entfernung, und legten ihn ins Gras. Sein Atem kam in kleinen Stößen. Elli fühlte ihm den Puls, seine Halsschlagader pumpte viel zu schnell, er glühte fiebrig.

Waechter drängte sich durch wie ein Racheengel und kniete sich vor ihn hin. Bevor ihn jemand hindern konnte, hatte er Hannes am Kragen gepackt und ihn hochgezogen.

398

»Wo ist die Frau? Wo sind die Frau und das Kind?«

Sein Kopf fiel zur Seite. Waechter gab ihm eine Ohrfeige.

»Lass ihn«, sagte Elli. »Du siehst doch, dass er fertig ist.«

Waechter ignorierte sie. »Wo sind Dennis Falk und Maret Lindner? Und das Kind?«

»Feuer …« Hannes krallte sich in Waechters Ärmel wie ein Ertrinkender. Seine Augen waren schwarz, seine Pupillen riesig. »Feuer …«

Elli zog Waechter am Arm. »Lass ihn.«

Ein Polizist kam zu ihnen. »Sollte die Feuerwehr nicht langsam da sein?«

»Die sind alle in Pulling«, sagte ein Kollege. »Das wird dauern, die haben heute Osterfeuer.«

Waechters Gesicht wurde starr. »Scheiße«, sagte er. Er ließ Hannes los. Der fiel zurück wie eine Puppe. »Scheiße. Scheiße. Scheiße. Wann zünden sie es an?«

»Bei Sonnenuntergang«, sagte der Polizist. »Die haben heute Glück mit dem Wetter.«

Elli schaute zum Horizont. Die Sonne war hinter den Baumkronen verschwunden, die erste Ahnung von Dämmerung verdunkelte den Himmel voller Kondensstreifen.

»Niemand zündet dort auch nur eine Zigarette an«, sagte Waechter. »Und keiner verlässt die Party. Sagt ihnen, wir sind in fünf Minuten da. Elli, du bleibst bei Hannes.«

Autotüren schlugen, Sirenen heulten auf. Waechters Wagen und sein Gefolge wendeten und fuhren mit Blaulicht den Kiesweg hinunter. Die Sirenen wurden leiser. In die Stille hinein fing eine Amsel an zu singen. Hannes lag auf dem Rücken, seltsam verkrümmt, wie Waechter ihn fallen gelassen hatte. Er schaute in den Himmel wie ein erstauntes Kind.

Elli zog ihre Jacke aus und legte sie über ihn. Ihren Schal faltete sie zu einem Kissen zusammen und schob ihn Hannes

399

unter den Kopf. Er packte ihre Hand, seine Lippen formten ihren Namen. Seine Finger waren rau von getrocknetem Blut.

»Ganz ruhig.« Sie versuchte, nicht loszuheulen. »Der Hubschrauber wird gleich da sein. Ich pass auf dich auf.« Sie strich die Haarsträhnen aus seinem Gesicht. »Irgendjemand muss es ja tun, Brüderchen.«

»Du hattest recht«, sagte er, so leise, dass sie sich über ihn beugen musste, um ihn zu verstehen. »Gott ist ein Arschloch.«

Ein Knattern vom Horizont kam immer näher. Die Rotoren des Rettungshubschraubers.


Waechter und Lanz waren die Ersten, die am Osterfeuer ankamen. Der Holzstoß stand noch kalt und dunkel auf dem Feld, in sicherer Entfernung darum herum hatte die Feuerwehr ein Absperrband gezogen. Eine kleine Gruppe Menschen hatte sich um das Feuer versammelt, in der Dämmerung konnte er niemanden erkennen. Waechter lief quer über das Gelände, ein Feuerwehrmann kam auf ihn zu.

»Kripo München«, sagte Waechter, ohne sich weiter auszuweisen. »Keiner zündet das Osterfeuer an.«

»Aber ...«

»Kein *Aber*. Wir haben einen Mann zur Fahndung ausgeschrieben, der vielleicht bewaffnet ist. Zwei Menschen werden vermisst. Könnten Sie und Ihre Leute das Gelände absperren, damit niemand an uns vorbei hier abhaut? Und die Feuerstelle absichern?«

Er ließ den Mann stehen und eilte auf den Holzstoß zu. Unten hatten die Erbauer eine kleine Lücke gelassen, gerade so groß, dass ein Mensch hindurchpasste. Das Gebilde war innen hohl. Kamineffekt.

Er hätte draufkommen müssen. Sie hätten nie zulassen dürfen, dass nach diesem Mord in der Gegend ein Osterfeuer stattfand. Sie kannten die Gegend nicht. Das war die ganze Zeit ihr Handicap gewesen.

Waechter bückte sich und schlüpfte durch den Spalt, schob lockeres Stroh zur Seite. Ein geräumiger Hohlraum, in dem man atmen konnte. Seine Augen gewöhnten sich an die Dunkelheit. Ein Leib lag zusammengekrümmt im Stroh, er ertastete Kleidung, Klebeband, Haare. Ein Erwachsener. Keine Spur von einem Kind. Er packte den leblosen Körper an den Beinen und zog ihn Richtung Ausgang. Ein Mensch war schwerer, als er dachte, er keuchte, zog ihn Zentimeter für Zentimeter heraus.

Etwas krallte sich in seine Schultern. Er warf sich herum, um den Angreifer abzuschütteln, aber der legte ihm einen Arm um den Hals und drückte zu. Sterne tanzten Waechter vor den Augen. Er trat gegen einen der Stämme, die Konstruktion geriet ins Wanken. Es gab ein Geräusch wie ein plötzlicher Windstoß, Holz und Stroh stürzten zusammen, und alles um ihn herum stand in Flammen. Er rollte auf die Seite, brennendes Stroh flog um ihn herum, der Angreifer kniete sich über ihn. Es war Dennis Falk.

»Du nicht«, zischte er. »Du nicht.«

Die Mündung einer Pistole bohrte sich in Waechters Hals.

Die leblos wirkende Gestalt neben ihm krümmte sich. Zwei Füße in Gummistiefeln traten Falk mit voller Wucht in die Seite. Die Pistole schlitterte übers Stroh. Außer Reichweite. Binnen Sekunden hatte Waechter den Arm des Jungen fixiert und ihn auf den Boden genagelt.

Um sie herum brannten die Strohhaufen. Dicht neben ihnen loderten aus dem zusammengestürzten Holzstoß die

Flammen auf, die Hitze schlug in Wellen zu ihnen hinüber.

Elli wartete vor der Intensivstation, als Waechter hereinkam.
Sein Gesicht war immer noch verrußt, sein Mantel hatte Löcher und roch versengt. Stroh hing am Saum. Sie stand auf,
froh, ein bekanntes Gesicht zu sehen.

Waechter blieb stehen und sagte nichts. Sein Gesicht war
wie aus Granit gehauen.

Sie nickte zur Tür. »Sie haben Hannes in ein künstliches
Koma versetzt, damit sein Kreislauf stabil bleibt.« Atropa
Belladonna, Tollkirsche. Die Ermittler hatten in der impro-
visierten Kellerhöhle von Falk eingemachte Kirschen gefunden. Dennis Falk hatte sich viel Wissen aus dem Nachlass
seines Großvaters angeeignet. Unter anderem, wie man einen
durchtrainierten Erwachsenen mit einer Tasse Früchtetee ins
Land der Träume schickte. »Er hat immer noch Vergiftungs-
erscheinungen, aber ihm wird's bald wieder gutgehen. Oh
Michi, ihm wird's gutgehen.«

Der Granit gab nicht nach. Waechter war zu einem Troll
erstarrt. Einem sehr versengten und sehr wütenden Troll.

Es gab so viel zu fragen. So viel zu denken. So viel Un-
denkbares. Eines Tages würden sie reden, sie alle vier, mit
einer Menge Zigaretten und Bier und Slivovitz. Alle vier?
Würden sie je wieder die Köpfe zusammenstecken?

Elli hatte in Weiden angerufen. Der Leiter der Dienststelle hatte gesagt, sie könne gleich am Dienstag vorbeikommen,
damit sie sich kennenlernten. Sie würde den Termin wahr-
nehmen. Es kam alles auf die Jungs an.

»Geh rein«, sagte sie. »Geh rein, und mach deinen Frieden mit ihm. Auch wenn du der Einzige bist, der spricht.
Ich weiß, dass du den Idioten gernhast. Wir haben ihn alle

gern. Und er bewundert dich wie ein Welpe. Keine Ahnung, was mit euch passiert ist, ich will es auch gar nicht wissen. Aber das Team wird auseinanderfallen, wenn ihr mit dem Wahnsinn weitermacht. Du bist sein Freund. Ihr seid meine Freunde.«

Waechters Gesicht gab nicht preis, ob er auch nur ein Wort von dem verstanden hatte, was sie sagte. Langsam drehte er sich um und drückte die Tür auf. Elli folgte ihm, falls er so sehr durch den Wind war, dass er ein paar Stecker zog. Waechter holte einen Stuhl an die Seite von Hannes und beugte sich über ihn. Das Gesicht über der Sauerstoffmaske war wie eine Wachsfigur. Waechter stützte den Kopf in die Hände und erstarrte in einer Art Meditation.

Maret setzte sich im Bett auf, als Sebastian hereinkam. Sophie saß auf seiner Hüfte. Zwei Polizisten in schwarzen Lederjacken traten hinter ihm ein. Maret stieß einen spitzen Schrei aus und öffnete die Arme, Sophie löste sich von ihrem Vater und sprang hinein.

»Ich hab mir solche Sorgen gemacht«, sagte Maret, immer wieder. »Ich hab mir solche Sorgen gemacht.«

»Ich war doch beim Papa«, sagte Sophie. »Hast du dir wehgetan?« Sie befühlte die Kompresse auf Marets Stirn.

»Nicht schlimm.« Maret drückte den kleinen, dünnen Körper an sich. Sie würde ihn nie wieder loslassen. »Hauptsache du bist da.«

»Ich habe sie heimgebracht, aber du warst weg«, sagte Sebastian. »Das Haus war leer, also sind wir wieder gefahren und haben noch einen Ausflug gemacht.«

»Du bist nicht an dein Telefon gegangen.«

»Mein Akku war leer. Du weißt, dass ich mit den Dingern nicht umgehen kann.«

403

»Ein bisserl ein zerstreuter Professor ist er ja schon, der Herr Gemahl, gell?«, sagte einer der Polizisten.

Maret tat alles weh, ihr Kopf hämmerte, sie war nicht in der Lage, aus dem Bett zu springen und auf ihn einzuschlagen. Mit matter Stimme fragte sie: »Warum hast du das Hotelzimmer gekündigt?«

»Ich habe mir stattdessen ein Zimmer in Freising genommen. Weiter weg von der Arbeit. Näher an euch.« Er kniete sich zu Maret. »Was ist denn passiert? Wie geht's dir? Ich habe nichts mitbekommen.«

»Du bekommst nie etwas mit. Das ist dein Problem.«

Sie umklammerte Sophie wie einen Schraubstock und drückte ihr Gesicht in die blonden Locken.

Im Grunde hatte Sebastian Sophie das Leben gerettet. Was wäre passiert, wenn er sie pünktlich zurückgebracht hätte, und sie wäre zur falschen Zeit am falschen Ort gewesen, anstelle des Polizisten? Der Geruch der Kinderhaare blendete die Erinnerungen langsam aus. Dennis, das Feuer, alles verschwamm und ließ nur noch den einen Gedanken zurück: Sophie, Sophie, Sophie.


Waechter hatte versucht, sich zu waschen, aber der Ruß ging nicht weg. Seine linke Augenbraue hatte schon bessere Zeiten gesehen. Er hatte seinen Ersatzanzug und ein Paar Gummistiefel angezogen, doch es half nichts dagegen, dass er wie ein Topf angebrannter Kohl stank. Er sah es den Leuten im Flur an, dass sie sich zusammenrissen, um nicht die Nase zu rümpfen. Er war ein Held. Er hatte ein Burgfräulein in Not gerettet und gegen einen potentiellen Massenmörder mit bloßen Händen gekämpft. Trotzdem fühlte er sich wie ein Antiheld. Ein Kollege war im Krankenhaus. Er war immer zu spät dran gewesen, hatte den Fall durch die

Finger rinnen lassen, hatte sich von seinen persönlichen Problemen ablenken lassen. Er hatte nicht auf seine Leute achtgegeben. Unverzeihlich. Hannes rannte ständig mit einem Kampfschrei ins Unheil, das Schwert in der Hand. Wer Unheil suchte, der sollte Hannes folgen. Waechter hatte ihm ein Schwert in die Hand gedrückt und ihm in den Hintern getreten. Er hätte es besser wissen müssen.

Als er die Hände in die Manteltaschen steckte, knisterte ein zerknüllter Telefonzettel in seinen Fingern. Frau Bjørnlund zurückrufen. Wie sollte er ihr jetzt in die Augen schauen?

»Du gehst besser heim«, sagte Lanz, als er den Vernehmungsraum betrat. »Wir kommen ohne dich aus.«

Waechter schüttelte den Kopf. »Ich will es mit meinen eigenen Ohren hören. Ich will es verstehen.«

»Das wirst du nicht. Auch wenn du die ganze Nacht mit mir dasitzt.« Lanz lehnte sich zurück und machte für den kurzen Moment des Wartens die Augen zu.

Waechter hätte nicht gedacht, dass Lanz je erschöpft sein könnte. Vielleicht war er ja doch kein so trockener Knochen, wie sie alle gedacht hatten.

Dennis Falk wurde in Handschellen hereingeführt und grinste in die Runde, er sah kindlich aus, ohne Fehl. Es war lächerlich, diesen Jungen in Handschellen zu sehen, aber sie wussten alle, dass er sie brauchte. Staatsanwältin Baumann und ein Pflichtverteidiger tauchten auf. Dennis ignorierte beide.

Lanz nahm die Personalien auf und verlas die Belehrung. Er trug jenes professionelle Desinteresse zur Schau, das die meisten Polizisten beherrschten und bei Bedarf anlegen konnten wie ein Gewand. Danach stockte er, als wisse er nicht recht, wo er anfangen sollte.

Waechter brach das Schweigen. »Heute bekommen Sie die Chance, Ihre Geschichte zu erzählen. Was Sie sich dabei gedacht haben.«

Das Gesicht des jungen Mannes leuchtete auf. Er hatte Waechter als Vertrauensperson auserkoren. Wenn man sich miteinander im brennenden Stroh wälzte, verband das.

»Sie werden genau zwei Gelegenheiten dazu haben«, fuhr Waechter fort. »Die erste bekommen Sie heute … oder morgen oder übermorgen, das hängt davon ab, wer von uns als Erster müde wird. Die zweite Gelegenheit haben Sie dann vor Gericht. Danach verschwinden Sie in einer Zelle oder einer Klinik, und niemand wird Ihnen mehr zuhören. Niemand.«

»Waechter.« In der Stimme von Lanz schwang unverhohlene Drohung mit. »Wir fangen am besten mit Eva Nell an.«

»Wir sollten bei meiner Mutter anfangen«, sagte Dennis. »Sie hat vor drei Jahren Selbstmord begangen. Zeit ihres Lebens war sie schwer depressiv.«

»Sie wollen uns aber jetzt nicht mit der alten Leier von der schweren Kindheit daherkommen, oder?«

»Waechter«, sagte Lanz, diesmal ein bisschen lauter. »Herr Falk, was hat das mit dem Fall zu tun?«

»Zeit ihres Lebens hieß es, dass es bei ihr in der Familie liegt. Weil sich ihr Vater auch schon umgebracht hätte. Aber sie war die Einzige, die es besser wusste, und sie hat mir die Wahrheit erzählt. Meine Mutter hat sich nie von dem Anblick erholt. Wer glaubt schon einem kleinen Mädchen, das behauptet, eine Hexe hätte vor ihren Augen ihren Vater geholt?«

»Was ist die Wahrheit, Herr Falk?«, fragte Waechter.

»Meine Mutter hat eine Frau gesehen, die eine Schrotflinte auf ihn richtete. Sie hat ihn sogar den Namen der Frau sagen gehört.«

Lanz lehnte sich zurück und verschränkte die Arme. »Ich glaube, wir ermitteln im falschen Fall.«

»Mit seinem Tod lag ein Fluch über meiner Familie. Keiner hatte mehr Glück. Meine Großmutter ist kurz darauf gestorben, meine Mutter hat Depressionen bekommen, mein älterer Bruder hatte einen Autounfall. Meine Mutter hat mir den Nachlass meines Großvaters vermacht. Mir war von Anfang an klar, dass ich etwas tun muss. Dass ich sein Erbe weiterführen muss, damit dieser Fluch aus der Welt ist.«

»Welches Erbe?«

»Er war Hexenbanner. Er hat mit den Menschen gebetet und sie beschützt. Ich bin einen Schritt weitergegangen. Ich wollte das Übel an der Wurzel ausrotten.«

»Und Eva Nell war das Übel? Was hat sie Ihnen getan?«

»Sie hat sich nicht einmal dafür geschämt, sich die Hände mit Magie schmutzig zu machen. Sie hat ein Zeichen des Teufels um den Hals getragen, das Auge des Ra. Sie hat meinen Großvater verflucht. Reicht das nicht?«

Waechter hatte das Gefühl, in ein Paralleluniversum zu blicken. Dennis Falk lebte in seinem eigenen geschlossenen Weltbild, nichts erreichte ihn. Zugleich wunderte er sich, dass andere es nicht teilten.

»Ihr Großvater war angeklagt wegen Betruges, Beleidigung und Verstoßes gegen das Heilpraktikergesetz. Haben Sie das gewusst? Er war ein Menschenfänger. Ein Betrüger.«

»Das ist eine Lüge.« Die Sanftheit wich aus dem Gesicht des Jungen, als ob sich eine Wolke davorgeschoben hätte.

»Ihr Großvater hat nie an Hexen geglaubt. Er hat die Dummheit und die Leichtgläubigkeit der Leute ausgenutzt und ihnen das Geld aus der Tasche gezogen.«

»Reden Sie nicht so über ihn.« Dennis sprang auf, seine Augen glänzten fiebrig. »Er war ein guter Christ. Sie haben ihn nicht gekannt.«

»Sie haben ihn auch nicht gekannt. Sie hatten ein Idealbild von ihm, haben sich Ihren eigenen Großvater geschaffen, so wie Sie ihn haben wollten, einen Märtyrer, einen Guru. Der Opa, den Sie da kreiert haben, hat nie existiert.«

»Nein.« Er schüttelte den Kopf. »Nein, nein, nein.«

»Doch, Herr Falk. Es steht in den Gerichtsakten. Im Originalton Ihres Großvaters. Soll ich es Ihnen zitieren?«

Waechter rekapitulierte das Protokoll der gerichtlichen Vernehmung. »Hanisch hat sich in seinem Schlusswort direkt an die Zuhörer gewandt. Er hat gesagt: ›Ihr Trottel glaubt's auch jeden Schmarrn, wenn man ihn euch in Schriftdeutsch erzählt.‹«

Dennis warf sich über den Tisch. Die beiden Polizisten schossen nach vorn und fixierten ihn auf dem Stuhl.

»Geh jetzt, Waechter«, sagte Lanz. »Geh mit Gott, aber geh.«


Mit einem leisen Luftzug ging die Schwingtür zum Gang auf. Jonna kam herein, ein schlafendes Kleinkind im Tragerucksack auf dem Rücken. Rasmus lief mit schleifenden Füßen neben ihr her. Elli ging auf sie zu und umarmte sie.

»Es tut mir leid«, sagte sie in das weiche Haar der jüngeren Frau. »Wir hätten das nicht passieren lassen dürfen. Ich mache mir solche Vorwürfe.« Sie hielt Jonna von sich weg. »Bist du den ganzen Weg von der Ostsee hergefahren?«

Jonna nickte. »Gestern hat mich Hannes mitten in der Nacht angerufen und mir auf die Mailbox gesprochen. Er klang furchtbar, er sagte, es sei ein Notfall. Danach ist er nicht mehr ans Telefon gegangen. Ich habe sofort die Kinder eingepackt und bin mit wenigen Pausen durchgefahren. Bei euch war niemand zu erreichen.«

»Warst du auf der Dienststelle?«

»Ein netter Beamter hat mir gesagt, was passiert ist.«

»Wer denn?«

»Herr Staudinger, glaube ich.«

Er hatte gesprochen? Der Hüter des Schweigens hatte gesprochen? Dann musste wirklich viel passiert sein.

Jonna öffnete die Schnallen des Tragerucksacks und wuchtete das Kind herunter. »Könntest du mir bitte mal Lotta abnehmen? Sie ist so schwer.«

Elli fing das Kind auf, bevor es Jonna von den Schultern rutschte. Es wog mehr, als sie dachte, es roch nach fremdem Kinderrotz. Sie schluckte ihren Ekel herunter.

Jonna stützte sich auf Ellis Schulter. Ein Zittern lief durch ihren Körper. »Es geht gleich wieder. Ich hatte eine lange Fahrt, das ist … alles …« Sie setzte sich hin und legte eine Hand auf den Bauch. Die sonst so zierliche Frau wirkte aufgedunsen. Dann sah sie Elli mit diesem beseelten Lächeln an, das in Elli regelmäßig Mordgedanken hervorrief.

»Weißt du«, sagte sie, »ich bin schwanger. Wir sind schwanger.«

Elli gab sich alle Mühe, ohne eine Spur Sarkasmus zu sagen: »Glückwunsch.« Sie schaffte es nicht ganz.


Waechter stand auf dem Balkon und trank Slivovitz aus einem Senfglas, in großen Schlucken, gerade so viel, wie er ertragen konnte. Es war sein zweites Glas. Es würde nicht sein letztes sein. Er fror, weil er nur in Feinripp draußen stand, alle seine Klamotten hatte er in einen Müllsack gestopft, sie hatten nach Feuer gerochen. Aber das Frieren erreichte nur den Rand seines Bewusstseins, es war so unwichtig wie ein Mückenstich. Beim Ausziehen hatte er viele kleine Wunden und Blasen auf seiner Haut entdeckt, er hätte Brandsalbe gebrauchen können, aber heute hatte sich keiner um diejenigen gekümmert, die noch auf zwei Beinen laufen konnten. Sie würden verheilen.

Die Wohnungstür ging auf, Schritte, das Rascheln von Kleidung. Er drehte sich nicht um, bis Lily so dicht hinter ihm stand, dass er ihr Parfüm riechen konnte, süß und billig wie Zuckerwatte.

»Warum hast du nicht auf ihn aufgepasst?« Sie riss an seinem Arm, zwang ihn, sie anzuschauen. »Warum hast du verdammt noch mal nicht besser auf ihn aufgepasst?«

Die letzten Worte gingen in Schluchzen unter, sie trommelte mit ihren kleinen Fäusten gegen seinen Arm, seine Schulter. Sein Glas zersprang auf dem Balkon. Sie legte ihr Gesicht an seine Brust, Tränen und Rotz durchweichten sein Unterhemd. Er strich ihr über den Rücken, vorsichtig, denn unter ihrer Haut waren nur Knochen, er hatte Angst, ihr wehzutun. Ihm war nie zuvor aufgefallen, wie zerbrechlich sie war.

Lily machte sich von ihm los, ging hinein und warf ein paar von ihren Habseligkeiten vom Küchentisch in ihre Tasche.

»Ich muss zu Oma und Opa, mich um die Kleinen kümmern. Die konnten noch nie mit Kindern umgehen. Sieht man ja an meinem bescheuerten Papa.«

Sie fing wieder an zu weinen. Waechter ging zu ihr und reichte ihr ein fleckiges Geschirrtuch. Energisch rieb sie sich das Gesicht damit, bis die schwarzen Schlieren aus Wimperntusche weg waren. Ihre Haut darunter war rosig und verquollen. Sie schaute in das Tuch, sagte: »Ist eh schon egal«, und schnäuzte sich lautstark hinein. Mit ihrem nackten Gesicht schaute sie ihn an.

»Wird er wieder gesund?«

Waechter nickte. Er wusste genau, was sie dachte. Ob sie Hannes zurückbekommen würden. Oder ob ein Seelensplitter für alle Zeit da unten blieb und immer und immer wieder den gleichen Tod starb. Aber Hannes hatte schon mehr Seelensplitter verloren. Vielleicht musste er endlich lernen, wie man heilte.

Lily warf auch seine Zigarillos in ihre Tasche. Er hinderte sie nicht daran, er hatte noch mehr davon. Schniefend fuhr sie mit dem Arm über die Nase, schulterte ihre Tasche, blieb aber stehen. »Also dann …«

»Du kannst jederzeit wieder herkommen.«

Sie umarmte ihn noch einmal und legte ihr Gesicht auf den sowieso schon nassen Fleck an seinem Hemd. Dann ging sie. Im Flur drehte sie sich noch mal um.

»Wär ich sowieso.«

Leise schloss sich die Wohnungstür hinter ihr.

Waechter trat zurück auf den Balkon. Das Nachbild ihrer Berührung blieb auf seiner Haut und verflog nur langsam. Er würde aufräumen müssen. Einen Müllsack nehmen, Abfall, Gerümpel, Scherben aufsammeln. Was hatte Lily gesagt? Man musste einfach mal an einer Ecke damit anfangen.

Er schenkte sich noch ein Glas Slivovitz ein und trank in großen Schlucken.

Morgen würde er damit anfangen. Morgen.

## Epilog

Maret stellte die Tasse mit dem Kakao in die schwarze Graberde und drückte sie tief hinein, damit der Wind sie nicht umwarf. Es war die Tasse ihrer Oma, Email mit blauen Zwiebelblüten und dunkelbraun angeschlagenen Rändern. »Von der Mama«, sagte sie zu dem Grab und kam sich sofort blöd vor. Sie stellte den Teller auf und schüttete ein paar Kekse aus der Tüte hinein.

Sophie sah ihr zu. »Warum machst du das?«

»Das ist für deine Großtante Hilde, die deine Bilder gemalt hat. Sie war so alt wie du, als sie gestorben ist.«

»War sie das kalte Mädchen?«

»Es gibt kein kaltes Mädchen. Nur paar alte Kinderzeichnungen und ein Loch in der Wand. Du hast viel Fantasie.«

»Warum hat dann das Haus gebrummt?«

»Fragepause. Fünf Minuten. Einverstanden?«

Sophie setzte sich im Schneidersitz auf den Kies und fragte nichts mehr. Maret stellte sich vors Grab und faltete die Hände, als ob sie betete. Es löste nichts in ihr aus. Die Schritte, die auf dem anderen Weg geknirscht hatten, verstummten. Sogar der Wind hörte auf, die Blätter vom letzten Jahr zu bewegen. Es war still. Der Friedhof atmete ein.

Sophie rutschte auf dem Kies hin und her.

»Mama?«

»Ja, Sophie?«

»Warum stellen wir ihr was hin? Geister gibt es doch gar nicht.«

Maret drehte sich um und lächelte. »Du hast recht. Kluges Mädchen.«

Sie hielt ihrer Tochter die Hand hin und half ihr hoch. Sophie sprang auf, mit dem Schwung, den nur Kinder hatten.

»Kann ich einen Keks …?«

»Nein.«

»Mama, wann holen wir das Ostereiersuchen nach?«

»Sobald wir in der neuen Wohnung sind.«

»Mit dem Papa?«

Maret seufzte. »Vielleicht.« Wenn man zu einem Kind »vielleicht« sagte, war das eine feste Zusage. Zu spät fiel ihr das ein.

»Mit dem Playmobil-Opa?«

»Vielleicht.«

»Mit dem netten Polizisten?«

»Jetzt ist aber Schluss, Fräulein.«

Sie drehte sich um. Der Wind hatte wieder aufgefrischt und schwarze Blätter in den Kakao geweht. Ein paar Elstern hatten sich hinter ihnen aufs Grab hinuntergetraut und machten sich zeternd über die Kekse her. Nur Vögel. Weiter nichts.

»Komm, Sophie«, sagte Maret und nahm das Mädchen an der Hand. »Wir gehen heim.«

## Nachwort

Bis weit in die Nachkriegszeit haben Hexenbanner im ländlichen Raum ihre Dienste angeboten, »magische« Gegenstände, Zauberbücher und Gerichtsprotokolle sind Zeugen ihres Wirkens. Ob sie auch im Freisinger Moos unterwegs waren, ist nicht überliefert. Das Freisinger Moos ist eine faszinierende Landschaft mit endlosen einsamen Spazierwegen, die dort beschriebenen Häuser und Menschen sind frei erfunden. Das alte Haus im Moos mit dem durchhängenden Dach gab es wirklich, allerdings an einem ganz anderen Ort in Bayern. Damals war es voller Freundschaft, Licht und Lachen, heute steht es nicht mehr.

Doris Michl und das Ghosthunterteam Bayern e. V. haben mich über Geisterjäger und die Ursachen übernatürlicher Erscheinungen beraten, Matthias Pfaller und Ravenryde haben mir erlaubt, dass ich den Original Ghosthunter-Soundtrack »Message From The Other Side« verwenden durfte. Danke, dass ich so viel von Euch lernen konnte. Die Band Dreiviertelblut hat mich mit ihrem inspirierenden Song »Deifedanz« immer wieder in die richtige Schreibstimmung gebracht.

Mein Dank gebührt Markus Kraus vom Kriminalkommissariat 11 in München, der mir geholfen hat, die Arbeit von Mordermittlern realistisch darzustellen, außerdem Ludwig

Waldinger vom Landeskriminalamt, der mich über alles beraten hat, was mit Feuer zu tun hat.

Danke an meine bewährten Testleserinnen und Testleser Annette, Silke, Lucas und Anne-Christine für Eure wertvolle Manöverkritik, an meine Kollegin Anni Bürkl für ihre Durchhalteparolen, die Mörderischen Schwestern e.V. und meine Lektorin Angela Troni, die das Manuskript zum Glänzen gebracht hat. Last but not least danke ich der Stammtischtruppe, die mit mir nach Nürtingen gefahren ist, um Drudenfüße, Teufelszehen und die Folterwerkzeuge Christi zu besichtigen, und so die Rechercheise in einen Urlaub verwandelt hat. Manchmal liebe ich meinen Beruf. Ach was, eigentlich immer.

Dieses Buch ist meinem Mann und meinen Töchtern gewidmet.

München, Juni 2015

Mehr von Nicole Neubauer gibt es unter:

www.nicole-neubauer.com
Facebookseite: Nicole Neubauer
Twitter: @Neubauerin